ALTIN KİTAPLAR
YAYINEVİ

KİTABIN ORİJİNAL ADI OLIVIA

BASKI 1. BASIM / EKİM 2000
AKDENİZ YAYINCILIK A.Ş.
Matbaacılar Sitesi No: 83
Bağcılar - İSTANBUL

ISBN 975 - 21 - 0116 - X

ALTIN KİTAPLAR YAYINEVİ
Celâl Ferdi Gökçay Sk. Nebioğlu İşhanı
Cağaloğlu - İstanbul
Tel: (0212) 513 63 65 - 526 80 12
520 62 46 - 513 65 18
Faks: (0212) 526 80 11
www. altinkitaplar. com
info @altinkitaplar. com.tr.

V.C. ANDREWS

OLIVIA

TÜRKÇESİ
DİLEK AKARİ

Yazarın Yayınevimizden Çıkan Kitapları:

DOLLANGANGER AİLESİ SERİSİ

ÇATI
ÇATIDAKİ RÜZGÂR
GAZAP TOHUMLARI
ÇATIDAKİ DİKENLER

ÖÇ YUVASI

CASTEEL SERİSİ

GEÇMİŞTEKİ GÖLGE (Tükendi)
CENNETTEKİ FIRTINA (Tükendi)

CUTLER AİLESİ SERİSİ

ÇATIDAKİ NEFES
ÇATININ SIRLARI
ÇATIDAKİ ÇIĞLIK
ÇATIDAKİ FISILTILAR
ÇATININ KARANLIĞINDA

LANDRY SERİSİ

RUBY
ÇATIDAKİ PIRILTILAR
GİZLİ MÜCEVHER
LEKELİ ALTIN

LOGAN AİLESİ SERİSİ

ÇATIDA BİR KIZ "MELODY"
KALBİMİN ŞARKISI
GECE YARISI MÜZİĞİ

GİRİŞ

Cape'de bahar beni her zaman şaşırtmıştır. İnsan hiç gelmeyeceğini sanır. Gece hissi veren günler kasvetli ve uzun geçer; ama ben başkaları, özellikle de küçük kız kardeşim Belinda gibi kasvetli havalara ve soğuk esen rüzgârlara pek aldırmam. Eskiden okul arkadaşlarım kışın bana daha uygun olduğunu söylerlerdi. Ne zaman ve nasıl başladığını hatırlamıyorum, ama bana Bayan Soğuk, Belinda'ya ise Bayan Sıcak adı takılmıştı. Hâlâ da aynı isimlerle anılırız.

Belinda küçük bir kızken sık sık evden fırlayıp kendini dışarı atar; saçları rüzgârda uçuşarak dönüp durur, başı dönünce de sevinçten kendini kaybederek, gözleri ışıl ışıl kumlara yığılır kalırdı. Her hareketi coşku doluydu. Asla sakin ve yavaş konuşmaz, kelimeler ciğerlerini patlatacakmış da, ölmeden onlardan kurtulmak istercesine konuşurdu. Bütün lafları, "Ölmeden size anlatmak zorundaydım," diye biterdi.

Belinda on iki yaşına geldiğinde, kalçalarını yetişkin bir kadın edasıyla sallayarak yürümeye başlamıştı. Ellerini tıpkı bir geyşa gibi sallar, çapkın bakışlarıyla gülümsemesini parmakları ardına saklama numarası yapardı. Erkekler gözlerini ondan alamaz, yaşının küçük olduğunu anladıklarında ise derin bir düş kırıklığı yaşarlardı.

Belinda'nın kahkahaları bulaşıcıydı adeta. Yanında kim olursa olsun, keder ve sıkıntılarını üstlerine sihirli değnek değmişçesine unutarak gülümserdi. Özellikle delikanlılar karşısında ne diyeceklerini şaşıran budalalara dönerler; sorumluluklarını, görevlerini ve en önemlisi de gururlarını bir yana bırakırlardı. Onun küçücük bir sözü aptalca şeyleri yapmaları için yeterliydi.

"Tıpkı kurbağaya benziyorsun, Tommy Carter. Hadi vıraklada duyalım," dediğinde, ondan iki yaş büyük, lise son sınıfa geçmek üzere olan Tommy Carter kurbağa gibi yere çökerek alkışlar ve kahkahalar arasında vıraklamaya başlardı. Belinda'nın aklın ve haysiyetin sınırlarını böylesine zorlayacağı yeni bir av bulması uzun sürmezdi.

Günün birinde başının derde gireceğini biliyordum. Ama tahmin edemediğim, bu belanın boyutlarıydı. Davranışlarını sürekli olarak düzeltmeye çalışır, bir hanımefendi gibi davranması ve erkeklerin yanında daha dikkatli olması gerektiğini öğretmek için uğraşırdım. Ama ne kadar uyarsam da, Belinda delikanlıların armağanlarını asla geri çevirmezdi.

"Karşılığını beklerler," derdim. "Bu armağanları iade et, Belinda. Genç erkeklerin kalplerini ümitle doldurman çok tehlikeli."

O da, "Bu hediyeleri onlardan ben istemedim ki," diye karşı çıkardı. "Tamam, ima etmiş olabilirim, ama zorlamadım. Dolayısıyla da onlara hiçbir şey borçlu değilim."

Her nedense, Belinda'nın ümitsizce ihtiyacı olan rehberliği yapmak bana kalırdı.

Annemiz sorumluluklarından kaçan bir kadındı. Kötü şeyleri duymak, görmek istemezdi. Kullandığı kelimeler, dünyanın karanlık gerçeklerini saklayan deyimlerle doluydu. İnsanlar ölmez, "dönmemek üzere uzaklara giderlerdi," Babamız ona karşı asla kaba davranmaz, "her zamankinden farklı davranırdı," Ailemizden biri hastalansa, bu kendi suçumuz gibi davranırdı bize. Kendi dikkatsizliğimiz yüzünden soğuk alır, zararlı yiyrecekler nedeniyle karnımız ağrırdı. Hepsi yanlış seçimlerimizin sonucuydu; ve eğer elimizden geleni yaparsak bütün kötülükler kaybolur, hepimiz yeniden mutlu olurduk.

"Gözlerinizi sımsıkı kapayın ve üzüntünün uzaklaşmasını dileyin. Ben öyle yaparım," derdi.

Benim açımdan en kötüsü, annemizin Belinda'nın hatalarına "anlık bir yanılgı" gözüyle bakmasıydı. Belinda'nın şımarıklıklarıyla yaramazlıkları, "başında kavak yelleri esmesi"ndendi. "Yakında büyüyecekti nasıl olsa."

Ben ise, "O gün asla gelmeyecek, anne," derdim falcı edasıyla.

Ne var ki, annem asla beni dinlemezdi. Sözlerim can sıkıcı sineklermiş gibi ellerini havada sallar, şikâyetlerim sürdüğünde, "Yatağın ters tarafından kalktığımı," söylerdi.

Ona göre gözlerini sıkıca yumunca fırtınalar, hastalıklar, Belinda'nın şımarıklıkları, babamızın öfke nöbetleri, ekonomik sıkıntılar, savaşlar, salgınlar, suçlar, hepsi önemsiz can sıkıntıları gibi yok olup giderdi.

Annemizin odası daima çiçeklerle dolu olurdu. Rutubet ve yarattığı kokudan nefret eder, "kasvetli renkleri, solgunluğu ve hayatlarımızda dolaşan kara bulutları" hiç sevmediği için, her şeye pembe gözlüklerle bakardı.

Belinda babamdan çok anneme benziyordu. Her ikimiz de annemiz gibi minyonduk. Belinda'nın boyu benden daha kısaydı, ama ne yazık ki, yüzü benden daha güzeldi. Onun gözleri daha koyu maviydi, benimkilerse griye çalıyordu. Burnu daha ufaktı, gülümsediğinde yanağındaki gamzeyi ortaya çıkaran ağzının hatları kusursuzdu. Babamız o çok küçükken oraya parmağıyla dokunup bunun bir düğme olduğunu söylerdi. Belinda da sevinçle hemen dansa başlardı. İki üç yaşlarındayken bile uçarı, deli doluydu.

Babamız yüreğinin derinliklerinden gelen gülümsemeyle bakarken, Belinda oturma odasında döne döne dans eder, annemiz konuklarımızla birlikte el çırparak eşlik ederdi.

Babamızın yakın arkadaşı Albay Childs, "Olivia da dans etmez mi?" diye sormuştu bir keresinde. Babamla bakışlarımız karşılaştığında, başını yavaşça iki yana sallayıp, "Hayır, dans etmez," demişti. "O sadece düşünür, plan ve organizasyon yapar. Olivia benim minik generalimdir."

Yaşımız biraz daha büyüdüğünde, Belinda bana her karşılaşmamızda şakacıktan asker selamı verip kahkahalar arasında sarılırdı. "Şaka yapıyordum, Olivia. Öyle öfkeli bakma ne olur."

"Ciddi olup kendine saygı duymalısın, Belinda. Bunu dene."

"Ah, yapamam. Yüzüm ciddi ifadeleri kaldırmıyor." Gülerek uzaklaşırken, kahkaları bir uçurtmanın ardında salınan kurdeleler gibi onu takip ederdi.

Her zaman sinirimi bozan bir kızdı. Neden babamla annem benim gördüğümü görmüyor, şımarıklıklarına kızmıyor, her kabahatini hiç olmamışçasına hemen affediyorlardı sanki? Babam ona karşı sesini yükseltmeye başlayacağı anda öfkesini kontrol altına almayı başarırdı.

Oysa babamın öfkesini politikacılardan, devlet yetkililerinden, hukukçulardan ve diğer işadamlarından çıkarmasına defalarca tanık olmuş, sertçe azarladığı hizmetkârların 'huzurundan' yüzleri bembeyaz, bakışları yerde ayrıldıklarını görmüştüm. Babamın kullandığı kelimeler öylesine acımasız ve sertti ki, bir cümlesiyle insanın derisini diri diri yüzebilirdi.

Fakat Belinda'ya karşı öfkesi uzun sürmez, kelimeleri anında yutardı. Belinda'nın gözleri yaşlarla dolacak olsa, babam kızı ölümcül bir yara almış gibi paniğe kapılarak ya ona bir hediye alır ya da güzel sözler söylerdi. Sevgili kızının kahkahaları ve gülümsemesi olmadan yaşayamazdı sanki.

Bazen, hep birlikte akşam yemeği yerken, oturma odasında televizyon izlerken ya da bir şeyler okurken, babamın Belinda'yı hayranlıkla, nadide bir sanat eseri karşısındaki bir koleksiyoncu gibi onu seyrettiğini görürdüm.

Neden bana da böyle bakmıyor, diye düşünürdüm hüzünle. Onu utandıracak ya da mutsuz edecek bir şey yapmamıştım oysa. Başarılarımla gurur duyduğunu biliyordum, ancak bunu zaten bekler gibiydi. Bunları normal karşılıyordu. Okuldaki başarılarım, babamın iş ortaklarından aldığım övgüler onun gözünde olağan şeylerdi.

Okuldan en iyi dereceyle mezun olduğumda, alnımdan öpmüş, elimi sıkmıştı. Göğsüme kurdele takıp ödül de verecekti neredeyse. Ödülüm, genç bir centilmen babamdan beni isteyene dek aile şirketinde belli oranda sorumluluk almaktı. Böyle bir ümide nereden kapılmıştı acaba? Babam devrin değiştiğini, erkeklerin artık evlenecekleri kadında 'iyi bir aileye sahip' olmak gibi meziyetler aramadıklarını kabul etmemekte direniyordu.

Sanki bizim ailemiz bütün toplumları etkisi altına alan değişimlerin dışında kalmıştı.

İnanç ve fikirlerine ne zaman karşı çıkılsa, babam başını iki yana sallar. "İnsanların kötü davranışları beni üzüyor," derdi. "Bunun ne yararı var? Bu hayatta ne yaparsan yap, 'Amacım ne?' diye sormalısın kendi kendine. Böylece, daima doğru kararlar alırsın."

Bunu Belinda'ya da öğretmeliydi, ama ona asla nutuk çekmezdi. Nutuk şöyle dursun, öğüt bile vermezdi. Belinda'nın evimizde, yaşantımızda esen, kaygısız, aklına estiği gibi davranan, kimseye kulak asmayan, sorumsuz, tasasız bir rüzgâr olmasına izin verilirdi.

Ne zaman bu konuyu açsam, babam haklılığımı onaylarcasına başını aşağı yukarı sallar, ama hemen ardından, "Ona göz kulak olmalısın, Olivia," derdi.

"Peki o ne zaman kendine göz kulak olmayı öğrenecek, baba? Bu yıl lise son sınıfa geçiyor!"

"Bazı kadınlar hep küçük bir kız olarak kalırlar," demişti babam.

Bu konuda her seferinde bahaneler bulması beni çıldırtırdı. Neden Belinda'nın saçmalıklarına göz yumuyordu ki? Neden onu ensesinden tutup, aptalca, şuh gülümsemesi o porselen bebek suratından düşene dek sarsmıyordu? Neden onu büyümeye, davranışlarının sonuçlarıyla yüzleşmeye zorlamıyordu? 'Olgunluk budur' dedim içimden. Aynı şeyleri babamla anneme de söylerdim, ama onlar asla kulak asmazlardı.

Belinda açık yüreklilikle, "Ben büyümek istemiyorum," demişti bir keresinde. "Sıkıcı, berbat bir şey. Büyüyünce insan sadece surat asar, hep bir şeyler için endişelenir. Oysa ben hayatımın sonuna kadar küçük bir kız olarak kalıp erkeklerin bana bakmasını tercih ederim."

"Senin hiç kendine saygın yok mu?" diye sormuştum.

Belinda ise omuz silkmiş, gözlerinde herkesi gülümseten yumuşak bakışlar belirmişti. "Gerektiğinde olacak tabii."

Kimi zaman, onunla konuşmak karnıma sancıların girmesine neden olur, bütün vücudum taş kesilir, sinirden titrer, aptal suratına bir tokat atmak isterdim.

Suratımdaki ifadeyi fark edince hemen bana sarılır ve, "Sende ikimize de yetecek kadar özsaygı var, Olivia," derdi. "Bunu biliyorum. Senin gibi bir ablam olduğu için çok şanslıyım."

Sonra arkadaşlarının yanına koşar, erkek hayranlar ordusuyla flörte devam eder, bense babamızın her ikimize verdiği görevlerle başa çıkmaya çalışırdım.

Bazen onunla rolleri değişmek istediğim olmuyor değildi. O geceleri tatlı hayallerle uykuya dalarken, benim kafam endişelerle ve sorumluluklarla dolu olurdu. Onun kulaklarında melodiler ve vaatler çınlarken, benimkiler gerçeklerle randevuları duyardı. Babamın ayaklı günlüğüydüm. Babam parmağının ucunu, yüreğini ısıtan gülümsemesini görmek için Belinda'nın yanağındaki gamzeye bastırırken, aynı parmağını ancak bir iş randevusunun amacını tekrarlamam için bana uzatırdı.

Bana müteşekkir olmadığı söylenemezdi. Babam 'küçük generali'nden övgüyle söz ederken kesinlikle içtendi. Ama yüreğimde bir şey -içimdeki Belinda- babamın benimle ilgili başka şeylerden de söz etmesini isterdi. Ailenin başarısıyla ilgili beni daha önemli ve gelecek vaat eden evladı olarak gördüğünü bilirdim. Ama beni de güzel bulmuyor muydu? Hem güzel, hem de sorumluluk sahibi olamaz mıydım?

Ne yazık ki, şuh bir gülümseme, uçarı, aptalca bir hareket ve minik bir öpücük karşısında babam da diğer erkeklerden farksızdı.

İçimden bir ses, erkeklerin bana da hayran olmaları için, Belinda'yı taklit edip kafamda ciddi düşüncelerle fikirlerin yanı sıra abuk sabuk hayallerin de uçuşması gerektiğini fısıldardı.

O zaman daha mı mutlu olacaktım peki? Karşıma çıkan erkeklerin çoğu öyle olacağıma inandırmaya çalışsalar da, annemin babamın oyuncağı olduğu gibi bir erkeğin eğlencesi olmamaya kararlıydım. Mutlu olduğunu sanan Belinda, erkeklerin aslında onu nasıl küçümsediklerinden ve saygı duymadıklarından habersizdi. Erkekler Belinda'yı ne kadar arzulasalar da; kullanıp tatmin olduktan ve onu bir kenara attıktan sonra geride sadece acı ve düş kırıklığı kalacaktı. Belinda köşesine çekilip, dünyada ihtiyarlık diye bir şey olduğu için keder gözyaşları dökerken, hiç büyümeyen bir kız olarak ölecekti.

Oysa ben hayata olgun bir kadın olarak veda edecektim, ve bir erkeğin arzularını tatmin etmek uğruna kendimi kullandırmamış olacaktım. Evet, içimde Belinda gibi olmayı arzulayan bir yan vardı, ama bunun nedeni erkeklerdi ve kolaylıkla baskı altında tutulabilirdi.

Varsın bana Küçük General ve Bayan Soğuk, Belinda'ya ise Bayan Sıcak desinler.

Sonuçta bana saygı duyuyorlardı. Hangisi daha önemliydi: sevgi mi, saygı mı? Sevginin ne olduğunu kimse bilmiyordu ki. Kaç karı koca o sözde büyülü bağlılığı paylaşıyordu?

Seçim basitti aslında: Ya hayalperest ya gerçekçi olacaktım ve zaman bu seçimimi haklı çıkaracaktı.

Belinda dans ederken babam gülümser, annemse, acıdan ve hayatın karanlık yanlarından kaçardı. Oysa ben arkalarında sarsılmaz bir duvar gibi, felaketlerin kapımızdan girmesine engel olurdum. Sonunda hepsi beni takdir edecekti.

İnsan bundan başka ne isterdi?

Belinda'nın kahkahaları kuşkularımın karanlık koridorlarında yankılanırken, ruhumu kararımdan şüphe duymama neden olan kıvılcımlarla doldururdu.

1

Geceyi Saran Çığlıklar

Önce rüya gördüğümü sandım. Uyanıp gözlerimi açtığımda tek duyduğum, okyanustan esen rüzgârın uğultusuydu. Yatak odamın bembeyaz perdelerinden süzülen ay ışığı duvarlara soluk sarı bir aydınlık vermişti. Kepenkler pencere pervazına çarparken, sesi tekrar duydum. Bu kez gözlerim kocaman açılmıştı. Kulak kesilirken kalp atışlarım korkuyla hızlandı. Kötü bir şey olacak gibiydi. Bir an sonra aynı sesi tekrar duydum.

Sıcaktan canı yanan bir kedinin iniltisine benziyordu, ama evimizde kedi yoktu. Babam sevimliliklerinden daha fazla sorumluluk gerektirdiklerinden dolayı ev hayvanlarından nefret ederdi. Ona göre, işlevi olan tek hayvan bekçi köpeği ya da körlere yol gösteren köpeklerdi ve onun her ikisine de ihtiyacı yoktu. Evimiz Provincetown'ın epey dışındaydı ve babamın kahyamız Jerome'a her gece bahçe kapısını kilitlettiği yüksek duvarlarla çevriliydi. Dahası, babam 'her ihtimale karşı' tüfeğini yatağının altında tutuyordu. Tüfek bir köpeğin masrafından çok daha ucuz bir korunma aracıydı.

Ses şimdi daha yükselmişti. Vücudumun altında yay varmış gibi ayağa fırladım. Tiz çığlıkların bir kâbus olmadığından ve hayal görmediğimden emindim. Ses, benim odamla Belinda'nın odasını ayıran duvardan geliyordu. Ulumaya ya da bağırtıya benzemese de, hem bildik, hem de yabancı bir sesti. Belinda'nın çıkaracağı bir sese benzemiyordu, ama onun odasından geldiği kesindi.

Sabahlığımı giyerken kapıya yöneldim. Babamla annem de odalarından çıkmışlardı. Babamın sırtında pijaması, annemin de geceliği vardı. Korkunç ses devam ediyordu.

"Neler oluyor?" Babam Belinda'nın kapalı kapısına koşturdu. Ben de. Annem en arkadaydı. Babam kapıyı açıp da, iniltilerin Belinda'dan geldiği kesinleşince, annemin adımları hızlandı. "Winston, ne var?"

Babam ışığı yakınca, hiç beklemediğimiz, ürkütücü bir manzarayla karşılaştık.

Belinda geceliği göğüslerine kadar sıyrılmış yerde yatıyordu. Bacaklarının arasında, göbek bağıyla plasentası hâlâ kopmamış bir bebek vardı.

Babam, "Aman Tanrım!" diye soludu. Ayaklarını dehşetle yere vurmuştu.

Gözleri yuvalarında dönen annem bir anda yere yığılmıştı.

"Leonora!"

"Onu yatağa götür, baba," dedim. "Belinda'yla ben ilgilenirim."

Durumun gerçek olup olmadığından emin olmak için son bir kez o tarafa bakan babam annemi hiç ağırlığı yokmuş gibi kucağına alarak yatak odalarına gitti.

Belinda'nın odasına girip kapıyı kapadım. Alt kattaki hizmetkârlar da çoktan uyanmışlardı mutlaka. Belinda inledi. Gözleri fırıl fırıl dönüyordu. Kolları kendisine ya da bebeğe dokunmaktan korkarcasına havadaydı.

"Elimde değildi. Oldu işte, Olivia," diye inledi. Vücudu önlenmez bir şekilde titriyordu. Yaklaşıp kanlı manzaraya baktım.

"Hamile miydin? Onca zamandır hamileydin demek." Şaşkınlığımı hâlâ üzerimden atamamıştım.

"Evet," diye soludu.

Her şey açığa kavuşmuştu. Son birkaç aydır, babamla birlikte onun gittikçe artan kilolarıyla ilgili yorumlarda bulunmuştuk. Belinda son zamanlarda, büyüyen kalçalarına ve şişen yüzüne aldırmaksınız aç bir kurt gibi yiyordu. Benim umurumda değildi, ama babam durumdan fazlasıyla şikâyetçiydi. Sevgili Barbie bebeği gözlerinin önünde kayboluyor, yerini bu zavallı yaratığa bırakıyordu.

Bir iki defa, "Erkek hayranlar ordunu kaybetmekten korkmuyor musun?" diye sorduğum olmuştu.

Onu ziyarete gelen, deniz gezintisine, kumsalda yürüyüşe ya da akşamları kasabaya davet eden delikanlıların sayısı gittikçe azalmasına rağmen, Belinda'nın buna aldırdığı yoktu. Şimdi bacaklarının arasında sessizce, kımıldamaksızın yatan bebeği olduğu halde yerde kıvranırken, ona bakıyordum da, neden son zamanlarda onu çıplak görmemi ısrarla istemediğini anlıyordum. Gardrobunda en az bir çift korse olduğundan emindim. Benim ara sıra giydiğim ve onun eskiden 'büyükanne kıyafetleri' diye alaya aldığı bol giysilere olan ani ilgisinin nedeni de açıktı.

Yere çömelip elimi minicik bebeğin göğsüne koydum. Çoktan soğumuştu ve nabzı atmıyor, göğüs kafesi soluklarıyla inip kalkmıyordu.

"Galiba ölmüş," dedim.

Belinda tekrar inledi.

"Lütfen, Olivia, götür onu. Ben... ona dokunamam."

Bir an hareket edemeden minik yaratığın yüzüne, morarmış dudaklarına baktım. Parmakları öyle ufaktı ki, hepsinin bir arada kalınlığı benim ancak tek parmağım ederdi herhalde.

Belinda'nın bilmek istemeyeceğini bile bile, "Bebek erkekmiş," dedim.

Belinda gözlerini kapayıp titremeye başladı. Acısını sessizce seyrederken, bu sırrı başarıyla saklamış olmasına hâlâ hayret ediyordum. Babam sevgili küçük prensesi hakkında şimdi ne düşünecekti acaba?

"Bunun ne kadar korkunç bir durum olduğu hakkında en ufak bir fikrin var mı, Belinda? Yaptığın hatanın kaçınılmaz sonunu ve bunun babamla annemi ne hale getireceğini hiç düşünmedin mi? Neden gerçeği daha önce açıklamadın? Babam bu konuda bir şeyler yapardı mutlaka."

"Korktum," diye mırıldanan Belinda hıçkırmaya başladı. "Herkesin benden nefret edeceğini düşündüm."

"Ah, şimdi seviyoruz, öyle mi?" diye çıkıştım.

Belinda gözlerini kapayıp bir an soluğunu tuttu. "Lütfen, lütfen, Olivia. Yardım et bana."

"Kaç aylık hamileydin?"

"Emin değilim, ama altı, yedi aylıktı sanırım."

"Bebeğin neden bu kadar ufak olduğu anlaşıldı. Erken doğummuş. Bazı erkek arkadaşlarınla yattığını biliyordum, Belinda. Bundan emindim. Bunun olacağını biliyordum. Seni uyarmıştım. Akılsızlığının ve bencilliğinin karşılığını gör işte."

Belinda hıçkırarak özür diledi.

"Tabii," diye homurdandım. "Gözümüzü açıp kapayınca her şey geride kalacak."

"Lütfen, Olivia..."

"Babası kim?" Belinda cevap vermedi. "İtiraf etmek zorundasın, Belinda. Bu bebeğin babası her kimse, sorumluluğun yarısı da onda. Babam da bilmek isteyecektir. Kim? Arnold Miller mı?"

Arnold, Belinda'nın diğerlerinden daha sık görüştüğü bir çocuktu.

Belinda, "Hayır," dedi hemen. "Arnold ve ben o kadar ileri gitmedik."

"Kim öyleyse, Belinda? Seninle soru-cevap oyunu oynayacak değilim. Söyle! Eğer bana söylemezsen, seni bu... bu felaketle tek başına bırakırım!"

"Bilmiyorum," diye sızlandı. "Lütfen, Olivia."

"Nasıl bilmezsin? Ancak... Tanrım, Belinda, kaç erkekle yattın? Ve bu... bu çocuğun babasını bilemeyecek kadar sık aralarla mı?"

O an hangisine daha çok sinirlendiğimi kestiremedim: Belinda'nın bu kadar çok âşığı oluşuna mı, yoksa benim bir tane bile olmamasına mı?

Belinda başını iki yana salladı. "Bilmiyorum, Olivia. Bilmiyorum. Kimseyi suçlamak istemiyorum. Lütfen."

"Babamıza bir cevap vermek zorundasın, Belinda," diye uyardım. "O 'bilmiyorum' cevabıyla tatmin olmayacaktır."

Belinda gözlerini açıp uzun uzun bana bakarken, ölmüş bebeğin babasını açıklayacağını sandım bir an. Benim de tanıdığım biri miydi?

"Evet?"

"Emin olmadan kimseyi suçlayamam. Öyle değil mi?"

"Hepsinin bunda suçu var. İsimlerini açıklayıp her birinin endişelenmesini sağlayabilirsin." İlahi adalet gerçekleşmiş olurdu böylece.

"Yapamam!" Belinda başını hızla iki yana sallıyordu. Öyle ki, kafasının kopacağını sandım.

"Pekâlâ, canın nasıl isterse. Neler olacağını göreceksin."

Banyoya gidip birkaç havlu aldım ve ölü bebeği göbek bağıyla birlikte bir tanesinin üstüne yuvarladım. Bunları yatağa bırakırken, babam içeri girdi. Önce bebeğe, ardından soran bakışlarla bana bakarken, ilk anda gözlerini Belinda'dan kaçırmıştı.

"Galiba ölmüş, baba," dedim.

"Tahmin etmiştim." Babam yatağa yaklaşıp işaret parmağını ölü bebeğin boynuna değdirdi. "Evet. Böylesi çok daha iyi."

Belinda inlemeye başladı.

"Yeter artık!" diye bağırdım başına dikilerek. "Carmelita'nın duyup yukarı gelmesini mi istiyorsun?"

Belinda hıçkırıklarını avucuyla boğarak yan döndü.

"Temizlenmesine yardım edip yatağına yatırabilir misin?" diye sordu babam.

"Tabii, baba."

"Onun... kanaması falan var mı? Doktor gerekli mi?"

"Sanmıyorum."

"Bundan emin ol. Ben hemen dönerim."

"Annemin durumu nasıl?"

"Onu biraz sakinleştirdim, ama hâlâ tir tir titriyor."

"Belinda'yı banyoya soktuktan sonra ona bakarım," dedim.

"Güzel." Babam telaşla odadan çıkmıştı.

"Ayağa kalk, Belinda. Seni banyoya kucağımda götüremem. Önce küveti suyla dolduracağım. Hiç değilse üstünü başını ört. Yerde kıvranıp inlerken iğrenç görünüyorsun."

Belinda inleyerek dirsekleri üzerinde doğruldu. Bacaklarında kan lekeleri vardı, ama kanaması bir süre önce durmuştu. Üst üste soluk alıp öyle derin iç geçirdi ki, bayıldığını sandım.

"Ağrın var mı?"

"Doktor gerekmez," dedi Belinda. "Ben iyiyim."

"Belki doktora ihtiyacın yok, ama iyi olduğun şüphe götürür," dedim.

Bakışlarım ölü bebeğe kaydı yine. Kafası kanla kaplı olduğu için saçının rengini anlamak imkânsızdı. Saç rengine bakarak babasının kim olduğunu tahmin etme şansım yoktu. Küveti hazırlamak için banyoya gittim.

Belinda'nın küvete girmesine yardım ederken babamın odaya girdiğini duydum. Elinde karton bir ayakkabı kutusu vardı. Bir an bana bakan babam, ölü bebeği adeta canlıymış gibi özenle kutuya koydu.

"Ortalığı biz temizleyeceğiz," dedi yeri göstererek. "Hizmetkârların bundan haberleri olmamalı."

"Ben yaparım, baba."

"Belinda nasıl?"

"Gayet iyi. Yaşayacak." Sesim sert çıkmıştı. Babam başını sallayarak kutuyu koltuğunun altına aldı.

"Sen ne yapıyorsun, baba?"

Babam duraksadı. "Zavallıyı gömmek zorundayız."

Koltuğunun altındaki uyduruk tabuta baktım uzun uzun. "Durumu bildirmemiz gerekmez mi?"

"Öyle yaparsak, bu korkunç olay Provincetown'da herkesin diline düşer, Olivia. Belinda'ya bir yararı olmayacağı kesin. Üstelik ailemizin adı da lekelenir. Belinda bunu bizden başarıyla sakladı. Sen ağzını ara ve olayı kimsenin duymamasını sağla."

"Peki, baba."

"Bunu sakın aklından çıkarma. Ve Belinda'dan sonra annenle ilgilenmeyi de unutma."

"Tamam, baba."

Babam önce bana, sonra kolunun altındaki kutuya baktı. "Bunu yapmaktan başka çaremiz yok." Bunu benden çok kendine söylemiş gibiydi. Arkasını dönerek telaşla odadan çıktı.

Banyoya dönüp, Belinda'nın yıkanmasına, küvetten çıkıp kurulanmasına ve temiz bir gecelik giymesine yardım ettim, sonra da yatağına yatırdım. Hizmetçimiz ve aşçımız Carmelita ile kahyamız Jerome'u uyandırmamak için kendi evimde hırsız gibi parmak uçlarımda yürüyordum. Temizlik malzemelerinin durduğu odaya giderek kova, paspas, yer bezleriyle deterjan alıp Belinda'nın odasına döndüm ve kovayı sıcak suyla doldurdum.

Belinda'nın doğumu kilimin üstünde yapması büyük şanstı. Kilim kanın neredeyse tamamını emmişti. Onu rulo haline getirdikten sonra, korkunç olayın kalan izlerini sildim. Belinda yatakta kah inliyor, kah hıçkırıyordu. Gözleri kapalıydı. Ben ise ortalığı temizlerken ara sıra onu azarlamadan edemiyordum.

"Bu kez çizmeyi aştın. Annem kendini kaybetmiş halde. Babamın da yüzü bembeyaz. Hepimizin kâbus göreceği kesin. Ne sanıyordun, kimsenin haberi olmadan bu işten sıyrılacağını mı?"

Belinda'nın solmuş bir çiçeğe dönen yüzüne baktım.

"Hamile kalmayı soğuk algınlığı ya da kızamık çıkarmaya mı benzetiyordun? Belki de kendine kalıcı şekilde zarar verdin, Belinda. Belki bir daha çocuğun olmaz. Kimse seninle evlenmek istemeyecek. Aklından neler geçiyordu?" Bütün bunlar nasıl olabilirdi? Kim -hatta Belinda bile- kendine ve ailesine böyle bir şeyi yapardı?

"Lütfen, Olivia. Lütfen sus. Lütfen!" Belinda ellerini kulaklarına kapamıştı.

"Susayım. Susayım da, bu pisliği sen mi temizleyeceksin?" diye homurdandım. "Hamileliğinden başkalarının haberi var mı? Okuldaki o boşkafalı arkadaşlarına söylemedin, değil mi?" Belinda'nın arkadaşlarının çoğu aptal, şımarık kızlardı. Onlara 'Balonlu Çiklet Kulübü' adını takmıştım.

"Hayır, kimse bilmiyor," diye yemin etti Belinda. "Beden derslerinde kimse görmeden soyunup okulda duş almıyordum."

"Bana doğruyu söylesen iyi olur," diye uyardım.

Banyoya dönüp, Carmelita'nın bu trajedinin izlerini görmemesi için küveti temizledim.

Babam odaya girdi. Koyu kahverengi saçları darmadağınık, gözleri acı doluydu. Kilimi ve ıslak bezleri görüp hepsini topladı. "Bunları da gömeceğim. Tıpkı hiçbir şey olmamış gibi." Çılgınca etrafına bakındı.

"Hepsi o kadar, baba."

"Güzel." Babam telaşla odadan fırladı. Onu hiç böylesine çılgınlık halinde görmemiştim. Bu durum, bütün bu süre boyunca gözleri kapalı yatan Belinda'dan çok beni korkutuyordu. Belinda'nın babamın yüzüne bakmaya korktuğu belliydi.

Annemin durumuna bakmak için yanına gittim. Yatağın kenarına oturmuş, kızının durumunu görmek için güç topluyordu. Hâlâ solgundu ve zor nefes alıyordu.

Yanına koştum. "Anne, yine yatmalısın."

"Belinda nasıl?"

"İyileşecek. Temizlenmesine yardım edip yatağına yatırdım."

"Ve..."

"Gerisini babam halletti."

"Baban mı halletti?"

"Bebek hemen öldü, anne. Erken doğum. Babam onu bir yere gömdü. Kimse duymasın istiyor."

"Gömdü mü?" Annem dehşetle başını iki yana sallıyordu. "Tanrı bizi bağışlasın," diye fısıldadı.

Her an yere yığılacak gibiydi. Koluna girip onu yatağına götürmek istediğimde, yine başını iki yana salladı.

"Onu görmeliyim, Olivia."

Ayağa kalkınca sendeledi. Beline sarılarak onu kapıya götürdüm. Yürüdükçe açılıyordu. Belinda'nın odasına girdik.

Annem yatağa yaklaşırken Belinda hıçkırmaya başladı.

"Çok üzgünüm, anne," diye inledi. "Çok üzgünüm."

Annem yatağın kenarına oturup ona sarıldı. Belinda hüngür hüngür ağlarken, annem onu kollarında sallıyordu.

"Zavallı kız," dedi annem.

"Zavallı mı?" diye homurdandım. "Ne zavallısı! Onu adamakıllı kırbaçlamalı!" Ama hiç istemesem de, Belinda'ya ben de acımıştım.

"Şşş, tatlım. Geçti artık. Her şey yoluna girecek." Annem sürekli aynı sözleri tekrarlıyordu.

En sonunda, Belinda'nın hıçkırıkları dinmişti. Yanaklarını sildi. "Sana söylemem gerekirdi, anne. Ama yapamadım. Çok utanıyor ve korkuyordum."

"Böylece durumu daha da zorlaştırdın, Belinda. Gerçeği ailenden saklayamazsın." Annem bana baktı. Belinda da öyle. "Hepimiz seni seviyor ve yardım etmek istiyoruz."

"Biliyorum, anne. Gerçekten üzgünüm."

Annem Belinda'ya değil, bana bakarak, "Bu nasıl oldu?" diye sordu boğuk bir fısıltıyla.

Kendimi bildim bileli, annem Belinda'yla ilgili şeyleri benden öğrenirdi. Kız kardeşimden daima ben sorumluydum; ama bu yıl bitirme sınavlarıyla meşgul olduğum için, Belinda'nın 'maceralarını' dedikodulardan ya da kısa tatillerde gördüklerimden biliyordum. Belinda'nın okuldaki son yılıydı ve ona bana olduğundan çok daha fazla özgürlük tanınmıştı. Ben evde yokken, annem onun nerede ne yaptığını sıkı şekilde takip edemiyordu. Geceleri arkadaşlarında kalmasına ve evde olduğu zamanlarda gece yarısından sonra dönmesine izin verilirdi. Babam durumu fark edemeyecek kadar meşguldü. Bunun sonuçları acı şekilde ortaya çıkmıştı işte.

"Bebeğin babasının kim olduğunu bilmiyor," diye açıkladım. "Öyle anlaşılıyor ki, ortada bir sürü baba adayı var."

"Ne?" Annemin yüzü dehşetle kasılmıştı. Babam küçük kızına öyle davranıyor diye, annem de onun bir melek olduğunu mu sanıyordu? "Bir sürü mü? Nasıl bir sürü baba adayı olabilir, Belinda?"

"Bilmiyorum, anne. Lütfen, bunu düşünmek istemiyorum. Lütfen." Belinda yine ağlamaya başlamıştı.

"Bebeğin babasının kim olduğunu öğrenmeliyiz," diye üsteledim. "Böylece babam onunla yüzleşebilir."

Belinda'nın ağlayıp sızlamalarına daha fazla dayanamayan annem, "Belki de bilmememiz daha iyi," dedi. "Bunun artık kime ne yararı var?"

"İnsanlar davranışlarının sonuçlarına katlanmalı, anne. Babam bilmek isteyecektir."

"Susadım," diye inledi Belinda.

"Tamam, canım. Tamam. Olivia şimdi sana su getirir."

"Soğuk, buzlu bir şey içmeye ihtiyacım var."

"Git kendin al," diye patladım.

"Olivia, lütfen." Annem yalvarırcasına bana bakıyordu.

"Onu şımartmamalıyız, anne. Hepimize korkunç bir şey yaptı." Kendimi gerçekten hakarete uğramış gibi hissediyordum. Annem yalvarırcasına bana bakmaya devam ediyordu. Hışımla odadan çıkıp merdivenlere yöneldim.

Üst kattaki hareketlilik sonunda Carmelita'yı uyandırmıştı. Cape'de Brava dediğimiz yarı Portekizli, yarı zenci, esmer tenli, uzun boylu bir kadındı. Son on yıldır yanımızdaydı. Kırklı yaşların ortalarında ve atletikti. Uzun bir yüzü, simsiyah gözleri vardı. Güçlü, becerikli ve sıkı ağızlı olduğu için kusursuz bir hizmetçi ve aşçıydı. Ailemiz hakkında herhangi bir görüşe sahip değilmiş gibiydi. Serbest olduğu zamanlarda da kendi kabuğuna çekilirdi.

Şimdi odasının kapısındaydı. Üstünde geceliğiyle sabahlığı vardı, saçları açıktı.

"Birisi mi hasta?" diye sordu.

"Belinda."

"Ah. Yapabileceğim bir şey var mı?"

"Hayır. Sağ ol, Carmelita. Ben hallederim." Sesimde büyük bir kararlılık vardı. Carmelita o kara gözleriyle uzun uzun beni süzdükten sonra başını sallayıp odasına çekildi. Bana inanmadığını anlamıştım. Ama genç bir kız olmama rağmen, dediklerime asla karşı çıkmazdı.

Mutfakta Belinda'nın içeceğini hazırlarken, babam kilere açılan arka kapıdan içeri girdi. Yüzü ter, elleri kir pas içindeydi.

"Bitti," dedi. "Yukarda durum nasıl?" Gözleri tavana çevrilmişti.

"Annem yanında. Ben de buzlu su hazırlıyordum."

Babam başını sallayıp önce toprağa bulanmış ellerine, sonra da bana baktı. "Bu şekilde davranmamın nedenini anlıyorsun, değil mi, Olivia? Önemli olan, ailemizin korunması."

"Anlıyorum, baba."

"Durumdan kimsenin haberi olmadığını mı söyledi?"

"Evet, öyle dedi." Alaylı ve kuşkulu ifademi babam görmezden gelmeyi yeğlemişti.

"Güzel. Güzel."

"Ama bebeğin babasının kim olduğunu söylemiyor," diye ekledim. "Dediğine göre bilmiyormuş."

Babam başını iki yana salladı. "Belki de böylesi daha iyi. Birilerini suçlayıp arı kovanına çomak sokmamalıyız."

"Her kimse, bu yanına kâr kalmamalı, baba."

"Oldu ve bitti. Bırakalım hepsi geçmişte kalsın." Babam Belinda'yı görmeden önce ellerini yıkamak için mutfaktan çıktı. Şımarık kız kardeşimin bir kabahati daha cezasız kalmıştı işte.

Belinda'nın odasına döndüğümde, annemin onu yatağa yatırmış olduğunu gördüm. Belinda buzlu sudan bir yudum alıp bana gülümsedi.

"Teşekkür ederim, Olivia. Seni üzdüğüm için özür dilerim."

"Evet, üzdün," dedim hiç tereddüt etmeden. Belinda'nın gözlerinin yeniden yaşarması annemin yüreğini parçalamıştı.

"Dinlenmene bak, Belinda," dedim. "Ciddi olarak hastalanmak istemezsin herhalde."

Yüzü hemen aydınlanan Belinda elime sarıldı. "Sen en iyi ablamsın."

Güldüm. "Benden başka kardeşin yok ki."

"Biliyorum, ama bana karşı çok iyisin."

"Sana ve hepimize karşı çok iyi." Annem de bana gülümsüyordu. "Artık hepimiz uyuyup dinlenmeliyiz."

"Böyle bir şeyden sonra insan nasıl uyuyabilir?" diye homurdandım. Annem bunu duyduysa bile duymazdan gelmişti.

Babam odaya girip bize baktı. "Evet?"

"Durumu gayet iyi, Winston," dedi annem.

"Güzel. Bu gece hiç yaşanmamış gibi davranacağız."

"Dışarda okyanus da yokmuş gibi davranalım," dedim.

"Baban haklı, Olivia. Kendi aramızda bile bunu konuşmanın anlamı yok. Gözlerimizi kapayıp, bir kâbus olduğunu ve bittiğini düşünelim."

Annemden bu sözleri duymak beni şaşırtmamıştı. Annem hayatın mutsuzluklarıyla ancak bu şekilde başa çıkardı. Böylesi bir olay karşısında bile tutumu aynıydı.

Annem ona gülümseyen Belinda'yı öptükten sonra odadan çıktı. Babam ise bana, yere, son olarak da Belinda'ya baktı.

"Hadi, artık uyuyalım." Ve o da odadan çıktı.

Belinda'ya baktım. Bana gülümsüyordu, ama ben başımı iki yana salladım.

"Çok yorgunum, Olivia. Kendimi çok güçsüz hissediyorum, ama kimseyi telaşlandırmak istemedim. Yoksa babam doktor çağırmakta ısrar ederdi."

"Ölmeyeceksin," dedim. "Hadi, uyu artık."

Odayı son kez gözden geçirdikten sonra çıkmak üzereyken kapıda durdum. Belinda gözüme küçük bir kız çocuğu gibi görünmüştü o an. Çok geçmeden uykuya daldı.

Yatağımda gözümü kırpmaksızın yatarken, Belinda'yı ya da babamla annemi değil, doğar doğmaz ölen ve bahçemizin bir yerine gömülen bebeği düşünüyordum. Ailemizin bir üyesi olduğunu bilmeden ölen bebeği.

Bu yüzden çok şanslıydı.

Belinda hafta boyunca yataktan çıkmadı. Herkese gribe yakalandığını söylemiştik. Fakat Carmelita'nın ortada daha ciddi bir durum olduğunu tahmin ettiğinden şüpheleniyordum. Belinda'nın yemeğini tepsiyle odasına çıkardığı için, onun öksürüğü ya da nezlesi olmadığının farkındaydı. Ama annem sanki her şey yolundaymış gibi küçük kızını şımartmaya devam ediyor, herkese onun ne kadar hasta olduğunu anlatıyordu.

"Bir gün önce hiçbir şeyi yokken, ertesi gün yataklara düştü!" Ardından hastalığın belirtilerini sayıp döküyor, hatta doktora bile telefon ettiğini söylüyordu.

Bütün bunlardan tiksiniyordum. Babamın, annemle yarattıkları yalanı böylesine kolay kabullenişi şaşırtıcıydı. Ertesi sabah yine her zamanki saatinde kalkmış, kahvaltı masasında hiçbir şey olmamış gibi rahat rahat gazetesini okumuştu. Olayı unutmadığının tek kanıtı, Carmelita yemek salonuna girip Belinda'nın sağlığını sorduğunda, bana sertçe bakmasıydı. Annem hemen yalanları peş peşe sıralamaya başlamıştı tabii.

Okulu bitirmiştim ve babamın yanında muhasebe yardımcısı olarak çalışıyordum. Babam, 'evleneceğim uygun adam karşıma çıkana kadar zaman kaybından başka bir şey olmayacağı' gerekçesiyle üniversiteye gitmememe karar vermişti. 'Evleneceğim adam, pratik bir kadın olmamamı takdir edecekti çünkü.'

Zaten ben de üniversiteye gitme konusunda o kadar hevesli değildim. Sayılarla aram her zaman iyiydi. Tam bir işadamı kafasına sahip olduğumu söylerdi babam. Daha küçücük bir kızken, bahçemizde yetişen kızılcıkları satarmışım. Yol kenarına kurduğum tezgâhta sattığım kızılcıkları turistler, küçük bir kızın para konusundaki ciddiyetinden hoşlandıkları için satın alırlarmış. Babamı asıl memnun eden şey, kazandığım parayı şekerlemelerle oyuncaklara harcamak yerine, 'aile bütçesine katkıda bulunmak için' götürüp ona vermemmiş.

"İçim rahat, çünkü aile şirketini gözüm kapalı bırakabileceğim biri var," demişti bir keresinde. Bir oğul sahibi olmayacağını artık kabullenmişti; ve bana da artık ikinci sınıf bir evlat gözüyle bakmıyordu. Ofiste her fırsatta yağdırdığı övgüler sayesinde emindim bundan.

Babam yoksulluktan zenginliğe ulaşmış bir adamdı. Amerikan Rüyası'nın gerçekleşmesiydi bu. Önceleri küçük bir tüccarken, aldığı doğru kararlar yüzünden işini gittikçe büyütmüştü. Bölgesel gazetelerde, bazen de Boston gazetelerinde yazıları çıkardı.

İlk balıkçı teknesini ikincisi, üçüncüsü izlemiş; çok geçmeden, günden güne büyüyen ulusal piyasalara deniz mahsulleri satan bir filosu olmuştu. Boston'da konserve karides fabrikası açmış, yakın iş alanlarında yatırımlar yapmış ve her şeyi kontrol altında tutabilmek için kamyon nakliyat işine de girmişti. Babam kendisinin, rakiplerini yok ederek iş hayatından silen acımasız ve hırslı bir işadamı olduğunu itiraf ediyordu.

Altı ay içinde, aile şirketimizin bütün girdisini çıktısını öğrenmiştim. Babam artık iş toplantılarından bazılarında bulunmama izin veriyordu. Bu toplantılardan sonra fikrimi soruyor, bazen de önerilerimi alıyordu.

Oysa Belinda'nın iş konusunda en ufak bir fikri bile yoktu. Paranın kendiliğinden geldiğini sandığı belliydi. İhtiyaç duyduğumuzda para oradaydı ve 'bunu almaya paramız yetmez' lafını ömründe işitmemişti.

Kıymet bilmemekle ve nankörlükle suçluyordum onu. "Hiçbir şeyin değerini bilmiyorsun, Belinda!"

O ise azarlamalarıma aldırmadan tatlı tatlı gülümser, omuz silkerdi. Hiçbir şeye karşı çıktığı yoktu. Sorumluluklardan ve suçluluk duygusundan arınmıştı sanki. Sonucu ne olursa olsun, canı ne isterse yapıyordu.

Tıpkı şimdi olduğu gibi. Babamla annemin de ondan farkları yoktu. Belinda grip olmuştu, o kadar! Babamın kendisini erken doğmuş bir bebeği gömmediğine ikna ettiğinden emindim.

Bir gün şirketten eve döndüğümde, arka bahçemize gittim. Taşı olmayan minik mezarın yerini merak ediyordum. Geniş bahçe, okyanusa inen dik bir yamaçla son bulmaktaydı. Birkaç güvenli patika, özel plajımıza iniyordu. Bahçede çınar ve meşe ağaçları vardı. Toprağımızın büyük bölümü ekilmemişti. Belinda'nın da birkaç kez günahını hatırlayarak bahçede dolaştığını görmüştüm.

Safranlar, laleler, fulyalar ve zerrinlerle çevrilmiş çimlerin ortasındaki kameriyede oturup bir süre okyanusu seyrettim.

Bazen yamacın başında durur, okyanusun dalgalarına, çığlıklar atarak uçuşan martılara bakar, gözlerimi kapadığımda aşağı düşecek gibi olurdum.

Belinda küçükken okyanustan ödü kopardı. Tekneyle denize açılmayı da sevmezdi. Kumsala ise ancak parti verildiğinde iner, o zaman bile dalgaların sıçrattığı damlalardan olabildiğince uzakta bir yer seçerdi kendine. Bir keresinde, ben dokuz, o yedi yaşındayken onu yamacın kenarına götürmüş, gözlerini kapamasını istemiştim. Öylesine korkmuştu ki, koşa koşa eve kaçmıştı. Şimdi düşünüyorum da, aşağı düşseydi ne yapardım?

Mezarı aramak için arka bahçeye gittiğimde, Jerome yabani otları temizlemeyi bitirmişti. Beni başıyla selamlayıp bahçe aletlerinin durduğu barakaya girdi. Rahat görünmeye çalışarak, bakışlarımla çevreyi taradım. Toprakta yakın zamanda kazılmış bir yer arıyordum. Yamacın kıyısına vardığımda, aradığımı bulamamıştım. Babam karton tabutla diğer şeyleri nereye gömmüş olabilirdi?

Çınar ağaçlarının ötesine geçince durdum. Ağaçların altında yeni kazılmış gibi duran bir yer vardı. Diz çökerek toprağı incelediğimde, mezarı bulduğumu anladım. Sanki bebek toprağın altından yardım istiyormuş gibiydi; ürpererek hemen ayağa kalktım.

Yıllar sonra, aynı yerde yabani otların arasından fışkıran ardıç fidanları bana yine o korkunç geceyi hatırlatacaktı.

Ama o an hissettiğim tek şey öfkeydi. Gizli saklı şeylerden ve öfkeden hiç hoşlanmazdım. Yalanı sevmediğim için, Belinda'nın günahlarının örtbas edilmesinden nefret ediyordum. İnsan yalan söylediğinde zayıf duruma düşerdi. Şimdi babam da gözümde zayıf bir adamdı; ama onun da kendi kâbuslarını gördüğünden emindim.

Bizi bu hale getirdiği için Belinda'dan nefret ederek oradan kaçtım.

Babam Belinda'yı şımartmak yerine, suçunun cezasını çektirmeliydi. Konuyu bir daha açmayacağını düşünürken, o haftanın sonuna doğru beni şaşırttı. Çalışma odasında şirket hesaplarını kontrol ediyordu. Kapının önünden geçerken bana seslendi.

Ben içeri girince, "Kapıyı kapa, Olivia," dedi. Dediğini yapıp ona baktım. Koltuğunda dimdik oturuyordu. "Olanları ardımızda bırakmalıyız," dedi. "Hafta boyunca, bir şey yapmamı ya da söylememi bekliyormuş gibi baktın bana."

"Senin vicdanın olmak gibi bir niyetim yok, baba," deyince, suratına tükürmüşüm gibi irkildi. "Kusura bakma, ama hiçbir şey olmamış gibi davranamam."

"Beni dinle, Olivia. Önemli olan sadakattir. Her aile kendi başına bir dünyadır ve aile bireyleri ne pahasına olursa olsun bunu korumalıdır. Ancak o zaman bireysel özgürlükler, ilgiler ve yetenekler devreye girebilir. Önce aile, Olivia. Geçerli olan tek ahlak kuralı: ancak aile için iyi olan iyidir." Bakışlarında büyük bir kararlılık vardı. "Ben bu dersi babamdan öğrendim ve senin de öğrenmeni umuyorum.

"Kendi aramızda suçlamalar ve pişmanlıklar olabilir, ama ailemiz söz konusu olunca kol kırılır yen içinde kalır. Hayata dair kuralım budur, Olivia. Ve yaşamımı buna adadım."

Bir an sessizce ona baktım. Babam ağlamaklıydı. Dudakları ince bir çizgi halini almıştı.

"Sizleri, aile ismimizi ve şerefimizi sevdiğim için beni suçlama, Olivia. Bundan ders almalısın."

Derin bir soluk aldım. Babamla geçmişte pek çok konuşmamız olmuştu, ama onun gözlerini ilk kez yaşlı görüyordum. Onu üzdüğüm için kendimi çok kötü hissettim.

"Seni anlıyorum, baba," dedim. "Gerçekten."

"Buna sevindim, Olivia. Çünkü tek ümidim sensin. Benden sonra ailemiz adına kararlar alacaksın. Bu haftayı ve sana rehber olabilecek sözlerimi sakın unutma."

"Unutmayacağım, baba."

Babam gülümseyerek ayağa kalktı. Masanın etrafını dolaşıp omzuma sarıldı. "Seninle gurur duyuyorum, Olivia." Alnımı öptü. "Hem de çok."

Sonra tekrar masasına oturdu. Omuzlarında dünyanın yükünü taşıyan, bitkin bir adam haline gelmişti. O hesaplara dönerken, odadan çıktım.

Aynı gece ışığı söndürüp başımı yastığa koyduğumda, babamın sözleri hâlâ kulaklarımdaydı. Yaşlarla dolu gözleri aklımdan çıkmıyordu bir türlü.

Önder olmanın acı bedeliydi bu. Ben de omuzlarımda çok ağır bir yük taşıyordum.

Belki de Belinda'nın durumu hepimizden iyiydi. Özellikle de benden.

Yaptığı korkunç şeyden sonra, her gece olduğu gibi peluş hayvanlarına sarılıp gözlerini kapamış, partileri, minik çanları, kurdeleleri, müzik seslerini ve gülümsemesine hayran erkekleri hayal ediyordu mutlaka.

Oysa ben evimizin arka bahçesindeki o minicik toprak parçasını ve babamın küçük karton kutuyu oraya gömüşünü, "Ailemiz için, hepsi ailemiz için," deyişini düşünüyordum.

2

Benim Partim

Belinda ilk birkaç gün boyunca gerçekten hastaydı. Doğru dürüst yiyemiyor, yediklerini de hemen çıkarıyordu. Her zamanki gül benzi solmuştu. Ancak hafta sonuna doğru rengi yerine geldi. Planları da böyle gerektiriyordu zaten. Hafta sonuna doğru lise son sınıftan üç erkek arkadaşı öğleden sonra çiçekler ve çikolatalarla onu ziyarete gelmişti. Carmelita bunu haber vermek için babam, annem ve benim bulunduğum oturma odasının kapısında belirdi.

"Üç genç adam Belinda'yı ziyarete gelmişler," dedi hiçbir duygu belirtisi göstermeksizin.

"Üç mü?" Babamın kaşları havaya kalkmıştı.

"Evet, efendim."

"Genç adam ha?"

"Evet, Bay Gordon."

Babam gözlerini bana çevirince, kaşlarımı çattım.

Annem, "Büyük kibarlık," diyerek, asılan suratıma aldırmadan gülümsedi.

"Onları içeri al." Babam zorlu bir iş görüşmesine hazırlandığı zamanlarda olduğu gibi gerginleşti. Yırtıcı bir kuş edasıyla omuzlarını dikmiş, boynunu içeri çekmişti. Geniş göğüslü, yapılı bir adamdı ve bakışları sertleştiğinde ürkütücü olurdu.

Carmelita'nın içeri aldığı delikanlıların hepsini de tanıyordum. Yıl boyunca Belinda'yla defalarca çıkmışlardı. Belinda'nın son zamanlarda sık görüştüğü Arnold Miller başşüpheliydi. Uzun boylu, kumral, yeşil gözlerinin içinde kahverengi hareler olan, yakışıklı bir çocuktu. Okulun yıldız basketbol ve beysbol oyuncusu olduğu için Belinda ondan hoşlanır; kızların çoğu onunla çıkmak isterdi. Seveninden çok kıskananının olması Belinda'nın hoşuna gidiyordu.

Arnold'ın ailesinin kereste fabrikasıyla Provincetown'ın en büyük mağazası olan bahçe ekipmanları satış merkezi vardı. Arnold üç erkek kardeşin en büyüğüydü. Gerçi biraz utangaçtı, ama bu bana karşı rol de olabilirdi. Belinda'ya birkaç ay önce bu delikanlı hakkında sorular sorduğumda, kız kardeşim kıkır kıkır gülmekle yetinmişti.

Arnold'ın hemen yanındaki Quin Lothar'ın kestane rengi saçları neredeyse omuzlarına geliyordu. Babam genç erkeklerde bu tip saçtan hiç hoşlanmazdı. Okulda kendi müzik grubu olduğu için epey popüler olsa da, Arnold kadar yakışıklı değildi. Çok kaba hatları ve kahverengi gözlerinden oldukça yukarda kalan kaşlarıyla biten daracık bir alnı vardı. Bir kenarı hep sırıtır gibi duran ağzı ona her zaman alaycı bir ifade veriyordu. Bebeğin babası o olmalıydı. Belinda'yı hamile bırakıp buna aldırış etmeyecek bir tipti çünkü.

Eski pantolonu ve soluk kazağıyla derbeder bir hali vardı. Ebeveynlerim üzerinde olumlu bir etki bırakma kaygısı taşımadığı belliydi.

Üçüncü delikanlı Peter Wilkes kısa boylu ve yuvarlak yüzlü bir çocuktu. Babası Cape Coast Bankası'nın başkanıydı. Belinda onun yanında her zaman bol parası olduğunu, herkesin onu yüzüne karşı bile 'Ayaklı Cüzdan' diye çağırdığını söylemişti. Belinda bir şey istediğinde, Peter hemen alırdı.

Üzerinde beyaz bir ceket, pantolon ve bağcıklı ayakkabılar vardı. Giysilerinin aşırı şişman vücudunu sarması, diğer iki delikanlının yanında onu kötü gösteriyordu.

Sözcüleri Quin'di.

"İyi günler," dedi. "Belinda'nın nasıl olduğunu görmeye geldik. Onu neşelendiririz diye düşündük."

Peter gülümseyerek elindeki çikolata kutusunu gösterdi. "Bunu ona vermek istiyorum. İthal çikolatalar."

Çiçekler Arnold'daydı. Onları Hürriyet Heykeli edasıyla havaya kaldırdı.

Babam önce bir şey demedi. Lafını karşısındakilerin tahmininden daha uzun süre bekletirdi. İnsanları şaşırtmak, onları denemek için uyguladığı bir taktikti bu. Kısa olsa da, bu seferki sessizliği üç delikanlıyı huzursuz etmişti. Önce birbirlerine bakıp, kıpırdadılar; sonra bana, anneme, yere ve tekrar babama baktılar.

"Ona kaçırdığı derslerin notlarını da getirdim," diyen Peter cebinden bir takım kâğıtlar çıkardı.

Annem, "Çok düşüncelisiniz," dedi sonunda.

Babamın gözleri kuşkuyla kısılmıştı. "Tam ders yılının sonunda mikrop kapıp hastalanmaktan korkmuyor musunuz?"

Arnold, "Hayır, efendim," diye atıldı.

"Ona pek yaklaşmayacağız." Quin'in çarpık gülümseyişi derinleşmişti. Peter de sırıttı.

"Umarım yaklaşmazsınız," diye homurdandı babam. Sonra bana döndü. "Olivia." Ne demek istediğini anlamıştım. Ziyaretçilerini Belinda'nın odasına götürmemi ve gözcü olarak yanlarında kalmamı istiyordu.

Belirgin bir isteksizlikle ayağa kalktım. "Belki uyuyordur."

Quin, "Geleceğimizden haberi var," dedi. "Daha önce arayıp geliş saatimizi bildirmiştik."

"Bize söylemeliydi," diye homurdanarak babama baktım. Babam başını olumlu anlamda sallayarak gazetesini açtı ve sehpadan bir puro aldı.

Yakarken, Peter, "Onlar Havana purosu mu, Bay Gordon?" diye sordu.

Babamın kaşları havaya kalktı. "Purodan anlar mısın?"

"Pek anlamam, ama babam Havana purosu içer. Size de getirebilirim." Babamın gözüne girmeye çalışıyordu belli ki.

Babam, "Kendi purolarımı ben alabilirim," dedi kesin bir dille.

"Buraya Belinda'yı ziyarete mi geldiniz, yoksa babamla sohbet etmeye mi?" diye çıkıştım.

Quin, Peter'i dirseğiyle dürttükten sonra üçü birlikte ardımdan merdivene yöneldiler.

"Babamla annem normalde kız kardeşimin odasında erkek misafir kabul etmesine izin vermezler," dedim. İçlerinden biri alayla güldü. Ama duyduğumu belli ederek onu sevindirmeyecektim.

Belinda'nın kapısında durup onlara döndüm. Üçü etrafımı sarmışlardı. İçlerinde bu heyecan ve arzuyu yaratan neydi? Sadece Belinda'nın fiziksel güzelliği mi, yoksa benim asla sahip olamayacağım, doğuştan gelen ve erkeklerin hormonlarını harekete geçiren bir titreşim miydi?

"Bir dakika," dedim. Heyecanlı solukları ensemdeydi. İnsan yerine at olsalardı, heyecanla soluyup kişneyeceklerdi mutlaka. Kapıyı tıklattım.

"Evet?" diye seslendi Belinda içerden.

"Ziyaretçilerin var. Uygun musun?"

"Evet, Olivia. Onları içeri al." Kapıyı açtım.

O an Belinda'ya bakan biri, yakın zamanda doğum yaptığına kesinlikle inanmazdı. Ben bile ışıltılar saçan halinden etkilenmiştim. Carmelita sabah kahvaltısından beri odasına uğramadığına göre, etrafı toplayan ve güneşin girmesi için perdeleri açan kız kardeşimdi.

Belinda en ince geceliklerinden birini giymişti. Derin dekoltesi, o yaşta bile olgunlaşmış göğüslerini cömertçe sergilemekteydi. Battaniyeyi çekmediği için, dolgun göğüsleri bütün hatlarıyla ortadaydı. Şöyle bir taradığı saçları omuzlarına dökülmüştü. Uçları hafifçe dışa kıvrıktı. Saçları her zaman benimkinden daha gürdü. Ama o saçlarıyla benden daha fazla uğraşırdı. Elinden gelse odasının her tarafını aynalarla donatacaktı. Kendini seyretmekten bıkmazdı.

"Ya battaniyeyi yukarı çek ya da sabahlığını giy," dedim. Yüzü kızararak dediğimi yaptı hemen.

Sonra tıpkı bir Güneyli güzel gibi kırım kırım kırıtarak, "Kim geldi?" diye sorunca, üç delikanlı çekine çekine odaya girdiler.

"Seni önceden aradıklarını söylediler. Ziyaretçilerinin kim olduğunu nasıl bilmezsin anlamıyorum."

Belinda bana aldırmaksızın, ziyaretçilerine baktı.

İlk konuşan Arnold'du. "Sana bunları getirdik," diyerek, kırmızı güllerden oluşan buketi ona uzattı.

"Ah, ne kadar güzeller, değil mi, Olivia? Bir vazo bulabilir miyiz?"

"Biz mi?" diye sordum.

"Eh, benim kalkmam doğru olmaz herhalde." Belinda kirpiklerini öyle hızla kırpıştırdı ki, yataktan havalanacağını sandım bir an.

Homurdanarak çiçekleri elinden aldım. Komodinin üzerinde vazo vardı. Su koymak için banyoya gittim.

Peter Wilkes, "Umarım çikolata yersin," diyordu ona.

"Elbette," diye karşılık verdi Belinda. Ben banyodan dönünce, "Olivia da çikolatayı çok sever," dedi.

"Hayır, sevmem." Uzun saplı çiçekleri vazoya koydum.

Belinda ise kıkır kıkır gülerek çikolata kutusunu açıyordu. Bir çikolata alıp dudaklarının arasında tuttu. Gözlerini yumarak hazla inleyince, oğlanların gözleri büyüdü. Acı çekiyor gibi kımıldamışlardı.

"Belinda, bu hiç de hoş değil," diye çıkıştım. "Yiyeceksen ye şunu! Tükürüklerini akıtman gerekmez."

Belinda gülerek çikolatayı ağzına alıp, delikanlılara da birer tane ikram etti; sonra kutuyu bana uzattı.

Başımı hızla iki yana salladım.

"Lütfen kutuyu masama koyar mısın, Olivia?"

Sıkıntımı saklamaya gerek duymadan iç çektim. Nasıl olmuştu da Belinda'nın hizmetçisi haline gelmiştim? İşi uzatmadan dediğini yaptım.

Belinda ellerini çırparak yumuşacık yastığına yaslandı. "Bana her şeyi anlatın, her şeyi! Size ne kadar önemsiz görünse de." Saçları güzel yüzünü çevreliyordu.

"Arnold dün beysbol sezonunu kapayan atışlar yaptı," dedi Peter. "Ama sadece üç sayı!"

"Ah, bana spordan söz etmeyin ne olur. Sadece skorlardan ve gollerden söz ediyorsunuz. Çok sıkıcı."

"Sıkıcı mı?" diye sordu Peter.

Quin güldü. "Tabii sıkıcı. Beysbol her zaman sıkıcıdır." Yatağa yaklaşıp Belinda'ya doğru eğildi. "Müzik grubum için yeni bir şarkı yazdım. Adı 'Beni Kumsala Götür'."

"Sonra benim için çalarsınız, değil mi?"

"Tabii. Sen iyileşip ayağa kalkar kalkmaz."

"Pazartesiye iyileşirim herhalde, değil mi Olivia?"

"Şimdi de gayet iyi görünüyorsun," dedim imalı bir sesle.

"Quin dün erkekler tuvaletinde sigara içerken yakalandı. Pazartesi günü okula gelmeyecek." Arnold sırıttı.

"Sahi mi? Anlatsana!" Quin onun yokluğunda müthiş bir şey yapmış gibi heyecanla öne eğildi.

"Tam sigaramı yakmıştım ki, Kurbağa Gözlü ortaya çıktı. Kapı aralığından beni gözetleyip fırsat bekliyordu mutlaka. O komik gözlükleri takıp onu taklit ettiğimden beri peşimdeydi biliyorsun."

"Evet. Ne komikti ama."

Belinda gülünce onlar da güldüler.

Ben, "Bir de neden öğretmen olmadığımı merak ediyorlar," diye homurdanınca, hepsi bana baktı.

"Sen de lisedeyken Bay Garner'ı sevmezdin, Olivia," diye hatırlattı Belinda.

"İşini pek sevmediği doğru, ama bu yüzden ona 'kurbağa' demedim."

Sanki komik bir şey demişim gibi yine güldüler.

"Jerry, Barbara'ya çok pahalı bir yüzük hediye etti," diye devam etti Peter. "Nişan yüzüğü de denebilir. Okulu bitirir bitirmez evleneceklermiş."

"Haberim var. Marcia Gleason telefonda söyledi."

Quin, "Jerry intihar ediyor," dedi gülerek.

Belinda, "Onunla dalga geçmeyin," dedi ağlayacakmış gibi yaparak. "O ve Barbara birbirlerini seviyorlar. İnsanın hayatını paylaşacağı, kendinden çok seveceği birini, babam gibi birini bulması o kadar güzel ki."

Çocuklar gülmeyi keserek bu azarı kabullendiler. Belinda onları nasıl da parmağında oynatıyordu. Çocuklara dikkatle baktım. Bebeğin babası hangisiydi acaba? Belinda karşılığında çok pahalı bir şey almadıysa, Peter Wilkes olamazdı. Ama Belinda bunu yapmış olabilirdi.

"Bu hafta başka gribe yakalanan oldu mu?" diye sordum. İçlerinden biri Belinda'yla ilgili gerçeği biliyordu mutlaka.

Quin ve Arnold birbirlerine bakarak başlarını iki yana salladılar. "Sanmam," dedi Arnold. "Bobby Lester yoktu, ama o maçta ayak bileğini burkmuştu."

"Final sınavlarına sadece iki hafta kaldı," dedi Peter. "Şu günlerde dersleri kaçırmamalı. Ha, unutmadan... işte İngiliz Edebiyatı notları."

"Ah, sağ ol, Peter. Çok tatlısın."

Ben, "Çikolatalardan daha mı tatlı?" diye sorunca, Belinda güldü.

"Ablam bazen çok şakacı olur." Notları yanına koydu. "Sonra çalışırım."

"Bunu duyduğuma çok şaşırdım," diye mırıldandım, ama duyulmuştu.

"Olivia!"

"Mezun olmak için İngilizce sınavını geçmen gerektiğini biliyorsun, Belinda."

"Beni çalıştıracağını söylemiştin!" diye sızlandı. Çocuklar bir bana, bir ona bakıyorlardı.

"Gerçekten ders çalışmak istersen ederim tabii."

"İstiyorum."

Peter, "Bu hafta gelip çalışmana yardım ederim," diye atıldı hemen.

"Çok naziksin, Peter. Gördün mü, beni düşünenler de var!" Belinda çok sevinmişti. Birkaç saniye içinde kutsarcasına teker teker süzdüğü üç hayranını ona tapınan birer köleye çevirmişti. Manzarayı tiksinerek izliyordum. Adam gibi erkekler neredeydi artık? Babam gençken bunlar gibi değildi mutlaka.

"Keşke sen de maçta olsaydın, Belinda. O son atışı yaptığımda..."

"İşte yine spordan söz ediyorsun. Konuyu kapamazsan uyuyor numarası yaparım, ona göre."

Belinda ondan söz edilmediği zaman sohbetlere katılmazdı.

"Seni düşündüğümü anlatmak istemiştim sadece. 'Bu sayı Belinda için,' diye düşündüm," dedi Arnold.

"Ya." Belinda canlanmıştı. Gülümserken gamzesi belirdi yine. "Şimdi oldu işte. Benim sayemde kazanmışsın. Bunu herkes bilmeli." Arnold asker gibi başını salladı. Belinda'nın emriyle bunu bütün Provincetown'a yaymaya hazır gibiydi.

Belinda'nın dikkatini yeniden üstüne çekmek isteyen Quin, "Grubumun mezuniyet partisinde çalmasını istediler," diye atıldı.

"Harika!" dedi Belinda.

Araya girme sırası Arnold'daydı. "Seni partiye ben götürürüm!"

Peter ise, "Babamın Cadillac'ını alabilirim!" diye önerdi.

"Ben motosikletimle geleceğim," dedi Quin. "Böylece hazırlıklarımızı da seyredersin."

Bu öneriler arasında karar vermeye çalışan Belinda bana baktı. "Sen ne yapardın, Olivia?"

"Yürürdüm," dedim kupkuru bir sesle.

Bir kahkaha atan Belinda el çırptı. "Yürümek. İyi fikir! Evet, kim benimle yürümek ister?"

"İstediğin buysa," dedi Arnold. "Ben yürürüm."

Belki de bebeğin babası Arnold, diye düşündüm. Belinda onun adını büyük bir telaşla inkâr etmişti.

"Henüz emin değilim," dedi Belinda. "Düşüneceğim." Şuh bir edayla havada asılı bıraktığı kararsızlığı, adeta üç zavallıyı aynı oltaya saldıran aptal balıklar haline getirmişti.

Odanın bir köşesine çekilip, mezuniyet gecesi planlarını tartışmalarını izlemeye koyuldum. Heyecanlarını paylaşmak için yanıp tutuşuyordum aslında. Ben kendi mezuniyet partime katılmamış; babam, annem ve Belinda'yla bir restoranda yemek yemiştim. O gece penceremden geceyi aydınlatan havai fişeklere bakarken, kumsaldan yükselen kahkahaları, müzik sesini düşünüyordum. Kimse beni mezuniyet partisine davet etmemişti ve kız arkadaşlarımla gitmek de istemiştim. İşin en kötü yanı, ilgiye muhtaç dilenci gibi bir kenarda durup, bir delikanlının bana ilgi göstermesini beklemekti. Hiçbir erkeğe bu zevki yaşatmamaya kararlıydım. Eğer doğru erkekle karşılaşana dek beklemenin bedeli yalnızlıksa, bunun için üzülmenin anlamı yoktu.

Yine de, kapımı nasıl bir erkeğin çalacağını merak edip, çiçekler ve çikolatalarla etrafımda dolanıp, bu üç delikanlının Belinda'nın çevresinde pervane olmaları gibi dudaklarımdan dökülecek bir iltifatı beklemesinin hayalini kurmak pek de kolay değildi.

"Geç oldu," dedim artık dayanamayarak. Hâlâ orada oluşuma şaşırmışçasına, hepsi dönüp bana baktı.

"Evet," dedi Quin. "Benim provam vardı."

"Umarım kendini iyi hissediyorsundur," dedi Arnold.

"Ben de öyle umarım." Bunu söyleyen de Peter'di.

Belinda doğrulunca battaniye tekrar aşağı kaydı. Üç çift göz bir anda geceliğinin dekoltesine kayarak irileşmişti. Ben öksürerek bakışlarımla işaret edince, Belinda hemen toparlanıp battaniyeyi yukarı çekti.

Arnold, "Seni yarın ararım," dedi.

Diğerleri de aynı sözü vererek odadan çıktılar. Onların ardından gidecekken, dönüp Belinda'ya baktım.

"Ne incelik, değil mi?" dedi.

"Hangisiydi, Belinda?"

"Efendim?"

"Ne demek istediğimi gayet iyi anladın. Bebeğin babası hangisiydi dedim."

Başını iki yana salladı. "Sana söyledim, Olivia. Bilmiyorum. Zaten babam da bu konunun artık konuşulmamasını istiyor." Ağlayarak başını yastığa gömdü.

"Onlardan biriydi, değil mi? Yanılmadığımı söyle."

"Lütfen, Olivia."

"Her kimse, o da baba olduğunu, bu odada yaşananları biliyor mu?"

"Yeter artık, Olivia." Elleriyle kulaklarını kapadı. "Seni dinlemiyorum."

Ona yaklaştım. "Onu arayıp neler olduğunu, babamın yapmak zorunda kaldığı şeyi anlattın mı, ha? Anlattın mı?"

"Hayır. Babasının kim olduğunu bilmiyorum, dedim!"

"Bu iğrenç, Belinda. Yaptığın şey yeterince iğrençken, bir de babasının kim olduğunu bilmemen..."

Ağlamaya başladı. "Yine hastalanıp okula gidemeyeceğim!" Beni tehdit ediyordu adeta.

"Okul için bir kayıp olmaz," diye homurdandım.

Onu ağlarken bırakıp aşağıya, babamın yanına indim. Çalışma odasında bir takım evrakları dosyalamakla meşguldü. Hepimizin şahsi vergi belgeleri ve aile evraklarımız burada muhafaza edilirdi. Geldiğimi duyunca bana döndü.

"Buraya gelmeleri ne yüzsüzlük! Bebeğin babasının onlardan biri olduğuna eminim..."

"Hayır, Olivia," dedi elini kaldırarak. "Bu konuyu unutmuştuk."

"Evet, baba. Ben sadece... yaptıkları yüzünden ona kızgınım!"

"Biliyorum, ama ona göz kulak olmalısın, Olivia. Bu konuda dersimizi aldık."

Babamın neden sadece Belinda'nın zaaflarına anlayış gösterip, annem de dahil kimseye böylesine tahammül edemeyişi, boğazıma takılan bir yumru gibiydi.

"Ona ancak sen sahip çıkabilirsin," dedi. "Seni dinleyecektir."

"Bugüne kadar dinlemedi, baba. Bunu feci şekilde kanıtladı."

"Evet, ama değişeceğine inanıyorum," dedi inatla.

Uzun uzun yüzüne baktım. Sonunda gözlerini kaçırmak zorunda kalmıştı. Ender olarak yaptığı bir şeydi bu. Babamla aramda sözcüklere dökülmemiş bir anlayış vardı. Birbirimize yalan söyleyemeyeceğimizi biliyorduk.

Oysa şu an bana yalan söylediğini biliyordum. Belinda'nın değişeceğine inandığı falan yoktu.

Ama neden yalan söylüyordu?

Babamı yalan söylemeye mecbur ettiği için, Belinda'ya karşı nefretle doldum birden.

Belinda eninde sonunda korkunç hatasının farkına varacak ve af dileyecekti. Ama o gün benim yüreğimde onu bağışlayacak en ufak duygu kalmamış olacaktı.

Belinda'nın yoğun bir yardımla güç bela Ingilizce sınavından geçmesi şaşırtıcıydı. Babamın nüfuzu sayesinde öğretmenlerinin de bu işte payı olmasından şüpheleniyordum. Mezuniyet töreninden önceki hafta, annem babamdan Belinda'ya şık bir elbise almak için bizi Boston'a götürmesini istedi. Kızının çok güzel görünmesini istiyordu. Annem korkunç gerçeği unutturacak bir yol bulmuş gibiydi: Belinda'yı mezuniyet balosuna hazırlama telaşıyla, başka bir şey düşünemiyordu. Bu alışveriş çılgınlığının, evin kuytu köşelerine sinmiş kara bulutları yok edeceğini sanıyordu besbelli. Ortada parlak ve mutlu anılardan başka bir şey kalmayacaktı ona göre. Babam da, 'kötülüklere kulaklarını ve gözlerini kapa' prensibiyle bu oyuna katılmaktan son derece mutluydu.

Annem son anda kararından cayarak aşırıya kaçmış, eve çok ünlü bir terzi çağırarak Belinda için çok özel bir elbise diktirmeye karar vermişti. Fiyat butikten alınacak bir elbisenin en az üç katı olacaktı, ama babamın bu karara hiç itiraz etmeden uyması beni şaşırttı. Bu kez 'Işin sonu nereye varacak?' diye sormamıştı bile.

Belinda'nın mezuniyet gününde her zamankinden güzel göründüğünü itiraf etmeliyim. Açık havada düzenlenen mezuniyet partisi için mükemmel bir gündü. Okyanustan tatlı bir meltem esiyordu ve bulutlar masmavi gökyüzünde süzülerek ilerliyordu.

Belinda'nın da benim bitirdiğim okula gitmesine karar verilmişti. Ama o derslere bu yaz başlayacaktı. Babam onun mümkün olduğunca şehirden uzaklaşmasının ve hanımefendi olma yolunda ilk adımı bir an önce atmasının iyi olacağını düşünüyordu. Niyeti belliydi: Küçük kızının doğru erkeği bulmasını istiyordu.

Benim mezuniyet partim yağmur yüzünden açık havada yapılamamıştı. Okulun konferans salonu o gün kalabalık, ağlayan çocuklar, her yanda patlayan flaşlar, hayvanat bahçesindeki hayvanlara bakar gibi heyecanla el sallayan gururlu aileler yüzünden fazlasıyla bunaltıcıydı. Ben de nutukların bitmesini beklerken kendimi kafese kapatılmış bir hayvan gibi hissetmiştim.

Belinda'nın mezuniyet töreni ise büyük bir piknikten farksızdı. Her yer balonlarla süslenmişti, güneşin ışıkları havadaki mutluluğu artırmaktaydı. Çocuklar büyüklerin ayağının altında dolaşmamaya gayret ederek oyunlar oynuyor, hafif bir müzik sesi duyuluyordu. Mezun olan öğrenciler sandalyelerin arasından mağrur bir edayla geçerken herkes ayağa kalkmıştı.

Belki de benim mezuniyetim olmadığından, her şey yolunda gidiyordu. Konuşmalar çabucak bitmiş, kimse ne olduğunu anlamadan diplomalar verilmeye başlamıştı. Öbür gururlu babalar gibi heyecanına hâkim olamayan babamın haline şaşıyordum. Benim mezuniyetimde işi profesyonel fotoğrafçılara bırakıp yerinden hiç kalkmamıştı. Diplomasını her zamanki abartılı neşesiyle alan Belinda dönerek babama gülümsedi.

Annem, "Şükürler olsun," diye homurdandı. "Kazasız belasız atlattık."

Törenden sonra Point'teki bir balık lokantasına gittik. Babam kutlama yemeğine iş arkadaşlarından bazılarını da çağırmıştı. Belinda'nın çok geçmeden sıkıldığını fark ettim. Ama Peter Wilkes restorana girince eski neşesine bir anda kavuştu.

"Ah, sıkıntıdan patlayacaktım neredeyse!"

"Ne oluyor?" Babam sohbeti keserek Peter'e baktı.

"Galiba biraz erken geldim," dedi Peter.

"Sakıncası yok, değil mi, baba?" Belinda yerinde duramıyordu.

Babam biraz sıkılarak konuklarına gülümsedi. "Şey... yemeğin daha bitmedi, Belinda."

"Ben doydum." Ayağa kalktı.

"Nereye gidiyorsunuz?" diye sordum.

"Kumsaldaki partiye tabii. Yoksa unuttun mu? Babam izin verdi."

Babama baktım, ama o hemen gözlerini kaçırıp, "Eve erken dön, Belinda," dedi. "Bu konuda mezuniyet falan..."

Bay Collins, "İhtiyar bir keçi gibi davranmayı bırak, Winston," diye araya girdi. "Bir genç kız hayatında bir defa liseyi bitirir."

Annem, "Bunun için Tanrı'ya şükrediyorum," deyince herkes güldü.

Belinda masadaki herkesi öptükten sonra bana sarıldı. "Her şey için teşekkürler, ablacığım. Hediye ettiğin bavula bayıldım."

Okula yapacağı yolculuk için ona çok kaliteli bir bavul hediye etmiştim. Gönderilen diğer hediyeler arasında en pratik olanlardan biri benimkiydi.

Peter bana utanarak gülümsedikten sonra onu çekiştiren Belinda'yla birlikte uzaklaştı. "Hoşça kalın."

Gözlerim babama çevrildi. O ise önce onların ardından, sonra da bana baktı ve Bay Collins'le konuşmaya devam etti.

Bir saat sonra biz de restorandan çıktık. Gece de hava çok güzeldi. Ilık bir yaz gecesiydi. Dönüş yolunda bakışlarımı kumsaldan ayıramadım. Şimdi orada olmak ne güzeldi kim bilir? Gökyüzünde binlerce yıldız vardı ve hiç bu geceki kadar parlak olmamışlardı.

Eve dönünce hemen odama çıktım. Tek isteğim, derin bir uykuya dalarak her şeyi unutmak ve rüyamda başka bir yerde bambaşka biri olduğumu görmekti. Fakat bir türlü uyku tutmuyordu. Uyku benden çok uzaklardaydı.

Önce yalnızlığın acısını çekmelisin, dedim kendi kendime.

En sonunda uykuya dalabilmiştim, ama çok geçmeden kapıma hafifçe vurulmasıyla uyandım. "Girin!"

Babam başını içeri uzattı. "Rahatsız etmek istemezdim, Olivia. Ama annen de çok endişeli."

"Endişeli mi? Neden?"

"Sabahın üçü oldu ve Belinda hâlâ ortada yok."

"Bu sizi daha önce hiç endişelendirmezdi!" diye çıkıştım.

Babam duraksadı. "Evet, ama olanlardan sonra..."

"Hani bundan söz etmeyecektik," diye patladım. Acımasız olmamak elimde değildi.

"Lütfen, Olivia."

"Peki ne yapmamı istiyorsun, baba?"

"Gidip onu arayabilir misin?"

"Kumsalda mı?"

"Evet. Başının yeniden derde girmesini istemiyorum."

"Belinda'nın bunu yapacağını sanmam."

Babam kapıda durdu. "Annen için daha fazla endişeleniyorum."

"Tamam," dedim. "Gidip onu bulurum."

"Teşekkür ederim, Olivia."

Yataktan kalkıp pantolonumla kazağımı giydim. Ceketimi alıp aşağı inerken öfke içindeydim. Belinda nasıl bu kadar duygusuz ve bencil olabilirdi? Babamla annemin nasıl acı çektiklerini bilmiyor muydu? Kendisine gösterilen hoşgörüyü her seferinde istismar ederdi.

Arabama binip kumsala giden yolda ilerlemeye başladım. Benim zamanımdan önce bile gençler bu kumsalı tercih ederlerdi. Bu gece de sağda solda arabalar park edilmişti. Partinin sabaha kadar süreceği belliydi.

Arabamı boş bir yere park edip, kumsal ateşlerinden birine doğru yürüdüm. Saçlarımı savuran rüzgâr yüzüme birkaç tane kum tanesi yapıştırmıştı. Dalgalar birbiri ardına sahile vuruyordu.

Ateşin etrafındaki birkaç çift battaniyelerinin altındaydı. Belinda'yı aralarında göremedim. Bazıları merakla bana baktılar. Kimisi viski ya da şarap içiyordu.

Bir sonraki ateşe doğru yürürken kanım iyice beynime çıkmıştı. Belinda'yı orada da göremedim, ama Arnold Miller ve Marcia Gleason'ı tanımıştım. Arnold beni görünce irkildi.

"Kız kardeşim nerede?"

Aptalca bir tavırla, "Belinda mı?" diye sorarak ağır ağır doğruldu. Marcia battaniyenin altında beline kadar çıplaktı.

"Hayır, diğer on kız kardeşim. Tabii ki Belinda! Nerede o?"

"Emin değilim..."

"Onu hemen bulmazsam, birinin başı fena halde derde girecek. Ailen şu an nerede olduğunu ve ne yaptığını biliyorlar mı, Marcia?"

"Galiba Belinda eve gidiyordu," diye inledi Marcia. "Son gördüğümde, Quin ile şu tepeye doğru yürüyorlardı."

Ona yönelen bakışlarım ateş saçıyordu. "Dua edin de, buraya dönmek zorunda kalmayayım." Kumsaldaki ufak tepeciğe yürüdüm. Arnold'ın Marcia'yı konuştuğu için azarladığını duyabiliyordum.

Tepeyi aştığımda önce bir şey göremedim. Bir kıpırtı dikkatimi çekmişti. Bir uyku tulumundan iki kafanın çıktığını gördüm. Uyku tulumunun içinde neler olduğu gayet açıktı. Kan beynime çıkmıştı yine.

"Belinda!" Ama rüzgâr sesimi alıp götürmüştü. Yürürken tekrar bağırdım. Sonunda ikisi de yaptıklarına ara vermişlerdi. Tekrar seslendim.

"Olivia?"

Ben, "Lanet olsun!" diye haykırınca, ikisi de yerlerinden fırladılar. Quin kumların üstünden giysilerini toplamaya başlamıştı. Yanlarına ulaştığımda pantolonunu giymeye uğraşıyordu. Belinda ise yerinden kımıldamamıştı. "Bunu nasıl yaparsın?" diye sordum.

"Biz sadece..." Quin ayakkabılarını giyiyordu.

"Ne yapmakta olduğunuz ortada, Quin Lothar!"

"Artık gideyim. Geç oldu!" Ayağa fırlayıp gecenin içinde gözden kayboldu.

Belinda inledi. "Mezuniyet gecemi mahvettin," diyebildi hıçkırıklar arasında.

"Mahvettim demek! Babamla annemin endişeden kendilerini kaybettiklerini, bu yüzden beni seni aramaya gönderdiklerini biliyor muydun? Bütün olanlardan sonra bunu nasıl yapabilirsin?" Hayretim sesime yansımıştı. Belinda nasıl bu kadar alçalabiliyordu?

"Önlem almıştık," dedi.

"Ah, ne kadar rahatladım bilemezsin! Sen böyle herkesin uyku tulumuna girer misin?"

"Hayır, bu mezuniyet gecesi," dedi sanki bu ahlaksızlığının bahanesi olabilirmiş gibi.

"Çabuk giyin. Eve dönüyoruz."

"Ama herkes kumsalda sabahlayacak."

Onu harekete geçirmek için, "Beni babam gönderdi," diye hatırlattım. Ama yerinden kımıldamadı. "Belinda, seni almadan eve dönmeyeceğim, ona göre!"

"Bu yaptığın korkunç bir şey! Çok mutlusun, değil mi? Sen böyle şeyler yaşayamadığın için beni kıskanıyorsun!"

"Senin eğlence anlayışın buysa, haklısın. Hadi, giyin artık. Hemen!"

Uyku tulumundan çıkıp giyinmeye başladı. Bu iğrenç görüntüyü seyretmeye daha fazla dayanamayacaktım. Yüzümü okyanusa döndüm.

Haklı mıydı gerçekten? Buraya sırf onu kıskandığım için mi gelmiştim? Lisede benim de hoşlandığım ve benden hoşlanan biri olsaydı, ben de mi kumsalda böyle şeyler yapacaktım?

İçimden bir ses, hayır, dedi. Ben kesinlikle aklım başımda davranırdım. Ama bu gerçek kendimi daha iyi hissetmemi sağlamıyordu. İçime taş gibi bir ağırlık çökmüştü.

Kumsalda arabaya doğru yürürken, Belinda'nın suratı asılmıştı. Arkamızdan müzik sesiyle birlikte kahkahalar yükseliyordu.

"Seni her zaman senden koruyamam, Belinda," dedim arabaya vardığımızda.

"İyi," dedi tükürür gibi.

Dönüş yolunda da öfkesi dinmemişti. Eve gidince hışımla odasına çıkıp kapıyı çarparak kapadı.

Babam yatak odasından çıkmıştı. "Kötü bir durum yok, değil mi?"

"Yok." Gördüklerimi babama anlatmayacaktım. Zaten duymak isteyeceğini sanmıyordum.

"Teşekkür ederim, Olivia. Sen bu ailenin gücü ve dayanağısın. Her zaman da öyle olacaksın." İsteyip istemediğime bakmaksızın, beni tahtının vârisi ilan edercesine başını salladı.

Evet, tahtının vârisi bendim.

Kumsalda öylece bıraktığımız boş uyku tulumunu düşünerek uykuya daldım.

3

Kuzu Postundaki Kurt

Önceleri, Belinda'nın yaz okuluna gitmeyeceğini ya da babamın bunu sonbahara erteleyeceğini düşünüyordum. Birkaç kez, sevgili kızının yalvarmalarına boyun eğecek gibi olmuştu. Belinda arkadaşlarıyla eğlenerek, gezip tozarak geçireceği yaz aylarını hatırlatarak ağlayıp sızlıyordu durmadan.

Babam yumuşar gibi olduğunda, hemen devreye giriyordum. "Bunun her zamankinden daha gerekli olduğunu biliyorsun, baba. Çok iyi bir fikir. Onu tehlikeden uzaklaştırırsak daha çok işimize yarar."

Babam dudaklarını sıktı, ama Belinda kolay pes etmiyordu. "Kim yazın okula gidiyor ki? Sadece sınıfta kalanlar! Ama ben sınıfta kalmadım!" Durmadan sızlanarak, her zamanki gibi akşam yemeğimizi zehir ediyordu.

"Orası sıradan bir okul değil, Belinda," dedi annem. "Çok güzel bahçeleri ve yatakhaneleri olan bir yer, öyle değil mi, Olivia?"

"Evet. Binalar ve öğretmenler de en iyisinden."

"Yine de bir okul işte! Dışarda güneş varken ve bütün arkadaşlarım tekneyle gezip eğlenirken, ben sıkıcı bir sınıfa tıkılacağım!" Hışımla yemek odasından çıktı. Ayrılacağı gün yaklaştıkça hepimize hayatı zehir etmeye devam edecekti.

Okula gideceği hafta, bütün arkadaşlarının sanki savaşa gidiyormuş ve bir daha dönmeyecekmiş gibi ziyaret etmelerini istemişti. Her arkadaşının ardından gözyaşlarına boğuluyordu.

"Kimse beni aramayacak, mektup da yazmayacak. Yapacaklarını söylüyorlar, ama sözlerinde durmayacak, beni hemen unutacaklar!" Hüngür hüngür ağlıyordu.

"Bu durumda onların gerçek dostun olup olmadıklarını anlayabilirsin," dedim.

"Olivia haklı." Bunu diyen annemdi.

"Lanet olsun!" Yüzü çaresizlik ve öfkeden kıpkırmızı olan Belinda koşarak odadan çıktı.

Aslında onun bu son dakika krizleri, şikâyetleri, ağlamaları ve surat asmaları hoşuma gidiyordu. Yüz ifademe bakıp beni kendi tarafına çekemeyeceğini anlayan Belinda çaresizdi. Annem ise her zaman olduğu gibi işe iyi tarafından bakıyordu. "Yeni insanlar tanıyacaksın, yeni arkadaşların olacak, yeni şeyler öğreneceksin. Bu senin için harika bir fırsat, Belinda. Keşke ben de senin yaşında olup o okula gidebilseydim."

"Keşke ben de yaşlı olup bütün bunları ardımda bırakmış olsaydım." Belinda'nın iki gözü iki çeşmeydi.

Dayanamayıp güldüm. Belinda yaşlanmayı istiyordu!

"Sen yaşlılığın ne olduğunu bilmiyorsun," dedim. "Yüzünde ilk kırışığı gördüğün an intihar etmek isteyeceksin."

"İstemeyeceğim. Bana çok kötü davranıyorsun, Olivia. Beni çok özleyeceksin!" Ben kahkahalarla gülerken, suratı iyice asılmıştı.

En sonunda gitme günü gelip çatmıştı. Belinda'nın hazırlıklara en ufak katkısı olmadı. Bavullarını annemin gözetimi altında Carmelita hazırlamak zorunda kalmıştı. Hepimiz onunla birlikte limuzine binecektik, ama ben son anda bir bahane uydurarak onlara katılmadım. Belinda'nın yol boyunca ağlayıp sızlamasını dinlemek istemiyordum. Babam düş kırıklığına uğramıştı. Ailede kimse Belinda'yla benim kadar iyi başa çıkamazdı çünkü. Yine de bu eziyete katlanamazdım.

Babam artık arabaya binmesi için seslendiğinde, Belinda ödüle layık bir rol sergiledi. Evin önündeki yolda durmuş, elleri kalbinin üstünde, gözleri yaşlarla dolu bana bakıyordu.

"Hoşça kal, Olivia. Hoşça kal evim, mutlu anılarım, çocukluğum ve gençliğim. Karşılarında titreyeceğim sert bakışlı, acımasız öğretmenlere teslim ediliyorum. Kendimi yalnız hissettiğimde koşacağım kimse olmayacak şimdi." Susup bana baktı. "Gülümsemeyi bırak, Olivia. Abartmadığımı biliyorsun. Sen de oradaydın. Nasıl bir yer olduğunu biliyorsun."

"Belinda, artık şımartılmayacaksın ve hayatında bir kez olsun kendin dışında başkalarının da duygularını düşünmeyi öğreneceksin."

"Çok zalimsin. Senden nefret ediyorum!" Dönüp arabaya yürüdü, ama binmeden önce bana tekrar baktı. "Lütfen beni ara, Olivia. Bu gece. Lütfen."

"Seni arayacağım," dedim. "Şimdi şımarık bir çocuk gibi davranmayı bırak ve işimizi kolaylaştır, tamam mı?"

Hıçkırıklarına zor hâkim olan Belinda derin bir soluk alarak arabaya bindi. Kendimi zorlayarak gülümsedim. Onu özleyecektim belki, ama biraz olsun değişip olgunlaşacağını ve dediğim gibi işimizi kolaylaştıracağını ümit ediyordum.

Belinda'nın gidişinden sonra aldatıcı bir sakinlik devresi hüküm sürdü. Babam ve ben şirketlerle ilgileniyorduk. Belinda ilk birkaç gün arayıp telefonda ağlamış, sonra aramayı bırakmıştı. Olaysız bir yaz geçirecektik galiba.

Belinda bir utanç abidesi olarak göz önünden uzaklaştırıldıktan sonra babam dikkatini benim üzerimde yoğunlaştırdı. Daha ne olduğunu anlayamadan, muhasebecimizin oğlu Clayton Keiser'la benim için bir randevu ayarlamıştı. Bir gün şirketten eve dönerken, Keiser'ların cuma akşamı yemeğe geleceklerini haber verdi.

Clayton'ı önceden tanıyordum. Benden beş yaş büyüktü ve üniversiteyi bitirmiş, babasının yanında çalışıyordu. Ailesini ve onu tanıdığımdan beri onunla ancak birkaç kelime konuşmuştum.

Clayton'ın babası Harrison Keiser filmlerdeki muhasebeci tiplerine benziyordu. Başkaları için küçücük ve önemsiz olabilecek ayrıntılara kafayı takan, zayıf, boncuk gözlü bir adamdı. Oğlu Clayton onun tam bir kopyasıydı. İkisinin de birbirinin eşi ufak, yuvarlak suratları, donuk kahverengi gözleri, ince uzun burunları, incecik burun delikleri, solgun benizleri ve kadınsı dudakları vardı. Clayton'ın annesinden aldığı tek şey, asker gibi kısacık kesik kestane rengi saçlarıydı.

Ondan beş sınıf küçük olduğum için okuldan hatırlamasam da, spor yapmadığını, kalın çerçeveli gözlükleri ve ürkek halleriyle tam bir kitap kurdu olduğunu hatırlıyordum. Notları mükemmel olmasına rağmen, okul politikası gereği spor notları temel alındığından, mezuniyet töreninde veda konuşmasını yapamamıştı. Babamın dediğine göre, o zaman bu yüzden büyük tartışmalar olmuş, fakat okul politikası sırf Clayton için değiştirilmemişti. Bence öğretmenler ve yöneticiler onca kişinin karşısında okulu böyle silik bir öğrencinin temsil etmesini istememişlerdi.

Clayton'ın boyu benden pek uzun değildi. Çok zayıf, narin yapılı ve sessiz bir gençti. Üzerimdeki dikkatli bakışları, beni değeri belirlenecek bir ticari mal gibi gördüğünü belli ediyordu.

İlk başta babamın ve Harrison Keiser'ın niyetini anlamamıştım. Oysa masada çoğunlukla benden ve Clayton'dan söz ediliyordu. Sonunda babamın, "Clayton ve Olivia sanat galerisindeki yeni açılışa birlikte gitsinler," deyince uyandım. "İkisinin de sanata merakı var."

Yüzüm kıpkırmızı olmuştu. Babama, Clayton'a ve aptal aptal sırıtan anneme kaydı bakışlarım.

Harrison Keiser, "Hiç de fena fikir değil," dedi oğluna.

"Doğru, efendim."

"Tamam o zaman." Harrison Keiser bana baktı.

Clayton gözlerini tabağından ayırarak, orada olduğumu yeni fark etmiş gibi bana döndü ve ağzını peçetesiyle silip hafifçe öksürdü. "Evet, benimle önce akşam yemeğine ve galerideki açılışa gelir misin, Olivia?" Kamuya duyurulan bir anons gibi söylemişti bunu.

Bir an konuşamadım. Dilimi yutmuştum sanki. Babamın ümitle bana baktığını fark ettim. Sonunda derin bir soluk aldım. Cevabım evetti tabii. Başka ne diyebilirdim ki?

Konu açılıştan önce gideceğimiz en iyi restoranın hangisi olacağına kaymıştı. Clayton'ın da benim gibi bu konuda en ufak bir fikri yoktu. Aslında randevumuz bize hiç danışılmadan ebeveynlerimiz tarafından inceden inceye planlanmaktaydı. Clayton'ın babası oğluna yeni bir takım elbise almasını önerdi. Annesi de saç stilini değiştirmesini söyledi. Annem tam da böyle bir duruma çok uygun olacağını düşündüğü bir elbiseden söz ediyordu bana.

Dördü birden bize bir kez olsun danışmadan randevuyu planlamaya girişmişlerdi. Clayton bana bir iki defadan fazla bakamamıştı. Gözleri çoğunlukla tabağındaydı. Lokmalarını neredeyse babasıyla aynı anda ağzına götürüyor, dudaklarını aynı anda siliyordu. Ürkütücü bir benzerlikti bu.

Akşamın sonunda Keiser'lar gitmeye hazırlanırken, Clayton kraliyet fermanını vermek üzere olan bir prens edasıyla bana döndü. Herkes bir anda susmuştu.

"Sence de uygunsa, akşam altıyı çeyrek geçe seni alırım. Restorana gitmek on beş dakika sürer. Bu da bize bir saatlik yemek süresi bırakacak. Galeriye gitmemiz de on iki dakika alacak."

Saatimi onunkine göre ayarlamamak için zor tutuyordum kendimi. Clayton dudaklarını sıkarak gülümsedikten sonra ailesinin yanına gitti. Biraz sonra hepsi evden çıkmıştı.

Hışımla babama döndüm. "Bunu neden yaptın? Neden beni oyuna getirip kabul etmek zorunda bıraktın?"

"Babasının firmasında sivrilen, kibar bir genç adam. Günümüzde böyle bir erkek bulmak zor, Olivia."

"Kendi erkek arkadaşımı ben bulurum."

Babamın yüzünden okunan cevap açıktı: Bunun için en ufak bir gayretin yok. "Sadece sana yardım etmek istiyorum, tatlım. Şansını denemenin bir zararı olmaz. Tek kaybeceğin birazcık zaman." Zamanımın kaybetmekten başka işe yaramayacağını hatırlatmış oluyordu böylece. "Bir de galerideki açılış var tabii. Sen bu tür şeyleri seversin, Olivia. Yani büyük bir fedakârlık olmayacak."

"Biliyorum, baba. Ama..."

"Baban haklı, canım," dedi annem. "Daha sık dışarı çıkmalı, insanların arasına karışmalısın. Clayton'la anlaşamasan bile, şık giyinip ortalıkta görününce hoşlanacağın biriyle sonunda karşılaşırsın. Yeni elbise, ayakkabı ve mücevherlerle kuaföre gitmek büyük bir zevk olacak senin için."

Annemin bunu benim için olduğu kadar kendisi için de istediği belliydi. Belinda gittikten sonra evdeki romantizm havası kaybolmuştu.

"Pekâlâ," dedim pes ederek. "Ama Clayton'la iyi zaman geçireceğimi hiç sanmıyorum."

"Bunu önceden bilemezsin, hayatım. Ben de babanla ilk çıktığımda aynı şeyi düşünmüştüm."

"Tabii ki hayır," diye atıldı babam.

"Sana söylememiştim, Winston. Ama ilk çıktığımızda senden fazlasıyla çekinmiştim."

"Sahi mi?" Babam duydukları karşısında gururlanmış gibiydi.

"Herkes dikkat etmem ve Winston Gordon'ın her istediğini elde ettiğini, isteklerinin hiç bitmediği yolunda uyarmıştı beni."

Babam önce bana sonra anneme bakıp sırıttı.

"Bu o zaman için doğru olabilir, ama yaşlanıp olgunlaşınca kendime hâkim olmayı, dengeyi bulmayı ve her şeyi dikkatle analiz etmeyi öğrendim."

"Bana ayarladığın randevu da bunun sonucu mu, baba?"

Bir an düşünüp başını evet anlamında salladı. "Evet, Olivia. Aklı başında bir genç bence. Umarım zevkli bir akşam olur." Purosunu içmek için çalışma odasına çekildi.

Annem beni 'mükemmel' randevuma hazırlama telaşıyla kendinden geçmişti adeta. Çok uygun olduğuna inandığı elbise umduğu gibi çıkmayınca Boston'a gitmemizde ısrar etti. Onu kararından vazgeçirmeye çalıştım.

"Benim için önemli bir olay değil, anne. Sıradan bir randevu. Bu kelimeden nefret ediyorum aslında. Bu bir randevu falan değil. Bir... ayarlanmış bir olay sadece."

"Saçma. Genç bir hanımın toplumda kendini göstermesi her zaman önemlidir. Senin de çekici ve güzel olmanın zararı olmaz, öyle değil mi?"

"Galiba hayır," dedim gönülsüzce. Annem haklıydı belki. Belki de kendime, görünüşüme ve imajıma özen göstermiyordum. Başarılı bir evladın yanı sıra, biraz da kadın olmamın zamanı gelmişti. Annemin beni yönetmesine, şımartılıp güzelleştirilmeme ses çıkarmadım. Ben de güzelleşip erkekleri etkileyebilirdim. Bu ailede güzellik sadece Belinda'nın tekelinde değildi. Onunla rekabet etmemin zamanı gelmişti artık.

Galerideki açılışın olacağı akşam tam altıyı çeyrek geçe Clayton kapıyı çaldı. Ben üst katta bekliyordum ve yüreğim heyecanla çarpıyordu. İlk sahneye çıkışın heyecanıyla titreyen bir tiyatro oyuncusu gibiydim. Bu güvensizliğimin bir nedeni yoktu oysa. Saçlarım en son modaya uygun olarak kesilip şekillendirilmişti. Boynumda pırlantalarla süslü bir gerdanlık, kulaklarımda minik incili altın küpeler vardı. Annem iki yüzüğünü bana ödünç vermişti. Yeşil ipek elbisemin V yakası giymeye cesaret edebileceğimden daha dekolteydi. Annemin ısrarıyla, boynuma ve gerdanıma da allık sürmüştüm. Belinda'yı fazla seksi giyinmekle suçlardım. Oysa şimdi kendime kızmamaya çalışıyordum.

Clayton gelene kadar, annem iyilik perisi gibi etrafımda dolaşıp saçımı, elbisemin hayali kırışıklarını, takılarımı düzeltip durmuş, parfümümün çok hafif ya da çok fazla olmamasına özen göstermişti.

"Çok güzelsin, Olivia. İnan bana. Belinda seni çok kıskanacak."

Elimde olmadan gülümsedim.

Belinda öğleden sonra aramış, annem hazırlıklarımın nasıl gittiğini uzun uzadıya anlatmış, o da yanımızda olamayışına hayıflanmıştı.

"Halbuki ben burada kafamın üzerinde kitapla doğru yürümeyi, doğru oturup kalkmayı, doğru çatal bıçakla yemeyi öğrenirken, sen biriyle çıkıyorsun! Bu haksızlık, Olivia!"

"Sen defalarca erkek arkadaşlarınla çıktın, Belinda," diye hatırlattım soğuk bir sesle. "Hem ben o okulda kibarlık dersleri alırken, sen her önüne gelenle arkadaşlık ediyordun."

"Şuraya bak," diye sızlandı. "Beni gerçekten sevsen, babamızın beni bu hapishaneye göndermesine karşı çıkardın. Evet, burası züppe zenginler için kibar bir hapishane. Tek bir arkadaş edinemedim. Sadece havaya kalkmış burunların deliklerini görüyorum, o kadar."

Buna gülmemek mümkün değildi.

"Kendimi çok, ama çok kötü hissediyorum. Erkek öğretmenler bile ihtiyar kadınlardan farksız. Yabancı biriyle nasıl tanışılacağını öğretmek dışında bana dönüp bakmıyorlar bile!"

"O okulu bitirince tam bir hanımefendi olacaksın ama."

"Umurumda değil." Şikâyetleri peş peşe sıralamaya başlamıştı yine.

"Artık gitmeliyim," dedim. "Yapacak çok işim var."

"Git o zaman. Git ve eğlenirken, benim burada çektiğim eziyeti düşün."

Kapının çalındığını duyunca soluğumu tuttum.

Annem, "Clayton geldi," diyerek, sahne perdesini açar gibi kapıyı açtı. "İyi eğlenceler, Olivia."

"Teşekkür ederim, anne."

Kapıyı Carmelita açıp Clayton'ı içeri davet etmişti. Clayton antrede durmuş, merdivenden inişimi izliyordu. Takım elbisesi ve kravatıyla bir banka veznedarından farksızdı. Baş başa kaldığımızda bu baston yutmuş pozlarını bırakacağını ümit ettim.

Babam çalışma odasından çıktı. "Şu güzel hanıma bakın. Çok hoş, değil mi, Clayton?"

"Evet, efendim." Clayton tekrar bana baktı. "Çok güzel görünüyorsun."

"Teşekkür ederim."

Carmelita bir yanda durmuş, olan biteni tepkisizce izliyordu. Fakat ona döndüğümde, kaşlarını hayretle kaldırmış olduğunu gördüm. Bu, kendime olan güvenimi artırmıştı. Evet, gerçekten güzel görünüyordum. Keşke Clayton bu konuda biraz daha heyecanlı davransaydı.

"Planlanan zamana göre hareket ediyoruz," dedi saatine bakarak. "Gidelim mi?"

"Evet. İyi geceler, baba."

"İyi eğlenceler. İkinize de."

Clayton'ın arabası tertemizdi. Bunu ona da söyledim arabaya binince. Bu övgüyü normal karşılayarak, "Beş yıl önce aldım," dedi. "İyi bir yatırıma dönüşmesi için bir arabayı yaklaşık yedi yıl elinde tutmalısın." Bunun ardından, fiyatlarla ilgili bir monoloğa başladı.

Restoranda masamıza oturup mönülerimizi gözden geçirirken, bu sefer de her bir yemeğin maliyet ve fiyatlarını açıklamaya koyuldu. "Bir düzine kadar restoranın muhasebesini tutuyoruz. Bu nedenle de en doğru fiyatlar hakkında bilgim var."

Garsona mönüyü geri verirken, "Benim ne yiyeceğime de sen karar ver o halde," dedim kuru bir sesle.

"Bu beni memnun eder." Clayton ikimiz adına da sipariş verdi. Sohbet en sonunda kâr-zarar hesaplarından farklı konulara kaymıştı. En azından, Clayton bana kendim, babamın şirketinde neler yaptığım ve boş zamanlarımı nasıl geçirdiğimi sorana kadar.

Yemek boyunca sürekli saatine bakarak, her şeyin saatine göre gittiği yorumunu yineliyordu. Fakat tatlı siparişlerimizin gelmesi uzun sürünce biraz sinirlenmişti.

"Dakikası dakikasına orada olmamız gerekmez, Clayton."

On Birinci Emri ihlal ederek büyük bir günah işlemişim gibi baktı bana.

"İnsanların saygı uyandıran sorumluluk duygusu, randevularına zamanında gitmeleriyle ölçülür. Müşterilerimizin firmamıza güveni bu nedenle sonsuzdur."

"Evet, ama hayat işten ibaret değildir, Clayton."

"Sonuçta her şey iş hayatına dayanır," oldu aldığım cevap.

Onunla tartışmaya girmek içimden gelmedi. Tatlılarımızı bitirdikten sonra beni telaşla restorandan çıkarmasına ses çıkarmadım. Açılışa iki dakika geç kalmamıza şükrediyordu.

"Neyse bari," dedim alayla. "Çok endişelenmiştim."

Alaycı tavrımın farkına bile varmadı.

Açılışa gelen konukların çoğu Clayton'la beni tanıyorlardı. Birlikte olduğumuzu anlamışlar, merakla bizi izliyorlardı. Çoğu görünüşüm hakkında övgü dolu sözler ettiler.

Clayton'ın sanat hakkında epey bilgisi olmasına rağmen, her eseri potansiyel piyasa değeri anlamında değerlendiriyor, hangisinin iyi bir yatırım olacağına karar vermeye çalışıyordu.

"Belki de insanlar bu eserleri sırf beğendikleri için satın alıyorlardır, yirmi yıl sonra ne kadar para edeceğini hesaplayarak değil."

"Bir şeyin ilerde ne kadar para edeceğini düşünmelisin," diye çıkıştı.

Clayton Keiser'ın göğsünde kalp yerine hesap makinesi taşıdığına inanmaya başlamıştım. Ama planlanan zamanın sonuna kadar galeride kalacağımızı düşünürken, yeni satın aldığı yeri görmek isteyip istemediğimi sorarak beni şaşırttı.

"Bir ev için çok uygun bir yer," dedi. "Mahremiyetini koruyacak kadar insanlardan uzak, ama medeniyetten kopmayacağın kadar da şehre yakın. Manzarası da muhteşem tabii. Bu da olası değerini artırıyor."

"Tabii görmek isterim. Programımızda bunun için yeterince zaman kaldı mı?"

Bu esprime gülmedi. "Galiba. Evet."

Provincetown'dan birkaç kilometre uzaklaştıktan sonra yavaşlayıp bir yan yola girdik. Yol çakıl taşlarından oluşmaktaydı, ama bir tepeyi aştıktan sonra muhteşem bir gece manzarası karşımıza çıktı.

"Evet?" diyerek kararımı bekledi.

"Çok güzel bir yer. Haklıymışsın, Clayton."

"Teşekkür ederim."

"Arabadan inecek miyiz?" diye sordum uzun bir sessizliğin ardından.

"Hayır. Yol bozuk ve çamurludur şimdi. Buradan da görebilirsin." Gitmek için motoru çalıştırmamıştı. Uzun bir sessizlik daha oldu.

"Clayton?"

Aniden dönüp, geri çekilmeme fırsat vermeden beni öptü. Nutkum tutulmuştu. Gülünecek bir durumdu aslında. Gelmiş geçmiş en abuk sabuk öpüşme olduğuna emindim. Dudaklarımı ıskalayan Clayton boynumu öpmek zorunda kalmıştı çünkü.

"Olivia Gordon, senden hoşlandığıma karar verdim."

"Ne?"

"İlişkimizin çok iyi yürüyeceğinden kuşkum yok."

"Clayton, bu daha ilk görüşmemiz ve bunun kararını şimdiden..."

Tekrar üstüme atılarak bu kez omuzlarımı kavrayıp beni kendine çekti. Karşı koymaya çalışıyordum, ama kuvveti beni şaşırtmıştı. Parmakları göğüslerime doğru dalışa geçerken, dudaklarını gerdanıma bastırdı ve dili elbisemin yakasından içeri kaydı. Tenimdeki nemli sıcaklık yüzünden kusacak gibi olmuştum. Olanca ağırlığıyla üstüme abanarak sol bacağıyla sağ bacağımı hapsetti.

Çığlıklar atarak karşı koymaya çalıştım, ama o kalçalarını kalçalarıma bastırmıştı. Kalçalarını giderek artan bir hızla öne arkaya hareket ettirdikçe, soluklarıyla iniltileri de hızlanıyordu. Üstümdeki ağırlığının baskısı artıyor, kendimi karanlık sulara gömülüyor gibi hissediyordum.

Göğüslerimiz arasındaki elimi kurtarıp kafasına vurmaya başladım. Bunu hissetmiyor ya da umursamıyor gibiydi. Acı çekercesine inleyerek üstüme yığılana dek hareketleri hızlandı.

Uzun bir süre hiç kımıldamadan öylece kaldık. Bana tekrar saldıracağından korktuğum için hareket edemiyordum. Ama en sonunda solukları normale dönmüştü.

"Teşekkür ederim," dedi. "Çok güzeldi."

Sesime olabildiğince otoriter bir ifade vermeye çalışarak, "Beni hemen evime bırak," dedim. Şaşkınlık ve korkuyu hâlâ üzerimden atamamıştım. Kalbim son hızla atıyordu.

Sakin bir sesle, "Tabii," dedi. "Zamanı da gelmişti zaten."

Motoru çalıştırdı. Ondan elimden geldiğince uzaklaşarak kapıya yapışmıştım. Anayola çıkana kadar tek elime edilmedi.

"Evin yeri hoşuna gitti demek. Bu hafta alım işlemini kesinleştireceğim. İkimiz için çok güzel bir ev olacak."

"Beni sayma," dedim. "Benim için bir şey yapamazsın sen."

"Efendim?"

"İkimizin bir arada olabileceği fikrine nereden kapıldın, bilmiyorum. Artık kapa çeneni, Clayton. Beni evime bırak yeter."

"Sahi mi? Oysa ben... Ama bu arazinin gelecekteki değerini, evliliğimizin ailelerimize ve ikimize kazandıracaklarını düşünmeni öneririm."

Evimin önünde durana kadar başka bir şey konuşmadık. Tam arabadan inmeye davrandığında, dışarı fırlayıp kapıyı çarparak kapadım.

"İyi geceler, Olivia. Tekrar görüşebilir miyiz?"

"Tekrar görüşmek mi?" dedim gülerek. "Sen hasta ve manyak bir adamsın. Seni bir daha görmek istemiyorum!" Koşarak eve girdim.

Bizimkiler yatmamışlardı. Babam televizyonda gece haberlerini seyrediyor, annem ise kitap okuyordu. Babam beni görünce televizyonun sesini kıstı. Annem kitabını bırakmış gülümsüyordu. Fakat halimi görünce gülümsemesi yok oldu.

"Neler oldu?" Babamın gözleri kısılmıştı. Duygularımı ondan saklayamazdım. Zaten saçım başım darmadağınıktı.

"Clayton adi herifin teki," dedim.

Annem de aynı soruyu tekrarladı korkuyla.

"Göründüğü gibi bir centilmen değilmiş," dedim. "Konuyu burada kapayalım, olur mu?" Tekrar babama baktım.

"Tabii. Sana bir şey olmadı, değil mi?"

"Şükürler olsun ki, hayır." Odama çıkıp aynada halime bakmıştım. Birkaç saat önceki derli toplu genç hanımefendiye benzemiyordum artık. Gözyaşlarıma hâkim olmaya çalışırken, Belinda'nın randevularının hep böyle bittiğini düşündüm.

Bir farkla... Belinda benim gibi karşı koymuyordu.

Bunu izleyen günlerde babam bu olaydan hiç söz etmedi, soru da sormadı. Harrison Keiser'ı ne zaman görsem, bakışlarını benden kaçırıyordu. Clayton olayı ona başka türlü nakledip suçu bana atmıştı besbelli.

Annem kaderin bizi birbirimize uygun görmediğine inanıyordu. Özellikle romantizm konusunda kaderci bir yaklaşımı vardı. O yılki tek randevum olan korkunç olaydan beş gün sonra annem odama geldi.

"Nasılsın, Olivia?" Benden hoş olmayan bir yanıt beklediği için suratını buruşturmuştu.

"İyiyim, anne."

"Clayton'la randevunun kötü bitmesine üzüldüm."

"Ben üzülmedim. Öyle iğrenç bir yaratıkla hayatımın nasıl geçeceğini hayal bile edemiyorum."

Yatağıma oturdu. Tekrar gülümsemişti. Onun ve benim aramda tipik anne-kız diyaloğu yoktu. Erkekler ve seks hakkında bildiklerimi kendim öğrenmiştim. Annemin benimle bu gizli konuları konuşmaya çalıştığı birkaç seferde de sohbetin sonunu getirememiştik.

"Bazen," demişti o akşam. "Bu durumundan kendimi sorumlu tutuyorum, Olivia. Birini bulman için daha fazla gayret göstermeliydim."

"Saçmalık bu."

"Hayır, değil. Annemin bana büyük yardımı olmuştu. Çok anlayışlı, duygusal bir kadındı ve ikimiz aynı zamanda çok yakın arkadaştık."

"Beni merak etme," dedim.

"Etmiyorum, hayatım. Her konuda başarılı olacak, zeki bir kızsın. Benden ve bunu ona açıkça söyleyecek cesaretim olmasa da, babandan bile daha zekisin."

Ben itiraz edecekken elini kaldırdı. "Ama kadınların daha az zeki görünmelerinde yarar var, Olivia."

"Ne?" Gülecek oldum. Fakat annemin yüzünde o güne kadar hiç görmediğim bir bilgelik vardı.

"Bir kadın bazen bir erkek kadar inatçı ve zeki olmamalı. Aslında, çoğu zaman. Saman altından su yürütmeli yani. Bir erkeğe dediğini ve istediğini yaptırmak için onu bir müzik aleti gibi çalmayı öğrenmelisin."

Duyduklarım karşısında şok olmuştum. "Sen ne diyorsun, anne?"

"Bir erkekle sağlam ve iyi bir ilişki yürütmenin sırrı şu: İlişkinin idaresinin onda olduğunu sanmalı. Ne zaman bir şeyi gerçekten istesem, babanın bunu kendisinin isteği ve fikriymiş gibi görmesini sağlarım. Böylece, oyuna getirildiğinin farkına varmaz."

Bana doğru eğilerek gülümsedi. "Ama her seferinde oyuna gelir."

Dayanamayarak ok gibi yerimden fırladım. "Bu doğru değil! Babam ne yaptığının her zaman farkındadır ve sonuçlarını iyice düşünmeden harekete geçmez."

"Elbette geçmez. Ama durumu nasıl değerlendirdiği ve nasıl sonuca vardığı da benim sırrım. Bir erkekle arkadaşlık ederken daha rahat olmalısın, Olivia. Oysa sen tıpkı..."

"Tıpkı ne, anne?"

"Tıpkı yarışa girmiş, bir şey kazanmaya, onları yenmeye çalışır gibisin. Erkekler bu tip kadınlardan hoşlanmazlar, Olivia. Biraz daha geri planda kalıp kontrolü onlara vermelisin."

"Yani Belinda gibi mi yapayım?"

"Bir bakıma, evet."

"Ve hamile kalıp gece yarısı odamda düşük yapayım, öyle mi?"

Annem kasıldı. "Elbette hayır, tatlım. Ama ne zaman 'hayır' diyeceğini ve kararlı olmayı da bilmelisin."

"Yani karşımdaki erkeğin durma zamanının geldiğine kendisinin karar verdiğini sanmasını sağlamalıyım?"

"Evet."

"Anne, doğrusu ben bu tip bir kadın, böyle bir insan olmak istemiyorum. Ne hissettiğimi anında söylemeli, elimden geldiğince dürüst olmalıyım. Karşımdaki erkek buna tahammül edemiyorsa, bana uygun değil demektir."

"Ne yazık." Annem bunu benden çok kendine söylemişti.

"Seninle aynı fikirde değilim, anne."

Beni uzun uzun süzdükten sonra iç geçirdi. "Senin mutluluğunu istiyorum sadece."

"Mutlu olacağım, anne. Ama benim şartlarımla ve özsaygımı yitirmeden."

"Öyle olsun. Çok zekisin, Olivia. Doğru erkeği bulup mutlu bir evliliğin olacağına eminim." Ayağa kalkıp etrafına bakındı.

"Odana biraz renk katmalısın, tatlım. Duvarlarını yeni bir renge boyat, perdeleri ve yatak örtülerini yenile. Babanın buna itirazı olmayacaktır."

"Bunun kendi fikri olduğuna inanmasını sağlayarak mı?"

"Kesinlikle."

"Ben böyle mutluyum, anne. Olduğum gibi yani."

Kapıda durup yeniden bana baktı. "Konuşmak istediğinde bana gelebileceğini biliyorsun."

"Sağ ol, anne. Kız kurusu olarak ölmeyeceğim, söz."

Büyülü kelimeleri söylemişim gibi gülümseyerek odadan çıktı.

Dönüp aynada kendime baktım. Bundan nasıl emin olabiliyorsun, Olivia Gordon? Oralarda bir yerlerde seni olduğun gibi isteyecek bir erkek var mıdır?

Bu erkek, dış görünümümden çok zekâma önem verecek biri olmalıydı.

Akşam yemeğine inmek için hazırlanacağım sırada, merdivenlerde babamın ayak seslerini işittim. Koşar adım çıkıyordu. Kapıya gittim.

"Olivia, benimle gelmelisin."

"Sorun ne, baba?"

Yüzü kıpkırmızıydı. "Utanç. Büyük bir utanç. Okul müdüresi Rosemary Elliot biraz önce beni aradı."

"Neden? Ne olmuş?"

"Kardeşin Belinda... ahlak dışı bir şey yaptığı için okuldan atılmış."

4

Sadece Gelinin Nedimesi

Anneme fazla bir açıklama yapmadan evden ayrıldık. Babam Belinda'yı eve getireceğimizi söylemekle yetinmişti. Zaten o da ayrıntıları bilmiyordu.

"Bayan Elliot gelip onu almamızı söyledi sadece," dedi yolda. "Konuyu telefonda görüşemeyeceğini ve bizi bürosunda beklediğini söyledi. Anlaşılan durum kötü. Belinda bu kez ne yapmış olabilir?"

"Onu iyi tanıdığım için ve son olayların ışığında, bence her şeyi yapmış olabilir," dedim kupkuru bir sesle.

Babam cevap vermedi. Bir süre hiç konuşmadık.

"Şimdi ona ne yapacaksın, baba? Önümüzde hâlâ uzun bir yaz tatili var ve sonbahar için plan yapmalısın. Belinda başka bir okula da kayıt yaptırmadı."

Babam iç çekerek başını iki yana salladı. "Hiç bilmiyorum, Olivia. Senin bir önerin var mı?"

"Onu lejyona askere yollamaya ne dersin?"

Babam hafifçe gülümsedi. "Hiç değilse oyalanması için ona şirkette bir iş verelim."

"Bu sefer okulda nasıl korkunç bir şey yaptığını öğrenelim önce. Gerçekten tahmin ettiğimiz kadar korkunçsa, onu ev hapsinde tutmak da isteyebilirsin. Ben çok ciddiyim," dedim bana baktığını fark edince. "İnsanların arasında olmasına, erkeklerle çıkmasına, sinemaya ya da kumsala gitmesine izin verme. Artık aklı başına gelmeli. Her zaman durum ne kadar kötü olursa olsun, bundan ders çıkarmam gerektiğini söylersin, baba. İşte bunu şimdi de yapmalıyız."

Babam yeniden sessizleşmişti. Neden fikrime katılmıyor, neden ailemizin mahvına sebep olmadan Belinda hakkında bir şey yapmıyordu?

Okula yaklaştığımızda, orasıyla ilgili anılarımı hatırladım. Bu okuldaki tek gerçek arkadaşım, Boston'lı Katherine Hargrove'du. Beraber ders çalışır, erkekler ve okuldaki diğer kızlar hakkındaki fikirlerimizi paylaşırdık. Okulu bitirince birbirimizi aramaya söz vermiştik; ama mezuniyetimizden kısa süre sonra Katherine ailesinin evlenmesini istediği gençle nişanlanmıştı. Ondan gelen birkaç mektuba cevap vermiştim. Beni düğününe davet etmiş, fakat aile şirketimizde işlerin çok yoğun olduğunu bahane ederek törene katılmamıştım. Bana gücendiğini biliyordum. Bir daha ne bir mektup ne kartpostal yollamış, telefon etmemiş, aylar sonra yazdığım tek mektuba da cevap vermemişti.

Arkadaşların birbirinden kopması ne kolaydı. Ayrılınca bambaşka insanlar haline geliyor, eski halimize yabancılaşıyorduk.

Düğününe gitmem gerekirdi, ama ben daha bir tek erkek arkadaş edinememişken onun nişanlanması canımı sıkmıştı. Okuldaki kızlar sonunda yaşlı bir kız olacağımı söylemişlerdi. Çoğunun düğünde olacağını ve kehanetlerinin doğru çıktığını düşünerek bana tepeden bakacaklarını biliyordum. Keşke hem Katherine'in hatırı, hem de kendim için karşılarına çıkıp onlarla yüzleşecek cesaretim olsaydı.

Evet, kusursuz değildim. Benim de hatalarım oluyordu, ama hiçbiri Belinda'nın yanlışları ve günahlarıyla boy ölçüşemezdi. Belinda öylesine büyük bir sorundu ki, benim hatalarım devede kulak kalıyordu. Çocukluğumuzda bile, annem onunla yalnız başa çıkamadığı için babam Belinda'ya daha fazla dikkat ederdi. Belinda'nın onunla baba-kız muhabbetine girdiği, babamın şimdiki gibi onu kurtarmaya koştuğu zamanların haddi hesabı yoktu. Evet, ben ideal, sorumluluklarını bilen, üretken bir evlattım, ama bu en az Belinda kadar hakkım olan ilgi ve sevginin bana gösterilmesine engel olmamalıydı!

Doğruca müdüriyet binasına geçerek müdürenin odasına gittik. Sekreter bizi görünce yüzünden kanı çekilerek bembeyaz oldu. Çirkin, nahoş bir olay çıkacağından korktuğu belliydi. Kadın böyle bir tepki gösterdiğine göre, Belinda kim bilir ne yapmıştı?

Büroya girip çıktıktan sonra, "Bayan Elliot sizi bekliyor," dedi. Bize değmekten ürküyor gibi yana çekilmişti.

Altmış yaşlarında, kır saçlı, gri gözlü bir kadın olan Bayan Elliot bizi karşılamak için ayağa kalktı. Çok uzun boylu değildi, ama tavrı, bakışları, dik duruşu onu olduğundan uzun gösteriyordu. Solgun dudakları gerilerek ince bir çizgi halini almıştı. "Lütfen oturun, Bay Gordon," dedi koltuklardan birini göstererek. Bana da aynı daveti yapma konusundaki kararsızlığı belliydi.

"Olivia'nın da yanımda olmasını istiyorum," dedi babam.

"Evet, iyi olur. Olivia en başarılı öğrencilerimizden biriydi. Ona olan güveninizi anlıyorum. Küçük kızınızdan da aynı nitelikli davranışları beklerdim. Bu açıdan bakınca, olanların yarattığı düş kırıklığı artıyor." Bayan Elliot'un gözleri kısılmıştı.

"Ne oldu? Onu neden okuldan attınız?" Babam hâlâ çok gergindi ve elleri koltuğun kenarlarını sıkmaktan bembeyaz olmuştu.

"Çok kötü bir şey olmasına rağmen, doğrudan konuya gireceğim, Bay Gordon. Okulumuzda her şeyin mükemmel olduğunu söyleyemem. Bizim de kendimizce sorunlarımız var. Öğrencilerimiz çok farklı yerlerden geliyorlar ve hepsinin de farklı geçmişleri var. Bir takım güçlüklerle karşılaşacağımızın farkındayız. Ne de olsa, kimi doğru yetiştirilmemiş gençlere eğitim veriyoruz.

"Kızlar odalarına gizlice alkollü içkiler getiriyorlar, okul dışına çıkma ve sigara içme yasağına karşı geliyorlar, odalarını temiz tutmuyorlar. Bunu Olivia da gayet iyi biliyor," dedi bana bakıp başını sallayarak. "Ara sıra gereğinden uzun kalan erkek misafirler oluyor, ancak bugüne dek hiçbir kız öğrencimiz aynı anda hem odasına gizlice içki sokup sigara içmemiş, hem de iki genç erkeği ağırlamamıştı." Bayan Elliot soluk almak için duraksadı.

"Ne?" Babam anlatılanları duymamıştı sanki. "İki genç adam mı?..."

"'Ağırlamak', olanları anlatmakta hafif kalır, Bay Gordon." Bayan Elliot önce bana, sonra babama baktı. "Her iki genç de çıplak halde, kendisi de çıplak olan kızınızla aynı yataktaydı." Acı bir ilaç almışçasına yutkundu.

Babam bakakalmıştı. "Her ikisiyle birden mi?" diyecek oldu.

"Ne yazık ki, evet, Bay Gordon. Yatakhane bölümü sorumlusu Bayan Landford sigara kokusu alıp gülüşmeleri duyunca onları suçüstü yakalamış. Okulun ve sizin ailenizin itibarı söz konusu olmasa, iki genci hemen tutuklatırdık. Yine de gizlice yargılanıp ceza aldılar. İkisi de civar okullardan değil..." Bana baktı. "Yakınlardaki bir tamirhanede çırak olarak çalışıyorlarmış."

"Tanrım," dedi babam.

"Neden bu kadar telaşlandığımızı anlıyorsunuz umarım, Bay Gordon."

Babam sessizce başını salladı.

"Olayın bir an önce örtbas edilmesi doğru olur, Bay Gordon. Bu nedenle, kızınızı hemen eve götürün. Üzgünüm. Burası ona göre değil. Ona Olivia gibi davranmamız olanaksız." Tekrar bana baktı.

Babam, "Belinda nerede?" diye sordu. Yüzü kıpkırmızı olmuştu. Onun için üzülmek gelmiyordu içimden. Ne demişler: *ne ekersen onu biçersin.*

"Yatakhanede kalmasını söyledik. Eşyalarını topluyor. Onu kimseye görünmeden götürmenizi rica ediyorum, Bay Gordon. Okuldan ihraç durumunda tazminat ödenmediğinin ve işi uzatmanın her iki tarafa da zarar vereceğinin farkındasınız sanırım. Umuyorum bu konuda hemfikiriz?" Kaşlarını kaldırarak cevap bekledi.

"Evet, evet. Olivia, onu alabilir misin? Ben de arabayı arka tarafa getireceğim."

"Tabii, baba." Bayan Gordon'ın bana gülümsediğini gördüm.

"Sen nasılsın, Olivia? Boston Üniversitesi'ne gideceğini sanıyordum. Yoksa başka bir üniversiteye mi kaydoldun?"

"Üniversiteye gitmedim, Bayan Elliot. Şirkette babamın işlerine yardımcı olmam gerekiyordu."

Bayan Elliot babama baktı. "Olivia sizin için çok değerli olmalı, Bay Gordon."

"Evet, öyle." Babamın sesi üzüntüsünü ve bitkinliğini yansıtıyordu.

"Hepimiz açısından çok üzücü bir durum, Bay Gordon. Sizi oldukça zor günler bekliyor."

Babam başını evet anlamında sallayarak bana baktı. Bürodan çıkıp hızlı adımlarla yönetim bürosunun kapısına yürürken, sekreter bana gülümsemeye çalıştı. Adımlarımı yavaşlatmadan yatakhane binasına gittim. Orkestranın prova yaptığı bölüm dışında, okulun tüm ışıkları sönmüştü. Çalınan marş duruma oldukça uygundu.

Yatakhane salonunda birkaç kız öğrenci kitap okuyor, sohbet ediyor, televizyon seyrediyorlardı. İçeri girdiğimde hepsi bana baktılar. İlk gün Belinda'yla okula gelmediğim için beni tanımıyorlardı. Beni hatırlayan Bayan Landford görür görmez yanıma geldi.

"Merhaba, Olivia." Hafifçe gülümsedi. "Nasılsın?"

"Gerektiği kadar iyi değilim."

Başını iki yana salladı. "Ailen adına çok üzüldüm."

"Ben de. Nerede o?"

"Benimle gel." Birlikte koridorda ilerleyip soldaki son odanın kapısında durduk. "Belinda toplandı." Sonra arka girişi gösterdi. "Şuradan çıkmanız daha uygun olur."

"Tıpkı hırsız gibi," dedim.

Bayan Landford yüzünde üzgün bir ifadeyle kapıya vurdu.

"Kim o?"

"Bayan Landford. Ablan seni almaya geldi."

Belinda bir iki dakika sonra açtı kapıyı. Beni bekletme âdetinden hâlâ vazgeçmemişti. Sırtında lise ceketi ve pantolonu vardı. Saçlarını geriye doğru tarayıp bağlamıştı. Bavulları yatağın yanındaydı.

"Merhaba, Olivia," diye şakıdı hiçbir şey olmamış gibi. "Babam nerede?"

"Arabada bekliyor," diye tersledim.

Bayan Landford araya girdi. "Siz şu bavulları alın, ben de küçükleri taşıyayım."

Belinda hiç acele etmeden bavulların yanına gitti. Gülümseyen yüzünde tatmin ifadesi vardı. Sonunda istediği olmuştu işte. Bilerek yakalandığına emindim. Olayı ta başından planlamış olmalıydı. Bavulu aldım.

"Gidelim. Acele et."

"Bence sakıncası yok." Belinda da diğer bavulu aldı. "Burada daha fazla kalmaya niyetim yok zaten."

Bayan Landford arkamızdaydı. Babam bakışlarını ileri dikmiş, arabada oturuyordu. Bizi görür görmez inip bagajı açtı. Elimdeki bavulu ona verdim.

"Merhaba, baba," dedi Belinda. Babam bir şey demeden önce ondan, sonra Bayan Landford'dan bavulları alarak bagaja koydu. "Sen arkaya bin."

Belinda tam arabaya binecekken durdu. "Hoşça kalın, Bayan Landford. Sizleri üzdüysem özür dilerim."

"Üzdüysen?" diye sordum. "Üzdüysen ha?"

Belinda sırıtarak arabaya bindi.

Bayan Landford bana bol şans diledikten sonra yatakhaneye girdi. Bu sefer patlayacağını ümit ederek babama baktım, ama o başını iki yana sallamakla yetindi. "Haydi, gidelim." Hemen arabaya binmişti.

Anayola çıkana kadar tek kelime etmedi. "Evet, Belinda. İstediğini yaptın sonunda."

"O okuldan nefret ediyordum, baba. Sana söylemiştim. Atıldığıma seviniyorum."

"Sen nasıl..." Babam lafının gerisini getiremeyerek sustu.

"Aklından neler geçiyordu, Belinda?" diye sordum. "Bu olayın aile şerefimizi nasıl lekeleyeceğini hiç düşünmedin mi? Ne yaparsak yapalım, eninde sonunda duyulacaktır. Diğer kızların ailelerine ve arkadaşlarına anlatacaklarına eminim."

"Hiçbiri beş para etmez. Bir avuç züppe hepsi. Onlar da aynı şeyleri yapıyor, ama yakalanmıyorlar."

"Ah, tabii. Onlar da sana benziyor." Sesimde acı bir alay vardı.

"Evet, benziyorlar!"

Babam, "Yeter," diye araya girdi sonunda. "Annenizin bundan haberi olmamalı. Eve gidince... Belinda'nın orada çok mutsuz olduğu için ayrılmaya karar verdiğini söyleyeceğiz."

"Yalan da değil," dedi Belinda.

"Elbette yalan!" diye azarladım. "Eve dönüşünün nedeni bu değil."

"Sen de bazen yalan söylüyorsun, Olivia! Senin de melek olduğun söylenemez!"

"Aramızdaki fark, senin yalanlarınla barışık olman." Arkama dönerek ona baktım. "Ama benim vicdanım sızlar. Oysa ki senin bütün hayatın yalanlardan ibaret."

"Biliyordum. Benden nefret ettiğini anlamıştım. Beni arabadan indirin. Kendime yeni bir yuva ve yeni bir aile bulurum belki."

"Onları korku içinde yaşatıp hayatlarını mahvetmen için mi?"

"Hayır. Durdurun arabayı!"

"Yapmayın, çocuklar," dedi babam. "Acımızı artırmaktan başka işe yaramıyor. Anneni düşünmek zorundayız, Olivia. Lütfen."

"Tabii ya. Bu kabahatini de yok sayarak yanına kâr kalmasını sağlayacağız anlaşılan. Ona kötülük yapmış oluyoruz, baba."

"Sorunu halledeceğim."

İşte yerine getirilmeyecek boş bir vaat daha. Yine de sesimi çıkarmadan bakışlarımı ileriye diktim. Belinda suratında amacına ulaşan insanların ifadesiyle uykuya dalmıştı. Bir kez daha onun dediği olmuştu işte.

Annemin gerçeği sezip sezmediği belli değildi. Sezdiyse bile aynı oyuna katılmıştı. Hatta 'zavallı' Belinda'sına acıyarak teselli bile etti. Belinda büyük bir yüzsüzlükle bu sevgi gösterisine bırakmıştı kendini. Fakat kızgın bakışlarımı görünce odasına çıktı. Babam ertesi gün, bu durumda en doğru şeyin ona şirkette geçici bir iş vermek olduğunu söyledi.

"Hiç değilse, böylece gözümüz üstünde olur."

Babamın çalışma odasındaydık. Annem yanımızda değildi. "Orada ne yapabilir ki?" diye sordum.

"Onu dosyalama bölümüne ver, Olivia."

"Dosyalama mı?"

"Onun için bir iş bul, bulamazsan yarat. Onu meşgul et, Olivia. Lütfen." Yalvarıyordu adeta. "Başka bir okula göndermek, para ve zaman kaybı olur sadece. Onun derslerle hiç ilgisi yok."

"Ondan beklediğin ne peki?"

"Ona... mümkün olduğunca kısa sürede iyi bir koca bulmak niyetindeyim."

Benden önce mi, diye sormak istedim. Onu benden önce mi evlendirip kendi yuvasına göndereceksin? "Yani sorumluluğu zavallı, masum bir aptala devredeceksin?"

"Olumlu özellikleri de var, Olivia. Çok güzel ve genç bir kadın. Artık biraz olsun olgunlaşacağına inanmıyor musun?"

"Hayır," dedim kesin bir dille. "Sen onun her hatasını affettikçe, asla olgunlaşmayacak."

Beni uzun uzun süzerek iç çekti. "Lütfen durumu olduğundan zor hale getirme, Olivia."

Babam neden böyleydi? İş hayatını kesin bir otorite ve kararlılıkla yürüten o sert, dediğim dedik adam neredeydi? Belki annem haklıydı. Belki de babam da diğer erkekler gibi dizginleri kolayca ele veriyordu. Belki ailemizin asıl reisi annemdi.

"Oyuna geliyorsun, baba," dedim sertçe. "Onun gözyaşlarıyla sızlanmalarına inandığın için aptalsın."

Yüzü önce kireç gibi, ardından kıpkırmızı oldu. "Yanılıyorsun, Olivia. Her şeyden çok anlamanı istediğim şeyin ne olduğunu defalarca söyledim: ailemiz, ailemiz, ailemiz. Bundan daha önemli bir şey yok. Ailemizin en zayıf halkası o olduğu için Belinda'yı korumalıyız. Bunu şimdiye kadar anlamış olmalı ve bana yardımcı olmalıydın."

"Peki, baba," dedim teslim bayrağını çekerek. "Ona şirkette yapacak bir şeyler bulmaya, saygıdeğer ve sorumluluk sahibi biri haline getirmeye çalışacağım."

"Buna sevinirim, Olivia. İşte şimdi tam bir Gordon gibi konuştun."

Buna rağmen, babamın istediği sonucu almak için teslim bayrağını çekmekten çok daha fazlasına ihtiyaç vardı. Belinda şirkete gelme fikrine çok sıcak bakmıştı, ama sabahları erken kalkmaya yanaşmıyordu. Her sabah onu zorla yataktan kaldırıp çabucak giyinmeye zorlamak benim işimdi. Çoğu zaman babam bizden önce yola çıkıyor, ben de Belinda'yı kendi arabamla şirkete götürüyordum. Belinda'nın uykusu ofise gelince bile açılmıyor, bu kadar erken kalkmanın saçmalığı hakkında uzun uzun söyleniyordu.

"Patron bizsek, neden böyle abuk sabuk saatlerde işe geliyoruz?"

"Patron olduğumuz için, Belinda. Şirketimizi kendimiz gözetmezsek, kim gözetecek? Çalışanlar işe bizim kadar bağlı olamazlar. İşte sorumluluk ve başarının anahtarı bu." Bu sözlerimin her zamanki gibi onun bir kulağından girip diğerinden çıkacağını adım gibi biliyordum.

Belinda uyurgezer gibi ortalıkta dolanıyor, birkaç dakikada bitecek bir işi yapması en az bir saat sürüyordu. Dikkatinin dağılması için ufacık bir şey yeterliydi. Saatlerce pencereden dışarıyı seyrediyor, her fırsatta uyarılarıma aldırmadan telefona sarılıp arkadaşlarıyla koyu sohbetlere dalıyordu. Ne zaman benden azar işitse babama koşuyor; bunun üzerine o da ona karşı anlayışlı olmamı rica ediyordu.

"Anlayışlı mı?" diye bağırdım. "Nasıl olup da yapmayı becerdiği işlerin bile yeni baştan yapılması gerekiyor. Dosyaları yanlış yerlere koyuyor, alfabetik sıralarını karıştırıyor, evrakları kaybediyor... Bunu bilerek yapıyor, baba. Hep aynı numara. Evde serbestçe zaman geçirmek, hiçbir işe yaramadan gezip eğlenmek istiyor. Senin her zamanki gibi umudunu yitirip pes edeceğinin farkında."

"Biliyorum. Lütfen ona karşı sabırlı ol. Ümidini de yitirme."

Neden, diye düşündüm yine. Belinda'nın babamın ona karşı böylesine iradesiz ve yumuşak davranmasını sağlayan ne gibi bir özelliği vardı? Bunu ona ne zaman sorsam, başını iki yana sallıyor, ümidimi kaybetmememi, Belinda'yı düzeltme çabamı bırakmamamı rica ediyordu.

Babam onu en kısa zamanda evlendirme kararından vazgeçmemiş, ama Clayton'ı bana yamama teşebbüsü tamamen unutulmuştu. Ben yine geri plana itilirken, Belinda bir kez daha öne çıkmıştı. Babam bunu belli etmeden yapıyordu tabii. Tıpkı balık tutar gibi, oltayı suya bırakmış, doğru balığın çıkagelmesini bekliyordu.

İlk büyük çabası, Clayton'la aramda çöpçatanlık yapıldığı geceden bile daha görkemli olan Childs ailesi için verilen akşam yemeği partisinde gerçekleşti. Albay Childs babamın avukatıydı. Oğlu Nelson hukuk fakültesi son sınıftaydı. Sularımızda ondan daha iyi bir balık yoktu. Aynı sulardaki en büyük köpekbalığı da Belinda'ydı elbette.

Babam yılda dört, beş kez düzenlediği seçkin akşam yemeği partilerine on, on beş konuk davet eder; onlara profesyonel şirketlerce hazırlanan altı çeşitten az olmayan yemekler ikram ederdi. Bazen bu partilerde keman ya da piyano eşliğinde yemek yenirdi. Belinda bu partilerden nefret ediyordu, çünkü onun için fazlasıyla resmi ve kısıtlayıcı bir durumdu. Görgü kurallarına uygun davranmak, abuk sabuk konuşmamak zorundaydı. Yemek müziğini, uslu uslu oturmayı da sevmezdi. Babamla annem çoğu zaman parti bitmeden konuklardan özür dileyip onu telefonda saatlerce dedikodu yaptığı odasına yollarlardı.

Babam bu sefer sadece Albay Childs ve ailesini davet ettiğinde, olağandışı bir durum olduğunu sezdim. Albayı yakından tanıyordum elbette. Sık sık şirkete gelip giderdi. Babam son zamanlarda birden çok iş alanına el attığından, sürekli olarak yasal konularda ona danışma gereği duyuyordu. Birkaç sosyal etkinlikte karısı Elizabeth'i de tanımıştım Elizabeth Childs New England'ın en köklü ailelerinden birine mensuptu. Tek çocukları Nelson uzun boyunu ondan, yakışıklılığını da babasından almıştı.

Nelson Childs, okulları üstün başarıyla bitiren, sporda ve sosyal hayatta hayranlık uyandıran o yakışıklı ilahlardan biriydi.

Daima kendine hâkim, planlı ve kendinden emindi. Öğretmenleri ona adeta tapardı. Nazik, büyüklerine karşı saygılı bir çocuktu, ama öğretmenlerinin ilgisinden asla şımarmazdı. Her yıl sınıf başkanlığına seçilir, basketbol ve beysbol takımlarının kaptanı olurdu. Liseden mezun olurken, okulun en başarılı erkek öğrencisi seçilmişti.

Benden beş yaş büyüktü, ama aramızda daha fazla yaş farkı var gibiydi. Babası babamın avukatı olmasına rağmen, Nelson okulda ya da okul dışında varlığımın farkında bile değildi. Etrafını saran kızlar ordusu yüzünden farkıma varamıyordu herhalde. Bütün kızlar onun en küçük ilgisi için bile birbirleriyle yarış halindeydiler.

Gözleri kahverengiden çok elaya çalıyordu. Ona yaklaşma fırsatı bulduğum ender zamanlardan birinde, bu gözlerde altın hareler olduğunu fark etmiştim. Kumral saçları kısaydı, ama onları şekil verebilecek kadar uzun tarardı. İnsanın içini gıcıklayan, tatlı bir gülümsemesi vardı. Yüzünün ışıltısı, bu gülümsemenin hedefi olanların yüreklerini ısıtırdı. Aşk Tanrısı daima onun yanında, sırf kendi zevki için oklarını atıyordu.

Nelson'ın şerefini lekelemeden bu aşk denizinde yelken açması şaşırtıcıydı. İlişkileri kısa süreli olsa da, kız arkadaşlarını birbirlerine düşman etmemeyi başarıyordu. Kızlar onun kafese girmeyeceğini kabullenmiş gibiydiler. Nelson asla tek bir kıza ait olamazdı; o hepsine aitti.

Babamla Albay Childs arasında ne zaman Nelson'ın adı geçse kulak kabartıyordum. Hukuk fakültesi son sınıfta olduğunu, ama henüz kalıcı bir ilişki kurmadığını biliyordum. Nelson'ın hukuk fakültesini bitirdikten sonra baro sınavlarını vererek babasının firmasında çalışacağı söyleniyordu. Tek belirsizlik, ne zaman evlenip aile kurarak toplumda babası gibi kusursuz bir örnek olacağıydı.

Nelson'la ilgili anılarım ve onun hakkında duyduklarım, babamın planının akıllıca ve gerçekçi olup olmadığı yolunda kuşkuya kapılmama yol açmıştı. Nelson Childs'ın kız kardeşim Belinda gibi aklı bir karış havada, hoppa züppe, hilebaz bir kızla ne işi olabilirdi? Babam bu amaçla düzenlediği akşam yemeği uğruna sadece parasını değil, herkesin zamanını da harcamış olacaktı. Belinda, Nelson gibi zeki bir adamdan ürkeceği gibi, böyle mantıklı ve düzenli bir adamla evlenip yerleşmek istemeyecekti. Babam bunu nasıl göremiyordu?

Nelson Childs'la ilgili anılarım, o akşam onu görünce gölgede kalmıştı. Televizyondan, sinemadan ve dergilerden tanıdığım bir yıldızla karşılaşmış gibi hissediyordum kendimi. Üniversite onu olgunlaştırmıştı. Daha şimdiden yolunu çizmiş, kendine hâkim, kişilik sahibi ve aklı başında bir adamdı.

Annem de büyülenmiş gibiydi. Babamın ağzı kulaklarındaydı. Nelson benden önce onunla tanıştırılınca Belinda'nın ayakları yerden kesilmişti adeta. Nelson en sonunda bana döndüğünde, beni liseden hatırladığını söyleyip gülümsedi.

"Evet, seni hatırlıyorum. Çok ciddi bir kızdın."

Belinda bunu duyduğuna sevinmişti. "Hâlâ öyle," dedi. "Herkes ona Bayan Soğuk, bana ise Bayan Sıcak der."

"Sahi mi?" Nelson'ın Belinda'yı ilgiyle süzüşü karşısında derin bir kıskançlığa kapıldım.

"Böyle şeyleri Belinda'nın Balonlu Çiklet Kulübü'nden arkadaşları uyduruyor," dedim.

"Balonlu Çiklet mi?" Nelson şaşkınlıkla bana baktı.

Ben, "Beyin yerine balon taşıyorlar," diye homurdanınca, bir kahkaha patlattı.

Ebeveynlerimiz oturma odasında çerez ve kokteyller eşliğinde sohbet ederken, biz de Nelson'a evimizi gezdirdik. Nelson babamın kütüphanesindeki kitapları uzun uzun inceleyerek, harika bir koleksiyon olduğu yorumunu yaptı.

Belinda, "Ben hiçbirini okumadım," dedi bu övünülecek bir şeymiş gibi.

Nelson'ın tepkisini merakla beklerken yüzümü buruşturmuştum; ama o güldü.

"Bilginin tehlikeli olduğunu varsayarsak, Belinda'nın tehlikede olmadığını söyleyebiliriz."

Ben de güldüm. Belinda, Nelson'ın kendisiyle alay ettiğini anlamamıştı. Yoksa Nelson alay etmemiş miydi? Kahkahalar atan Belinda'yı dikkatle süzüyordu. Bu kahkahalar müzik sesinden farksızdı ve gülerken gözlerinin içi de gülüyor, yüzü aydınlanıyordu. Sanki o aptal yüreğinde kadınlığın ateşi yanar, bu ateş erkeklerin karşısında iyice alevlenir gibiydi.

"İlgi alanların nedir, Belinda?"

"İlgi alanlarım mı?"

"Boş zamanlarında ne yaptığını soruyor," diye araya girdim. "Yani zamanının büyük bir bölümünde. Belinda şirkette bazı hafif işlerle görevli." Nelson'a çok geç olmadan onun yetenekleri ne kadar kısıtlı biri olduğunu göstermek istiyordum.

Belinda, "Ve bundan nefret ediyorum," diye atılarak güldü. "Yazlar çalışmak değil, eğlenmek içindir. Hele bizim yaşımızdaki insanlar hiç çalışmamalı."

"Herkes bizim kadar şanslı değil ve hayatlarını kazanmak için çalışmak zorundalar," diye hatırlattım.

Belinda önemsiz bir laf etmişim ve cevap vermek gereksizmiş gibi omuz silkti.

"Eh, bizim şanslı olduğumuzu kendin söyledin. Neden çalışalım o zaman?"

Nelson tekrar güldü. "Bu kız iflah olmaz," dedim. Bu kez başını evet anlamında salladı.

"Haklısın."

"Bunun nesi kötü?" diye sordu Belinda.

Nelson biraz düşündü. "Belki de o kadar kötü değil. Hatta bazen yararlı olduğu bile söylenebilir." Bana baktı. "Ama sen ve ailen açısından öyle değil sanırım, Olivia."

Omuz silkme sırası bendeydi. "Hayatını nasıl yaşadığı umurumda değil artık. Pes ettim."

"Ona inanma," dedi Belinda. "Bana sürekli kaba davranıp azarlıyor."

Nelson durumu anlıyormuş gibi başını salladı.

Yemeğe çağrıldığımızda, Nelson tam bir centilmen edasıyla ikimizin arasına geçip koluna girmemizi isteyerek bizi yemek salonuna götürdü. Kendi kendime sürekli olarak onun gibi bir erkeğin Belinda'yla ancak kısa bir süre gönül eğlencesi olabileceğini, kalıcı bir ilişki için benim gibi aklı başında bir kadını tercih edeceğini tekrarlayıp duruyordum.

Babam sofra planını Nelson'ın benimle Belinda'nın arasında oturacağı şekilde ayarlamıştı. Belinda, Nelson'ın kulağına bir şeyler fısıldayarak gülüp duruyordu. Annemin sert bakışlarla onu uyarmasının yararı yoktu. Babamın onun iki kadeh şarap içmesine izin vermesi hataydı.

Masadaki sohbet politikadan modaya kaymıştı. Nelson konuştuğunda hepimiz onu dinliyorduk. Karizmatik, insanlara hükmeden bir havası vardı ve mükemmel bir konuşmacıydı. Söylediklerinin çoğuna katıldığımı belli ediyordum. Bunu takdirle karşıladığı, çok geçmeden ilgisinin Belinda'dan çok bana yönelmesinden belliydi. Belinda ümit ettiğim gibi sıkılarak huysuzlanmaya başlamıştı.

Fakat yemeğin ardından kahve servisi başladığında Belinda'nın bir sürprizi olacaktı. "Ben kahve içmek istemiyorum," dedi. "Onun yerine kumsalda bir yürüyüşe ne dersiniz?"

Nelson bu öneriyi düşündü. "Hiç de fena fikir değil. Bu gece hava çok güzel." Bana yönelen bakışları, teklifi kabul edeceğini gösteriyordu.

Belinda'nın bu kez güzel bir fikir ortaya attığını istemeden de olsa kabul ederek, "Çok iyi olur," dedim neşeyle.

İzin isteyerek masadan kalktık. Babam hayatından çok memnun görünüyordu. Planının işe yaradığını düşündüğü belliydi. Yemek salonundan çıkarken beni durdurup, "Birbirlerine ne kadar da yakıştılar, değil mi?" diye fısıldadı kulağıma. "Küçük sorunumuzu çözmek için bundan uygun bir yol olamazdı."

"Albay Childs'la iyi arkadaş olduğunuzu sanıyordum, baba," dedim sert bir sesle. "Bunu ona nasıl yapabilirsin?"

Babam tokat yemiş gibi sarsıldı. "Belinda da çok iyi bir kısmet, Olivia. O Provincetown'ın en güzel kızı."

Yüreğimi demir bir yumruğun sıktığını hissettim. Göğsümde derin bir sancı vardı. Gözyaşlarıma zor hâkim olarak yutkundum ve başımı salladım. "Doğru. Bunu unutmuştum." Odadan fırlayarak, kumsala doğru yürümekte olan Nelson ve Belinda'ya yetiştim.

Tek kelimeyle muhteşem bir geceydi. Gökyüzünde binlerce yıldız vardı. Hava da her zamankinden sıcak ve nemliydi.

"Yıldızlara bakın!" dedi Belinda. "Şuradaki Büyükayı takımyıldızı, değil mi?"

"Hangisi?" Nelson yanına gitmişti. Belinda'nın kendisine yaslanmasına ses çıkarmadı. "Hayır, o Küçükayı. Büyükayı..." Nelson onu yıldızın olduğu tarafa çevirdi. "... işte şurada."

"Bir de Küçükayı takımyıldızı olduğundan haberim yoktu. Senin var mıydı, Olivia?"

"Elbette."

Belinda cevabımı duymazdan gelerek, "Bakın yıldızlar denizde ne güzel yakamozlar oluşturuyor!" dedi ve Nelson'ı elinden tutup çekiştirdi. "Haydi, ayakkabılarımızı çıkarıp kumların üstünde koşalım."

"Ne?"

"Saçmalama, Belinda. Nelson'ın ayakkabıları mahvolur..."

"Hayır, hayır, ziyanı yok." Nelson gülüyordu. "Çok zevkli olacağına eminim."

Belinda'nın yanına oturup ayakkabılarıyla çoraplarını çıkardıktan sonra bana baktı. "Sen bize katılmıyor musun, Olivia?"

"Su çok soğuktur," dedim.

"Hiç de değil." Belinda ayağa fırladı.

"Belinda eskiden denizden çok korkardı," diye açıkladım.

Belinda, "Artık korkmuyorum," diye atıldı. "Ara sıra biraz soğumam gerek, öyle değil mi? Ne de olsa bana Bayan Sıcak deniyor."

Hâlâ gülmekte olan Nelson'ı tekrar elinden çekiştirdi. El ele okyanusun kıyısına koştular.

"Üstünüz başınız ıslanacak!" diye seslendim, ama dalgaların gürültüsü sesimi bastırmıştı. Ayakkabılarımla çoraplarımı isteksizce çıkarıp peşlerinden gittim.

Belinda çığlıklar atarak, elini sürekli tuttuğu Nelson'a su sıçratıp koşturuyor; Nelson ise kahkahalar atıyordu. Belinda ansızın durdu. Evden yüz metre kadar uzaklaşmıştık ve kumsalın bu bölümü karanlıktı.

"Hava çok güzel. Su da o kadar soğuk görünmüyor, öyle değil mi?" diye sordu Belinda.

"Hayır. Su da çok güzel." Nelson'ın bakışları şaşırtıcı şekilde bana kaymıştı.

"Banyo küveti de sayılmaz," dedim.

"Ben denize giriyorum," dedi Belinda.

"Ne?" Ayın ışığı Nelson'ın yüzüne vuruyordu. Gülümsedi.

"Çıplak yüzeceğim. Hiç denemiş miydin?"

"Belinda!" diye bağırdım. "Bunu yapamazsın!"

"İç çamaşırlarımla da girebilirim. Evet, Nelson, sen hiç çıplak yüzdün mü?"

"Tabii, ama..."

"Benimle denize girmeyeceksen, arkanı dön." Belinda bluzunun düğmelerini çözmeye başladı.

Ben, "Bu saçmalığa hemen son ver," dediğim halde, o bluzuyla eteğini çıkarmıştı bile. Üstünde sadece sutyeni ve külotu kalmıştı.

"Bekleyin dalgalar!" Belinda denize doğru koştu.

Nelson bana baktı. "Eee, ne diyorsun?"

"Ben girmeyeceğim. Eve dönüyorum." Kalbim gümbürdüyordu.

"Çok davetkâr görünüyor." Nelson gömleğini çıkardı.

Şaşkınlıktan irileşen gözlerle, pantolonunu da çıkarmasını seyrettim. Nelson varlığımdan hiç de rahatsız değildi. Belinda'ya seslenerek denize koştu. Birbirlerine su sıçratarak gülüşüyorlardı. Belinda kendini onun kollarına atınca sulara gömüldüler. Hemen yüzeye çıktıklarında hâlâ gülüşüyorlardı. Ben ise hem büyülenmiştim, hem de kıskançlıkla öfkeyi aynı anda yaşıyordum.

"Madem denize girmiyorsun, kurulanmamız için havlu getir bari," diye seslendi Nelson.

"Evet, Olivia. İyi olur."

Ay ışığı Belinda'nın göğüslerini aydınlatmaktaydı. Islak külotu da şeffaflaşmıştı. Nelson'ın külotu da bazı şeyleri gözden saklayamıyordu.

"Pekâlâ," diye seslendim hışımla. "Getiriyorum."

Karanlıkta hızlı adımlarla ilerlerken kumda ayağım kaydıkça Belinda'ya lanet okuyordum. Eve ulaşınca kimseye görünmeden çamaşır odasına gittim. Havlularla evden çıkarken kendimi suçlu gibi hissediyordum. Sahile dönünce, ikisinin de kumsalda birbirlerine sokulmuş oturduklarını gördüm.

"Çabuk ol. Donduk!" dedi Belinda.

"Buna şaşmam. Zatüre bile olabilirsiniz."

Nelson, "Bizi merak etme," dedi.

Havlulardan birini ona verip diğerini Belinda'ya atarken Nelson'a bakmamaya çalışıyordum.

"Şu ıslak şeyleri çıkarmalıyız." Nelson havluyu beline sarıp altından külotunu çıkardı. Onun kadar ahlaklı olmayan Belinda ise rahat bir tavırla sutyenini ve külotunu çıkarıp attı. İkisinin arasında durup perde görevi yaparak telaşla giysilerini verdim.

"Şu halinizi gören, denize girdiğinizi anlar," dedim her ikisi de giyindiğinde.

Belinda, "Odama çıkıp saçlarımızı kurutalım," diye önerdi.

İkisi de koşa koşa eve giderken, kendimi arkalarında gereksiz gibi hissettim. Belinda'nın odasında saçlarını kuruttular. Belinda banyoda yeni iç çamaşırları giymişti.

Nelson kendi iç çamaşırını ona verdi. "Kuruyana kadar sende kalsın."

"Onları çamaşır odasında kurutucuya koyabilirim," diye önerdim.

"Zahmet etme. Ben gayet rahatım." Belinda'ya bakan gözleri ışıl ışıldı. "Muhteşemdi. Bizimkilerle gittiğim bir akşam yemeğinde bu kadar eğleneceğim hiç aklıma gelmezdi. Teşekkürler."

Nelson bu sözlerin ardından bana, "Eh, ortaya çıkmamızın zamanı geldi. Nasıl görünüyorum?" diye sordu.

"Gayet iyi," dedim istemeye istemeye.

"Ben de birazdan aşağı inerim," diye şakıdı Belinda.

Nelson'la birlikte aşağı inerken, ebeveynlerimizin oturma odasında sohbet ettiklerini duydum.

"Kız kardeşin muhteşem bir kız," dedi Nelson.

"Davulun sesi uzaktan hoş gelir," dedim.

Güldü. "Evet, onunla başa çıkmak zor, öyle değil mi?"

"Durum bundan daha vahim."

Tekrar güldü. Gerçeği görecek kadar zeki biri olduğuna emindim. Ama bunun önemi var mıydı?

Erkekler gerçekleri ender olarak görürlerdi. Bazense görmek bile istemezlerdi.

5

Kiliseye Gidiş

Bizimkiler Nelson ve Belinda'nın denize girdiklerini anladıysalar bile renk vermediler. Belinda aşağı inince Nelson'la birlikte belki de denizde oynaştıkları için karınlarının acıktığını fark ederek tatlı yiyip kahve içtiler. Nelson çoğunlukla benimle konuşuyordu. Politikadan, Cape Cod'dan ve iş dünyasından söz ettik. Bu kez yemek sonrası müziği yoktu. Albay Childs gitme zamanının geldiğini söyledi. Nelson'ın sabah erkenden fakültede olması gerekiyordu.

Nelson gitmeden önce dönüşünde Belinda'yı ve beni tekrar arayacağına söz verdi. Babamın heyecanlı bakışlarına başımı iki yana sallayarak karşılık verdim. Annem Belinda'yı alıp yukarı çıkınca, babam beni çalışma odasına götürdü.

"Anlaştılar mı?" diye sordu aynı heyecanla.

Bir an düşündükten sonra, çalışma masasının karşısındaki koltuklardan birine oturdum. "Tek kelimeyle korkunçtu. Tahmin ettiğim gibi Belinda yine kendini rezil etti."

"Ne?" Babam da oturdu. "Neler oldu? Yemekte araları gayet iyiydi."

"Kumsalda yürüyüş yapmamızı isterken niyeti başkaymış, baba. Soyundu ve Nelson'a birlikte denize girmeyi önerdi."

"Soyundu mu dedin?"

"Utancımdan yerin dibine geçtim."

"Tanrım, olamaz." Babamın yüzü bembeyaz olmuştu.

"Ama oldu. Aklını başına toplamasını sağlamaya çalıştım, ama Belinda değişmez, baba. Bunu artık kabul etsek iyi olur."

Babam hüzünle, ağır ağır başını salladı. "Elimden geleni yaptım. Planımı uygulamadığımı söyleyemezsin." Bana kaldırdığı bakışları cam gibiydi. "Çok yorgunum. Artık uyuyalım."

"Üzülme, baba. Sen bir çaresini bulur, yeni bir plan yaparsın." Gülümsedim.

Omzumu okşadı. "Haklısın."

"Tahmin ettiğim gibi, Nelson Childs aklı başında bir kadın arıyor," dedim çalışma odasından çıkarken. "Belinda ona kesinlikle uygun değil."

Babam, "Anlıyorum," diye homurdandı arkamdan. Ama Nelson'ın bana uygun olduğunu söylememişti. Çabaları her zaman olduğu gibi sadece Belinda üzerineydi. "Yine de kolay pes etmeyeceğim. Başka bir planım var."

Merdivende durup ona baktım. "Neymiş o?"

"Ayrıntıları belirlemem için bana birkaç gün ver," dedi gizemli bir tavırla. Nelson Childs ile Belinda'yı bir araya getirecek yeni bir çabaya gireceğini düşündüm; ama onun 'iş açısından bakılınca mantıklı görünen' bambaşka bir planı vardı. Ve bu plan, Belinda'yı olağan aile toplantılarımızdan birine katılmaya ikna ederek ona anlatmamızla mümkün olacaktı.

Üç gün sonra, "Böylece başka yanlış anlamaların ve kötü hareketlerin de önüne geçmiş olacağız," diye açıkladı. Toplantının o gün yapılmasına karar vermişti.

"Belinda'nın yeni saçmalıklar yapmayacağına gerçekten inanıyor musun, baba?"

"Göreceğiz." Gözlerinde kararlı ışıltılar vardı.

Ailemizle, aile şirketimizle, evimizle ve hayatımızla ilgili konuları tartışmak için bu toplantılar ara sıra yapılırdı. Babam daha önce açıkladığı ya da sorduğu şeyleri hatırlamak için annemin notlar tutmasını isterdi. Annemin bu şekilde tuttuğu günlükler bizim aile tarihimizdi. Annem doğum günleri, aşılar, çocuklukta geçirilen hastalıklar, mezuniyetler ve başka önemli olayların tümünü buraya kaydederdi. Aile tarihimizin kayda geçmesi babam için çok önemliydi. Ailemize kendi başına bir ülke gözüyle bakardı.

Nelson Childs hakkında romantik hayaller kurup kurmadığını öğrenmek için Belinda'yla konuşmaya karar vermiştim. Nelson söz verdiği gibi aramamış, şehire de dönmemişti. Yine de Belinda'nın herhangi bir konuda ne düşündüğünü kestirmek, rüzgârı dizginlemekten farksızdı.

Odasında yatmaya hazırlanıyordu. Hemen konuya girdim.

"Nelson mı?" Belinda sanki onu yıllardır tanırcasına samimi bir ifadeyle söylemişti adını. "Tabii ki hayır." Aynadaki görüntüsünü hayranlıkla seyrediyordu. Saçlarını kabarttı, sonra çenesindeki minik sivilceyi görerek suratını buruşturdu.

"Evet, Nelson Childs."

"Aklıma bile gelmiyor," dedi sıkıntılı bir ifadeyle. "Hiç de eğlenceli biri değil."

"Ne demek istiyorsun?" Kuşkularım hâlâ giderilmemişti. Benim haberim olmadan görüşebilirlerdi pekâlâ. "Geçen gece soyunup denize girerken gayet iyi eğleniyordunuz."

"Ha şu. Boş ver." Bana döndü. "İlk çıplak yüzüşüm değildi. Çok eğlenceli bir fikir ortaya attım, o da katıldı."

"Onu şimdi neden düşünmüyorsun peki?"

"Nelson... işinden başka şey düşünmüyor. Sen havlu getirmeye gittiğin zaman, sadece okulundan ve ilerde politikaya atılma planlarından söz etti. Günün birinde Amerika Başkanı olmayı hayal ediyor. Onu sıkıcı bulduğumu yüzüne söyledim. Çikolatalı pasta yerken ikinizin ne kadar anlaştığınızı hatırlatmama gerek var mı?"

Tam anlamıyla şok olmuştum. Belinda, Nelson Childs gibi mükemmel bir kısmeti tarihi geçmiş bir dergi gibi fırlatıp atıyordu ha? Ve 'sıkıcı olduğunu' düşünerek! Nelson Childs asla sıkıcı olamazdı. Sıkıcı olan Belinda'nın kendisiydi.

"Konuyu özetleyelim. Kumsalda baş başa kaldığınızda, onu sıkıcı bulduğunu mu söyledin?"

"Evet."

"Peki o ne yaptı?"

"Güldü sadece. Zaten o gece söylediğim her şeye güldü durdu. Onun da beni aklına getirdiğini sanmıyorum. Aramadı, öyle değil mi? Sen iç çamaşırını paketleyip fakülte adresine gönderdiğinde bile arayıp teşekkür etmedi."

Belinda bu konuda haklıydı. Aramayışı beni düş kırıklığına uğratmıştı. Oysa iç çamaşırını utanç veren sorularla karşılaşmamak için büyük sıkıntılar çekerek göndermiştim.

Belinda, "Aramaması ya da buraya dönüp dönmemesi umurumda bile değil açıkçası," dedi. "Onu düşünmek istemiyorum."

"Güzel. Düşünme öyleyse."

Aynaya arkasını dönüp bana baktı. "Neden kızıyorsun?" Beni uzun uzun süzdükten sonra hin hin sırıttı. "Ondan hoşlanıyorsun, değil mi Olivia? En sonunda birine âşık oldun!"

"Bunu da nereden çıkardın?"

"Evet, âşık oldun! Bundan eminim. Ablam âşık oldu." Benim en sonunda kendisine benzediğimi düşünmek onu çok heyecanlandırmıştı. "Onu düşünüyor, birlikte olduğunuzu hayal ediyorsun, değil mi? Neden onu fakültede ziyaret etmiyorsun? Neden telefon etmiyorsun?" Aynada kendine bakarak konuşuyordu.

"Erkeklerin peşinden koşmak doğru değil," diye çıkıştım. "Üstelik ona âşık falan da değilim. Bu senin iddian."

Belinda, "Ama âşıksın," diyerek tekrar bana döndü. "Bunun nesi kötü? Neden saklıyorsun. Ben âşık olduğumda hiç saklamam. Hem neden bir erkeğin peşinden koşmayayım? Onları bu kadar özel kılan ne?"

"Özel olan erkekler değil, kadınlar. İşte bu yüzden ümitsizce üstlerine düşmemeliyiz. İnan bana, seninle konuşmak bazen... küçük bir çocukla konuşmaktan farksız."

"Nelson Childs'a tutkun olduğunu anladığım için bana yüklenmeye hakkın yok."

"Sana yüklenmiyorum!"

"Evet, aynen öyle yapıyorsun. Bir gün gerçeği Nelson'a da söyleyeceğim."

"Belinda Gordon, eğer böyle bir şey yaparsan, dilini koparırım!"

Gözleri sevinçten ışıldayarak sırıtmaya devam etti.

"Belinda, seni uyarıyorum."

"Tamam, tamam." Ama günler boyu bana takılmaya, büroda olduğumuz saatlerde Nelson arıyormuş numarası yapmaya ya da not defterlerime N.C. harfleri yazmaya devam etti. Öfke dolu bakışlarıma aldırmadan kıkır kıkır gülüyor, "Küçük General âşık," diye alay ediyordu.

Yaptıklarını sürekli babama anlatmama rağmen, onun küçük kızına haddini bildirmek için bir şey yaptığı yoktu. Had bildirmek şöyle dursun, ona altın kafes içinde bir bülbül bile hediye etmişti. Belinda bunu çok istediğini zaman zaman dile getirirdi. Hatadan başka bir şey yapmamasına rağmen, babam onu hediyelere boğmaya devam ediyordu. Oysa bana verdiği tek hediye yüklü bir maaştı. Böylece, ne istiyorsam kendimin alabileceğimi iddia ederdi. Belinda'nın ise bu kadar zeki olmayışı kendisinden başka kimin suçuydu peki?

Babamın ona bülbül hediye etmesinin bir amacı olmalıydı, ama bu gerçekleşmeden zavallı hayvan bakımsızlık ya da açlıktan ölürdü mutlaka.

"Ölmeyecek," diye itiraz etti Belinda. "Yağmurlu havalarda bile güneş ışığıyla dolu odamda çok mutlu olacak. Öyle değil mi, anne?"

Annem, "Tabii, hayatım," dedi kendisinden beklenen cevabı vererek.

Buna rağmen, ilk günden itibaren kafesin temizlenmesi ve her gün yem verilmesi için ona sık sık hatırlatmak gerekliydi. Belinda böyle işlerin hizmetçilere ait olduğunu iddia ederek şikâyetlere başlamıştı bile.

Salı akşamı yemekten sonra, babam aile toplantısı yapacağımızı duyurdu. Konuşulması gereken önemli konular vardı.

Belinda, "Yine mi şu sıkıcı toplantılardan biri?" diye sızlandı sofrada. "Kötü bir şey yapmadım ki, baba! Yoksa sana öyle mi dendi?" Öfke saçan bakışları bana yönelmişti.

"Kimsenin kötü bir şey yaptığı yok," dedi babam.

Belinda bu sefer anneme baktı. "Yoksa giysilere çok mu para harcadık?"

Babamın yüz ifadesinden bu konudan haberi olmadığı anlaşılıyordu.

Annem, "Toplantının başlamasını bekleyelim, Belinda," dedi hemen. Belinda için harcadığı paraların babamın kafasını kurcalamasını istemediği belliydi. "Yemekte ciddi konular konuşmak hazım için zararlıdır."

"Ciddi konuları neden konuşalım ki?" diye sızlandı Belinda. "Ciddi konuları erkekler düşünür, kadınlar değil."

"Çok saçma," diyerek araya girdim. "Kadınlar en az erkekler kadar zekidir. Hatta bazı durumda çok daha zekidirler."

"Daha zeki olmak isteyen kim?" diye homurdandı. Suratı beş karıştı.

Ben ise merak içindeydim. Babam planının ayrıntılarını henüz benimle bile konuşmamıştı. Belinda'nın geleceğiyle ilgili yeni bir planı olduğunu tahmin edebiliyordum sadece.

Her zamanki gibi çalışma odasına geçtik. Belinda ve ben kırmızı deri kanepeye, annem masanın sağındaki koltuğa oturdu. Annemin not defteriyle kalemi hazırdı.

"Günün tarihini attın mı?" diye sordu babam.

"Evet, Winston."

"Güzel. Pekâlâ, toplantı başlıyor. Ailemizin iyiliği için bazı fedakârlık ve çabalarda bulunmamız gerektiğini hepimiz biliyoruz."

Belinda, "Bunu söylemesinden nefret ediyorum," diye homurdandı. "Bizden çok zor bir şey isteyeceğini biliyorum çünkü."

"Şşş, tatlım." Annem birazdan konuşulacakları kaydetmek için hazır bekliyordu.

"Eski zamanlarda kral ve kraliçeler güçlerini artırmayı, çocuklarının evliliklerini ve bu evliliklerin ailelere sağlayacağı yararları düşünürlerdi," diye devam etti babam. "Günümüzde de saygın ve başarılı aileler aynısını yapıyor. Bu konuda değişen bir şey yok. Belinda, Daniel McGil'in oğlu Carson McGil'i tanırsın. Yakın geçmişte onunla birkaç kez konuşmuştun, öyle değil mi?"

Belinda önce bana, sonra babama baktı. "Onunla kötü bir şey yapmadım, baba. Bana soğuk bir şeyler ısmarladı ve limanda yürüyüş yaptık."

"Seni çok beğenmiş," dedi babam. "Birkaç gün önce senin hakkında görüşmek için büroma geldi."

Ne ben, ne de Belinda, Carson'ı orada görmemiştik. Babam şüphe dolu bakışlarımı görmezden geldi. "Saygın ve aklı başında bir genç. Seni resmen benden istedi."

"Ne?"

"Yani seninle evlenmek istiyormuş," diye açıkladım.

Belinda'nın ağzı açık kalmıştı. "Carson McGil benimle evlenmek mi istiyormuş?" Gülecek oldu, ama babamın yüz ifadesi sertleşmişti.

"Doğru. Bence birbirinize çok yakışıyorsunuz. Carson ilerde babasının konserve fabrikasını devralacak. Şirketlerimizden birinin onlarınkiyle birleşmesi gündemde."

Belinda bu kez destek umarak bana baktı, ama benim yüzüm ifadeden, hele anlayıştan tamamen yoksundu.

"Carson McGil'e âşık değilim," dedi Belinda. "Hem olsaydım bile, şimdilik evliliğe hazır değilim."

Babam, "Neden?" diye sordu.

"Değilim işte."

"Elbette hazırsın. Bir erkeği mutlu edecek kadar hoş ve çekici bir kadınsın."

"Ama Olivia daha nişanlanmadı bile!"

"Olivia şimdilik şirketteki işlerle meşgul. O da senin ardından evlenecektir." Babam kısa bir an için bana yönelen bakışlarını hemen Belinda'ya çevirdi. "Bu konuyu ciddi olarak düşünmeni istiyorum, Belinda. O genç adam sana kur yapmak istiyor." Babamın omuzları dikleşmiş, bakışları sertleşmişti.

“Bana kur yapmak mı?”

“Romantik bir ilişki yani.” Hafifçe gülümsedim. “Senin de ona âşık olman için.”

“Olivia haklı. Sen de ona âşık olacaksın. Neden olmayasın? Carson çok yakışıklı ve zeki bir genç. Sana karşı tutkuyla bağlı bir koca olacaktır.”

Belinda’nın kafası karışmıştı. Bu durumun her anından büyük zevk alıyordum.

“Senin için mükemmel bir kısmet, üstelik ailemize de büyük yararı dokunacak. Herkes benimle hemfikir mi?” Anneme baktı.

“Evet,” dedi annem. “Belinda’ya evlilik yarayacaktır.”

“Bence de,” dedim neşeyle. Belinda ise midesine yumruk yemiş gibiydi. Babama, anneme ve bana baktıktan sonra, dudaklarında gizemli bir gülümsemeyle başını öne eğdi.

“Ev kadınlığından hiç anlamam,” dedi. “Yemek pişiremem, dikiş dikemem, temizlik yapamam, ev idaresi bilmem ve çocuklara tahammülüm de yok.”

“Sahi mi?” diye araya girdim. “Anne olmana ramak kalmışken böyle düşünmen çok ilginç doğrusu.”

Odaya ölüm sessizliği çökmüştü.

Belinda, “Hani bunu hiç konuşmayacaktık?” dedi sonunda.

“Konuşma öyleyse. Anne, babamla aynı fikirde olduğumu yaz lütfen. Carson McGil hem Belinda için mükemmel bir koca, hem de ailemize yararlı olacak. Uzun zamandır babasıyla iş konularında görüşmelerimiz oluyor.”

“Belinda?” diye üsteledi babam. “Sana kur yapmasına izin verecek misin?”

Belinda tavana bakarak iç çekti. "Galiba evet. Ama sonunda benden hoşlanmazsa, beni suçlamayın."

"Anlaştık o halde," dedi babam. "Onunla görüşüp seni aramasını söyleyeceğim. İş dünyasında tanınan bir genç. Bu şansı kaçırma."

"Evimizin bahçesinde eskiden olduğu gibi görkemli bir düğün yapar mıyız?" diye sordu annem.

"Yapmamamız için bir neden yok, Leonora. Sen konuk listesini hazırlamaya başla. Zamanı geldiğinde hep birlikte gözden geçiririz."

Belinda, "Nasıl düğünümü planlarsınız?" diye lafa karıştı. "Daha âşık bile olmadım!"

Buna cevap veren babam oldu. "Aslında aşk evlendikten sonra olan bir şeydir, Belinda. Sen ailemizin yararını düşün, yeter. Göreceksin, her şey çok güzel olacak." Ellerini çırparak toplantının sona erdiğini bildirdi.

Babamın planı Belinda'yı şok etmişti. Bir yanı, hayatı hakkında böylesine önemli bir kararın danışılmadan alınarak ona zorla kabul ettirilmesine isyan ederken, diğer yanı, erkeklerin babasının ayağına giderek ona kur yapma şansını elde etmeleri uğruna yalvaracakları kadar dayanılmaz bir kadın oluşunun etkisiyle kasım kasım kasılıyordu. Bunu diğer flörtlerinden ayrı tutmadığı belliydi. Carson'la işler beklendiği gibi gelişmezse, oltasına başka bir balık takılırdı nasıl olsa.

O gece, "Babamın benim senden önce evlenmeme karar vermesine üzüldüm," dedi bana. "Görüyorsun ya, güzellik başa bela."

"Haklısın," dedim gülmemeye çalışarak. "Merak etme, üzüntüden ölmem."

"Carson çok yakışıklı bir genç olmuş. Son zamanlarda onu hiç gördün mü?"

"Hayır. Ben senin kadar sık sokağa çıkmam, Belinda. Sen öyle diyorsan, yakışıklıdır mutlaka."

"Babam benim için çok endişeleniyor," diye homurdandı. "Bakalım neler olacak." Öyle derin iç geçirdi ki, bir balon gibi sönecek sandım.

"Evet, bekle ve gör."

Kendisi de onunla flört etme fikrine ısındığından, Belinda, Carson'ı gayet sıcak şekilde karşıladı. Ailesinin tek çocuğu olan Carson doğduğu günden beri el üstünde tutulup şımartılmıştı. Ailesi onun ilkokul öncesinden başlayarak özel okullarda okumasına karar verdiği için, kentteki yaşıtlarının çok azını tanırdı. Ben de onu birkaç kez görmüş ve züppenin teki olduğuna karar vermiştim.

Uzun kirpikleri, uzun, yumuşacık elleri ve zayıf vücuduyla kadınsı bir havası vardı. Uzun boylu, koyu kahverengi saçlı, ela gözlü ve dudakları biçimli bir çocuktu. Teni tanıdığım pek çok kızınkinden daha güzeldi. Çoğunun onun kirpiklerine sahip olabilmeyi dilediklerine emindim.

Onunla ikinci karşılaşmamda, anneme onun adeta kitaba bakılarak yetiştirildiğini söylemiştim. Daima uyumlu giyinir, doğru konuşur, doğru şeyler yapardı. Kısacası, Belinda'nın tam tersiydi. Bu çöpçatanlığın sonucu herkesten çok ben merak ediyordum.

Belinda ise herkesin ilgi odağı olmaktan ve Carson'ı görünmez dizginlerle yönetmekten çok mutluydu. Carson'ın kapıları onun geçmesi için açması, akşam yemeklerinde sandalyesini tutmasına bayılıyordu. En çok hoşuna gidense, Carson'ın Rolls Royce'uyla gala gecelerine gitmekti. Böyle bonkör ve centilmen bir erkekle çıktığı için daha gösterişli, pahalı giysilere ihtiyacı olduğunda ısrar eder olmuştu. Belinda annemi de alarak Boston'a alışverişe çıktığında babamın pek itirazı olmamıştı.

Gördüğüm kadarıyla, Carson onun tarafından büyülenmiş gibiydi. O güne dek çıktığı kızların hiçbiri ondan fazla etkilenmemişken, Belinda gibi güzelliği dillere destan bir kızın kalbini çalmıştı. Onun zaaflarını bir bir öğrenen Belinda onu adeta uşak gibi kullanmaya başlamıştı çok geçmeden.

Carson en sonunda soluk kesecek irilikteki bir pırlanta yüzük eşliğinde ona evlenme teklif etti. Yüzüğü parmağından bir an olsun çıkarmayan Belinda onu herkesin görmesi için eldiven giymiyor ve ne gerekiyorsa yapıyordu.

Babam hayatının en önemli amacını gerçekleştirmiş olmanın mutluluğunu yaşarken, annem vakit kaybetmeden düğün hazırlıklarına başlamıştı. Belinda yakında başka bir erkeğin sorumluluğunda olacaktı! Belinda'nın sosyete sütunlarına verilecek ilanlar, seçkin yemek davetleri gibi her öneriyi sevinçle kabul etmesi beni şaşırtıyordu.

"En sonunda hak ettiğim saygınlığı görüyorum," demişti bir akşam. "Oysa sen buna hiç ihtimal vermiyordun."

Sonra gülerek, Carson'la çıkacağı akşam yemeği için hazırlanmaya girişmişti.

Fakat ben kuşkularımın pençesinden kurtulamıyordum bir türlü. Ve kuşkularım günden güne artmaya başlamıştı. Carson ve Belinda'yı daha dikkatle izlemeye başladım. Evet, Carson üzerine titriyordu; ama Belinda'nın onun gibi birinden çabucak sıkılması gerekirdi. Halbuki Carson'a karşı şaşırtıcı bir sabır içindeydi. Babamın planına tam anlamıyla uyum gösteriyordu. İçimden bir ses, bir şeyin yanlış olduğunu söylemekteydi.

Carson ve ona bakarken, Belinda'nın bu çocuğu tek lokmada yutacağını düşünüyordum. Belinda onu her fırsatta alaya alıyor, aptalca şeyler yaptırıyor, her dediğine gülüyor, ona sevgilisi değil de kardeşiymiş gibi öpüp okşuyordu. Kız kardeşimin onunla karşı cinsle ilişkisinde alışkın olduğu kadar ileri gitmediğinden emindim. Yattıklarından şüpheliydim. Bunu sorduğumda, Belinda gülmüştü. "Carson bir erkekle kadının evlenmeden yatmamaları gerektiğine inanıyor."

"Sen buna ne cevap verdin peki?"

"Benim de onun gibi düşündüğümü söyledim."

"Yani senin bakire olduğunu sanıyor?"

"Olivia! Elbette öyle sanıyor. Neden aksini düşünsün ki?"

Evet, neden düşünmesindi ki? Bütün erkekler tuvaletlerinde senin adının olduğuna eminim, sevgili kardeşim. Eski erkek arkadaşlarına ve seni hamile bırakana ne oldu? Carson'ın onlardan haberi yoktu elbette. İçlerinden biri Belinda hakkında dedikodu yapsa bile onlara inanmayacağı kesindi. Zaten Belinda'nın adının yazılı olduğu tuvaletlerin bulunduğu yerlere de gitmezdi. Carson kusursuzdu ve Belinda'yı da kendisi gibi sanıyor; belki de öyle olduğunu hayal ediyordu. Herkes gerçekleri kendine göre yorumlar, işine gelmeyen kısımları ise yok sayardı. Tek gerçek, kabul edilen gerçekti.

Carson'ın tavrıyla ilgili bu açıklama bile Belinda'yla ilgili kuşkularımı gidermeye yetmemişti. Neden böylesine iyi, uysal bir evlat ve nişanlı gibi davranıyordu. Babam onun en sonunda büyüdüğünü, aklının başına geldiğini sanıyordu. O da kendi gerçeğini seçenlerdendi.

Düğünün baharda olması planlanmıştı. Annem her gün düğünle yatıyor, düğünle kalkıyor, sürekli planlar yapıyordu. Cape'deki en ihtişamlı partilerden biri olacaktı ve Belinda bunun yıldızıydı. Kendisine yönelen yoğun ilginin keyfini sürerken, gelinlik kataloglarını karıştırıyor, hangi ayakkabıyı giyeceğine, saç şekline, çiçek düzenlemelerine, nedimelerin elbiselerine karar vermeye çalışıyordu. Bir yandan da yiyecek-içecek organizatörlerinin, tasarımcıların, terzilerin biri gelip biri gidiyordu. Düğün, hayatımızın en önemli olayı, akşam yemeklerinin tek sohbet konusu haline gelmişti. Dünya Belinda'nın ve onun istekleriyle mutluluğunun etrafında dönüyordu şimdi. Ne de olsa, prenses artık kraliçe olacaktı.

Bütün bunlara rağmen, Belinda'nın bu kadar mutlu oluşu beni kuşkulandırmaktaydı. Carson'a karşı tuhaf bir sabır gösteriyordu. Fakat o güne dek hiçbir erkekle, hatta hiç yatmadığı bir erkekle ilişkisi bu kadar uzun sürmemişti.

Evet, nişanlısıyla sosyal hayatı çok hareketliydi. Carson onu akla gelebilecek her sosyal faaliyete götürüyor, Belinda her biri için özel hazırlıklar yapıyordu. Bütün bunlar zamanının çoğunu aldığından, şirkete de uğramaz olmuştu artık. Babamla annemin mutlulukları görülmeye değerdi.

Babam, "Muhteşem, değil mi?" demişti bir gün. "Bir yıl öncesine kadar, onun başımıza dert açacağından korkarken, şimdi... gerçek bir Cape Cod hanımefendisi olacak, ha?"

"Evet, baba. Umarım öyle olur."

"Bu kadar karamsar olma, Olivia. Bu kadar iyi planlanmış bir işin kötüye gitmesi imkânsız. Sen üstüne düşeni yap yeter. Her zaman bunu en iyi şekilde yaparsın."

İçini rahatlatmak için gülümseyip başımı salladım, ama onun kadar emin olamıyordum bir türlü. En sonunda bir mart gecesi kuşkularım beni kahredecek şekilde kanıtlandı.

Carson, Belinda'yı Kuzey Truro'daki bir partiden eve bıraktığında henüz uyumamıştım. Babam kötü üşüttüğü, annem de çok yorgun olduğu için erkenden yatmışlardı. Bense önce televizyon seyretmiş, sonra kitap okumak için odama çekilmiştim. Gece lambamın ışığı açıktı. Eve derin bir sessizlik çökmüş olduğu için, Carson'ın Rolls Royce'unun durduğunu, ikisinin kapıya doğru yürüdüklerini duydum. Belinda sessiz adımlarla üst kata çıkarken, kapıdan başımı uzattım. "Ne oldu?"

"Karnım çok ağrıyor," dedi. "Adet sancılarım tuttu. Zaten konuşmalardan başka bir şey de yoktu. İki kez uyuklamışım! Çok yorgunum. Hemen yatacağım."

Tam da ondan beklenecek bu açıklama karşısında başımı sallayıp ardından baktım. Biraz daha kitap okuduktan sonra ışığı kapatıp yatak örtülerini çeneme kadar çektim. Çok geçmeden, kapımın önündeki tahta döşemenin gıcırdadığını, birisinin sessizce aşağı indiğini duydum. Meraklanmıştım. Kapıyı açtım. Son anda, Belinda'nın gözden kaybolduğunu görebilmiştim. Ağrısı için ilaç almaya inmişti herhalde. Ben de bir bardak süt içmeye karar vererek sabahlığımı sırtıma geçirdim. Ama Belinda ortada görünmüyordu. Mutfağın ışığı da yanmıyordu.

Arka kapının aralık olduğunu görünce verandaya çıktım. İlk önce kimseyi görememiştim. Belinda'nın kayık barınağımıza doğru koşar adım yürüdüğünü gördüm sonra. Gecenin bu saatinde orada ne işi olabilirdi?

Kapının yanındaki portmantodan ceketimi alıp giydim ve peşine düştüm. Babamın ilk işi balıkçılık üzerine olduğu için, bizim kayık barınağımız civardakilerden daha büyüktü. Babam birkaç yıl önce barınağın bir bölümünü dosya dolapları, masa, koltuklar ve kanepenin bulunduğu bir çalışma odasına dönüştürmüştü. Duvarlarda hava durumunun kaydedildiği mantar panolar vardı.

Gökyüzündeki tül kadar ince bulutlara rağmen, ay ışığı etrafı net bir şekilde aydınlatmaktaydı. Barınağa on, on beş metre kala, hafif bir kahkaha sesi geldi kulağıma. Küçük pencerelerden birinde de cılız bir ışık vardı. Çalışma masasının üzerindeki yağ lambasının ışığıydı bu. Yaklaşırken kulak kabarttım. Erkek sesi hiç de yabancı değildi. Kalbimin atışları hızlanmıştı. Soluk alamıyordum sanki. Derin bir nefes alarak pencereye yaklaştım.

Önce kimseyi göremedim, ama sonra yerde olduklarını fark ettim. Lambanın zayıf ışığında çıplak vücutları parlıyordu. Mideme sert bir yumruk yemiş gibi olmuştum. Olamaz, diye düşündüm. Mümkün değildi. Nasıl olabilirdi ki? Bu, bir kâbustu mutlaka. Korkunç bir kâbusun içindeydim. Gözlerimi sıkıca yumup açınca, kendimi yatağımda bulacaktım yine.

Ne yazık ki bu, bir kâbus değildi. Pencerenin yanındaydım. Rüzgâr hızlanmıştı, dalgalar sahile vuruyordu. Korka korka içeri baktım tekrar. Belinda'nın üzerindeydi, elleri de göğüslerinde. Sırtını geriye bükmüştü, yüzü pencereye dönüktü. Belinda kollarını ve bacaklarını onun beline sarmıştı. Adam aniden gözlerini açtı. Yüz ifadesi, beni gördüğünü belli ediyordu.

Bana seslenmesini beklemeksizin, arkamı dönüp gibi eve koştum. Veranda merdivenine ulaştığımda aksırıp tıksırıyordum. Midem altüst olmuştu.

Barınağın kapısının açıldığını duyarak başımı çevirdim. Sadece silüet halindeydi. Öylece durmuş bana bakıyordu.

Belinda'nın, "Nelson?" diye seslendiğini işittim. "Haydi, gelsene! Dışarda kimse yok. Bütün gece seni bekleyemem!"

"Geliyorum." Nelson bir anlık tereddütün ardından içeri girmişti.

Derin bir soluk alıp elimi göğsüme koyarak nabzımın yavaşlamasını bekledim ve eve girdim. Terden sırılsıklam olmuştum. Ceketimi portmantoya asarak odama çıktım. Bir duş aldıktan sonra temiz bir gecelik giyip yattım. Battaniyeyi çeneme kadar çektim.

Yüreğim hâlâ deli gibi atıyordu. Kendimi gerçekten orada olduğuma ve ikisini de o rezil halde gördüğüme inandırmaya çalışıyordum. Bu hayal ya da kâbus değildi.

İki ay sonra Carson McGil'le oraya çok yakın bir yerde evlenecek olan kız kardeşim, âşık olduğum erkekle sevişiyordu.

Belinda'nın odasına döndüğünü duymuştum, ama onunla yüzleşmeye gitmedim. Tam tersine, ertesi sabah kahvaltıda hiçbir şeyden haberim yokmuş gibi davrandım. Belinda dün gece düzenlenen hayır toplantısının ne kadar sıkıcı olduğunu ve bu yüzden eve erken döndüğünü anlatıyordu.

"Geldiğini duymadım," dedi annem. "Ya sen, Olivia?"

Belinda'ya baktım. "Evet, eve gelişini duydum."

Belinda sırıttı. "Karnımın ağrısı için ilaç alıp hemen yattım." Ona dik dik baktığımın farkında değildi.

"Artık işe gitmeliyim. Bugün yapacak yığınla şey var." Hızla evden çıktım. Orada bir an daha kalacak olursam, gece tanık olduğum faciayı avaz avaz haykırarak anlatacağımı biliyordum. Oysa bu annemi üzüntüden yatağa düşürürdü. Ya babam bilse neler olurdu kim bilir?

Commercial Caddesi'ne sapınca, Nelson Childs ile babasının kentin popüler kahvaltı mekânlarından biri olan The Sea Loft'tan çıktıklarını gördüm. Baba oğul el sıkışıp ayrıldılar. Nelson pırıl pırıl kırmızı arabasına doğru yürümeye başlamıştı. Ani bir kararla arabasının arkasına park ettim. Şaşkınlıkla başını kaldırdı. Beni görünce gülümsemesi yerini çok ciddi bir ifadeye bırakmıştı. Sonra kendine hâkim olarak tekrar gülümsedi.

Penceremi açtım.

"Günaydın," dedi bana doğru gelirken. "Biraz önce babamla kahvaltıdaydım."

Telaşlı hali, gece pencerede gördüğünün ben olduğumdan kuşkulandığını göstermekteydi. "Seninle konuşmamız gerekiyor, Nelson."

"Konuşmak mı?"

"Dün gece hakkında," dedim sertçe. Dudakları titremeye başlamış, gözlerinde yeniden telaşlı bir ifade belirmişti.

"Dün gece mi?"

"Neden arabama binmiyorsun?"

Başını sallayıp arabanın etrafını dolaştı ve yanıma oturdu. Bir an ikimiz de tek kelime etmedik.

"Belinda'nın Carson'la olan randevusundan eve erken döndüğünü duydum. Sonra tekrar dışarı çıktı. Ben de meraklanarak peşinden barınağına gittim."

"Ya?" Nelson'ın bakışları ilerde bir noktaya dikilmişti. "Seni gördüğümden emindim zaten."

"Beni büyük bir düş kırıklığına uğrattın, Nelson. Çok yakında evlenecek olan ve pek de zeki denemeyecek bir kadınla yasak ilişki yaşıyorsun. O benim kız kardeşim ve onu seviyorum, ama hatalarının da farkındayım. Kadın-erkek ilişkilerinde de kendini bilen biri değil."

Nelson'ın güldüğünü görünce, "Onun usta bir âşık olmadığını kastetmiyorum," diye açıklama gereği duydum. Bu konuda çok iyi olabilir, ama daha önce... başı büyük derde girmişti. Ne kadar kötü olduğunu bilemezsin." Acımasız bir tavır takınmıştım. "Babam onu sürekli olarak bu belalardan kurtarmaktan bıktı usandı. Ama bu ailemizi temelinden sarsacak bir durum ve devam etmesine izin vermeyeceğim."

Hışımla ona doğru döndüm. "İkinizi de ele vermeyeceğim. Eşyalarını toplayıp buralardan gitsen iyi olur, Nelson Childs. Seçimleri kazanmak ve hukuk mesleğinde ilerlemek istiyorsun, öyle değil mi? Peki bu hayatı neyin üzerine kuracaksın? Büyük bir skandalın mı?"

"Olivia, lütfen, ben..." Gözlerini kaçırdı. "Kendimi savunmam anlamsız. Yerden göğe kadar haklısın. Aklım başımda değildi. Her ikimizin de ailesini mahvedebilirdim."

"Belinda'dan böyle bir şeyi bekliyordum. Yapacağından emindim, ama senin de işin içinde olacağını asla... Bu aklımın köşesinden bile geçmiyordu, Nelson. Düş kırıklığına uğrattın beni." Ağlamak üzereydim.

Başını salladı. "Ben de kendimi düş kırıklığına uğrattım." Bana baktı. Gözleri nemliydi, dudaklarını sıkmıştı. "Ne olursa olsun haklısın, Olivia. Ama söz veriyorum, seni bir daha düş kırıklığına uğratmayacağım."

Öbür tarafa baktım. Kalp atışlarım tekrar hızlanmıştı. Ne kadar yakışıklıydı. Bana da Belinda gibi sarılması, beni onun kadar arzulaması ve kendini tehlikeye atması için her şeyimi verirdim.

"Sana güveniyorum, Nelson."

"Teşekkür ederim," diye atıldı. "Sana büyük saygım var, Olivia. Senin de bana olan saygını kaybetmeye dayanamam."

Onu uzun uzun süzdüm. Neden aramızda saygıdan çok daha fazlasının olabileceğini düşünmüyordu? "Saygı kazanılarak elde edilir," dedim.

"Haklısın."

Ona yine uzun uzun baktıktan sonra başımı ileriye çevirdim. "Pekâlâ, anlaştık. Bu sır aramızda kalacak."

"Sana teşekkür borçluyum, Olivia. Tekrar düş kırıklığına uğramayacaksın."

Başımı evet anlamında salladım. Çoktan düş kırıklığına uğramıştım, ama bunun asıl nedenini açıklayamazdım. Motoru çalıştırdım.

"Bugün öğleden sonra fakülteye dönüyorum," dedi. "Sana iyi bir hafta dilerim."

"Ben de sana." Dönüp bakmamıştım bile.

"Hoşça kal." İnip kendi arabasına yürüdü.

Arkasından bakıyordum. Bana dönüp gülümseyerek el salladı. Yüreğimde taş gibi bir ağırlıkla oradan uzaklaştım. Kalbimin atışları, adeta yalnız hayatımın bir saniyesinin, bir dakikasının daha geride kaldığını haber veriyordu.

Babam iki hafta sonra bürodayken, Nelson Childs'ın Boston'ın saygın ve önde gelen ailelerinden birinin kızıyla nişanlandığını haber verdi.

6

Acı Üzümler

Nelson'la yüzleşmem ve onun nişanını haber almam arasında geçen günler boyunca, kendime ikimizle ilgili hayaller kurma izni vermiştim. Fakat sonra böylesine aptalca davranıp, Belinda gibi, bir erkek için saçma sapan hayallere kapılarak acı çektiğim için kendimi sadece azarlar olmuştum.

Nelson'la, arabamda yaptığımız konuşmadan sonra beni arayıp, ne kadar özel ve daha yakından tanımak isteyeceği biri olduğumu, benimle sık sık görüşme arzusunda olduğunu söylemesini beklemiştim. Aklı başında bir kızdım ve o da en sonunda kendisine benim niteliklerime sahip bir eşin yakışacağını anlayacaktı.

Bir sabah uyanıp da, ne kadar aptalmışım; hayatında bir erkek olmayan, çekici ve akıllı bir kız olan Olivia Gordon gözümün önündeyken, ben gidip gecenin bir saatinde onun geri zekâlı, bütün kariyerimi, iyi adımla ailemin şerefini beş paralık edecek kız kardeşiyle düşüp kalktım, diyecekti. Hayalimde, hem de bir hiç uğruna, diye düşünerek kendisini tokatladığını canlandırmıştım.

Şirkette ya da evde her an çalmasını beklediğim telefonda karşıma Nelson çıkacak ve fakülteden mezun olduğu günün akşamında yemeğe çıkmamızı teklif edecekti. Ben de bunu kabul edecektim ve baş başa harika vakit geçirirken, aslında ne kadar çok ortak hedefimiz, ilgi alanımız ve hırslarımız olduğunu keşfedecektik. Bu ilk randevuyu diğerleri izleyecek ve sonunda bana evlenme teklif edecekti. Belinda'nın düğününün hemen ardından bizim nişan ve düğünümüz ilan edilecek; bana gösterilen yoğun ilgi aptal kardeşimin başını döndürecekti. En sonunda, evet en sonunda ben de iyi bir evlat oluşumun mükafatını alacaktım.

İşte bu hayaller yüzünden, babam Nelson'ın nişanlandığını haber verdiğinde yüreğimde fırtınalar kopmuş, düş kırıklığı, ümitsiz bir öfke ve acıyla düşüncelerimi kıskacına alan kapkara bulutlara dönüşmüştü.

"Albay biraz önce arayıp, Nelson'ın Luise Branagan adında bir kızla nişanlandığını söyledi. Kızın büyükbabası Yüksek Mahkeme yargıçlarından biriymiş. Nişan haberi gelecek hafta sosyete sütunlarında yer alacak. Düğün Belinda'nın düğününden bir ay sonra yapılacakmış."

Babamın sesini duymuyor, paramparça olan kalbimi ele vermeyen ifadesiz bir yüzle ona bakıyordum sadece.

"Nelson ve Belinda birbirlerine gerçekten uygun değillermiş demek?"

"Evet, baba." Nelson'la ilgili olarak ikimiz de kendi hayallerimizde yanılmıştık.

Günün geri kalan bölümünde ve sonraki günlerde kendimde değildim. Evde hayalet gibi dolaşıyor, herkesten, özellikle de Belinda'dan kaçıyordum. O ise her zamanki gibi kahkahalarla hayatın keyfini sürmekteydi. Bütün gün yeni mükemmel hayatından, Carson'un inşa ettireceği malikâneden, aldıracağı şık kıyafetlerden, arabalardan ve çıkacakları gezilerden söz edip duruyordu.

"Biz... balayımızı Bermuda'da geçirmeye karar verdik. Tabii ki en pahalı otelde kalacağız. Bir seyahat şirketine gidip bize en iyi tatil imkânını sunmalarını ve bunun fiyatının önemli olmadığını söyledim. Faturayı Carson McGil'e gönderin. Artık böyle söylemeye alışmalıyım, öyle değil mi, Olivia?" Güldü. "Evet, faturayı Carson McGil'e gönderin lütfen."

"Biriyle evlendiğinde parayı değil, onu düşünmelisin, Belinda. Niyetin onu iflas ettirmek ya da herhangi bir şekilde üzmek olmamalı. Kadın ve erkek iyi günde, kötü günde birbirlerine destek olmak için evlenirler."

"Çok saçma. Benim onu değil, onun beni kollaması, koruması, geçimimi sağlaması ve beni mutlu etmek için her şeyi yapması gerekir."

"Sen onu mutlu etmek için hiçbir şey yapmayacak mısın?"

"Ben mutluysam o da mutludur, ben üzüldüğümde o da üzülür," diye çıkıştı bana. "Carson bunu öğrendi ve kabullendi. Eğer beni istiyorsa, olduğum gibi kabul etmesi gerektiğinin farkında. Ve beni çok, ama çok istiyor, sevgili ablacığım."

Kıkır kıkır gülerek kulağıma fısıldadı: "Ona en çılgın hayallerinin bile ötesinde, gelmiş geçmiş en muhteşem balayı gecesini yaşatacağıma söz verdiğimde, nasıl ağzının suları aktı, görmeliydin. Bazen sadık bir köpekten farksız. Her bir öpücüğüme ender bulunur bir mücevher gözüyle baktığı için, bilerek onu sık sık öpmüyorum. Sevişmekten korktuğumu sanıyor aptal."

Başımı iki yana salladığımda, yüzünü ekşitti. "Mutsuz olmayacağım, Olivia. Carson'la sırf ailemin iyiliği için evleniyorum, ama bu arada mutsuz olmam da gerekmez, değil mi?"

"Boş versene," dedim. "Önceleri, kendini ailemiz için feda ettiğini sanarak senin için üzülüyordum, ama asıl zavallı Carson için üzülmem gerektiğini anladım artık."

"Korkunç şeyler söylüyorsun." Belinda gözleri ışıldayarak gülümsedi. "Kıskançlık sesine yansıyor, ablacığım."

"Bu doğru değil."

"Evet, evet, evet!"

"Yeter!"

"Sen de beni suçlamaktan vazgeç öyleyse. Carson beni elde ettiği için çok mutlu. Şimdi sorsan, dünyanın en mutlu erkeği olduğunu söyleyecektir. Büyük olasılıkla da öyle. Hayallerinin kadınıyla evleniyor çünkü." Kendi saçmalıklarına inandığı belliydi.

Oysa kesinlikle Carson'ın hayallerinin kadını değildi. Bütün erkeklerin Carson McGil kadar saf ve budala olduklarına inanmak istemesem de, durum bunu gösteriyordu. Nelson Childs bile kardeşimin oyununa gelmemiş miydi?

Kısa bir zaman sonra bir cumartesi günü, Carson, Belinda'yı Boston'a alışverişe götürmek için evimize uğradı. Belinda onun harcamakla bitmeyen servetini ballandıra ballandıra anlatıp duruyordu. Bu alışverişlerin sonunda eve dönerken uyuyakalıyor, Carson'a da bu sefer onun şoförlüğünü yapmak kalıyordu.

"Ve," demişti Belinda. "Bu onu çok mutlu ediyor."

Babam işadamı arkadaşlarıyla balığa çıkmıştı, annem de müzmin karın ağrılarından biri yüzünden odasındaydı. Bu karın ağrıları son zamanlarda oldukça sıklaşmıştı. Annem bunu Belinda'nın yaklaşan düğününün verdiği heyecana bağlamaktaydı. Ona inanmamam için bir neden yoktu.

Carson'a kapıyı açan Carmelita oturma odasında beklemesini söylemişti. Ben babamın çalışma odasında, gözden geçirmemi istediği bazı faturalarla meşguldüm. Kapının çalındığı duyup ara verdikten sonra işime devam etmiştim. Carson'u odanın kapısında görünce şaşırdım.

Carson, "Rahatsız ettiysem özür dilerim," dedi çekingen bir gülümsemeyle. "Belinda'yı bekliyordum. Biraz gecikti de."

"Her zamanki gibi," dedim. "Önemi yok, Carson. İçeri gir lütfen." Tekrar yerime oturdum.

"Çok güzel bir çalışma odası. Tam anlamıyla babanın kişiliğini yansıtıyor. Onu buradayken hayal edebiliyorum." Konuşurken gözlerini benden kaçırıyordu. Varlığım onu neden böyle huzursuz ediyordu acaba?

"Belinda'yla aranızda her şey yolunda mı?"

Hızla bana dönerek başını evet anlamında salladı. "Evet, tabii. Her ikimiz açısından da heyecanlı günler bunlar. Belinda her şeyi doğru şekilde yapmak istiyor."

"En sonunda," diye homurdandım.

"Efendim?"

"Hiç. İkinizin bu denli mutlu olmasına sevindim." Bu abuk sabuk ve manasız sohbeti bir an önce kesmek istediğimi göstermek için koltuğumu masaya yaklaştırdım.

"Bizim de her çift gibi iyi ve kötü anlarımız oluyor tabii, ama genel olarak..."

Dikkat kesilerek ona baktım. Evlilik öncesi heyecanının etkisiyle son dakika pişmanlığı yaşıyordu galiba. Belki de göründüğü kadar aptal değildi. Ona acıdım birden. "Kız kardeşim senin gibi biriyle evleneceği için çok şanslı, Carson."

"Yo, hayır." Zavallının yüzü utançtan kıpkırmızı kesilmişti. "Asıl şanslı olan benim."

"Çok naziksin," dedim. "Özellikle de kardeşimin sorunlarla dolu geçmişi düşünülecek olursa."

"Bu da ne demek?" Gülümsedi, ama bakışları soru işaretleriyle doluydu. "Sorunlu geçmişi mi?"

Ona fırlatacağım kaderin acı oklarından korunmak istercesine şapkasını göğsüne bastırmıştı.

Acı acı gülümsedim. "Sen de artık ailemizin bir üyesi sayıldığına göre, Belinda'nın bazı sorunları olduğunu bilmelisin. Nezaket Okulu'na gittiğini, ama orada yapamadığını ve onu eve getirmek zorunda kaldığımızı biliyorsun."

"Ha, şu. Evet." Gözle görülür şekilde rahatlamıştı. "Bana hepsini anlattı."

"Anlattı mı? Sana ne anlattı?" Arkama yaslanıp parmak uçlarımı birleştirdim.

"Yatakhanede kızlardan birinin bir mücevherini çalmakla haksız yere suçlandığını ve onu kıskanan diğer kızların o kızın tarafını tuttuklarını. Bu durumda o okulda daha fazla kalamazdı." Bunu otoriter bir tavırla söylemişti.

"Sana uydurduğu peri masalı bu muydu?"

"Pardon?"

"Belinda okuldan kovuldu, Carson. Gerçeği bilmelisin. Günün birinde nasıl olsa öğrenecektin."

"Haksızca yöneltilen bir hırsızlık suçlaması yüzünden okuldan kovuldu." Başını evet anlamında salladı.

"Kovuldu, ama hırsızlık yüzünden değil."

Carson bir an kapıya baktıktan sonra koltuklardan birine çöktü. "Hangi nedenle peki?"

"Ahlak kurallarına uymama nedeniyle diyelim."

Kaşları alnına kadar yükseldi. "Ahlak kurallarına uymamak mı?" Ne diyeceğini şaşırmış gibi tereddüt etti. "Yani seks mi?"

"Ayrıntıları bilmiyorum," dedim sahte bir tatlılıkla. "Ama bu olaydan ve diğer şeylerden ders aldı tabii. Endişe etmene gerek yok."

"Hangi 'diğer şeyler'?"

"Lisedeyken yaşadığı sorunlar," dedim elimden geldiğince kayıtsız bir tavırla. "Her kız aynı sorunları yaşar."

"Sen yaşadın mı peki?"

"Belinda'nın yaşadıklarını değil, ama onun kendine özgü bir kişiliği var."

"Bunun anlamı nedir?"

"Hepimizin kişilikleri apayrı, Carson. Bazı insanlar kendi bedenlerini başkalarından daha özgürce kullanırlar, ama dediğim gibi kimse birbirine benzemez. Sen de onu kendisi olduğu için seviyorsun, öyle değil mi?"

"Ben... onu tanıdığımı sanıyordum."

"Siz ikiniz birbirinizin geçmişinden söz etmiyorsanız, ne konuşuyorsunuz?" diye sordum sahte bir masumiyetle.

"Ben ona kendim hakkında her şeyi anlattım, ama o... ahlak dışı bir sorun yaşadığından hiç söz etmedi. Hem de bu yüzden okuldan kovuldu ha? Nasıl ahlak dışı bir şeydi bu? Ne yapmıştı?"

"Belinda'nın o zaman henüz olgunluğa erişmediğini anlamalısın."

"Aradan çok zaman geçmedi ki."

"Olaylar onu olgunlaştırdı," dedim. "Çok büyük sorunlarla karşılaştığımızda hepimiz olgunlaşırız."

"Yani bir skandal mı yaşandı?"

"Neredeyse yaşanacaktı. Fakat babamla birlikte bunu zamanında önledik." Sesimde gurur dolu bir ifade vardı.

Carson başını iki yana salladı. Gözleri camlaşmıştı adeta. "Hiç bilmiyordum. Başka kimlerin haberi var?"

"Ailemizin dışında... okul idaresinin, kızlardan bazılarının ve olaya karışan delikanlıların elbette."

"Delikanlılar mı? Yani birden fazla mı erkek vardı?"

"Ah, neden tecrübesiz bir kızın hatalarından söz ediyoruz, Carson? Belinda artık eskisi gibi değil. Sen yuva kurmak ve çocuklarının annesi olması için yepyeni, aklı başında Belinda'ya evlenme teklif ettin. Hâlâ çocuğu olursa tabii."

"Ne? Neden çocuğu olmasın ki?"

"Bu apayrı bir mesele, Carson. Doğrusu bunu kimseyle, hatta Belinda'nın müstakbel kocasıyla bile konuşamam. Doktorunuzla özel olarak konuşmanız gerekli."

"Bütün bunlardan... hiç haberim yoktu." Başını iki yana sallıyordu. "Dedikodulara kulak vermem, üstelik Belinda'nın arkadaşlarını da tanımıyorum. Kız arkadaşlarını yani."

"Bir şey kaybetmiş sayılmazsın," dedim. "Kız arkadaşları... insanın tanımak isteyeceği tipler değil. Onları düğüne çağırmak istemezsin."

Carson'ın ağzı açık kalmıştı.

"Kusura bakma," diye devam ettim. "Babama bu evrakları inceleyeceğime söz vermiştim ve..."

"Anladım. Tabii." Ayağa kalktı.

Belinda'nın hoplaya zıplaya merdivenden indiği duyuldu. Carson idama hazırlanan bir mahkûmun edasıyla bana baktı.

Belinda, "Carson McGil," diye seslendi. "Nereye saklandın? Benimle randevuna geç kalmayı göze alamayacağını biliyorum. Carson?"

Tam Carson odadan çıkacakken Belinda kapıda belirdi. "Demek buradasın! Olivia'yı da mı ziyaret ettin? Ne güzel. Biz Boston'a gidiyoruz, Olivia."

"Biliyorum. Bu üçüncü söyleyişin."

Belinda, "Bu erkek işlerini yapmaktan bıkmadın mı?" diye sordu aptal aptal gülümseyerek.

"Bu ne erkek, ne de kadın işi. İş sadece. Belinda'nın kitabında 'çalışmak' sözcüğüne yer yoktur." Bunu Carson'a hitaben söylemiştim.

Başını evet anlamında salladı.

Belinda bunun altında kalır mıydı hiç? "Doğru, kitabımda böyle sıkıcı şeylere yer yok. Benim için zevk ve eğlence her şeyden önce gelir. Haksız mıyım, Carson?"

Önce ona, sonra bana bakan Carson, "Artık gidelim," dedi. "İkinize de iyi eğlenceler."

Carson başını sallayarak odadan çıkarken, Belinda'nın gözleri anlık bir kuşkuyla kısılmıştı. Hemen ardından, her zamanki kaygısız neşesine büründü. "Sağ ol, Olivia. Çok eğleneceğiz." Carson'a yetişerek koluna girdi.

Evden çıktıklarını duyduğumda, midemdeki kasılmanın gevşemesiyle damarlarıma yayılan sevinç dalgası yüreğimi hafifletti adeta. Carson'ın suratının incecik bir plastik maske gibi paramparça oluşunu seyretmek içime su serpmişti. Erkekler kendi aptallıklarının cezasını çekmeliydiler.

Kesinlikle suçluluk duymuyordum. Carson, Belinda'yı olduğu gibi kabul etmiyorsa, bu benim değil, onun sorunuydu. Günün birinde dürüstlüğüm için bana minnetle teşekkür edecekti. Belinda da ona karşı dürüst davranmalıydı. Bir evlilik gerçekler üzerine kurulmalıydı, öyle değil mi? Babamın onun korkunç hatalarını örtbas etmesi yanlıştı. Carson gövdesi çatlak bir tekne almak ve bunu denize açıldıktan sonra fark etmek istemezdi herhalde. Ben olmasaydım, Carson McGil tam olarak bu durumla karşı karşıya kalacaktı. Günün birinde Belinda'nın geçmişteki günahları açığa çıktığında, Carson kendini batan bir teknedeymiş gibi hissetmez miydi? Aşk teknesindeki hataları önceden bilmesi en doğrusuydu.

Kendimi büyük hayır işlemiş biri gibi hissediyordum. Kız kardeşimin evliliğinin güven temeli üzerine kurulmasını sağladığım için beni kim suçlayabilirdi? Evet, kendimi çok iyi hissediyordum. Eğer Nelson Childs ve Carson McGil bunu takdir edemiyorlarsa, bu onların kaybıydı. Günün birinde beni anlayacaklardı nasıl olsa.

Babamın muhasebe defterleriyle işim bitince bir şeyler atıştırdım, ardından kitabımı alarak kameriyeye gittim. Masmavi gökyüzünde kar beyazı bulutlar vardı. Harika bir gündü. Sakin olan denizdeki beyaz yelkenliler adeta bir ressamın fırçasından çıkmış gibi muhteşem bir manzara oluşturuyordu. Hava deniz tuzu kokuyordu. Evimizi çok seviyordum ve başka yerde yaşamak aklımın köşesinden bile geçmiyordu. Hayatımı bu evde yaşayacak, kendi kocamı kendim bulacak ve çocuklarımı burada yetiştirecektim. Son zamanlardaki olaylara rağmen bu konuda kendime olan güvenim tamdı. Etrafımdaki doğanın bana verdiği bir ders vardı: Sonunda güçlü olan kazanırdı. Bu sadece zaman meselesiydi.

Bahçeye çıktıktan kısa bir süre sonra, Belinda'nın evin arka kapısından fırlayarak bana doğru koştuğunu gördüm. Kollarını havaya kaldırmıştı. "Demek buradasın! Demek buradasın! Seni hain! Seni kıskanç, korkunç kadın!"

Çimenler yüksek topuklarına takılıyordu. Hışımla ayakkabılarını çıkarıp attıktan sonra yürümeyi sürdürdü.

"Sorun ne, Belinda? Neden bu kadar erken döndün?" Kitabımı kucağıma bırakmıştım.

Bir an öfkeden konuşamayan Belinda kameriyenin korkuluğunu kavradı. "Carson'a okuldan kovulduğumu söylemişsin!" Bana doğru salladığı parmağını gözüme sokmak istediği belliydi.

Omuz silktim. "O okulu birdenbire bıraktığını biliyordu zaten." Sesim kontrollü ve sakindi.

"Evet, ama bir kızın aptal mücevherini çalmakla suçlandığım için okulu bırakmak istediğimi sanıyordu!"

"Ne? Bundan haberim yoktu, Belinda. Söylediğin onca yalanı takip edecek halim yok benim. Bir hikâye uydurduğun zaman, ağız birliği etmemiz için bana da söylemen gerekir. Ona gerçeği anlattığını var sayarak..."

"Var sayarak, ne? Yatakta iki erkekle yakalandığımı ona nasıl söylersin?"

"Ona böyle bir şey söylemedim," dedim kesin bir dille. Yemin etsem başım ağrımazdı. "Senin biriyle yatakta yakalandığını falan söylemedim kimseye."

"Söylemedin mi? Ama Carson dedi ki... yani ben öyle anlayarak ona gerçeği söyledim. Ah, Tanrım! Neden dilimi tutamadım?"

"Tutamadığına eminim. Ona gereğinden çok şey söylemişsin. Doğrusu bir ilişkiyi yalanlar üzerine kurmanın tehlikesi de bu, Belinda. Kendi yalanlarının ne zaman ayağına dolaşacağını bilemezsin."

"Şok olmuş bir halde bana lise yıllarım hakkında sorular sormaya başladı. Bazı çocukların ona yalanlar söyleyip gerçekleri abarttığını sandığım için..."

"Seni hamile bıraktıkları için böbürlendiklerini düşündün yani?"

Bana baktı. "Evet, onun gibi bir şey."

"Yani ona hamileliğinden mi söz ettin?"

"Tam olarak değil. Çocuğum olup olamayacağını sordu. İlk kez çocuklardan söz ediyordu ve bu soruyla ne kastettiğini anlayamamıştım. Bana çocuğum olamayacağını düşündüğünü söyleyince, ben de elbette olacak, dedim. Nasıl bu kadar emin olduğumu sorunca bir şey demedim, ama o..."

"Tahmin ettiğin kadar aptal değildi yani?"

Başını iki yana salladı. "Bilmiyorum. Bana o kadar kızgındı ki, aniden arabayı durdurup geri döndü ve beni eve getirdi. Yalnız kalıp düşünmek istiyormuş."

Suratını iyice asarak kollarını göğsünde kavuşturdu. "Ne kadar terbiyesizmiş!"

"Eğer seni dediğin kadar seviyorsa, küçük bir yanlış anlamanın ilişkinize zararı olmayacaktır," dedim.

Bir an düşündükten sonra tekrar bana baktı. "Ne yapmalı, ona ne söylemeliydim?"

"Seni arar ve suçlarsa, seni olduğun gibi kabul etmesini ya da bu ilişkiyi bitirmesini söyle ona. Ben olsam öyle derdim."

"Evet," dedi ikna olarak. "Öyle yapacağım. Önce beni alışverişe ve yemeğe götüreceğine söz veriyor, sonra gerisin geri eve bırakıyor! Günümün geri kalanını nasıl geçireceğim şimdi? Oysa saatlerce ne giyeceğimi düşünüp saçımla ve makyajımla uğraşmıştım!"

"Bunu ona da mı söyledin?"

"Hayır, ama söylemeliydim ve söyleyeceğim. Şimdi onu arayıp hemen buraya gelmesini emredeceğim. Yoksa gününü görür."

"Çok güzel bir gün," dedim denize bakarak. "Eğer buraya gelmezse, benimle kameriyede kitap okursun."

"Okumak? Okumak! Satın alacağım bir sürü şey var. Kırmızı kadife elbisemin üzerine giyeceğim bir pelerin istiyorum."

"Boston'a gitmezsen, ben buradayım."

Gözleri ateş saçarak bir an bana bakıp topukları üzerinde dönerek eve girdi.

Bakışlarım kayıkhaneye kaymıştı. Ya Carson'ın bir de o olaydan haberi olsaydı? Günlerce deli danalar gibi dolaşırdı herhalde. Gülümsedim. Bir deyiş gelmişti aklıma: Erkekler gözleriyle, kadınlarsa kulaklarıyla âşık olurlar. Carson McGil bunun en iyi örneğiydi. Bu deyişi bir yastığa nakşedip, kafasının altında biraz akıl olması için ona gönderirdim belki. Erkekler diye düşündüm tiksintiyle.

Tekrar kitabıma dönerken, hiç olmadığım kadar huzurluydum.

Telefon ettiğinde Carson evde olmadığı ve ancak akşam cevap verebildiği için Belinda günün geri kalanında sinir küpü gibiydi. Akşam yemeğini adeta yas havasında yedik. Belinda, Carson'ın ona ne kadar kötü davrandığıyla ilgili uzun uzun yakındıktan sonra suratını asarak sessizleşmişti. Babamın yüzü de onunkinden farksızdı. Karın ağrıları hâlâ geçmemiş olan annem sık sık inleyerek birkaç lokma yedi. Dudakları titriyordu. Belinda hemen hemen hiç yememişti. Masada sadece benim iştahım yerindeydi. Son okuduğum kitaptan söz ederek konu açmaya çalışıp, ne kadar güzel bir gün olduğundan söz ettim.

Belinda, "Benim için hiç de güzel bir gün olmadı," diye hatırlattı. "Saatlerce telefonun başında bekledim."

"Beni şaşırtıyorsun, Belinda. Daha önce erkeklerin senin hayatını böyle etkilemelerine izin vermezdin."

Bana önce dik dik bakan gözlerinin ifadesi biraz yumuşarken başını salladı. "Haklısın."

Annem yeni bir sancıyla inleyince babam, "Annenizi üzüyorsunuz," diye uyardı. Sesi homurdanmadan farksızdı. Belinda'nın suratı tekrar asılırken, ben de sessizce yemeğimi yedim.

Annem yemekten sonra karnını tutarak odasına çekildi. Benzi kül gibiydi. "Neden doktora gitmiyor?" diye sordum babama. O ise düşünceli düşünceli oda kapısına bakıyordu.

"Gidecek. Sinirsel olduğunu düşündüm önce. Şu Belinda meselesi..." Elini havada salladı. Belinda da odasına çekilmişti. "Carson'la aralarında ne geçti acaba?"

"Tek bildiğim, Belinda'nın geçmişinden söz ettikleri, baba. Duydukları Carson'ın hoşuna gitmemiş olmalı. Belinda ona gereğinden fazlasını anlatmış galiba. Carson onun geçmişini er geç öğrenecekti, baba. Provincetown'da da dedikodular çabuk yayılır."

"Hmm. Ama rahibin karşısında evlilik yeminlerini ettiklerinde bunların önemi kalmayacak."

Aniden, Belinda'nın telaşla merdivenden indiğini duyduk. Carson en sonunda aramıştı. "Sevindim," dedi babam.

"Ve?" diye sordum. Belinda'nın yüzünde sıkıntılı bir ifade vardı.

"Sadece benimle konuşmaya geliyor, güzel bir yere götürmeye değil. On dakika sonra burada olacakmış. Umarım kulak tıkacı da getirir, çünkü içimden geçenleri bir bir söyleyeceğim önce!"

Babam, "Sonradan pişman olacağın şeyler söyleme," diye uyardı. "Olgun bir insan lafını iyice tartarak konuşur."

"Olgun bir insanın nasıl davranacağını biliyorum, baba. Olgun bir adam Boston'a giderken birden fikir değiştirip beni söz verdiği yerlere götürmekten vazgeçmez, onu aradığımda da telefonlarıma cevap verirdi. Ben ondan çok daha olgunum."

"İkinizin yakında evleneceğinizi bir an olsun aklından çıkarma. Geleceğinizi şimdiden mahvetmek istemezsin herhalde."

"Her şeyi mahveden Carson," dedi inatla.

Gülümsediğimi babamın görmemesi için dudaklarımı büzdüm. Gururuyla kendini beğenmişliğine yenik düştüğünde, Belinda'nın inadı tutardı. Bu konuda o da tanıdığım pek çok kişiye, hatta babama benziyordu.

Belinda makyajını tazelemek için banyoya gitmişti. Biraz sonra Carson geldiğinde, Belinda onu içeri davet etmedi. Ona kapıyı kendisi açmış, hemen çıkmışlardı.

Babamla birlikte çalışma odasına geçtik. Ona o gün yaptığım işleri anlattım. Babamın dikkati dağınıktı. Biraz sonra anneme bakmaya gidip döndü. Annem uykusunda inliyordu.

"Bu hiç hoşuma gitmiyor," dedi başını iki yana sallayarak. "Ateşi yok. Mide gribi olamaz."

"Doktorculuk oynama, baba. Sabah ilk iş olarak onu doktora götürmelisin."

"Haklısın, Olivia. Mantıksal açıdan olaylara baktığından daima sen haklısındır. Keşke Belinda da senin onda birin kadar akıllı olsaydı. Ama o doğuştan mantıktan yoksun."

Yarım saat sonra ön kapı açılıp çarparak kapandı. Babamla ve ben şaşkınlıkla o tarafa baktık. Belinda hışımla yukarı çıkıyordu.

"Neler oluyor?" diye sordu babam.

"Hiçbir fikrim yok. Gidip bakayım."

"Sonra her şeyi bana da anlat."

Belinda'nın odasına çıktım. Kapı kapalıydı. Hafifçe tıklattıktan sonra açtım. Kendini yüzükoyun yatağa atmıştı. Öfkesi gözyaşlarından fazlaydı. "Ne oldu?" diye sordum.

Başını kaldırdı. Yüzü kıpkırmızı, dudaklarının kenarları bembeyazdı. Gözleri de çakmak çakmaktı. "Artık benimle evlenemezmiş! Bütün gün düşünmüş, kararını babasıyla annesine açınca onlar da onaylamışlar. Bu yüzden telefonlarıma cevap vermemiş demek! Benim yerime onlarla konuşmuş! Babama bugüne kadar yaptığı masrafları karşılayacağını söylememi istedi. Ben de nişan yüzüğümü arabadan dışarı attım."

"Ne yaptın?"

"Araba hareket halindeyken, camı açıp yüzüğü dışarı attım. Bu yüzden geciktik. Hemen arabadan inip el fenerinin ışığında toprağı ve çalıları aradı, ama bulamadı." Bunu sevinçle söylemişti. "Sabah tekrar arayacakmış. Umarım hayatının sonuna kadar arar!

"'Yüz binlerce dolarlık bir yüzüğü nasıl fırlatıp atarsın?' diye bağırdı. Yüzüne bakıp gülerek, 'Peki sen birkaç önemsiz dedikoduya kanarak benim gibi bir kadını nasıl kaldırıp atarsın?' diye yapıştırdım cevabı. Orada olsan, benimle gurur duyardın, Olivia. Anasının kuzusu bir süt çocuğu olduğunu, ancak karanlık sokaklardan birinde bir fahişe kiralayarak yatabileceğini ve fahişenin bile onu reddedeceğini haykırdım yüzüne.

"Hakkın varmış. Beni gerçekten sevseydi, asla böyle bir şey yapmazdı. Bana hâlâ Boston'da bir alışveriş ve yemek borçlu olduğunu, bunu da kendisine fatura edeceğimi söyledim."

"Demek nikâh iptal edildi." Başımı salladım.

"Bu işine de yansıyacağı için babam çok kızacak, ama başka çarem yoktu, Olivia."

"Babama ben açıklarım," dedim.

"Sahi yapar mısın, Olivia? Çok teşekkür ederim. Senin gibi bir ablam olduğu için çok şanslıyım. Çok akıllısın. Zekice önerilerin için de teşekkürler. Evet..." Soluk almadan konuşuyordu. "Arkadaşlarımı arayıp, yeniden özgür kaldığımı haber vermeliyim, değil mi? Pas tutmak istemem." Koşa koşa telefonun başına gitti.

Bir an ona baktıktan sonra babamın yanına indim. Başka bir kadın kalbi paramparça, gözyaşlarına boğulurdu, ama Belinda önemsiz bir şeyden ayrılmış gibi çabucak unutuvermişti.

Babam beni görür görmez evraklardan başını kaldırdı. "Evet?"

"Carson nişanı bozmuş. Düğün iptal oldu, baba."

Babam soluk alıp bir an tuttu. "Ben de bundan korkuyordum. Annen çok üzülecek."

"Carson senin bugüne kadar yaptığın bütün masrafları karşılayacağını söylemiş. Belinda ise nişan yüzüğünü arabadan dışarı atmış." Babamın fikrini değiştirmemesi için çabucak söylemiştim bunları.

"Ne yapmış dedin? Yüzüğü camdan dışarı mı atmış? Bulmuşlar mı peki?"

"Hayır."

"Aman Tanrım. O yüzük yirmi beş bin dolar değerindeydi, Olivia. McGil geçenlerde böbürlenerek söylemişti."

"Belinda'yı bilirsin." Omuz silktim.

"Bu kadın manyağın teki. Olay duyulduktan sonra ona başka koca bulamam artık."

"Belki de haklısın, baba. Belki gerçekle yüzleşip, bu konuda ne yapabileceğimi düşünmeliyiz."

"Evet. Haklısın." Yorgun, hüzün dolu bakışlarını bana çevirdi. "Zihmini ve enerjimi senin iyiliğin için kullanmalıyım, Olivia. Bu konuda başarıya ulaşacağımdan hiç kuşkum yok."

"Beni merak etme, baba. Ben iyi olacağım."

"Buna eminim. Tek tesellim de bu zaten. Ama Belinda felaketin teki diye seni ihmal etmemeliydim ve etmemeliyim." Ayağa kalktı. "Kötü haberi annene de vereyim. Ama uyuyorsa sabahı bekleyeceğim."

"Bence sabahı bekle, baba. Hiç değilse mide ağrılarının geçmesi için gece iyice uyuyup dinlensin."

"Evet, evet. Yine haklısın, Olivia." Alnımdan öptü. "İyi geceler ve Küçük General'im olduğun için sana teşekkür borçluyum."

Öylesine bitkin bir hali vardı ki, içimden ağlamak geldi. Ama gözyaşlarım akmamıştı. Omuzları çökmüş, başı eğik odadan çıkmasını izledim. Babam üzüntüden bitmişti, annemse hastaydı, ama Carson'la dramatik ayrılışının üzüntüsünü çabucak üzerinden atan Belinda telefonda neşeyle muhabbet ediyordu. Carson olayı hiç olmamıştı sanki.

Yıllar sonra Carson McGil'le karşılaşacaktım nasıl olsa. Ve o zaman beni saygıyla selamlayıp teşekkür edecekti.

Bundan yarın güneşin doğacağından emin olduğum kadar emindim.

7

Yeni Bir Başlangıç

Babam Belinda'nın düğününün iptal edildiğini anneme haber vermek için sabahı beklemişti. Bu haber karşısında çok sarsılan annem kahvaltıya inemedi. Bulutların alçaldığı, kasvetli, grinin hâkim olduğu bir gündü. Karadan okyanusa doğru sert bir rüzgâr esmekteydi. Babam kasırganın yaklaştığını anlayarak, gerekli tedbirlerin alınması için Jerome'la konuşmaya gitmişti. O yıl kış oldukça hafif geçtiğinden dolayı, bu gibi tedbirlerin alınmasına gerek görülmemişti. Son kasırganın üzerinden asırlar geçmiş gibiydi. Fakat gün ilerledikçe, babamın tahminleri birer birer gerçekleşmeye başladı.

Babam annemin kahvaltıya inemeyecek kadar kötü olduğunu söyleyince, durumuna bakmak için odasına çıkmaya karar verdim. "Aç değilmiş," dedi babam. "Odasına bir fincan çay yollayacağım."

"Ben götürüm." Çayı hazırlatmak için mutfağa gittim. Belinda günü Kimberly Hughes'un evinde geçirecekti. Balonlu Çiklet Kulübü'nden arkadaşlarının da orada olacaklarından kuşkum yoktu. Carson meselesinin ayrıntılarını hepsi merak ediyordu mutlaka. Belinda'nın bütün abartma yeteneğini kullanacağı kesindi. İnsanların ilgi odağı olmaya bayılırdı. Gün için yaptığı planlarla öylesine meşguldü ki, annemi sormak aklına bile gelmemişti.

Annemi yüzü kireç gibi, gözlerinin etrafı kıpkırmızı olmuş halde görünce içim parçalandı. Ben yatağa yaklaşırken dudakları titredi. Güçsüz, buz gibi elini bana uzatmıştı.

"Olivia, neler oldu? Winston'ın dediklerinden hiçbir şey anlamadım. Düğün neden iptal edildi? Yaptığımız onca plan, konuk listesi, dekorasyonlar ve..."

"Bu konunun seni üzmesine izin verme, anne. Biraz çay iç de, miden ısınsın."

"Peki. Ama yanıma otur ve bütün bildiklerini anlat."

Çayını alırken, fincan tabağın üstünde sallanmıştı. Ufak bir yudum alırken, endişe dolu bakışları yüzümdeydi. Yatağın kenarına iliştim.

"Olanlara şaşırmamalıyız, anne. Belinda'yı her zaman kendisinden korumaya, günahlarıyla hatalarını gömmeye çalıştık."

Annem irkilince duraksadım. İstemeden ona evimizin arka bahçesindeki toprağın altında yatan bebeği hatırlatmıştım. "Gerçekleri sakladığında, yalan söylediğinde ya da gerçeğin bazı kısımlarını kendine sakladığında, bunların açığa çıkması tehlikesiyle yaşamaya başlarsın. Belinda'nın başına gelen de bu işte. Onun geçmişindeki hataları öğrenen Carson çok kızmış ve Belinda da bununla nasıl başa çıkacağını bilememiş. Böylece Carson'ın bilmediklerini de itiraf edivermiş. Nişan dönemlerinde masum bir bekâret abidesi gibi davrandığı için, gerçek ve yalanlar arasındaki tezat Carson'ı normalden fazla ürkütmüş olmalı." Susup ellerime baktım. "Babam sana nişan yüzüğünden söz etti mi?"

"Nişan yüzüğüne ne olmuş?"

"Sen bu kadar hastayken bunları anlatmaya yüreğim elvermiyor."

"Bir şeyim yok. Beni merak etme."

"Çayını iç, anne. Lütfen."

Annem kendini zorlayarak çayından bir yudum aldı. Suratını buruşturmasından, bu kadarcık şeyin bile ona ağır geldiği anlaşılıyordu. Yüreğim sıkıştı.

"Bugün doktora muayene olacaksın," dedim ısrarla. "Seni oraya taşımam gerekse bile."

"Peki, Olivia, peki. Nişan yüzüğünden söz ediyordun?"

"Carson onun yalanlarına dayanamayacak hale gelince, Belinda nişan yüzüğünü arabanın camından dışarı atmış."

"Ne? Yani..." Gözyaşlarına engel olmaya çalışır gibi başını iki yana salladı.

"Yüzük kaybolmuş. Carson'ın onu bulamadığını söyledi. Samanlıkta iğne aramaktan farksız tabii."

"Tanrım, Tanrım! İnsanlar ne diyecek şimdi? Kim bilir neler düşünecekler? Çok pahalı bir yüzüktü."

"Merak etme, kimse üzüntüden ölmeyecektir."

Başını ağır ağır iki yana salladı. "Hayır. Tıpkı Potter olayına benzeyecek."

Annem Hyannis Port'da yaşayan multimilyarder bir bira, şarap üreticisinin kızı olan ve çok zengin bir Boston'lı müteahhidin oğluyla nişanlandıktan kısa bir süre sonra en yakın kız arkadaşıyla yatakta çırılçıplak yakalanan Helen Potter'ı kastediyordu. İki kız da durumun göründüğü gibi olmadığını iddia etmişler, ama olan olmuş, düğün iptal edilmişti. Helen apar topar Avrupa'ya gönderilmiş ve izini kaybettirmişti. Hakkında bir sürü hikâye anlatılır dururdu. Bunlardan birine göre, Helen adını değiştirip zengin bir Macar baronla evlenmişti; bir diğerine göre Paris'e yerlemiş ve lezbiyen ilişkilerini orada özgürce yaşamaktaydı. Gerçeğin o kadar önemi yoktu. Helen'in kız arkadaşı ise doktor olup California'ya yerleşmişti. Fakat sosyetede ve toplumda istenmeyen insanlar ilan edilen Potter'lar bunun etkisinden hiç kurtulamamışlardı. Bay Potter sonunda üzüntüden kriz geçirerek öldüğünde karısı ve hizmetkârları yatağının başındaydı. Bu olay zaman zaman acımasız şakaların kaynağı haline gelmiş; aileler oğullarıyla kızlarını terbiye etmek için bu üzücü hikâyeyi anlatır olmuşlardı.

"Belinda'nın durumu o kadar vahim değil, anne. Belinda'yı tanıyan herkes, onun her zaman böyle aklına estiği gibi davrandığını bilir."

"Şimdi ona ne olacak peki?"

"Başka bir koca bulacaktır mutlaka." Fakat bundan o kadar da emin değildim. Annem gözlerini kapayarak başını evet anlamında salladıktan sonra çay fincanını bana verdi. "Daha fazla içmelisin," dedim.

"Çok yorgunum. Bırak da dinleneyim, Olivia."

"Aşağı inip, babama seni doktora götürmesini ya da eve doktor çağırmasını söyleyeceğim."

"Sinirsel bir rahatsızlık," dedi.

"Bu sadece sinirden kaynaklanıyor olamaz. Çok uzun zamandır sürüyor ve..."

"Bir konuda çok ihmalkâr davrandım ve bu yüzden endişeleniyorum," dedi birden.

Yüreğim ağzımda ona bakakalmıştım. "Sen neden söz ediyorsun, anne? Neyi ihmal ettin?"

"Kısa süre önce bezelye tanesi büyüklüğünde bir yumrunun farkına vardım."

"Yumru mu? Nerende?"

"Şurada," dedi elini sol göğsüne götürerek. "Doktor Covington'a şöyle bir söz etmiştim. Bana hastaneye gidip tahlil yaptırmam konusunda baskı yaptı, ama ben... kendiliğinden geçeceğini düşündüm."

"Anne!"

"Ama geçmedi. Biraz daha büyüdü ve düşündükçe mideme sancılar giriyor. Yorgunluğumun ve iştahsızlığımın nedeni de bu."

"Yarın erkenden doktora gidiyorsun," dedim emredercesine. "Bu konuyu hemen babamla konuşacağım."

Annem itiraz etmedi. "Tamam, ama onu üzme. Önemsiz bir şey de olabilir."

"Sen doktora gitmeyi kabul et, yeter."

"Gideceğim."

Aşağı koşup babama annemin doktora gitmeyi kabul ettiğini söyledim, ama sözümü tutmadım ve endişesinin nedenini anlattım. Babamın yüzünden bütün kan çekilmişti. Hemen Doktor Covington'ı aradı.

"Doktorun dediğine göre, hastaneye gelip muayene olması için ısrar edip duruyormuş. Tanrım, bize hiçbir şey söylemedi. Sağlığını daha yakından izlemeliydim."

"Neyse ki şimdi hastaneye gitmeyi kabul etti, baba."

"Ne? Gittikçe büyüyen yumruyu söyleyince, doktor onu hemen hastaneye getirmemizi istedi. Onu hastaneye yatırıp tahliller yapacaklar."

"Gidip onu hazırlayayım." Telaşla yukarı çıkarken, Belinda odasından çıktı.

"Annemi hastaneye götürüyoruz," dedim.

"Ya. Neden?"

"Göğsünde bir yumru varmış. Son zamanlardaki endişesinin nedeni bu."

"Yumru mu? Neden vücudunda bir yumru çıksın ki? Iğğ."

"Bazen önemli değildir, ama çoğu zaman kanser belirtisidir."

"Kanser mi?" Biraz düşündü. "Şimdi ne olacak peki?"

"Onu muayene edip tahliller yapacaklar."

"Ya. Benim yapabileceğim bir şey var mı?"

"Ne yapman gerekiyorsa onu yap," diye tersleyerek annemin odasına gittim.

Belinda babama hastaneyi arayacağını ve gerekiyorsa oraya geleceğini söyleyip arkadaşına gitmişti. Hava gittikçe kötüleşmesine rağmen annemi hastaneye götürmeyi başardık. Bardaktan boşanırcasına yağmur yağıyordu ve gökyüzü iyice kararmıştı. Belinda en sonunda hastaneyi aramayı akıl ettiğinde, yağmur olanca hızıyla devam etmekteydi. Babam ona olduğu yerde kalmasını söyledi. Belinda'nın buna pek üzüldüğünü sanmıyordum.

Dışarda kasırganın şiddeti artmıştı. Ağaçlar rüzgârda eğiliyor, dalları çatırdayarak kırılıyordu. Trafik tamamen durmuş, hava gece gibi kararmıştı. Yağmur doluya dönmüş, sert taneler camlara ve çatılara vuruyordu. Işıklar yanıp sönmekteydi. Fırtınanın şiddetinden korkan herkes bir yerlere kaçışmaktaydı.

Neyse ki, Doktor Covington bizden birkaç dakika önce hastaneye ulaşmıştı. Annemin hastaneye kabul işlemleriyle bizzat ilgilendi.

Altmış yaşına yeni basan Doktor Covington'ın saçları hâlâ tam olarak beyazlaşmamıştı. Gündüz kumral görünen bu saçlar loş ışıkta kahverengiye dönüşüyordu. Kendimi bildim bileli aile doktorumuzdu. Yumuşak bir sesle az ama öz konuşsa da, teşhiste bulunduğunda daima bunu kesin bir dille yapardı. Bir doktora göre oldukça sabırlıydı. Küstahlık sayılabilecek kadar kendinden emindi, ama insan bu sayede kendini emin ellerde hissederdi. Sağlık söz konusu olduğunda taktiklerin anlamı kalmıyordu. Belinda bir defasında onu fazla soğuk bir adam olmakla suçladığında aynen bunları söylemiştim.

Belinda, "Gözlerinin yerinde mikroskoplar, parmaklarının yerinde de termometreler var," diye yakınmıştı. Bunu dediğinde on iki yaşındaydı. Komik olmaya çalıştığını düşünmüştüm. "Damarlarında da kan yerine öksürük şurubu dolaşıyordur mutlaka!"

"Ondan hoşlanmak zorunda değilsin, Belinda. Bay Covington insanların kendisinden hoşlanması için uğraşacak değil. Onu dinleyip dediklerini yapman yeterli."

"Ondan hoşlanmıyorum," diye inadı sürdürmüştü.

"O zaman hastalanmamaya bak."

Doktor Covington pek uzun boylu değildi, ama her zaman onun etkileyici ve otoriter olduğunu düşünmüşümdür. Bir oğlu vardı ve o da tıp fakültesini bitirip Connecticut'ta bir hastanede çalışmaya başlamıştı. Annem doktorun karısı Ruth'u severdi; ama Ruth Covington insanların arasına pek karışmayan biriydi. Yemek davetlerini ender olarak kabul eder, kendi evlerinde de pek sık yemek partileri vermezlerdi. Arkadaş çevreleri doktorun meslekdaşları ve karısının ailesiyle sınırlıydı.

Babam ve ben kâh dergi okuyarak, kâh hastane personeliyle ayaküstü konuşarak lobide zaman öldürdük. Doktor Covington sonunda yanımıza geldi.

"Evet, Winston. Leonora'nın sorunu midesinden değil, uzun zamandır bizlerden sakladığı nedenden kaynaklanıyor. Sonuçlar onu olduğu kadar beni de korkutuyor. Mide ağrıları işte bu yüzden. Ne yazık ki, hastalığının ciddiyetini inkâr etmekte direniyor. Umarım haklıdır. Hemen biyopsi yapacağız. Bu arada, mide ağrılarını gidereceğim. Eğer hepsi bu kadarsa..."

"Sizin görüşünüz ne?" diye sordum doğrudan. Kalbim korku dolu bir tempo tutturmuştu. Babamın ise dili tutulmuş gibiydi.

"Laboratuvar tahlilleri olmadan sonuca varmak doğru olmaz, Olivia."

"Habis olma ihtimali var mı?" diye sordu babam.

"Tabii. Kadınlar bu nedenle belirtileri hafife almamalılar." Doktor daha çok bana bakarak konuşuyordu.

Babam inledi.

"Hemen en kötüsünü düşünmeyelim," dedi doktor. "Önce kesin bir teşhise varmalıyım, Winston. Biyopsi yapacağız. Boston'ı arayıp uzman arkadaşım Dr. Friedman'ı aradım bile. Sonuçları alır almaz onunla konsültasyon yapacağım."

Babam sessizce başını salladı.

"Havanın düzeleceği yok," diye devam etti Doktor. "Berbat bir fırtına. "Leonora şimdi uyuyor. Ona uyku ilacı verdim. En iyisi şimdi ikinizde eve gidin Daha sonra tekrar gelirsiniz."

Babam, "Gerektiğinde bizi şirketten ararsın," dedi.

"İyi fikir. Kendinizi meşgul edin."

Doktor yanımızdan ayrılınca babam, "Ailemizde de fırtınalar kopuyor," diye homurdandı.

"Doktoru işittin, baba. En kötüsünü düşünmemeliyiz."

Babam başını salladı, ama gözlerinde hiç de iyimser bir ifade yoktu.

Şirkete berbat bir yolculuğun ardından varabildik. Yolda iki kazaya rastlamıştık. Fırtına akşama kadar sürdü. Babam ve ben günün büyük bir bölümünde işlerden başımızı kaldırmaksızın çalıştık. Babam ara sıra büroma uğruyor, bir gelişme olmadığını haber veriyordu.

"Sanırım şimdi dinleniyor," dedi. "Akşam yemeğinden önce hastaneye uğrar, sonra yemeğe gideriz. Belinda aradı mı?"

"Bu sabahtan beri aramadı."

"Ayağımızın altında dolaşmasındansa, böylesi daha iyi."

Belinda akşam beşte de aramayınca, Kimberly'nin evini aradım. Telefon uzun uzun çaldı. Tam kimsenin açmayacağını düşündüğüm sırada, Kimberly açtı. Belinda'nın telefona gelmesi için de bir dakika beklemek zorunda kaldım.

"Ben de birazdan seni arayacaktım." Soluk soluğaydı.

"Orada ne yapıyorsun?"

"Hiç. Annem nasıl? Yarın eve dönüyor mu?"

"Biraz zor. Ona biyopsi yapılıyor ve mide ağrısını da tedavi ediyorlar." Her şeyi anlattığımda, derin bir sessizliğe gömülmüştü.

"Babam akşam yemeğinden önce üçümüzün birlikte onu ziyaret etmemizi istiyor," dedim. "Sonra da şehirde akşam yemeği yiyeceğiz. Bir saat içinde buraya gelebilir misin?"

"Tabii. Bruce beni getirir."

"Bruce? Bruce da kim?"

"Bruce Lester. Kimberly'nin kuzeni. Çok yakışıklı, ama ne yazık ki daha lise son sınıfta."

Başka soru sormak gelmedi içimden. Alacağım cevaplardan korkuyordum çünkü. Belinda kırk beş dakika sonra şirketteydi. Hep birlikte hastaneye gittik. Anneme verilen sakinleştirici ilaçlar yüzünden sürakli dalıp dalıp gidiyordu. Onu böylesi bir durumda seruma bağlanmış halde görmek Belinda'yı rahatsız etmişti. Babam sonunda gitme zamanının geldiğini söyledi.

Hastaneden çıkınca eski neşesine kavuşan Belinda günü nasıl geçirdiğini, uzun zamandır görmediği kız arkadaşlarını anlatmaya koyulmuştu. Ne babam, ne de ben bu zırvaları dinlemesek de, o buna aldırmıyordu.

"Herkes Carson'dan kurtulduğuma sevindi. Zaten berbat bir evlilik olacağını söylüyorlar. Annesi her işime karışacak sürekli öğütler verecekti. Bazen şans insana yardım ediyor."

Babam görmeyen gözlerle ona bakıyordu. Yemeğine dokunmamıştı bile.

"Haklısın, Belinda," dedim. "Herhangi bir okula yazılmadın. Kayda değer bir yeteneğin yok. Geleceğin için bir plan da yapmış değilsin. Evet, şans gerçekten senden yana." Sesim kupkuruydu.

Güldü. "Merak etme. Gerektiğinde plan yapmayı bilirim." Kendinden emin hali beni huzursuz etmişti.

Babam kaşlarını kaldırıp başını iki yana salladı. "Şimdi sadece annenizi düşünmeliyiz."

Bu sözler Belinda'nın abuk sabuk monoloğunu bitirmeye yetmişti. Buna şükrettim. Fakat eve gider gitmez hemen telefona koşmuş, saçmalıklarını dinleyecek birileriyle koyu bir sohbete dalmıştı. Babam için üzülüyordum. Aniden yaşlanmış ve çökmüştü. Hayatım boyunca onun çelik kadar sağlam olduğunu düşünmüştüm. Hiçbir adam ondan daha kuvvetli olamaz, onun kadar saygıyı hak edemezdi. Onu böylesine zayıf ve mağlup görmek acı vermekten çok ürkütüyordu beni.

Babam kendisine bir kadeh brendi doldurup çalışma odasında oturdu. Dalgın bakışları penceredeydi. Gökyüzü yavaş yavaş açılmaya başlamıştı. Sonunda oturduğu yerde uyudu.

Belinda sabah bizimle hastaneye gelmedi. O kadar erken kalkamamıştı. Babam ve ben Doktor Covington'ı beklerken onun ayağımızın altında dolaşmamasının daha iyi olacağına karar vermiştik.

Doktor, "Midesini bir ölçüde tedavi ettik," diye açıkladı. "Bir şeyler yedi bile. Şimdi dinleniyor."

"Sonuçların belli olması ne kadar sürer?" diye sordum.

"En azından bir gün daha," dedi doktor. "Bu akşam Dr. Friedman'ı tekrar arayacağım."

Doktorun en kötüsünü beklediğini sezmiştim. Yoksa başka hangi nedenle bu kadar çabuk bir uzmana danışmak istesindi ki?

Babama bu endişemden hiç söz etmedim. Annemin yanına gittik. Hemen Belinda'nın nerede olduğunu sordu.

"Onu sonra getireceğiz, anne. Yine erken kalkamadı ve babamla benim onu bekleyecek sabrımız yoktu."

Yüzünde acı dolu bir ifade belirdi. "Ona ne olacak?"

"Bu konuyu merak etme," dedim.

Babam, "Elbette merak etme," diye katıldı. "Öyle güzel ve bizim gibi saygın bir aileden gelen genç bir hanımın geleceğini merak etmeye gerek var mı?"

Annem kuşkuyla başını salladı. Bakışlarımız karşılaştığında, gerçek duygularımı gözlerimden okumuştu. Özellikle anneme, hele Belinda konusunda asla yalan söyleyemezdim.

Beklediğim gibi, en kötü sonuç çıktı. İnsan trajedinin etrafını sardığını hissederdi bazen. Rüzgârla gelen, derisi yapışkan gri bir canavara benzeyen bu his insanın ruhuna yapışarak, ümitlerinle mutluluğunu emen bir parazit gibi esir alırdı.

Doktor Covington ertesi gün arayarak bizi muayenehanesine çağırdı. Belinda bu kez bizimle gelmişti. Sessizce yanımızda oturuyordu. Yüzünde küçük bir çocuğun korku dolu ifadesi vardı.

Doktor, "Ne yazık ki, biyopsi pozitif, Winston," diye söze girdi.

"Bu iyi bir şey mi?" diye fısıldadı Belinda.

"Ne yazık ki hayır." Doktor ona baktı. "Doktor Friedman mastektominin ardından kemoterapi yapılmasını söyledi."

Babam soluğunu içine çekerken, "Ne zaman?" diye sordum.

"Salı günü Boston'da başlayabiliriz."

Babam başını salladı. Omuzları çökmüştü. "Başlansın öyleyse." Gözleri acıdan koyulaşmıştı.

"Onu bugün Boston'a götürüp hazırlıklara başlayacağız."

"Haberi var mı?" diye sordum.

"Evet. Böyle ciddi bir teşhisi hastadan saklayamam."

"Ona söylediniz mi?" diye inledi Belinda. "Tanrım, çok üzülecek!"

"Aslında, gayet soğukkanlı karşıladı," dedi doktor. "Bana bakıp, 'Beni tedavi edeceksiniz. Gözlerimi kırpacağım ve hepsi geçmişte kalacak,' dedi."

Doktor gülümserken, benim gözlerim yaşlarla dolmuştu. Annem böyleydi işte.

Doktorun odasından çıkarken babam, "Dünkü fırtına," dedi derin derin iç çekerek. "Bizi bekleyen fırtınanın yanında hiç kalır."

Annemi Boston'a götüren ambulansı kendi arabamızla takip ettik. Bazı anlarda, Belinda'nın annem için üzülmekten çok, Boston'da bir otelde kalacağımız, restoranlarda yiyeceğimiz ve alışveriş yapabileceği için heyecanlandığını düşünüyordum. Onu ne kadar azarlasam da, yolculuğa çıkmış bir çocuğun heyecanıyla konuşup hareket etmeyi sürdürdü. Fakat otelde onu bavulları taşıyan delikanlıyla flört ettiği için sıkı şekilde azarladığımda ağlamaya başladı.

"Ben de en az senin kadar korku içindeyim, Olivia. Bunu düşünmemeye çalışıyorum sadece. Eğer düşünmezsen, aldırmazsın. Benim beynim küçük bir eve, seninkiyse koskoca bir şatoya benziyor. Ben senin kadar güçlü değilim, bunun için bana kızma lütfen!" Yüzü acıyla kasılmıştı.

Bir an ona bakakaldım. Galiba haklıydı.

Babam araya girerek, "Lütfen şu sıra tartışmayalım," diye araya girdi. "Annenizin hatırı için güçlü ve neşeli görünmeliyiz."

"Benimle uğraşmaktan vazgeçsin öyleyse," diye yakındı Belinda.

"Bundan başka tek kelime etmeyeceğim. Ne istiyorsan onu yap. Aptal haline düşsen bile umurumda değil." Bu sözlerim Belinda'nın çok hoşuna gitmişti.

Babam sonunda onun yalvarmalarına dayanamamıştı. Hastanede olmadığımız zamanlarda onu ya alışverişe götürüyor ya da kendisi alışveriş etsin diye para veriyordu. Otel odasında kutular üst üste yığılmaktaydı. Kendisi için artık alacak bir şey kalmayınca da benim için hediyeler almaya başlamıştı.

Cerrah ameliyatın başarılı geçtiğini söyledi, ama teşhis için kemoterapinin sonucunun beklenmesi gerekiyordu. Annem ameliyatı atlattıktan sonra terapi başlayacak ve bu evimize yakın bir hastanede yapılacaktı.

Ameliyattan üç gün sonra, annem uzun zamandır görmediğimiz kadar rahat ve neşeliydi. "Gördünüz mü? Doktorların beni tedavi edeceklerini söylemiştim."

Belinda onun neşeli halini fırsat bilerek, gittiği yerleri, aldığı şeyleri anlatmaya başladı. Annem heyecanla dinliyordu. Belinda'nın hayatın sadece güzel yönlerini gören kişiliği o kadar da kötü değildi belki de. İkisi sık sık gülüşüyordu. Babamın neşesi de yerine gelmişti.

Annemi eve getirdiğimizde, babam ona özel bir hemşire tuttu. Hayatımızdaki fırtına geride kalmış gibiydi. Babam ve ben şirketteki işlerimizin başına dönmüştük, Belinda ise sosyal hayatına aynı hızla devam ediyordu. Her gece onun geleceğinden söz ediyorduk. İyimserliğimiz abartılıydı aslında. Onun ülkenin en iyi üniversitelerinden birine yazdırmayı düşünüyorduk. Babam bunun için araya hatırlı dostlarını sokmayı planlamıştı.

Annemin kemoterapi seansları başlamıştı. Çok kötü bir durumdu. Saçları dökülmüştü; yine tedaviden önceki gibi yorgun ve halsizdi. Sürekli bizde kalan hemşire, tedavi için gerekli cihazlar ve sık sık uğrayan doktor yüzünden evimiz hastaneye benzemişti.

Annem çiçeklerini görüp kuşların cıvıldaşmalarını dinlemesi için onu bahçeye çıkarmamızı isteyene kadar, baharın geldiğinin farkında bile değildim. Papatyalarla petunyalar çiçek açmış, çimenler yeşermişti. Her tarafta rengârenk çiçekler göze çarpmaktaydı. Ağaç dalları esintinin etkisiyle hafif hafif sallanıyordu. Hafta sonları yelkenliler okyanusa çıkmaya başlamıştı. Dünya hayata dönmüştü adeta. Ümitlerin, mutluluğun, aşkın ve heyecanın mevsimiydi.

Günlerden bir gün, küçük çaplı bir balıkçı tekne filosu ve deniz ürünleri şirketinin sahibinin oğlu olan Samuel Logan adında genç bir adam babamı ziyarete gelip, zamanının çoğunu benimle konuşarak geçirdiğinde çok şaşırdım. Oldukça uzun boylu ve yapılı bir gençti. Bronz teniyle kumral saçları, hınzır pırıltılarla ışıldayan yeşil gözlerini vurgulamaktaydı. Şimdiye dek bana ilgi gösteren en yakışıklı adamdı.

"Babanla birlikte çalışman çok hoş," dedi. "Onunla yaptığım sohbetlerden, sana ve emeğine çok değer verdiğini anladım. Tanıdığım kadınların hemen hepsi giyinip süslenmekten başka bir şey bilmezler. Güzel görünmenin kötü bir yanı yok elbette. Sen de çok güzelsin, ama pakette çok daha fazlasının bulunması hoş tabii."

Ben bir şey söylemeyince yüzü hafifçe kızardı. "'Paket' demekle kastettiğim ticari değil tabii ki. Kendimi pek iyi ifade edemem."

"Anlıyorum," dedim sonunda. Samuel Logan tekrar gülümsedi. Gözleri yeniden ışıldamıştı.

"Güzel," dedi. "Bu akşam benimle yemeğe çıkar mısın?"

"Pardon?"

"Şey... akşam yemeğine çıkalım diyorum. Gideceğimiz restoranı sen seçeceksin tabii."

"Benimle yemeğe çıkmak mı istiyorsun?"

"Evet," dedi kesin bir dille. "Provincetown'ı bana tanıtmandan onur duyarım. Başka bir planın yoksa tabii. Seni zorlamak istemem. Teklifimi düşünmeni isterim..."

"O kadar zor bir karar değil," dedim. "Deniz ürünlerinden başka bir şey yemek istersin herhalde." Biraz önce yemek daveti almış bir kadın gibi değil de, bir otelin şef garsonu gibi söylemiştim bunu.

Gülümsedi. "Deniz ürünlerinden asla bıkmam, ama İtalyan yemeklerini de seviyorum."

"Uygun bir yer biliyorum."

"Bundan kuşkum yoktu zaten. Rezervasyonu ben mi yaptırayım?"

"Ben yaparım. Sen yedide gelip beni al."

"Tamam, yedide." Avuçlarını dizlerine vurup ayağa kalktı. "Sabırsızlıkla bekliyorum. Babana veda edip gideyim artık."

Heyecandan ayakları dolaşarak babamın odasına gitmesini izledim. Kapıda durup bana son bir kez el sallamıştı. Ben ise başımı hayretle iki yana sallıyordum. Benim de, Belinda'nın da yakışıklı bulacağı bir adamın çıkagelip beni yemeğe davet etmesini kim bilir ne zamandır bekliyordum. Tam böyle bir şeyin olacağından ümidi kesmişken, birdenbire oluvermesi başımı döndürmüştü. Gidip babama söyledim.

"Demek en sonunda seni yemeğe davet etti ha?"

"Ne demek istiyorsun?" İçime ani bir kuşku düşmüştü. "Yoksa yine mi çöpçatanlık yapıyordun?"

"Yo, hayır," dedi hemen. "Bana sorunca, senin onunla yemeğe çıkmayı kabul edebileceğini söylemiştim. Hepsi bu. Yemin ederim." Sağ elini kaldırdı.

"Yani beni kendi isteğiyle mi davet etti?"

"Evet, Olivia. Bana öyle kötü kötü bakmayı bırak artık."

"Babasının şirketini satın mı alıyoruz yoksa?" Babam telaşla evraklarını karıştırıyordu. "Baba?"

"Böyle bir olasılık var. Ama Samuel Logan'ın seni yemeğe davet etmesi apayrı bir konu."

"Neden buna inanmakta zorluk çekiyorum acaba?"

Babam omuz silkti. "Kuşkulanmana hiç gerek yok. Çok güzel bir kızsın, Olivia. Yakışıklı bir erkekle karşılaşmanın zamanı geldi de geçiyordu."

Onu uzun uzun süzdüm. Sonunda gözlerini kaçıran o olmuştu. Ona inanmayı çok istiyordum. Keşke ben de annem ve Belinda gibi olup, hayallerime şans verebilsem; hayatta gökkuşağının da olduğuna inanabilseydim.

O gece anneme bir erkekle yemeğe çıkacağımı söylediğimde, benim adıma çok sevindi. O gün giyebileceğim elbiseleri gözden geçirmek için yatakta doğrulduğunda, solgun yüzüne bir nebze de olsa kan gelmişti. Belinda eve dönüp bir randevu için hazırlandığımı görünce, o da çok sevindi. Benim de onun gibi bir erkekle çıkmam, yaptıklarını kendi gözünde mazur göstermişti sanki. Kendini karşımda daha rahat hissediyordu artık. Yatağıma oturmuş, sağa sola koşturup küpelerim arasında seçim yapmamı, saçlarıma şekil vermemi seyrediyordu.

"Neden sana manikür yapmama izin vermiyorsun, Olivia? Bu konuda çok yetenekliyim. Bugün Kimberly'ye de manikür yaptım."

"Tırnaklarıma oje sürmem ben."

"Ama sürmelisin. Erkekler renkli şeylerden hoşlanır. Rujun da daha koyu olmalı."

"Dudağımda ruj yok."

"Ya." Güldü. "Evet, kesinlikle koyu renk ruj sürmeli, kaşlarına da şekil vermelisin."

"Bir erkek beni yemeğe davet etti diye, olduğumdan başka biri gibi görünmeye niyetim yok, Belinda."

"Kendini değiştimen gerekmez ki. Daha çekici olabilirsin. Ne de olsa başka kadınlarla rekabet ediyorsun."

"Ne?" Hızla ona döndüm. "Bunu da nereden çıkardın? Beni yemeğe davet etmesini ben istemedim. Kendisi davet etti."

Belinda başını iki yana salladı. "Bunun o kadar önemi yok. Bir erkekle çıktığında, etraftaki diğer kadınlardan daha güzel görünmelisin. Bunda kötü bir şey yok ki. Saçına değişik bir şekil ver, öyle kendi haline bırakma. İşte..." Çantasını açtı. "Şu rengi dene. Bana çok yakışıyor. Ten renklerimiz aynı."

Elindeki ruja bakıp düşündüm.

"Korkma, seni ısırmaz, Olivia. Beğenmezsen silersin."

"Pekâlâ," dedim.

Günaha ilk adımlarımı atıyormuşum gibi, şeytani bir gülümseme belirdi yüzünde. "Saçını da yapacağım." Saç fırçamı almak için banyoya gitti.

"Dur bir dakika. Böyle bir şey istemedim..."

"Sus ve otur, Olivia. Bir kez olsun, senin için bir şey yapayım."

"Peki! Ne fark edecekse!"

"Göreceksin. Çok şey fark edecek." Ve işe koyuldu.

Bir saat sonra kaşları inceltilmiş, yanaklarına hafifçe allık, dudaklarına ruj sürülmüş yüzüme ve yeni bir şekil verilmiş saçlarıma bakarken, benim de Belinda kadar güzel olabileceğime inanmaya başlamıştım.

"Güzel bir elbisen yok," dedi. "Benimkilerden birini al. Şu kısmı dar olanı mesela." Göğüs kafesini gösterdi. "Ve," diye ekledi kulağıma fısıldayarak. "Göğüsleri iri gösteren yeni sutyenimi de takabilirsin."

"Buna hiç gerek yok. Benim güzel bir elbisem var." Annemin de onayladığı, lacivert ipekten, beyaz dantel yakalı elbiseyi gösterdim.

Belinda suratını buruşturdu. "Hiç de seksi değil. Annemin çay partilerinde giydiklerine benziyor."

"Ben seksi değil, kibar görünmek istiyorum."

"Çok sıkıcı," diye şakıyarak, o akşam giymemi önerdiği siyah, dekolte gece elbisesiyle döndü. "En azından bir dene. Şu sutyenle birlikte tabii." Giysileri elime tutuşturdu. Giyinmek için banyoya geçtim. Belinda'nın karşısında bile yıllardır soyunmamıştım. Yağ tabakası olup olmadığını anlamak için vücudumu incelemesini istemiyordum. Onun vücudu benim aynı yaştayken olduğumdan daha gelişkindi ve sürekli olarak gelişiyordu. Oysa benim gelişmem durmuştu.

Banyodan çıktığımda uzun uzun ıslık çaldı. "Bu ablam Olivia Gordon mu? Gözlerime inanamıyorum!"

"Of, kes şunu." Yine de aynanın karşısına geçip kendime bakmadan edemedim. Hiç olmadığım kadar seksi görünüyordum. Yüreğim heyecanla titredi. Bu kıyafetle dışarı çıkabilecek miydim? "Bilemiyorum..."

"Evet, Olivia. İnan, pişman olmayacaksın. Babamla anneme de gösterelim."

Annemin odasına giderken hâlâ tereddüt içindeydim. Babam da onun yanındaydı. İçeri girdiğimde her ikisi de bana baktılar. Babamın gözleri hayretle büyümüştü. Annem gülümsedi. "Çok güzel görünüyorsun, hayatım."

Babam, "İki kızımın da çok güzel olduklarını biliyordum," dedi. "Seni fark etmemek için bir erkeğin kör olması gerek, Olivia."

"Yoksa çok mu aşırı oldu, anne?"

"Hayır, çok güzel."

"Gördün mü?" diye böbürlendi Belinda. "Onu ben giydirdim."

"İşte bu yüzden emin değilim ya." Annem başını onaylar şekilde sallayınca, "Peki," dedim. "Böyle gideceğim."

"Nereye gidiyorsun?" diye sordu babam.

Neyi unuttuğumun farkına varınca afalladım. "Olamaz! Rezervasyon yaptırmayı unuttum!" Telefona koşarken annem arkamdan gülüyordu.

Neyse ki restoranda yer vardı. Point'teki Antonio'nun Yeri'ne gitmemize karar vermiştim. Orası her zaman benim için özel bir yerdi. Yedi on beş için bir masa ayırttım. Artık Samuel Logan'ı beklemekten başka yapacağım iş kalmamıştı.

Samuel Logan on beş dakika gecikmişti. Evimizi aramakla vakit kaybettiğini açıklayarak uzun uzun özür diledi.

"Yanlış yola saptım ve yaşlı bir adam bana tekrar yanlış bir yol tarif etmiş." Arkamda durmuş, onunla tanıştırılmayı bekleyen Belinda'ya baktı.

"Kız kardeşim Belinda," diye tanıştırdım sonunda. Belinda hemen atılarak, öpmesi için elini uzattı.

"Evet," dedi Samuel. "Birbirinize benziyorsunuz."

Belinda, "Benim elbiselerimden birini giydi ve kendini çok seksi buluyor," diye abuk sabuk bir laf etti yine.

"Belinda!"

"Hayır, önemi yok." Samuel ona gülümsedi. Belinda buna mahcup bir edayla gülümseyip kirpiklerini kırpıştırarak karşılık vermişti.

"Ablama ben de aynı şeyi söyledim zaten." Gözlerini Samuel'den ayırmıyordu.

"Geç kalıyoruz," dedim. "Rezervasyonumuzu iptal etmelerini istemem."

"Haklısın. Tanıştığımıza sevindim, Belinda."

"Ben de."

Samuel benimle birlikte evden çıkarken gülüyordu. "Kız kardeşin olduğunu bilmiyordum," dedi. "Baban ondan hiç söz etmedi." Arabanın kapısını açtı. Tek kelime etmeden bindim. "Nereye gidiyoruz?" diye sordu direksiyona geçince.

"Point'teki Antonio'nun Yeri'ne. Küçük bir restoran, ama muhteşem manzarasını her masadan seyredebilirsin."

"Kulağa hoş geliyor. Kız kardeşin ne yapar? O da babanın yanında mı çalışıyor?"

"O hiçbir şey yapmaz," dedim sertçe.

"Hiç mi?"

"Hovardalık eder sadece."

"Ah. Altından kalkabiliyorsan, eğlenceli bir hayattır. Babanın sana bu kadar değer vermesine şaşmamalı."

"Babam ve sen benim hakkımda epey konuşmuşsunuz anlaşılan."

Güldü. "Babanla ortak olacağımıza göre, seni yakından tanımak istemem gayet normal. Sen ve ben ilerde aile şirketlerimizi devralacağız. Sizin şirket bizimkinden daha büyük ve bizi satın alacaksınız, ama bunun için Logan Enterprises'dan daha iyi bir firma düşünemem."

"Senin hiç kardeşin yok mu?"

"Hayır. Annem ben çok küçükken ölmüş, babam da bir daha evlenmemiş."

"Keşke ben de tek kardeş olsaydım," diye homurdandım.

Yine güldü.

Okyanusa bakan cam kenarındaki masalardan birine oturduğumuz için şanslıydık. Deniz feneri tam karşıdaydı. Lüks bir feribotun ışıkları ufuk çizgisinden bize göz kırpar gibiydi. Günbatımı göğü morla pembenin farklı tonlarına boyamıştı.

"Mükemmel bir restoran seçmişsin, Olivia. Hayatımın bütün önemli kararlarını sana bırakabilirim."

"Hayatının mı? Burada sadece akşam yemeği yiyeceğiz, Samuel."

Derin ve karanlık bir sır saklayan birinin edasıyla gülümsedi. "Bu fikrin yakında değişecek."

Kartlarını öylesine açık oynuyordu ki, gülmeden edemedim. Ricası üzerine ikimiz adına yemek siparişlerini ben vermiştim.

Yemekler her zamanki gibi nefisti. Yüzüme ateş bastığından mıdır nedir, bol bol şarap içtim. Sohbeti çoğunlukla Samuel yürüterek kendisinden, eğitiminden, ailesinden ve planlarından söz ediyordu.

"Epey seyahat ettim, ama Cape kadar güzel bir yer görmedim. Ya sen?"

"Ben o kadar yolculuğa çıkmadım, ama Cape'i ben de çok seviyorum."

"Haklısın. Seni ilk gördüğümde, ikimizin bir sürü ortak yanı olduğunu anlamıştım. Sadece iş konularını kastetmiyorum tabii."

O kadar şarap içmiş olmama rağmen hayretle kaşlarımı kaldırdım. Ne gibi ortak yanlarımız olabilirdi? Ben henüz böyle bir şey görememiştim. Ama buna yeterince inanıyor gibiydi. Hayret doğrusu.

İçten ve kişilik sahibi bir adam olduğunu itiraf etmeliydim. Yaşına göre oldukça olgun ve kendini bilen biriydi.

"Denize açılmaktan hoşlanır mısın?" diye sordu.

"Hoşlanırım, ama bu konuda pek iyi olduğum söylenemez. Yine de iyi bir yolcuyumdur."

"Harika. Ben denizcilikte çok iyiyim, ama hiç de iyi bir yolcu sayılmam. Bir deniz taşıtına bindiğimde oradaki işlerden biriyle meşgul olmak isterim. Kendi balıkçılarımıza yardım edip ayak işlerini bile yapıyorum. Babam da bir işin en iyi bizzat yapılarak öğrenildiğini söyler zaten."

Masanın üzerinden uzanıp elimi tuttu. "Yarın birlikte denize açılalım. Bir de piknik sepeti hazırlarız. Yarın havanın çok güzel olacağı söyleniyor."

"Bilmiyorum. Annem hasta ve bana ihtiyacı olabilir."

"Annenin hastalığına çok üzüldüm. Dilerim iyileşir. Ama sana birkaç saat izin verirler herhalde. Sabah ararım, tamam mı?"

"Şey... Pekâlâ."

"Güzel." Elimi bırakmamıştı. Yüreğimi hop ettiren tanıdık bir ses duyana kadar elimi çekmedim.

Nelson Childs elini tuttuğu uzun boylu, muhteşem vücutlu, esmer, mavi gözlü bir kadınla yanımıza geliyordu.

"Olivia. Seni gördüğüme sevindim." Sustu. "Seni nişanlım Louise Branagan'la tanıştırayım. Louise, bu da eski bir arkadaşım, Olivia Gordon." Eski kelimesini özellikle vurgulamıştı. Louise Branagan elini uzattı.

"Tanıştığımıza sevindim." Tatlı tatlı gülümsedi.

"Ben de. Bu, Samuel Logan."

Nelson, "Samuel'i tanıyorum," diye atıldı. İki erkek gizli bir sırrı paylaşıyormuş gibi birbirlerine gülümsediler.

"Öyle mi?"

"Evet. Eski günlerde çok güzel anıları paylaştık, değil mi, Samuel?"

"Hem de çok. Merhaba, Louise. Tekrar karşılaştığımıza sevindim."

Onlara baktım. Şaşkınlığım yüzüme yansımıştı.

Sözü tekrar Nelson aldı. "Gelecek haftaki nişan partime geleceğinizi umarım. Bizimkiler her şeyi yine abarttılar tabii." Yüz ifadesi ciddileşti. "Annen nasıl, Olivia?"

"Olabildiği kadar iyi." Belinda'yı da soracak cesareti var mıydı acaba?

Ama o başını hüzünlü bir ifadeyle salladı. "Sohbetinizi daha fazla bölmeyelim. İyi eğlenceler. Yakında görüşmek dileğiyle."

Louise de, "Tanıştığımıza sevindim," diye tekrarladı kendi masalarına gitmeden önce.

Samuel, "Ne hoş bir çift," dedi hayranlıkla.

"Yorgunum. Uzun bir gündü ve annemi de merak ediyorum."

"Ah, tabii. Hesabı isteyeyim." Garsona işaret etti.

Dönüş yolunda sadece Samuel konuştu. Nelson'la olan ani karşılaşmamın etkisinde olduğum için, ne dediğini doğru dürüst dinlemiyordum. Eskisinden daha yakışıklı ve olgun bir erkek olmuştu. Louise Branagan'ın ona bu kadar yakışması yüreğimi sızlatıyordu. Onun gibi bir kadınla nasıl rekabet edebilirdim?

"Sence sakıncası yoksa, sabah onda ararım, tamam mı?" Bizim evin önündeydik. Bahçe kapısı bizim için açık bırakılmıştı.

"Ne? Ha, tabii."

"Çok iyi vakit geçirdim, Olivia. Umarım aynı şey senin için de geçerlidir."

"Elbette, Samuel. Çok teşekkür ederim."

Eğilip yanağıma bir öpücük kondurdu. "Yarını ve diğer yarınları dört gözle bekliyorum."

Açık sözlülüğü beni yine şaşırtmıştı. Başımı sallayabildim sadece. Arabadan inmem için kapıyı açtıktan sonra beni evin kapısına kadar götürdü ve omuzlarımdan tutarak kendine doğru çevirdi. "İyi geceler." Bu kez dudaklarımdan öpmüştü. "Gizli bir hazineyi bulan bir korsan gibi hissediyorum kendimi." Beni şaşkınlık içinde bırakarak arabasına yürüdü.

Cape Cod sürekli değişen havasıyla ünlüydü. Samuel Logan'ın burasını bu kadar sevmesine şaşmamalı, diye düşünerek içeri girdim. Enerjisi ve kararlılığı karşısında şaşkın bir haldeydim. Birisi onu ateşlemişti. Bu kişinin ben olmamı diledim.

8

Ölüm Yatağındaki İtiraf

Samuel Logan'a kalbime giden yolun bütün boş zamanlarımı kontrol altına almasından geçtiği tüyosunun verildiğine inanıyordum bazen. İlk randevumuzdan sonra, beni arayıp bir plan yapmadığı tek gün geçmemişti. Çoğu zaman onun arkadaşlığından zevk alıyordum. Yelkenli gezimiz çok eğlenceliydi. Bu işte çok başarılıydı ve denizde karada olduğundan çok daha rahat görünüyordu.

"Deniz kanıma işlemiş," demişti bir keresinde. "Benim vücudumda normal bir insanınkinden daha fazla tuz vardır mutlaka. Bebekken ancak denizdeyken sakinleşirmişim. Dalgaların ve martıların sesi bana ninni olurmuş. İkimiz de denizin çocuklarıyız, Olivia. Bu yüzden denizden asla uzaklaşamayız."

Akşam yemeklerinde, arabada, yürüyüş yaparken onu dinlemek zevkliydi. Kusursuz bir satıcı olurdu. Onun ilgisinden, onunla restoranlara ya da sinemaya gitmekten, bana kapıları açmasından ve gittiğimiz her yerde yanımda yakışıklı bir adamla dikkatleri çekmekten çok hoşlanıyordum. Herkes birlikteliğimizi öğrenmişti artık. Annem benim adıma çok mutluydu. Belinda ise bütün payı kendisine çıkarıyordu.

"O akşam seni güzel giyinip süslenmeye zorlamasaydım, onun ilgisini asla çekemezdin, Olivia."

"Benimle sadece biraz ruj ve allık yüzünden ilgileniyorsa, ona acırım," dedim.

Belinda bunu yanlış anlamıştı tabii. "Demek onunla seviştin! Eee, nasıldı?" O akşam da Samuel'le çıkacaktım. "Beklediğin gibi miydi?" diye sordu salak bir kahkahayla.

"Tabii ki onunla sevişmedim!" diye çıkıştım. "Ben çıktığım ya da tanıdığım her erkekle, birisi gibi hemen yatağa girmem."

Belinda çıkışımdan hiç etkilenmemişti. "Denemedi mi peki? Ya sen onun denemesini istemedin mi?"

"Kes şunu!" Tekrar aynaya baktım. "Böyle konuları ancak o aptal arkadaşlarınla konuşursun, benimle değil."

"Birlikteyken ne yaptığınızı merak ettim sadece." Omuz silkti.

Hışımla ona döndüm. "Ne yaptığımızı merak mı ediyorsun? Olgun, aklı başında insanların yaptığını! Yemeğe gidiyoruz, konuşuyoruz, manzara seyrediyoruz, sanat galerilerine, tiyatroya ve sinemaya gidiyoruz; sonra da bunlar hakkında sohbet ediyoruz. Birbirimize karşı kendimizi rahat hissedince de başka şeylere geçiyoruz."

Kahkahalarla güldü.

"Bu kadar komik olan ne, Belinda?"

"En sonunda sevişmeye karar verdiğinizde ikiniz de ihtiyarlamış olacaksınız."

"Ama ben hamileliğimi saklamak ya da okuldan atılmak zorunda kalmayacağım."

Suratı hemen asılıverdi. "Şaka yapıyordum, Olivia. Kaba davranmana gerek yok."

Bu saçma konuşma canımı sıkmıştı. "Geç kalıyorum." Ona arkamı döndüm.

"Evet." Gardrobuma gitti ve sutyenini aldı. "Bu akşam bana lazım."

"Nereye gidiyorsun?"

"Bir yerlere," diye çıkışıp odamdan çıktı.

Önce sinirlendim, ama biraz düşününce dudaklarıma bir gülümseme yayıldı. Çok komikti aslında. Belinda ilk defa beni kıskanıyordu! Babamla annem Samuel'le olan ilişkimden söz ediyor, gittiğimiz yerler hakkında sorular soruyorlar, o ise sessiz bir dinleyici olmaktan öteye gidemiyordu. Aile dostlarımız ondan değil, benim erkek arkadaşımdan söz ediyorlar; daha da önemlisi, Belinda'nın onca çabasına rağmen Samuel onunla hiç ilgilenmiyordu. Belinda kıskançlıktan çıldırıyor, bunun üzerinde uçtuğu pembe bulutları karartmasına engel olamıyordu. Tek savunma aracı öfke ve saldırıydı. Bir akşam, Nelson Childs'ın nişan partisine gelmeyeceğini duyurmasının nedeni de buydu mutlaka.

"Sen Olivia ve Samuel'le gidebilirsin, baba. Benim arkadaşlarımın hiçbiri orada olmayacak nasılsa."

"Yeni arkadaşlar edinebilirsin," dedim.

"Ben arkadaşlarımdan memnunum."

"Ömrün boyunca lise yıllarını yaşayacaksan, onlardan memnun olursun tabii."

Gözleri yaşardı bir anda. "İlk defa bir erkek arkadaşın oldu diye bütün erkekleri tanıdığını sanıyor, sürekli hayatıma karışıyorsun. Ama ben sen değilim."

"Bu konuda kimsenin şüphesi olamaz zaten."

"Senin gibi olmak da istemiyorum!"

Babam, "Kesin şunu," diye araya girdi. Neyse ki annem yemeklerini yukarda, odasında yediği için Belinda'nın sızlanmalarını duymuyordu.

Belinda ağzına bir parça ekmek atıp dik dik bana baktı. 'Sustum, ama düşüncelerim değişmedi' der gibiydi.

"İstemiyorsan, gelmek zorunda değilsin, Belinda," dedi babam.

Şaşkınlıkla babama baktım. Yakın dostu Albay Childs'ı kırmak istemezdi oysa. Fakat biraz düşününce, Belinda'nın gelmemesinin daha iyi olacağını düşündüğünü anladım. Kızının düşüncesiz hareketleri yüzünden endişe duymayacaktı böylece. Son zamanlarda yeterince üzülüyordu zaten. Annem gittikçe daha zayıf düşüyordu, midesiyle ilgili sorunlar da nüksetmişti. Babam ve ben bir sonraki muayeneden daha kötü sonuçlar çıkmasından korkuyorduk. Bu endişe, ailemizin üzerinde dolaşan kara bir bulut gibiydi. Babamın yüzüne derin bir karamsarlığın getirdiği çizgiler yerleşmişti. Ayaklarını sürüyerek yürüyordu. Omuzları da çöküktü. Evi kaplayan ve her an kapımızı çalabilecek olan dehşetin beklentisiyle heyecanlanan gölgeler onun gücünü emerek tüketmişti adeta. Ama bundan önce başka bir şey oldu.

Nelson Childs'ın nişanının yapılacağı günün sabahında Samuel arayıp, beni hemen görmek istediğini söyledi. "Bunun için akşamı bekleyemez misin, Samuel?"

"Hayır. Seninle çok özel bir anı paylaşmak istiyorum, Olivia. Lütfen kırma beni."

Annemin uykuda geçirdiği saatler artmıştı ve başında sürekli hemşire beklediği için benim yapacağım bir şey yoktu. İsteğini kabul edip giyindim ve aşağıda beklemeye başladım. Babam bazı işleri bitirmek için şirketteydi. Telefon edip, parti için hazırlanmaya geleceğini haber vermişti. Fakat Childs'ların evine Samuel ve benimle değil, yalnız gidecekti.

"Yanınızda fazlalık etmek istemiyorum, Olivia. Sen son zamanlarda kendi başına gayet mutlusun." Açıkça söylemese de, annem olmadan oraya gitmek istemediği belliydi. Annem babamın partiye gitmesinde ısrarlıydı. Hâlâ oraya gelmemekte kararlı olan Belinda ise inat yaparcasına her zamankinden erken kalkmış ve Kimberly'nin evine gitmişti.

"O züppe partiler hep sıkıcı olur," demişti evden çıkarken. "Nelson'a benim adıma bol şans dile." Gözlerinde şeytani ışıltılar vardı. "Umarım istediğini elde etmiştir."

Onu duymazdan gelmiştim. Kahkahası ardından yankılanmıştı.

Samuel kapıyı çaldığında evde yalnızdım. Carmelita kapıyı açıp onu oturma odasına getirdi.

Gergin bir tavırla etrafına bakınıyordu. Takım elbisesini giymişti. "Kız kardeşin evde değil mi?"

"Şükürler olsun ki, hayır."

Bunu duyunca rahatlamıştı. "Güzel." Hâlâ oda kapısındaydı.

"Benimle hemen görüşmek istediğin önemli konu nedir, Samuel? Halbuki partiye birkaç saat kalmıştı."

"Bunun için birkaç dakika bile bekleyemezdim." Büyük bir sırrı açıklamaya hazırlanır gibi gülümsedi. "Oturabilir miyim?"

"Elbette."

Karşımdaki kanepeye oturdu. Şapkasını evirip çeviriyordu. Tekrar gülümsedi. "Childs'ın nişanı için gerçekten harika bir gün."

"Hava durumunu sen gelmeden önce de biliyordum, Samuel." Sabrım tükenmeye başlamıştı.

Hafifçe öksürüp duruşunu düzelterek söze başladı. "Tanışmamızın üzerinden kısa bir zaman geçmesine rağmen, birbirimizi çok iyi tanıdık. Bu nedenle..." Derin bir soluk aldı. "İki insanın tanıştıkları süre değil, bu sürenin niteliği önemlidir. Sen de böyle düşünüyorsun, değil mi?"

"Tabii."

"O halde, birlikte geçirdiğimiz zamanın değerini kabul ediyorsun?"

"Etmesem, seninle görüşmezdim. Ben zamanını boşa harcayan bir insan değilim."

"Elbette değilsin. Çok aceleci davranmadığıma, bazı şeyleri zorlamadığıma beni ikna eden de bu zaten."

"Bazı şeyler mi? Ne gibi şeyler, Samuel?"

"Aramızda geçen şeyler. Sana arkadaşlığımızdan çok zevk aldığımı, bunun sona ermesini, daha da önemlisi, birbirimizi aralıklarla görmemizi istemediğimi söylemeye geldim buraya."

"Aralıklarla mı?" Hiçbir şey anlamayarak başımı iki yana salladım. Samuel ne demek istiyordu?

"Akşamlar, sabahlar, öğleden sonraları birkaç saat... Görüşmelerimiz arasında geçen zamanları kastediyorum."

Kafam hâlâ karışıktı. "Nereye varmaya çalışıyorsun, Samuel?"

"İçimden geçenleri iyi ifade edemediğimi söylemiştim. Konuya gelmem biraz zaman alıyor." Oturduğu yerde dikildi. "Olivia Gordon diyetimin sürekli ve düzenli olmasını istiyorum."

"Ne? Sürekli diyet mi?"

Cebinden çıkardığı küçük kutuyla birlikte yerinden kalktı ve gülümseyerek önümde tek dizi üzerine çöktü. "Bunun eski usule göre yapılmasından hoşlanacağını düşündüm." Kutunun kapağını açtı.

İçinde, Carson McGil'in Belinda'ya verdiği yüzüğe çok benzeyen bir pırlanta yüzük vardı. Hatta bu yüzük ondan çok daha güzeldi.

Samuel, "Bunu sana danışmadan ısmarlama cesareti buldum kendimde," diye devam etti. "Böylece, nişanlanmamızı daha ciddi şekilde düşüneceğini ümit ediyorum."

Göz alıcı pırlantanın ve nişan teklifinin şaşkınlığıyla nutkum tutulmuştu. Samuel hâlâ tek dizinin üzerindeydi ve kutuyu tutuyordu. Yüzüğün kaybolacağından korkarcasına kutusundan çıkarıp elime aldım. Gerçekten soluk kesen bir güzelliği vardı.

"Fikrini sorabileceğim bir annem olmadığı için, uzman bir kuyumcuya danışmak zorunda kaldım. Umarım beğenmişsindir."

"Muhteşem bir yüzük," dedim soluğumu tutarak. Büyülü ışıltıları beni hipnotize etmişti adeta.

"Parmağına taksana," dedi.

Kısa bir tereddütün ardından dediğini yaptım. Parmağıma tam oturmuştu. Işığını değişik açılardan görebilmek için elimi oynattım. İnce ve kemikli bulduğum elim aniden bir prensesin eline dönüşmüştü sanki.

"Parmağımın ölçüsünü nasıl bildin?"

"Bu ben ve baban arasında bir sır," diye itirafta bulundu. "Baban bana senin yüzüklerinden birini vermişti, onun ölçüsüne göre yaptırdım."

Birdenbire kurşun gibi ağırlaşan elim kucağıma düşerken, "Babamın bundan haberi var mıydı?" diye inledim derin bir düş kırıklığıyla.

Samuel başını evet anlamında salladı. "Onun gözünde çok cüretkâr görünmek istemiyordum. Ve eğer bana senin yüzüklerinden birini verirse... Eh, gördüğün gibi, işe yaradı."

"Özellikle içlerinde ben yoksam, sırlardan hiç hoşlanmam," dedim tekdüze bir ses tonuyla.

Başını bu sefer iki yana salladı. "Seni temin ederim ki, herhangi bir oyun yok. Lütfen yanlış bir yargıya varma."

Yüzüğü parmağımdan çıkarıp çıkarmamanın kararsızlığıyla döndürüp duruyordum, o ise gözlerinde korku ve heyecanla bana bakıyordu. "Birlikte geçireceğimiz hayatın mükemmel olacağına ve senin de aynı şeyi hissettiğini biliyorum," diye devam etti. "Ortak ilgi alanlarımız ve isteklerimiz var." Benden yanıt alamayınca, "Umarım seni üzmemişimdir," dedi.

"Çok ani oldu. Bana sürpriz yapılmasından hoşlanmam. Her şeye hazırlıklı olmak isterim."

"Evet, ama güzel şeylerin ani olmaması için bir neden yok ki. Kötü şeyler hep ansızın olmuyor mu? Üstelik, Nelson'ın nişanında kendi nişanımızı ilan etmenin güzel olacağını düşündüm."

Bunu düşünürken dudaklarıma bir gülümseme yayıldı. Gerçekten de güzel olacaktı. Parmağımdaki yüzüğü gördüğünde Nelson'ın yüzünün alacağı şekli ve benim asla evlenemeyeceğimi sananların şaşkınlıklarını merak ettim. Kız kardeşim zengin ve yakışıklı bir koca bulurken, benim hayatımın sonuna kadar babamın şirketini yöneten bir kızkurusu olarak kalacağıma inanıyordu herkes. Nasıl hepsi de şok olacaklardı kim bilir?

Samuel, "Nişanımızı ilan etmek için bundan daha uygun bir zaman olabilir mi?" diye bastırdı.

Hayallerimden sıyrılarak ona baktım. Mahkemede dava sonucunu ilan edecek olan bir yargıçmışım gibi bakıyordu bana. Gözleri endişe ve ret cevabı alabilecek olmanın korkusuyla doluydu.

"Haklısın," dedim. "Olamaz."

Yüzü sevinçle aydınlanırken, elimi öpüp ayağa kalktı. "Muhteşem. Dünyanın en mutlu erkeği benim. Hatta Nelson Childs'dan bile mutluyum, çünkü ben çok daha iyi bir evlilik yapacağım."

Kaşlarım havaya kalkmıştı. "Sahi mi?"

"Evet. Mükemmel bir çiftiz, Olivia. Bir araya gelmemiz için bir çöpçatana ihtiyacımız olmadı. Seni büronda arı gibi çalışırken gördüğüm o ilk anda, harika bir ekip olacağımızı anlamıştım. Günün birinde bütün Cape bizim olacak. Yemin ederim.

"İkimiz için çok güzel bir ev buldum, Olivia. İki katlı, eski ama çok kaliteli bir yapı. Orijinal kısmı 1780'lerde inşa edilmiş. Onu modernize etmeyi planlıyorum. Hatta eklemeler de yapabiliriz. Seni yarın oraya götürürüm. Mühendislerle birlikte plan yapmaya başlayabilirsin. Balayından döndüğümüz gün, evimiz hazır olmalı."

"Bütün bunları çok uzun zamandır planlıyor gibisin, Samuel. Hatta tanışmamızdan bile önce." Gözlerim şüpheyle kısılmıştı.

Bir an bana bakıp güldü. "Hayatımın kadınına rastlamayı beklerken, yaşayacağımız yeri de planlıyordum. Bulduğum ev Provincetown ve Kuzey Truro arasında, tıpkı bu ev gibi kendi özel kumsalı, bahçesi ve deniz manzarası olan bir yer. Benimle evlenince eski alışkanlıklarından vazgeçmen gerekmeyecek. Sabah ilk iş olarak oraya gideriz. Seni istediğin kadar erken gelip almaya hazırım. Kaçta gelmemi istersin?"

Dayanamayıp güldüm. "Soluk almama izin ver, Samuel. Heyecanın ve telaşın başımı döndürdü."

"Niyetim de bu zaten. Sürprizler ve mutluluklarla başını döndürmek. İyi haberi babama vereceğim ve üç saat içinde seni Nelson Childs'ın nişanına götürmek için geri geleceğim. Konukların ilgisini çekeceğimize eminim."

Odadan çıkmak üzereyken, koşup yanağıma bir öpücük kondurdu. "Teşekkür ederim. Beni dünyanın en mutlu erkeği yaptığın için."

Beni ardında şaşkın bir halde bırakarak çıkıp gitmişti. Yüzük yanımdaki lambanın ışığında pırıltılar saçarken, kalbim gümbür gümbür atıyordu.

Anneme harika bir sürpriz olacaktı. Ayağa kalktım. Bacaklarım titriyordu. Gerçek en sonunda kafama dank etmişti. Çok yakışıklı bir adamın nişanlısıydım artık. Bir anda yine Belinda'nın önüne geçmiştim. Doğrusu da buydu: Büyük kardeşler önce evlenirdi. Annem çok sevinecek ve hastalığını biraz olsun unutacaktı böylece.

Merdiveni çıkarken içimden bir ses, 'Peki onu seviyor musun?' diye sordu.

Duraksadım ve, "Bundan hiç söz etmedi," diye homurdandım kendi kendime. Aşkın iki insan arasında sonradan gelişen bir his olduğuna inandığımı biliyor gibiydi. Her öpüştüklerinde yıldırım çarpmışa döndüklerini ve kulaklarında çanların melodisini duyduklarını iddia edenler, peri masallarında yaşayan, kendilerini aşk romanlarının kahramanı sanan insanlardı. Sonunda gerçekle yüz yüze geldiklerinde, en büyük düş kırıklığını yine bu insanlar yaşardı. En başarılı evlilikler, benim yapacağım türden olandı. Yani sağlam temeller ve mantık üzerine kurulan evlilikler. Aşk sonradan gelirdi. Önce birbirimize saygı duymalı ve birlikte başarıya ulaşmalıydık. Sonra göz göze gelip, evet, bizi birbirimize bağlayan başka güçlü bir bağ daha var: iki insanı bir arada tutan bu duygusal bağın adı sevgi. 'Seni seviyorum' demek şimdi bir anlam kazandı, diyebilirdik.

Annemin odasına gittim. Uyuyordu. Hemşire bana bakınca; "Yanında biraz da ben kalayım," dedim.

"Tabii." Kadın ayağa kalktı. "Aşağıya inip kahve içeyim." Gözlerini anneme çevirip karamsar bir ifadeyle başını iki yana salladı. "Bir şey olursa beni çağırırsınız."

Yatağın kenarına oturup anneme baktım. Güçlükle aldığı soluklar göğsünü ağırlaştırmış gibiydi. Kemoterapi yüzünden saçsız kalan başı bir eşarpla sarılıydı. Yüzünün bütün kanı çekilmiş gibiydi.

Birkaç dakika sonra inleyerek gözlerini açtı ve beni gördü. "Olivia hayatım. Uzun zamandır mı buradasın?"

"Hayır, geleli birkaç dakika oldu, anne. Haberi önce sana vermek istedim." Samuel Logan'ın kendisinden bile önce babamın haberi olduğunu söylememiştim.

"Neymiş o haber, tatlım?"

Yastıklarını düzelterek, doğrulmasına yardım ettim. Parmağımda ışıldayan yüzüğün farkında değildi hâlâ. Hastalık onu kısmen körleştirmiş gibiydi. "Samuel Logan biraz önce buradaydı, anne."

"Sahi mi? Saat kaç oldu? Baban hazırlandı mı?"

"Daha erken. Samuel beni nişan partisine götürmek için değil, kendi nişanını bildirmek için gelmiş."

"Buna inanamıyorum!" Başını iki yana salladı. "Onun nişanlı olduğunu hiç..."

"Benimle olan nişanını."

"Ne? Seninle mi nişanlandı?"

Elimi kaldırıp yüzüğü gösterdim. Yüzü beklediğim gibi sevinçle aydınlanmış, eskiden olduğu gibi gülümsemişti. Yanaklarında biraz renk vardı şimdi. "Ah, Olivia. Ne güzel bir yüzük. Nişanlandın demek. Bana bundan daha güzel bir haber veremezdin!"

"İşte sana iyileşmen için bir neden, anne. Biz de kendi nişan partimizi ve düğünümüzü planlayacağız. Dahası, kendi evimiz olacak. Mimarlar konusunda yardımına ihtiyacım var. Yapılacak o kadar çok iş var ki. Bu saçma hastalığın zamanı değil, anne."

Sırtını tekrar yastığına dayayıp, bana tuhaf bir ifadeyle gülümsedi.

"Neden bana öyle bakıyorsun, anne?" Yüreğimi karanlık bir ürperti sarmıştı.

İç geçirip gözlerini kapadı. Kendinden geçtiğini sandım bir an. Aradan uzun dakikalar geçti.

"Anne!"

Gözlerini açtı. "Bana hiç bu kadar benzememiştin, Olivia. Gerçeklere gözlerini kapamazdın hiç. Benim hayatın zorluklarını ve acılarını görmezden geldiğim yıllar boyunca hep azarlar dururdun. Ve 'Kendini kandırmayı bırak, anne,' derdin. Görmezden gelmekle gerçekler yok olmazdı. Hatırlıyor musun?"

"Evet, ama..."

"Ömrümün senin yerinde öğüdünü tutmam gerektiği bir aşamasındayım, Olivia." Başucunda duran pembe çerçeveli gözlüğüne baktı. "Artık onları takmamın zamanı değil. Kendi hayal alemimde yaşamam güzeldi, fakat çok yanlıştı. Her zaman bunun farkındaydım, Olivia. Ama bencil davrandım. Belinda bu açıdan bakılınca babasından çok bana benziyor. Ne tuhaf." Hafifçe güldü. "Oysa sen Winston'a daha çok benziyorsun. Bu onun çok hoşuna gidiyor. Biliyorum. Yıllar önce yaptığı şey için kendini çok daha iyi hissediyor böylece." Gözleri uzaklara dalarken sustu.

"Ne demek istiyorsun, anne? Babam yıllar önce ne yaptı?"

Gözkapakları titreyerek açıldı. Bakışlarında pişmanlık vardı. "Ölüyorum, Olivia. Doktor Covington biraz önce buradaydı. Acımasızlık ölçüsünde dürüst olduğunu bilirsin. Hastalarına karşı daima dürüsttür."

"Anne..."

"Hayır, hayır. Yeni tahlil sonuçları geldi ve durum hiç de iyi değil, Olivia. Kanser hızla vücudumu sarıyor. Kemiklerime yayıldığını hissedebiliyorum." Hafif kahkahası beni çıldırtmıştı.

"Babam bana hiçbir şey söylemedi..."

"Durumumun iyiye gitmediğini bilmiyormuş gibi konuşma, Olivia. Amacı ne olursa olsun sahtekârlık ve ikiyüzlülüğe tahammül edemediğin için asla yalan söyleyemezsin sen. Senin için sonuca ulaşmak uğruna söylenen yalanların hiç kıymeti yoktur. Tanrı'nın da yalanı günah saydığını biliyorum. Bugünün geleceğinden hep korktum. Bunun nedeni ölüm korkusu değil. Ölüm saati gelip çattığında tüm yalanlar kapıdan çıkar, gerçeğin rüzgârı girer. Elinde dürüstlükten başka bir şey kalmaz."

"Lütfen kendine bunu yapma, anne. Başka bir doktor getirtip..."

Elini güçlükle kaldırdı. "Yine de, korktuğum kadar kötü hissetmiyorum kendimi. Yalanlar üzerine kurulu bir hayat yaşarsan, bu sahte temellerin gün olup çökmesinin korkusunu hep duyarsın. Biliyor musun, Olivia? Şu an çok huzurluyum. Ve bu yüzden kendimi tuhaf şekilde... güçlü hissediyorum. Gerçeklerle yüzleşince insanın kendisini güçlü hissettiğini söylerken haklıydın."

"Ne demek istediğini hiç anlamıyorum, anne. Doktor Covington ve diğer doktorlarla kendim görüşüp..."

"Bunun onlarla bir ilgisi yok. Bu mesele seninle benim aramda, Olivia. Bir de babanın tabii."

Gözlerini kapayarak sustu. Kendinden geçtiğini sandım yine. Ama en sonunda elimi tutup bana baktı. "Babanla benim her evli çift gibi sonradan birbirimizi sevdiğimizi biliyorsun. Beni seninle Belinda'ya karşı davranışlarım, para harcamam ve evin yönetimi konusunda sürekli azarlasa da, geceleri birbirimizin kollarında huzur içinde uykuya dalar, gelecek günler için birbirimize güç veririz. Sen ve Belinda onun bu yanını hiç görmediniz, ama doğru. İnan bana, Olivia, bu çok önemli. Ve onu çok seviyorum."

"Biliyorum, anne."

"Ya sen?" Gülümsedi. "Babanın her zaman benimle uğraştığını, sert ve öfkeli bir adam olarak evde terör estirdiğini sanıyordun, değil mi? Bana karşı dürüst ol, Olivia. Hastalığım yüzünden bana acıma."

"Evet, öyle düşünüyordum. Ama düş kırıklıklarıyla başa çıkıp hayatına devam ediyordu."

Gülümseyerek başını salladı. "İşte bu gücü sevgimizden alıyordu. Senin Samuel'le olan ilişkinin de böyle olmasını dilerim. Bu hemen gerçekleşmez elbette. Zamanla, eşler birbirine saygı duymayı ve tek varlık oldukları gerçeğini kabul etmeyi öğrendiklerinde olur."

"Biliyorum, anne. Bundan fazlasını da beklemiyorum zaten." Başımı önüme eğdim.

"Sen bundan çok daha fazlasını hak ediyorsun. Hem babana, hem de bana karşı ideal bir evlat oldun. Baban seninle gurur duyuyor, Olivia. Öz kızıyla gurur duyacağı kadar."

Hızla başımı kaldırdım. "Ne?" Annem aklını mı kaybediyordu? "Ben onun öz kızıyım zaten."

Başını iki yana salladı. "Senin doğduğun gün, Winston ve ben bir söz verdik. Bu benden çok onun kendine verdiği bir sözdü."

"Ne sözü?"

"Gerçeği asla açıklamayacaktık. Bununla yaşayacağına yemin etti. O zaman ona âşık değildim, ama ömrümde onu o an sevdiğim kadar sevmedim."

Başımı iki yana sallıyordum. "Sen ne diyorsun, anne?"

"Babanla benim evlenmemizi ailelerimiz istemişti. Hayatımızı planlayan başkalarıydı. Değil babanı sevmek, onunla yaşamaya bile tahammül edemeyeceğimi düşünüyordum. Hayatımda ailemin hor gördüğü başka bir adam, bir denizci vardı. Büyükbabanla babanın yanında çalışıyordu. Oysa şimdi her şey bana bir hayal gibi geliyor."

Yüreğime taş gibi bir ağırlık çökmüştü. İçimde buza benzer bir soğukluk vardı. Oda etrafımda dönüyordu sanki. Gözlerimi kapayıp derin bir soluk aldım.

"Benden nefret etme, Olivia. Kimseden etme." Annemin sesi fısıltıya dönüşmüştü. Bitkinliği artıyordu.

"Ne demek istediğini anlamıyorum, anne."

"Anlamak istemiyorsun, Olivia. İşte yine benim gibi davranıyorsun. Babanla nişanlıyken, o genç adamla görüşmeye devam ettim. Sevişiyorduk ve babanla evlenmeden hemen önce hamile kalmıştım. Baban her şeyi biliyordu. Sevgili balıkçım kenti terk etmişti. Winston'la evlendim. Balıkçım yaptıklarının sorumluluğunu taşıyan bir adam değildi zaten. Kentten kente gezen, özgür ruhlu ve yakışıklı bir adamdı. Kahkahaları kulağıma müzik gibi gelirdi. Onun gerçek olmadığını, hayal ettiğimi sanıyorum bazen. Belki her şey bir fanteziden ibaretti. Biliyorsun, ben hayalperest bir kadındım. Ama şimdi ortada çıplak gerçekler kaldı sadece.

"Sana söylemeden ölmek de geçti aklımdan. Ne yararı olacak, diye sordum kendi kendime. Korkunç bir tepki göstererek benden ve Belinda'dan nefret edebilirdin, babana olan sevgin azalabilirdi. Fakat Tanrı'nın karşısına vicdanım huzura kavuşmadan çıkamazdım. Belki bunu bencilce nedenlerden ötürü yapıyorum, Olivia. Beni bağışla ve ne olur nefret etme. Ben sadece kendini kaçınılmaza hazırlayan, korku içinde olan zavallı bir kadınım."

Tek kelime etmeden ona bakakalmıştım. Babamın kız kardeşimi her seferinde affedişinin, benden çok onun geleceğini düşünmesinin, önce onu evlendirerek güvence altına almak isteyişinin asıl nedeni buydu demek. Aramızda varlığını devamlı hissettiğim uzaklığın, uçurumun ve belli belirsiz resmiyetin kaynağı açıklanmış oluyordu böylece.

Uğramış olduğum şok kızgınlığa, öfkeye, ardından çaresizce boyun eğişe dönüştü. Ne yapabilirdim ki? Ölümün eşiğinde olan anneme nasıl kızabilirdim? Belinda'ya karşı yoğun bir kıskançlık uyanıverdi içimde. Fakat kendime acımaya, öfkelenmeye, bana söyledikleri korkunç yalanın acısını babamla annemden çıkarmaya zamanım yoktu.

"Winston'ın seni daha az sevdiğini sakın düşünme, Olivia. Seni öz evladı olarak gördü daima. İnan bana. Gerçeği asla yüzüme vurmadı. Aşırı gerçekçi ve güçlü olarak tanıdığın adam kendini kandırmaktan hiç vazgeçmedi. Durumu kendi gerçeği haline dönüştürmüştü. Bu yüzden onu daha çok sevdim. Lütfen, sen de onu daha çok sev. Bir şeyler söyle, Olivia."

Başımı iki yana salladım. "Bu, bir anda kabullenemeyeceğim kadar büyük bir şok oldu, anne."

"Biliyorum, ama ölüm döşeğinde bana bir söz vermeni istiyorum, Olivia. Ne Belinda'ya, ne babana, ne de başkasına sana yaptığım bu itirafı söylemeyeceksin. Bu senden son isteğim. Söz mü? Lütfen."

Gözlerimi kapadım. Gerçeği içime gömer gibiydim. "Söz," dedim.

"Ve asla yalan söylemeyeceksin," diye hatırlatarak, kalan son gücüyle gülümseyerek elini uzattı.

Onu kucakladım. Güçsüz kollarındaki son enerjiyle bana sarılmıştı. Onu dakikalarca bırakmadım. Yanağımdan öpüp gözlerini kapadı.

Yeniden yatmasına yardım ettim. Tekrar gülümseyip elimi tuttu. "Kendimi yordum biraz. Şimdi dinlenmeliyim. Baban gelince beni uyandır. Samuel'le nişanlanmanı onunla kutlamak istiyorum." Gücünü yitiren eli yaralı bir kuş gibi yatağa düştü.

Battaniyeyi rahat edeceği şekilde düzelttikten sonra geri çekilip ona baktım. Gözlerimin önünde eriyordu. Onu tatlı düşleriyle baş başa bırakarak oradan çıktım.

Kendi odama nasıl gittiğimi bilmiyordum. Kapkara bir bulutun içindeydim sanki. Aynada kendime baktım. Babamla aramda hayal ettiğim benzerlikler aklıma gelince acı acı güldüm. Yalanlar ve sahtekârlıklar, insanın kendini kandırdığı hayal dünyasından doğan iki kardeş gibiydi. Ne aptalmışsın, Olivia Gordon. Bu acı gerçekten çıkardığım ders açıktı: Hayatta kalmak dürüstlükten daha önemliydi.

Dürüstlük en büyük lükstü ve dürüst olabilen insanlar ev dediğimiz bu yerde gerçekten Tanrı tarafından kutsanmış kişilerdi. Gerçeklerden asla korkmazdı onlar.

Ya diğerleri? Diğerlerimiz gerçeğin sesinin dile gelmesinden daima korkacaktık.

9

Durum Daha da Kötüye Gidiyor

Babam eve dönüp nişan yüzüğümü görünce rolünü büyük bir başarıyla oynamıştı. Samuel'in niyetinden önceden haberdar olduğunu bildiğimi açıklayarak hayallerini yerle bir etmek geliyordu içimden, ama annemin durumu nedeniyle iyi haberlere hasret kalmıştık. Ben de babamın oyununa katılacaktım. Aynı geminin yolcularıydık ve ümide şiddetle ihtiyacımız vardı. Annemin itirafını içimde sır olarak saklamaya kararlıydım. Babamın yüzüme bakıp gerçeği anlaması imkânsızdı.

"Senin adına çok mutluyum," dedi. "Hepimiz adına çok sevindim. Birbirinize çok yakışıyorsunuz. Birlikte çok mutlu olacaksınız ve bunun ailemize de büyük yararı dokunacak. Evlilik mantıklı bir ortaklık anlamına da gelir."

"Evet, baba. Annem de çok sevindi. Ama çok bitkin ve güçsüz. Tedavi onu öldürmeye başladı."

"Evet." Ümitsizlik gözlerindeki mutluluğu silip götürmüştü. Başını iki yana salladı. "Nişan partisine gitmek istediğimden emin değilim. Kalabalığa, müziğe ve kahkahalara katlanacak halim yok."

"Hiç olmazsa şöyle bir görün," dedim. "Sonra eve dönersin."

Kabul anlamında başını salladı. "Haklısın. Zaten sen hep doğru kararlar verirsin, Olivia." Alnıma minik bir öpücük kondurdu.

Biraz tutuk ve soğuk bir öpücüktü. Anneme vermiş olduğu söze ve kendi isteğine rağmen, kendini tam anlamıyla babam olarak hissedemediği belliydi.

Beni tekrar kutladıktan sonra annemin yanına gitti.

Bu kez kendi isteğimle alışverişe çıkıp, Childs'ın nişanı onuruna yeni bir elbise almıştım. Lacivert yünden etek ceket ve ipek bir bluzdu. Tek sıra inci kolyemle küpelerimi takmıştım. Bu sefer makyaj da yapacaktım. Belinda'nın göz alıcı kırmızı rujlarından birini sürdükten sonra boy aynasının karşısına geçerek, ceketimin kolunun yüzüğün pırıltısını engellemediğinden emin oldum.

Sonuçtan tatmin olunca, fikrini öğrenmek için annemin odasına gittim. Hâlâ uyuyordu. Hemşire hüzünlü bir ifadeyle bana baktı. Odadan çıkarak kapıyı yavaşça kapadım. Dönüşte tekrar uğrayacaktım. Aşağı inip Samuel'i beklemeye başladım.

Samuel babasının nişan haberimize ne kadar sevindiğini anlatırken heyecandan yerinde duramıyordu.

"Annen de sevindi mi?" diye sordu Childs'ların evine giderken.

"Evet, ama durumu hiç iyi değil, Samuel. Çok üzülüyorum. Günden güne zayıf düşüyor. Yatağının içinde eriyor adeta."

"Çok üzüldüm." İkimiz de karamsar düşüncelerin etkisiyle suskunlaştık.

Fakat bu karamsarlığımız uzun sürmeyecekti. Childs'ların evini ve sokağa düzgün sıralar halinde park edilmiş arabaları, şık kıyafetleri içinde gezinen davetlileri görüp, küçük orkestranın çaldığı yumuşak melodileri duyunca üzüntülü halimizden sıyrılmıştık. Bütün Cape Cod sosyetesi oradaydı. Sosyete sütunlarının editörleri yanlarında fotoğrafçılarıyla önemli çiftlerin, politikacıların ve zengin işadamlarının resimlerini çekiyorlardı.

Parçalı bulutlu, hafif esintili, ama sıcak bir gündü. Öğleden sonra partisi için bundan güzel bir gün olamazdı. Konuklar verandada, orkestranın karşısındaki kokteyl masalarının etrafında sohbet ediyor ya da bahçede gezinti yapıyorlardı. Evin arkasındaki kızıl meşe ağaçlarının arasından okyanusun derin maviliği görünmekteydi.

Görevli inmem için Samuel'in arabasının kapısını açınca, birden içimde binbir endişe oluştu. Samuel'le birlikte etrafı gözlerimizle taradık. Yeni gelen her konuk doğal olarak daha önce gelenlerin dikkatini çektiği için, bütün gözler bir an için ikimize çevrilmişti. Bazıları aralarında fısıldaşırken gülüşenler oldu. Nelson'la nişanlısının açık hava barının orada bir grup konukla sohbet ettiklerini gördüm. Nelson konuştuğu kişinin söylediklerine başını sallarken bana bakıyordu.

Samuel, "Birer şampanya alalım," diye önererek beni kolumdan tuttu ve tepsilerle konukların arasında gezinen garsonlardan birine doğru yönlendirdi. Şampanya kadehleri ellerimizde, Nelson'ın ebeveynlerinin yanına gidip iyi dileklerimizi ilettik. Yüzüğümü hemen fark eden Nelson'ın annesi niçin taktığımı merak etmişti.

"Biz de diğer mutlu çiftlerin arasına katılmaya karar verdik," diye açıkladı Samuel.

Haber konuklar arasında hızla yayılıverdi. Rüzgârın kendi dudakları vardı sanki. Gözler yeniden bize çevrilmişti. Sözlü olarak kutlayanların yanı sıra, başlarıyla selamlayıp kadehlerini kaldıranlar da oldu. Babam gelir gelmez, onu kutlayan tanıdıkları tarafından kuşatılmıştı.

Nelson'ın nişanlısı da bana sarılarak kutladı. Yüzüğüme övgüler yağdırmıştı. Onunki biraz daha büyük olmakla beraber, benim yüzüğümün dizaynı çok daha zarifti. Samuel'e bu yüzüğü öneren kuyumcuya minnettardım. Nelson bizi ayaküstü kutlamaktan başka yanımızda fazla kalmamıştı. Her konuğuyla eşit ölçüde ilgilenmek zorundaydı.

Ziyafete başlamak üzere masalara oturmamızdan hemen önce, babam yanıma gelip, kimseye görünmeden ayrılacağını fısıldadı kulağıma. Aklı annemdeyken orada fazla kalamazdı.

"Evden çıktığımın farkında bile değil," dedi. "Ben giderken uyuyordu."

"Son günlerde uyuduğu saatler çoğaldı, baba."

"Biliyorum." Kısa bir suskunluğun ardından gülümsedi. "Herkes senden söz ediyor, Olivia. Sen ve Samuel nişanlıları biraz gölgede bıraktınız galiba."

"Ben o kadar emin değilim," dedim. "Çok ihtişamlı bir parti."

Havyarlı ordövrler, karides ve ıstakozdan oluşan sıcak mezeler, söğüş et ve hindinin olduğu soğuk mezeler, çeşit çeşit salatalar, farklı patates tabakları, Portekiz usulü ekmekler ve Viyana usulü nişan pastası herkesin beğenisini kazanmıştı. Bunun yılın olayı olması için hiçbir masraftan kaçınılmadığı belliydi.

Samuel ve bana annemin sağlığı hakkında sorular sorulsa da, kimse ondan söz etmek istemiyordu aslında. O gün üzücü şeylerden söz etmek yasaklanmış gibiydi. "Lütfen artık bu konuda soru sormayın," diye kesip atmak istiyordum.

Kahve servisinden önce, annemin arkadaşlarından biri olan Bayan Roddentrout, "Annen için ne güzel bir sürpriz olmuştur," dedi. "Ne kadar düşüncelisin, hayatım." İnsan sırf başkalarını mutlu etmek için nişanlanır gibi konuşuyordu.

"İnanın bana, Bayan Roddentrout, önceden planlanmış bir şey değildi." Şaşkın bakışları karşısında güleceğim gelmişti.

Samuel partiye gelen işadamlarının çoğunu tanıdığı için onlarla sohbete dalmıştı. Benim gözüm ise nişanlılardaydı. Nelson zaman zaman bana gülümsüyor, kadehini kaldırıyordu.

Dans başlamıştı. Nelson nişanlısından sonra beni dansa kaldırınca çok şaşırdım. Nelson, "Bugün buradaki tüm nişanlı kızlarla dans etmem gerekmez mi?" deyince Samuel güldü. "İzin verir misin, Samuel?"

"Elbette. Ama bana değil, Olivia'ya sormalısın. Kabul edecek olan o."

"Bayan Gordon?"

Yerimden kalkıp onunla dans pistine doğru yürüdüm. Nelson elimi tutup diğer elini belime koyarken bütün kadınların gözü üstümüzdeydi.

"Çok güzel görünüyorsun. Senin adına çok mutluyum, Olivia. Umarım sen de benim kadar mutlu olursun."

"Ne kadar mutlu olacağını bilmiyorum, Nelson. Bu yüzden bu dileğine katılamayacağım."

Gergin bir kahkaha attı. "Anlıyorum ki, sen ve ben birbirimize karşı daima dürüst olmalıyız."

"Pekâlâ," dedim gözlerimi ondan ayırmadan. "Birbirimize bu sözü vermiş olalım."

"Tamam. Sadece gerçekleri söyleyeceğiz."

"Evet."

Yanağını yanağıma yaklaştırarak, kulağıma doğru, "Ona âşık mısın, Olivia?" diye fısıldadı.

"Ya sen?"

"Öyle sanıyorum."

"Ben de âşık olacağımı ümit ediyorum," dedim.

Biraz geri çekilince gözlerine baktım. Işıl ışıldılar. Göğsümde kanat çırpan kelebeklerin paniğine kapıldım. Ona olan duygularımı anlayacak diye korkuyordum. Her an karşısında çırılçıplak kalacakmış gibi hissediyordum kendimi.

"Sen ve ben ilk anda tahmin ettiğimden daha çok birbirimize benziyoruz, Olivia." Gözleri kısa bir an için ciddi bir ifadeyle koyulaşmıştı. "Umarım daima dost kalırız."

"Ben de öyle umuyorum."

Beni tekrar kendine çekti. Kalbimin gümbürtüsünü göğsünde hissedeceğinden emindim.

"Kız kardeşinin bu partiye gelmemesini sen mi istedin?" diye sorunca gerginleştim.

"Tabii ki hayır. Burada çok sıkılacağını düşünüyordu."

Güldü. "Tam ondan beklenecek bir cevap. İçinden geçenleri olduğu gibi söylüyor. İnsan etrafında ikiyüzlülükten başka bir şey göremeyince bu çok hoşuna gidiyor."

"Hoşuna mı gidiyor?" Annemin itirafları gelmişti aklıma. Bazen gerçeği kendine saklamak insanı daha mutlu eder.

Nelson omuz silkti. "Hangimizin daha mutlu olacağını kim bilebilir? Keşke elimizde birer kristal küremiz olsaydı."

"Bu aynı hataları yapmamızı önlemezdi," dedim.

Bu seferki kahkahasında karanlık bir şeyler vardı.

Müzik sona erince beni masama götürdü. "Kıskanmaya başlamıştım," dedi Samuel. "İkiniz dans pistinde birbirinize çok yakışmıştınız."

"Biraz rahatlarsan, sen de oraya yakışırsın, Samuel," dedi Nelson. Göz kırpıp bana dans için teşekkür ettikten sonra nişanlısının yanına döndü.

Partinin ihtişamından yararlanıp en az Nelson Childs ve nişanlısı kadar kabul görüp beğeni toplayacağımızı düşünerek gelmiştik oraya. Fakat o an karanlık sulara gömülür gibi hissediyordum kendimi. Bütün benliğimi yoğun bir hüzün kaplamıştı. Gökyüzü hâlâ masmaviydi, ama ben iliklerime kadar üşüyordum.

"Artık eve dönmeliyim, Samuel. Annem için endişeleniyorum."

"Tabii. Zaten parti de bitmek üzere."

Samuel dönüş yolu boyunca, arkadaşlarıyla tanıdıklarının nişanlandığı için onu nasıl kutladıklarını övünerek anlatıp durdu.

"Hepsi mükemmel bir çift olduğumuzu söylediler, Olivia. Birlikte çok güzel şeyler yapacağız."

Konuşup duruyordu, ama dediklerini duymuyordum bile. Aklım Nelson'da ve dans pistinde paylaştığımız yakın anlardaydı. Gözlerimde ne görmüş ki, böylesine onu etkilemişti? Daima dost kalacak mıydık gerçekten?

"Evet?" diye sordu Samuel.

"Ne?"

"Evi görmek için yarın seni kaçta alayım diye sordum. Eğer istersen, mimarı da çağıracağım."

"Kusura bakma, annemi düşünüyordum. Beni sabah onda ara. Sana durumu bildiririm."

"Peki. Evi görmen için sabırsızlanıyorum, Olivia. Baban gördü. Çok güzel bir yer olduğunu düşünüyor."

"Onu eve götürdün mü yani?"

"İkimizin evini değil tabii. Onu satın almayı düşündüğüm tarihi evi görmesi için davet etmiştim. İş hakkında babanın görüşlerine çok önem veriyorum."

Bütün bunlar şüphelerimi körüklüyordu. Ama bir şey dememe fırsat kalmadan eve gelmiştik.

"Tanrım!" diye bağırdım. "Kötü bir şeyler olduğunu hissetmiştim!"

Samuel arabayı durdurunca, çabucak inerek ön kapıya doğru koştum. İki ilkyardım görevlisi annemi bir sedyeyle merdivenden indiriyorlardı. Babam ve hemşire hemen arkalarındaydı. Annem bilincini yitirmişti.

"Ne oldu?" diye inledim.

Hemşire, "Galiba komaya girdi," diye açıkladı. "Onu hastaneye götürüyoruz."

"Doktor Covington bizi orada bekliyor," dedi babam.

"Sizi ben götüreyim," diye önerdi Samuel.

"Yo, hayır. Ama bana bir iyilikte bulunabilirsin."

"Tabii. Nedir?"

"Belinda. Onu arayıp, almaya geleceğimizi söyledim, ama şehrin öbür tarafında. Thomas Hughes'un evini biliyor musun?"

"Bulurum," dedi Samuel. "Onu hastaneye getireceğim. Çok üzgünüm."

Annemi ambulansa yerleştiriyorlardı. Babam ve ben onun arabasına binerken, Samuel, Belinda'yı almaya gitti. Doktor Covington hastanenin lobisinde bize durumu açıklarken geldiler. Belinda hastaneye her gelişinde gözleri ya babamın ya da benim üzerimde olurdu. Doktorlara, hemşirelere ya da hastalara bakarsa kendisinin de hastalanmasından korkar gibiydi.

"Samuel ikinizin partinin yıldızı olduğunuzu söyledi," dedi hemen. Annemi sormamıştı bile.

"Şimdi partiyi düşünecek halde değilim, Belinda! Annemi biraz önce ambulansla buraya getirdik. Sen pembe bulutlarda gezmekten hiç vazgeçmeyecek misin?"

"Güzel bir şey söylemek istemiştim," diye sızlandı. "Yoksa ben de çok korkuyorum."

Surat asıp, Samuel ve babamın arasına oturdu. Doktor Covington tekrar yanımıza gelene kadar aşağı yukarı gezinip durdum. Doktorun yüz ifadesi, durumun hiç de iç açıcı olmadığını gösteriyordu.

"Gerçekten komaya girmiş. Korkarım, böylesi çok daha iyi. Kanser tüm vücudunu sarmış."

"Geçen sefer olduğu gibi tümörü kesip alamaz mısınız?" diye inledi Belinda.

Doktor, "Ne yazık ki, hayır," dedi müşfik bir sesle. "Hastalık çok ilerlemiş."

Belinda hıçkırmaya başlamıştı. Samuel ona sarılınca, hüngür hüngür ağlamaya başladı.

"Bu durum daha ne kadar devam edecek?" diye sordum doktora. Babam dalgın gözlerle bize bakıyordu.

"Günler, belki haftalar. Şimdilik kesin bir şey söyleyemem, Olivia. Acı çekmemesi için elimizden geleni yapacağız." Babama baktı. "Çok üzgünüm, Winston."

Babam aniden gülümsedi. "Evet. Çok teşekkür ederim." Bakışları bana kaydı.

"Onu görüp eve döneceğiz," dedim. Babam bu sefer Doktor Covington'a baktı.

"Evet, iyi olur," dedi doktor. Ne yaptığımızın artık önemli olmadığını düşündüğü belliydi.

Gözyaşları dinmeyen Belinda, Samuel'le birlikte lobide kalmıştı. Babam ve ben içeri girince, hemşire yatağın yanından uzaklaştı. Bakışlarındaki ifade açıktı. O güne dek pek çok ölümcül hasta görmüştü ve bize üzülerek bakıyordu.

"Ben dışarda bekliyorum," diye fısıldayarak odadan çıktı.

Anneme bakarken babam ellerini sıkıyordu. Vücudunun kasılması, üzüntüsünün yerini öfkeye bıraktığını gösteriyordu.

"Acı çekmediği belli," dedim.

Babam başını salladı. "Evet." Biraz rahatlamıştı. "Doğrusunu istersen, bu haliyle çok daha genç görünüyor."

"Şu an kendini çok güzel bir yerde hayal ettiğine eminim."

Babam yaşlı gözlerine aldırmadan gülümsedi. Annemin elini avuçları arasına almıştı. Sert, karısına o kadar değer vermeyen bir adam gibi görünmesine rağmen, onu bir erkeğin bir kadını sevebileceği en üst derecede sevdiğini anlamıştım şimdi. Annem bu konuda haklıydı.

Bir erkek beni de bu kadar sevebilir miydi acaba? Samuel'de bu yürek var mıydı?

Daha da önemlisi, ben onun aşkının bu kadar güçlü olmasını istiyor muydum?

Yoksa ben de annem gibi gözlerimi gerçeklere kapayarak, sevdiğim adamın yanımda olduğu bir yerde mi hayal edecektim kendimi?

Annem dört gün sonra gece yarısı hayata gözlerini yumdu. Bize haber vermelerinden birkaç saat önce yağmur başlamıştı. Penceremin camına vuran damlalar bir saatin tiktaklarını andırıyordu. Aşağı süzülen gözyaşları gibiydiler. Ara sıra uzaklarda şimşekler çakıyordu.

Telefonun çalışından birkaç dakika sonra kapıma hafifçe vuruldu. Yüreğim ağzıma gelmişti. Vücuduma ateş bastığını hissettim. Sabahlığımı giyip kapıyı açınca, babamın pijamalarıyla karşımda durduğunu gördüm. Saçları darmadağınıktı. Yüzü kireç gibi olmuştu.

"Hastaneden aradılar. Annen ölmüş." Sonra arkasını dönerek, kendini kaybetmiş bir ölüm habercisi gibi Belinda'nın kapısını vurdu. Belinda'nın kapıyı açması daha uzun sürmüştü. Kendi odamın kapısında durup, babamın ona da aynı şeyi söylemesini dinledim. Ortalığı Belinda'nın hıçkırıkları kaplamıştı.

Babam bana bakarak, "Hastaneye gitmeliyim," dedi. "İmzalamam gereken evraklar varmış."

"Seninle geleceğim."

"Hayır, sen kız kardeşinle kal." Kendi yatak odasına girip kapıyı yavaşça kapadı.

Bir an yerimden kımıldayamadım. Belinda hâlâ hıçkıra hıçkıra ağlıyordu. Benim gözümdense henüz tek damla yaş dökülmemişti. Belinda'nın odasına gittim. Yere diz çöküp başını yatağa dayamış, ağlıyordu. Vücudu hıçkırıklarıyla sarsılmaktaydı.

"Anneciğim," diye sayıklıyordu durmadan. Sonunda başını kaldırıp bana baktı. "Olivia... şimdi ne yapacağız?"

"Ne mi yapacağız? Yapabileceğimiz hiçbir şey yok. Cenaze hazırlıkları için babama yardım edeceğim." Kendi sesim bir yabancının ağzından çıkar gibi, bir tünelin ötesinden geliyor gibiydi. Duygusuz, mekanik bir sesti bu.

"Benim yapabileceğim bir şey var mı?"

"Bir kenarda dur ve babamı daha fazla üzme, yeter," dedim.

"Benim onu üzdüğüm falan yok!"

"Yaptığın şeylerin uzun listesini şimdi saymama gerek yok, Belinda! Hiç olmazsa birkaç gün rahat dur." Kendi odama döndüm.

Tekrar ağlamaya başlamıştı. Babamın aşağıya indiğini duydum ve ona seslendim. "Gelmemi istemediğine emin misin?"

"Ne? Hayır, Olivia. O kadar uzun kalmayacağım. Sen dinlen. Belinda'ya da aynısını yapmasını söyle. Herkes dinlenip kendini toplamalı." Ayak sesleri cenaze geçidinin temposunu andırıyordu. Ön kapı kapandıktan sonra ortalığa derin bir sessizlik çöktü. Belinda'nın hıçkırıkları devam ediyordu.

Odama döndüm. Karanlığa bakarken, annemin bir daha göremeyeceğim son gülümseyişini düşünüyordum. Belinda on dakika sonra odama gelip yatağımın ayakucunda durdu. Kollarını, her soluk alıp verişte inip kalkan göğsünde kavuşturmuştu.

"Onunla son bir kez konuşamadım bile," dedi.

"Ona ne diyecektin peki?"

Susarak başka tarafa baktı ve derin bir soluk aldı. "Bilmiyorum. Ama söylenecek bir şeyler vardı, değil mi?"

"Bunları sen mi söyleyecektin? Kusura bakma, ama seni dinlemek isteyeceğini hiç sanmam."

"Kuşkusuz üzgünüm'den fazlasını söylerdim, Olivia. Onu ne kadar sevdiğimi söylerdim mesela." Karanlıkta gözleri yaşlarla parlarken, yüzü öfkeden kıpkırmızı olmuştu. "Orada öylece yatıp, böyle bir anda bana karşı nasıl acımasız olabilirsin?"

"Acımasız davranmıyorum," dedim sakin bir sesle.

"Evet, öyle davranıyorsun! Bana karşı şimdi her zamankinden daha acımasızsın, çünkü..."

"Çünkü ne?" Duracak gibi olan kalbim eskisinden hızlı atmaya başlamıştı.

"Nelson Childs'la yaptığım şey yüzünden! Bildiğini biliyorum."

"Ne? Bunu..."

"Nelson söyledi."

Ona bakakalmıştım.

Devam etti. "Bana karşı bu kadar zalimce davranmanın asıl nedebi bu. Sen de biliyorsun."

Belinda ruh halimi nasıl bu kadar iyi bilebilirdi? Buna imkân yoktu. Çektiği acı yüzünden körlemesine saldırıyor olmalıydı.

"Yaptığın şeyi çok farklı nedenlerden ötürü kınıyorum, Belinda. Ama kimseye söylemedim."

"Ona söylemen yeterliydi. Artık senin de Samuel'in var. Benden nefret etmen gerekmezdi."

"Senden nefret etmiyorum. Saçmalama. Böyle bir zamanda insanları üzecek bir şey yapmamanı söyledim sadece."

"Seni kıskanmıyorum. Hiçbir zaman da kıskanmadım, Olivia."

"Ben de seni kıskanmıyorum. Yeter artık. Yeter!"

"Belki de seni kıskanıyorum," dedi uzun bir sessizliğin ardından.

"Peki neden, Belinda? Senin kıskanacağın ne gibi bir şey yapmış olabilirim?"

"Annemle en son sen konuştun. Bunu sadece sen yaptın." Bana karanlıkta son defa baktıktan sonra arkasını dönüp gitti. Uykuya dalarken hıçkırıklarını duyabiliyordum. Kendimden çok onun için üzüldüğümü fark ettim. Kendim için üzüleceğimden emin değildim zaten.

Büyük bir cenaze töreni oldu. O kadar kalabalıktı ki, gelenlerin çoğu kilisenin bahçesinde durmak zorunda kalmıştı. Tabutun kapağı kapalıydı. Onu en sevdiği çiçek olan fulyalarla uğurladık. Rahip onun sadık, sevgi dolu bir eş, Tanrı'ya saygılı, yuvasına ışık saçan bir insan olduğunu söyleyen bir konuşma yaptı. Bir an gelmiş, Belinda hıçkırıklarını bastıramaz olmuştu. Ona kötü kötü bakarak kendisine hâkim olması gerektiğini anlatmaya çalıştım. Babam törenden sonra sabit bakışlarla taziyeleri kabul etti.

Annemin sonsuza dek bizden ayrıldığını ancak mezarlıkta açık mezarın başında dururken anladım. Kendi kederimin yoğunluğu beni derinden sarsmıştı. Onu çok özleyecektim. Tanıdığım en dürüst insan olması ne tuhaftı. Ona hiç benzemesem de, ona ihtiyacım olmuştu, bundan sonra da olacaktı. Kendimi hiç bu denli yalnız hissetmemiştim.

Samuel yanımdan hiç ayrılmamıştı. Bana sarılarak teselli etmek istediğinde, katı ve sert duruşumla buna izin vermedim. Hiçbir erkeğe, annemin babama olduğu gibi muhtaç olmayacaktım, hiçbir erkekten güç almayacaktım.

Nelson ve ailesi hem kilisede, hem de mezarlıkta bizi yalnız bırakmamışlardı. Nişanlısı Boston'daydı. Yokluğu için bir neden söylemişlerdi, ama ne olduğunu hatırlayacak halde değildim. Sonra evimize de geldiler. Herkes oradaydı. Önceleri alçak sesle yapılan hüzünlü sohbetler zaman geçtikçe yerini hafif kahkahalara bıraktı. Başsağlığına gelen konuklar yüzlerine yerleşen gülümsemeleriyle ölümü kapı dışarı etmişlerdi adeta. Bazıları için iyi olmuştu bu. En başta Belinda için.

Bir saat sonra etrafı boş kafalı kız arkadaşları ve erkek hayranlarıyla çevrilmişti yine. Belinda onların ilgisinin tadını çıkarıyor, onlara uzun uzun sarılıyor, bazı delikanlılara da dudaklarını uzatıyordu. Kendini Scarlett O'Hara sanmasını seyretmeye daha fazla dayanamayarak oradan kaçtım. Evin arka tarafındaki gölgelerin arasına sığınmıştım. Ufukta yağmur bulutları vardı. Çok geçmeden gözyaşlarını evimizin üzerine dökeceklerdi. O gün için yağmurdan daha uygun bir hava olabilir miydi? Kollarımı üşüyen bedenime sardım.

"Burası epey serin galiba."

Arkama bakınca Nelson'ı gördüm. Elinde bir burbon kadehi vardı. Bir yudum alıp bana baktı.

"İçersi de soğuk," dedim.

"Evet, senin için öyle olmalı. Anneni her zaman sevmişimdir. Her anında hayat dolu ve neşeliydi. İnsan onun yanında kendini hep iyi hissederdi. Benimkiler de onu çok severlerdi."

Sessizce başımı salladım.

"Sen ve Samuel ne zaman evlenmeyi planlıyorsunuz?"

"Samuel evimiz bitince evlenmemizi düşünüyor. Ya siz ne zaman evleniyorsunuz?"

"Bir yıldan az bir süre içinde. Samuel'i yanlış tanımıyorsam, ikiniz bizden önce davranacaksınız. Evin inşaatı bir an önce bitsin diye fazladan işçi tutacaktır."

"Nişanlınla karşılaşman biraz ani olmadı mı?" dedim. "Yoksa buraya geldiğinde onu tanıyor muydun?" Bakışlarım kayıkhaneye doğru kaymıştı.

Güldü. "Sözünü hiç sakınmıyorsun, öyle değil mi? Hemen can alıcı noktadan saldırıyorsun."

"Kestirmeden gerçeğe varmamı kastediyorsan, evet."

"Birbirimizi tanıyorduk. Onunla nişanlanma kararını buraya gelmemden kısa bir süre sonra aldım."

"Doğru kararı verdiğinden emin olmak için deneme mi yapıyordun?"

Omuz silkti. "Öyle de denebilir."

Uzun uzun bakıştık.

"Seninle evlenmenin nasıl olacağını düşünüyorum bazen," dedi. "Samuel senin ne kadar güçlü ve kararlı bir kadın olduğunun farkında mı acaba? Tanıdığı diğer kadınlar tıpkı..."

"Belinda gibi miydiler?" diye tamamladım.

Nelson kurnaz bir ifadeyle gülümsedi. "Evet."

Okyanusa baktım. "Ona olduğumdan farklı biri gibi görünmedim hiçbir zaman."

"O halde ya seni olduğun gibi kabul ediyor ya da seni değiştirebileceğini sanarak kendini kandırıyor."

Nelson'a bakmadan gülümsedim. "Sence ben değişebilir miyim?"

"Hayır. Aslında, senin değişmek istediğini hiç sanmıyorum."

Ona doğru döndüğümde gözlerini gözlerime dikti.

Evimizdeki akşam yemeğinden sonra Belinda'yla kayıkhanede düşüp kalkmaya değil, benimle görüşmek için geri dönmesini beklediğimi, onun kız kardeşim gibi birine bakacak kadar alçalmayacağını sandığımı söylemek istedim, ama bunu yapmadım. Kendime sakladığım pişmanlıklar ve düş kırıklığı acı bir ilaç gibiydi.

"Baban senin gibi bir kızı olduğu için çok şanslı. Özellikle de şimdi. Aileni sen bir arada tutacaksın. Çok güçlü bir kadınsın."

"Sana göre de mi çok güçlüyüm?" diye sorma cesaretini bulabildim.

Güldü. "Hayır. Ben sana göre çok havai biriyim. Sonunda birbirimizi öldürürdük herhalde."

"Evet." Düş kırıklığımı gülümsememin ardına gizlemiştim.

Burbonundan bir yudum aldı. "Sana içecek bir şey getireyim mi?"

"Hayır. Birazdan içeri gireceğim zaten. Temiz hava almak istedim. Bunca insan..."

Beni anlamış, anlayabilirmiş gibi, "Evet," dedi. "Ben içerde olacağım." Bir an elimi tuttuktan sonra içeri girdi.

Etrafımı saran hava buz kesmiş gibi titrememe neden oldu. Biraz ötede, Belinda'nın ölü bebeği, gerçeği unutturacakmış gibi toprağın altında yatmaktaydı. Belinda unutabiliyordu. Onun gücü bundaydı. Dünleri bir kalemde silerek her seferinde yeniden başlıyordu.

Ama ben öyle yapamazdım. Olup biten, yaptığım ve düşündüğüm her şey yüreğimin derinliklerine kazınmaktaydı. Daha şimdiden yüreğim yaralar ve gözyaşlarıyla doluydu. En büyük yarayı da, Nelson Childs'ın asla bana ait olmayacağını anladığım zaman almıştım.

Arzu çok zalim bir duyguydu. Sadece elde edebileceklerimizi istemeliydik, yoksa özlem acıya dönüşüp bizi ufka bakarak güneşin doğuşunun yeni düş kırıklıkları getireceğini bilerek hınçla dolan mutsuz ihtiyarlar haline getirirdi.

"Demek buradasın!" diye seslendi Samuel. "Nelson seni burada bulabileceğimi söyledi. Benim zavallı Olivia'm." Bana sarılmaya çalıştı. Nefesindeki viski ve soğan kokusu midemi altüst etmişti. "Böyle bir zamanda yalnız kalmamalısın, Olivia."

"İnsan asıl böyle zamanlarda yalnız kalmalı."

"Seni teselli edeceğim, Olivia. Seni yeniden mutlu kılmak için çok çalışacağım; buna hemen yarın başlayacağım. Sabah erkenden evimizin temelini atacağım ve..."

"İçeri girelim," dedim sertçe. "Hava soğudu."

"Ne? Ha, tabii. Girelim."

Ürkek bir hareketle kolunu omzuna atmıştı. Adımlarımı hızlandırınca kolu yana düştü.

Bu tıpkı annemin eli gibi, gelecekte karşılaşacağım şeyler karşısında beni yalnız bıkaran bir düştü.

10

❤

Herkesi Şaşırtan Gelin

Cenaze töreninden sonraki günlerde, babam kendi kederiyle üzüntüsüne yenik düşerek içine kapanmıştı. Gözlerinde bomboş, karanlık bir ifade vardı. Annemin en aptalca konuşmalarını bile bu kadar sevip özlediğini bilemezdim. Onlar olmadan evimiz en ufak sesin bile yankılandığı terk edilmiş bir konser salonu gibiydi. Evimizdeki gerçek melodileri yaratan onun kahkahaları, konuyla ilgisi olmayan açıklamalarla dolu dedikodularıymış meğer. Bütün bunlar babam için ciddi ve sıkıcı iş ortamından sonra nefes alabileceği bir neşe kaynağıydı demek. Annem onu her akşam eve dönüşünde bir öpücük ya da kucaklamayla, en güzel parfümünü sürmüş olarak karşılardı.

Babam son ana dek ümidini yitirmediği için katlanabilmişti onun hastalığına. Fakat annemin son nefesiyle bütün ümitler tükenmişti. Cenaze töreninde bile onun gittiğine inanmakta zorluk çekmiştik. Ama gerçek her geçen gün biraz daha hissettiriyordu kendini. Annem aramızdan ayrılmıştı. Onu bir daha göremeyecektik.

Belinda bile kendine gelmekte zorlanıyordu. Gözleri sürekli yaşlıydı, vaktinin çoğunu uykuda geçiriyor, uyumadığı zamanlardaysa parmağını emerek gözlerini tavana dikiyordu. Arkadaşları yine arıyorlardı, ama Belinda onlarla kısa konuşuyordu. Arkadaşları ziyareti de kesmişlerdi. Belinda'nın sürekli ağlaması onları ürkütüyordu herhalde.

Hiçbirimizin iştahı kalmamıştı. Akşam yemekleri kısa ve sessizdi. Ben en sonunda işimin başına döndüğümü açıklayana dek, böylesi bir kâbus ortamında geçti günler. Babam o zamana kadar şirkete ara sıra uğruyor, önemli konuları telefonda hallediyordu. Şirketteki işler askıya alınmış gibiydi. Hiçbir önemli karar alınmıyordu.

"Artık normal çalışma tempomuza dönmeliyiz, baba," dedim. "Annem de böyle uzun süre yas tutmamızı istemezdi. Hüzünden ne kadar nefret ettiğini bilirsin."

Babam sessizce başını sallarken Belinda, "Olivia haklı," dedi. "Ben de davetleri geri çevirmeyeceğim artık."

"Anlatmak istediğim bu değildi," diye çıkışmama aldırmamıştı bile.

Hemen ertesi gün Boş Kafalılar Kulübü'ndeki arkadaşlarının arasına ve anlamsız faaliyetlerine döndü. Babam onun ne kadar işe yaramaz bir insan olduğunu şimdiye dek anlayamadıysa, bundan sonra da anlayamazdı. Belinda'nın varlığının bile farkında değil gibiydi. Para mı istiyordu? Belinda'nın abuk sabuk yalvarmalarını daha fazla duymamak için hemen bir çek yazıyordu. Bir arkadaşının evinde mi kalmak istiyordu? Sabaha kadar sürecek bir partiye mi gidecekti? Hafta sonunu Boston'da mı geçirecekti? Belinda'nın ne yaptığını ya da kendisinin onun ne yaptığına izin verdiğinin farkına varmaksızın 'tamam' dercesine elini sallıyordu.

Babamın işe gelmediği ya da erken çıktığı günlerde bütün işler bana kalıyordu. Bütün önemli kararları ben veriyordum. Ama akşamları ona rapor verdiğimde beni doğru dürüst dinlemiyor, çok az soru soruyordu.

Samuel her gün uğruyor, evin eski kısmında yapılacak restorasyonlar konusunda danışmak için bazen mimarı da yanında getiriyordu. Bu toplantıların bazısına katılan babam ender olarak yorumda ya da önerilerde bulunuyordu. Bunun kendi evim olmasının da etkisiyle, sorunları biraz olsun unutuyordum.

İnşaat çalışmaları hemen başlamıştı. Samuel her gün düzenli olarak rapor veriyordu. Ben de haftada bir şantiyeye giderek gelişmeleri kendi gözümle görüyordum. Nelson Childs, Samuel hakkında yanılmamıştı. Samuel ustabaşından başka işçiler de kiralamasını istediği için, inşaat normalden iki kat hızlı yürüyordu.

"Boşuna masraf ediyorsun," dedim. "Sırf ev bir ay daha önce bitsin diye işçilere bu kadar para ödemeye hiç gerek yok."

"Para harcama, insanın mutsuz ya da mutlu olmasıyla ilgili," dedi bana. Dediğim bir şeye ilk defa karşı çıkıyordu. "Seninle bir dakika daha erken evlenmek için harcadığım tek kuruşa acımam, Olivia."

Kaşlarımı kaldırarak ona baktım. İhtiras ve hırsının yarısına sahip olabilmeyi çok isterdim. Beni bu kadar sevdiği için onu tuhaf bir şekilde kıskanıyordum. Normal olarak, bir an önce evlenmeyi kadınlar isterdi. Tanıdığım bütün kadınlar nikâh öncesi heyecana kapılırken, evlenme teklif eden kendileri olmasına rağmen, erkekler tuzağa düşmüşler ve evlilik idam fermanlarıymış gibi isteksiz davranırlardı.

Nelson da öyle davranıyordu. Onu ne zaman görüp düğün planlarını sorsam, henüz kayda değer gelişme olmadığını söylüyordu. Kaçınılmaz olan için acele etmeye ne gerek vardı? Özgürlüğünü feda eder gibiydi. Çok yakında, sorumluluklarını bilen bir koca gibi davranması gerekecekti. Bunun için telaş etmeye ne gerek vardı?

Branagan'lar, düğün için en az on ay öncesinden rezervasyon yaptırılması gereken High Point Evi'ni kiralamakta ısrarlıydılar. Hâlâ kesin tarihi belirlemeye çalışırken, aile olarak birbirlerini daha yakından tanıma fırsatını değerlendiriyorlardı. Albay ve karısı Branagan'lara konuk olacaklar, Branagan'lar da Provincetown'a daha sık geleceklerdi.

Branagan'ların Boston'daki arkadaş çevresi için ikinci bir nişan töreni yapılmıştı. Yapılması gereken daha bir sürü iş vardı. Nelson bunlar sanki Amerika Birleşik Devletleri başkanlığı kampanyasıymış gibi anlatıyordu.

Planlar, planlar, planlar. Örneğin, Bayan Branagan kızının çeyizini hazırlama işini fazlasıyla ciddiye almaktaydı.

Nelson, "Eskiden anneler kızlarının çeyizini doğduğu gün hazırlamaya başlarlarmış," dedi. "Ama günümüzde kadınlar dikiş dikip nakış işlememekle birlikte, daha fazla zamanı alışverişe harcıyorlar. Bir de düğün planları var elbette. İnan bana, Olivia, Beyaz Saray'daki Bakanlar Kurulu toplantıları bile böylesine uzun ve ciddi geçemez. Bazen ailelerimiz tarafsız bölgede bir araya geliyor! Gelinin nedimelerinin tuvaletleri, benim ve sağdıçlarımın smokinleri, konukların listesi, mönüler, davetiyelerin tasarımı, süslemeler, müzik, bütün bunlar adeta bir ateşkes anlaması havasında yapılıyor. Annelerimizin birbirine girmemesi için harcanan çabaları da buna ekle. Babam kendisinin ve dünürünün hukukçu olmalarına şükrediyor. İnan bana, bütün bunlar için on ay bile az."

Anlattıklarının tümünü benim tek başıma yaptığımdan ona söz etmedim. "Yani heyecanlı değilsin?"

"Doğrusu senin nişanlın kadar heyecanlı değilim." O gün hep birlikte şantiyedeydik. İnşaat başlayalı bir buçuk ay olmuştu. "Samuel Logan'ı büyülemişsin. Şu çalışma temposuna baksana. İşçileri bir kamçılamadığı kalıyor. Düğün tarihinin evin bitimine denk gelmesini kabul etmemeliydin. Davetiyelerin baskıya verildiğini duydum. Elektrikçilerin de işleri bitince benim davetimi seninle yollayacakmış."

"Sen de Samuel kadar büyülenmedin mi?" Usta bir balıkçı gibi oltamı suya salmıştım. Nelson'ın nişanlısı hakkındaki duygularını çok merak ediyordum.

"Birinin bana sahip olduğu doğru, ama henüz büyülenmiş değilim." Tatlı gülüşü ve gözleri içimi kıpır kıpır etmişti.

"Son günlerde baban nasıl?" Konuyu gayet iyi değiştirmişti.

"Hâlâ tam olarak kendinde değil. Hiç kendine gelmeyeceğinden korkuyorum." Gerçekçi tavrım onu şaşırtmıştı.

"Çok üzüldüm," dedi. "Belki bu sefer..."

"Zaman çoğu insanın düşündüğü gibi yaraları kapamaz, aksine katılaştırıp sağlamlaştırır. İnsan bunu kabul edip, eski haline dönmeye uğraşmamalı."

"Bu çok zor ve acımasız bir ders oldu, Olivia."

"Gerçek çoğu zaman zor ve acımasızdır."

Gözlerimi gözlerinden kaçırmadım. "Günün birinde bu kasabayı sen yöneteceksin," dedi. "Sen doğuştan lidersin. Aslında..."

"Erkek olarak mı doğmalıydım?"

Omuz silkti. "Kusura bakma. Günümüzde kadınların da toplumda erkeklerle eşit ölçüde saygı görmeleri gerektiğini biliyorum, ama bu konuda eski kafalıyım galiba."

"Sen erkeklerin üstünlüğüne inanan tipik bir şovenistsin."

Gülerek ellerini kaldırdı. "Pes. Suçlu olduğumu kabul ediyorum."

"Neden suçluymuşsun?" Samuel yanımıza gelmişti.

"Genelleme yaptığım için," dedi Nelson.

Samuel ikimize de bakıp başını iki yana salladıktan sonra, evin tarihi bölümünde yapılmasını önerdiğim değişiklikleri açıklamaya koyuldu.

İki katlı, büyük, çatısının yanında pencereleri olan bir evdi. Ön taraftaki panel kapının dekoratif bir taçla süslenmesini, bunun altına renkli camlar konmasını ve pencerelerin de beyaz ahşap doğramalarla bölünmesini önermiştim. Samuel her önerimi beğeniyle karşılıyordu. Fakat önerilerim hayal gücümden kaynaklanmamaktaydı. Evin inşa edildiği dönem hakkında araştırmalar yaptığım için, bir mimar kadar doğru ve yerinde önerilerde bulunuyordum.

Düğün tarihimiz o kadar çabuk belirlenmişti ki, insanların kafasında kuşkular belirmişti. Bazıları hamile olabileceğimi bile ima etmişlerdi utanmadan. Dedikodular Belinda'nın çok hoşuna gidiyordu tabii. Söylentilere son vermek için elimden geleni yapmakla birlikte, düğün tarihimizi değiştirmedim. Babamın bu sayede yeniden hayata döneceğini ümit ediyordum. Annem olmadığı için beni o temsil edecekti. Kararlarıma onun da katılması için uğraşıyordum; ama o her seferinde, "En iyisini sen bilirsin, Olivia," diyordu. "Masraflar konusunda çekinmene hiç gerek yok."

Belinda'yı da düğün planlarının bir kısmına dahil etmemi istemişti, ama bu önerisini ciddiye almamıştım elbette. Belinda'da zevk, kibarlık ve görgüden eser yoktu. Fırsat versem, düğünümü korkunç bir kâbusa çevirirdi mutlaka. Boş Kafalılar Kulübü'nden arkadaşlarını davet etmem için ısrar etmiş olmasına rağmen reddetmiştim.

"Düğünde konuşup dans edebileceğim kimse olmayacak," diye yakınmıştı. "Hiç değilse Kimberly, Bruce ve Arnold'ı çağırmama izin ver!"

"Bu bir parti değil, düğün."

"Düğünler de bir parti değil mi?"

"Senin gittiğin partilerden farklı ama." Ama en sonunda onun Kimberly ve Arnold'ı davet etmesine izin vermiştim.

"Kimberly ve ben Arnold'ı paylaşmak zorunda kalacağız!" diye yakınmıştı bu sefer. "Samuel'in arkadaşlarının ya da babamın iş arkadaşlarının beni dansa davet edeceklerini hiç sanmam. Düğününde hiç eğlenemeyeceğim!" Beni tehdit eder gibiydi.

"Bu senin değil, benim günüm, Belinda. Bunu aklından çıkarma. Sen evlendiğinde..."

"Gerçek bir düğün yapacağım. Babamdan en az yüz elli kişiyi alacak bir yat kiralamasını isteyeceğim ve düğünüm denizin üstünde olacak. Havai fişekler atılırken, bir orkestra başka bir tekneden müziğiyle eşlik edecek."

"Bunun için sabırsızlanıyorum," dedim alay ederek.

"Ama ben sabredebilirim. Henüz bir erkeğin karısı olmaya hazır değilim. Sürekli aynı erkekle birlikte olmayı, her gece aynı dudakları öpmeyi düşünemiyorum bile." Hafifçe titredi. "Bir kadın kırk yaşına gelmeden evlenmemeli bence."

"Çoluk çocuğa karışmak istiyorsan, bu çok saçma bir fikir," dedim.

"Zaten benden iyi bir anne olmaz."

Belinda'nın hatalarıyla zaaflarını böylesine kolayca bilip kabullenmesine her zaman şaşırmışımdır. Kendi hataları yüzünden asla mutsuz olmuyordu. Bu yüzden ondan hem nefret ediyor, hem de kıskanıyordum. Belinda'nın yüzü asla üzüntüden kırışmayacak, hayatının sonuna kadar hayal âleminde ve mutlu yaşayacaktı.

Annemin ölümünü çabucak atlatarak eski kaygısız hayatına dönmüş, solgun yüzü yeniden tüm dikkatleri çeken o rengine ve canlılığına kavuşmuştu. Bu, Samuel'in bile dikkatini çekmişti. Ev Belinda'nın kahkahaları, koşuşturmaları ve bitip tükenmeyen telefon sohbetleriyle hayata dönmüştü yeniden. Babam onun yas tutmayışı karşısında bazen şok oluyordu. Yine de, acı dolu yüzünü az da olsa güldüren Belinda'ydı. Babam onu annemin yerine mi koyuyordu acaba? Evimize yeniden neşe getiren kız kardeşimdi ve bunu kıskanıyordum.

Belinda düğün nedeniyle bana yönelen ilgiyi de kıskanmıyordu artık. Yeniden mutluydu. Benimse içimi tekrar şüpheler sarmıştı. Tam düğünümden önce ailemizin adını lekelecek bir şey yapmasından korkuyordum.

Düğünüm Belinda'nın kendi düğününü hayal ettiği gibi bir yatta yapılmayacaktı, ama Samuel'in balayımızla ilgili planları beni şaşırtmıştı.

"İkimiz için bir yat kiraladım," dedi. "Deniz yoluyla Hilton Head'e gideceğiz. Nikâhtan sonra denize açılmamızdan daha güzel ne olabilir? Sen de aynı fikirde değil misin?" Ümitle bana baktı.

O gün de şirkete gelmişti. Düğünümüz yaklaştıkça büroya geliş gidişleri sıklaşmıştı. Babasının şirketinin bizim şirketle birleşmesi konusuyla doğrudan ben ilgileniyordum. Balinanın hamsiyi yutmasına benziyordu bu. Maliyeciler, aktif mal varlığının çoğu tekne filosu olan Logan şirketine bir milyon doların biraz altında değer biçmişlerdi. Samuel'in babasıyla yaptığım görüşmeler sonucunda, şirketlerine bir milyon doların dörtte biri kadar değer belirlemiştim. Şirketimizde şirketlerine ait olan hisselerin yüzde doksanı onun olacaktı.

"Artık iki şirket de tek bir ailenin malı olacak," demişti.

Bu konuyla ilgili herhangi bir belge hazırlamamıştık. Mali çıkarlarımız birbirinden ayrı tutulacaktı; ama Samuel'in şirkette aktif görev almasını kabul etmiş ve ona bir büro vermiştim. Odalarımızın yan yana olmayışından yakınıyordu ara sıra.

"Günün birinde aramızdaki duvar yıkılacak nasıl olsa," demişti. "Babanın da bunu istediğini biliyorum."

"Göreceğiz."

Babamın şirketin yönetimini gelecekte kocamın devralmasını hayal ettiğini biliyordum. Şirketini ne kadar başarılı ve zeki de olsa, bir kadının yönetmesini kabul etmek onun için zordu. Benim eninde sonunda eve kapanıp çocuklarımı büyütmemi istiyordu.

Babamın bu en karanlık depresyon ve ümitsizlik döneminde, şirketimizle ilgili sağlıklı kararlar veremeyeceğinden korkmaya başlamıştım. Sonuç olarak, aile avukatlarımıza benim için yetki belgesi hazırlattım. Şirketin yönetimine tek başıma hak kazanmıştım artık. Hiçbir erkek, hatta üvey olduğunu bildiğim babam bile beni bebek bezi yıkarken göremeyecekti. Samuel bunu ne kadar çabuk anlarsa o kadar iyiydi.

"Bence sakıncası yok," dedim yatla ilgili olarak. "Hava güzel olduğu müddetçe tabii."

"Evet, evet." Planını kabul etmeme çok sevinmişti. "Fikrimi beğeneceğini biliyordum. Daha önce kimsenin aklına gelmeyen bir şey. Sadece bir otelde kalıp güneşin altında tembellik etmeyecek, birlikte balık tutup yeni yerler keşfedeceğiz. Düğünden çok, bu beni heyecanlandırıyor."

Ben de aynı duygular içindeydim, ama bunu itiraf etmedim. Başnedimem Belinda'ydı. Yeğenlerimizden bazıları da nedime olacaklardı. Düğün hazırlıkları babamı da heyecanlandırmıştı. Benim adıma aldığı en büyük karar, tören için Fisherman's Club'da yer ayırtmaktı.

Düğünün yapılacağı hafta, yeni evimizin ayrıntıları da tamamlanmıştı. Balayından sonra orada yaşayacağımız için, eşyalarımı taşıtmaya başlamıştım. Son birkaç aydır mobilyaları ısmarlamaktaydım. Çoğu eve getirilip yerleştirilmişti. Gören herkes evin çok güzel olduğunu söylüyordu. Nelson buraya 'Cape Cod Sarayı' adını takmıştı. Bana da Saray'ın Kraliçesi diyor, günün birinde etrafına surlar da inşa ettireceğimi söyleyerek takılıyordu. "Sıradan insanları kendinden uzak tutmak için," diye ekliyordu.

Samuel, "Ne kötü, bu durumda sen de ziyaretimize gelemezsin," diye karşılık verince, iki arkadaş katıla katıla gülmüşlerdi. Nelson'ın kendimi çok yukarlarda gördüğüm için ona yüz vermediğimi düşündüğüne inanmaya başlamıştım. Tutkuyla sevebileceğim adamın bana neden Belinda'ya tanıdığı şansın onda birini bile vermediğini merak ediyordum. Kaderin garip bir oyunuysa, sevdiğim adam rahibin karşısında kocamın sağdıcı olacak ve parmağıma onun takmasını hayal ettiğim yüzüğü eşime teslim edecekti.

Düğün günü çok güzel bir hava vardı. Hafta boyunca da denize açılmak için ideal bir hava hüküm sürecekti. Her şey mükemmel görünüyordu. Belinda şansımı kıskandığını dile getirdi.

"İnşallah benim düğünümde de hava böyle güzel olur." Benim saçımla ve görünüşümle ilgili önerilerde bulunduktan sonra odasına gidip kendi saçıyla ilgilendi. Sanki benim değil onun düğünüydü. Ben gelinliğimin robasını bedenime oturturken, heyecanının farkına vardı sonunda.

"Sen hiç heyecanlı değil misin, Olivia?"

"Elbette," dedim sakin bir tavırla.

"Hiç de öyle görünmüyorsun ama. Sanki iş yemeğine gider gibisin. Tanrı aşkına, bugün evleniyorsun. Evleniyorsun!"

"Her gün insanlar evleniyor. Şu an bile en az elli düğün yapıldığına eminim."

"Çok saçma. Bugün senden başka evlenen yok. Böyle düşünmelisin. Başkasının düğününden kime ne? Ben evlenirken bütün dünyanın haberi olacak ve herkes durup bakacak."

"Bundan hiç kuşkum yok."

Sesimdeki acı alayın farkına varmadan saçımı, üstümü başımı düzeltmeyi sürdürdü. En sonunda dayanamayarak onu babama bakmaya yolladım.

"Senin damarlarında kan yerine buz dolaştığına yemin ederim, Olivia."

Yalnız kalınca aynada kendime baktım. Damarlarımda kan yerine buz mu vardı sahiden? Sürekli kıkırdayıp, heyecanımı yatıştırmak için derin derin soluklar almadığım için bende normal olmayan bir şeyler mi vardı? Bu evden ayrılmak bile beni düşündüğüm kadar etkilememişti. Bu evde büyümüş, yalnızlığımı bu odayla paylaşmış, hayallerimi burada kurmuş, planlarımı burada yapmıştım ve birazdan bir limuzine binip kilisede evlilik yemini edecek, bu evden sonsuza kadar ayrılacaktım. Gözyaşlarım neden akmıyordu peki?

Aynaya yaklaşarak gözlerime baktım. Kupkuru, ışıl ışıl ve canlıydılar. Duygularıyla boğuşan bir kadının gözleri değildi bunlar.

"Hazır mısın, Olivia?" Arkama dönünce, babamın smokinini giyimiş olarak kapıda durduğunu gördüm. "Bugün kızımı başka bir erkeğe teslim edeceğim. Çok güzelsin, Olivia. Annen de seni böyle görmeliydi."

"Teşekkürler, baba. Sen de çok yakışıklı görünüyorsun."

"Sadece senin hatırına." İç geçirdi. "Ah, hazırız herhalde. Vakit geldi."

Aynada son kez kendime baktıktan sonra kapıya doğru yürüdüm. Odama da son bir kez bakmadan edememiştim.

"Sensiz burası çok boş kalacak, Olivia," dedi bakışlarımı görünce.

"Sık sık uğrayacağım, baba. Sen de bize geleceksin."

"Evet, ama ben başkalarının, özellikle de kızımın hayatına müdahale eden bir adam değilim."

"Hayatımıza karışmış olmayacaksın."

Başını salladı.

Belinda, "Gidiyor muyuz?" diye seslendi telaşla. "Daha makyajım bitmedi!"

"Limuzinde bitirirsin," dedim. "Mihraba yürürken bile makyaj yapacağından kuşkum yok."

Babam güldü. Belinda sızlanarak peşimizden geldi. Carmelita ve Jerome gülümseyerek, ne kadar güzel göründüğümü söylediler. Babamı da kutladıktan sonra limuzine bindik.

Uzaklaşırken, annemin odasının pencerelerine baktım. Hayalimde perdelerin aralandığını ve onun gülen yüzüyle bana öpücük yolladığını gördüm. Mutluluk gözyaşları döküyordu. Soluğumu içime çekerek yanımızdan kayıp giden manzaraya çevirdim bakışlarımı. Hiçbir şey düşünemiyordum. Belinda'nın düğün resimlerinde benim nasıl görüneceğm yolundaki konuşmalarını duymuyordum bile. Babamı ona iltifat etmeye zorlayıp, istediği sözleri duyunca çok mutlu olmuştu.

"Şu kalabalığa bakın!" dedi kiliseye yaklaştığımızda. "Kendi düğünüm olsa ancak bu kadar heyecanlanırdım. Halbuki sürekli bir erkek arkadaşım bile yok."

"Benimle yer değiştirmek ister misin?" diye meydan okudum.

Kaşlarını kaldırarak babama bakıp güldü. "Hayır. Ben sıkıcı bir işadamıyla değil, bir müzik ya da sinema yıldızıyla evleneceğim."

"Senin baban da bir işadamı," diye hatırlattım.

"O başka." Sırıttı. "O benim babam."

Bunu sanki onun benim babam olmadığını bilir gibi söylemişti.

Babamla birlikte mihraba doğru yürürken, kiliseyi dolduran konukların yüzlerinde büyük bir şaşkınlık ifadesi belirmişti. Gelinliğim içindeki görünümüm, orgun melodisi, ikisi de çok yakışıklı olan Samuel ve Nelson'la birlikte beni bekleyen rahip, çiçekler, nedimeler bile bu kuşku dolu bakışları gidermekte etkili olamamıştı. Kafalardaki sorularla dedikoduları tahmin edebiliyordum. Olivia Gordon, Samuel Logan kadar yakışıklı bir adamın kalbini nasıl çalmıştı? Babası ona bir koca mı satın almıştı yoksa? Hâlâ kendi hayallerinin beyaz atlı prenslerini bekleyen kızların kıskanç bakışlarını üzerimde hissediyordum. Kendimden emin bir havayla, ileriye doğru bakarak yürümeye devam ettim.

Sunağa yaklaştığımda Nelson'ın saf saf gülümsediğini gördüm. Samuel ise mutlu bir edayla kasım kasım kasılıyordu. Rahip töreni başlattığında herkes susmuştu. Beni ömrümün sonuna kadar bu adama bağlayacak yeminler edilecekti birazdan.

Evlilik yeminimi tekrarlarken bakışlarım Nelson'a kaydı. Samuel'le değil onunla evlendiğimi hayal etmiştim bir an. Samuel'e nikâh yüzüğünü verirken, eğilip yanağıma bir öpücük kondurdu. Provalarda böyle bir şey yoktu oysa. Birkaç kişinin soluklarını tuttukları duyuldu. Kalbim kanat çırparken, yüzüme ateş basmıştı. Samuel durumun farkında değil gibiydi. Gördüyse bile mutlaka heyecanımın kendisi için olduğunu düşünmüştür.

Yüzükler takılmış, yeminler edilmişti. Rahip bizi karı koca ilan ederken, orgun melodisi yeniden duyuldu. Alkışlar başlamıştı. Samuel beni öperken, gözlerimi kapayıp, Nelson'la öpüştüğümü hayal ettim. Kilisenin kapısına yürürken, çocuklarla bazı büyükler bizi pirinç yağmuruna tuttular.

Düğün törenine hazırlanmak için limuzine binip yola koyulduk. Samuel mutluluktan havalara uçuyordu. Gözleri ışıl ışıldı.

"Evet, Bayan Logan. Bütün bunlar sana rüya gibi geliyor olmalı."

"Evet," dedim. "Öyle geliyor."

"Seni çimdikleyeyim mi?"

"Hayır, Samuel. Gerek duyarsam ben kendimi çimdiklerim."

Gülerek bana sarılıp kendine doğru çekti. Gözlerimi kaparken, gerçek bir eş olup olamayacağımı merak ediyordum.

Görkemli ve neşenin hâkim olduğu bir düğündü. Nelson'ın ve nişanlısının ailelerinin daha iyisini yapabilmek için neden aylardır uğraştıklarını aklım almıyordu. Pirzola, ıstakoz, karides, hindi, midye, makarna, sebze tabakları, çeşit çeşit meyveler ve en güzel tatlılardan oluşan düğün yemeği için hiçbir masraftan kaçınmamıştık. Dekoratörler ortamı çiçekler ve pırıltılarla dolu bir rüya haline getirmişlerdi. Orkestra da çok iyiydi. Davet ettiğimiz tüm konuklar oradaydı. Nelson'ın nişan töreni bile bizim düğünümüzün gölgesinde kalmıştı. Ne zaman birisi düğünü övse, Samuel her şeyi benim hazırladığımı söylüyordu.

"Hepsini Olivia planladı. Ben evimizin inşaatıyla meşguldüm. New England'da ondan daha başarılı bir kadın yoktur."

Nelson, "Kendine daha sadık bir köle bulamazdın," dedi onun sözlerini duyunca.

"Senin de öyle olmanı isterdim," diye yapıştırdım cevabı.

Önce gözleri hayretle irileşti, sonra gülerek reverans yaptı. "Sormanıza gerek yok, hanımefendi. Ben daima sadık bir köleniz olarak kalacağım." Nişanlısının başkalarının yanında oluşundan yararlanarak beni dansa davet etti.

"Ama artık karısı olduğuna göre, önce Samuel'in iznini almalıyım," diyerek ona döndü.

"Evet, karısıyım, ama kendi kararlarımı kendim veririm." Konuklardan bir kısmıyla derin bir sohbete dalmış olan Samuel'e bakıp omuz silkerek kollarını açtı. Memnuniyetle kendimi ona bıraktım. Dans pistinde ayaklarımızın yerden kesildiğini hayal ediyordum. Gözlerimi açıp Belinda'nın bir kenarda bize bakıp güldüğünü görünce gerginleştim.

Daha sonra Samuel'le birlikte yata gitmek üzere oradan ayrılırken, Belinda yanıma gelip, "Belki de evlenmekte acele ettin," diye fısıldadı kulağıma. "Belki hâlâ bir şansın vardı."

"Sen neden söz ediyorsun, Belinda? Yine saçma sapan bir şeydir mutlaka." Başka bir şey demesine fırsat vermemiştim. "Ben yokken babama iyi bak. Artık evdeki sorumlulukların arttı."

"Ne?" diye çıkıştı. "Carmelita ve Jerome var ya!"

"Günlük ev işlerinden söz etmiyorum. Babama göz kulak olmalısın."

"Babalar kızlarına bakar, kızlar babalarına değil," diye şakıdı. "Yatta size iyi eğlenceler, Olivia. Dönüşünde bana her şeyi anlatırsın."

Bana sarıldıktan sonra, Arnold'la dans pistine koştu.

"Hazır mısın?" diye sordu Samuel.

"Evet. Babamla vedalaşacağım sadece." Gözüm Belinda'daydı. Nelson'a bakarak kirpiklerini titrettiğini, onun da belli etmeden sırıttığını gördüm.

Babamın yanına giderek, yola çıkmak üzere olduğumuzu haber verdim. "Bugün kilisede çok güzeldin, Olivia. Annen görseydi, seninle gurur duyardı."

"Teşekkür ederim, baba."

"Balayının tadını çıkar ve bizi sakın merak etme, tamam mı? Şirkette de her şey yolunda gidecek."

"Umarım, baba." Tekrar Belinda'ya bakıp şampanyayı fazla kaçırdığını görünce, babamı uyardım.

"Merak etme, Olivia. Ona göz kulak olacağım." Homurdanarak söylemişti bunu.

Son kez kucaklaştıktan sonra Samuel'le birlikte herkese veda edip oradan ayrıldık. Limuzin bizi yatın tayfasıyla birlikte demirli olduğu limana götürdü.

Yata binip kamaramıza çekildiğimizde, "Bu fikir gittikçe daha çok hoşuma gidiyor," dedi Samuel. "Böyle bir törenden sonra yalnız başımıza denize açılmaktan daha güzel bir şey olamaz."

"Evet," dedim. Ben de iyi bir fikir olduğunu düşünüyordum.

"Üstümüzü değişip, karadan uzaklaşmamızı seyretmek için güverteye çıkalım," dedikten sonra smokininin ceketini çıkardı. Karşımda soyunacaktı ve benim de aynısını yapmamı bekliyordu mutlaka. Ama daha buna hazır değildim. Giyeceğim şeyleri alıp banyoya yöneldim.

"Çok hoşuma gitti," dedi ben banyodan çıkınca. "Utangaçlığın yakınlığımızı daha da özel kılacak." Gülümsedi. "Bundan sonra, sevgili Olivia'm, birbirimizden hiçbir şey, özellikle de vücutlarımızı saklamayacağız."

Gülümsemeye çalıştım, ama yüreğim gümbür gümbürdü. Belinda kendini bugüne hazırlamakta haklıydı belki de. Güverteye çıkıp şezlonglara uzandık. Denize ve yeni bir hayata doğru yelken açarken, karanın bizden gittikçe uzaklaşmasını seyrettik.

Güneş ağır ağır batarken şaraplarımızı içtik.

"Yorgun musun?" diye sordu Samuel.

"Evet. Ne gündü!"

"Çok heyecanlı bir gündü. Çok, çok mutluyum, Olivia. Mükemmel bir koca ve baba olacağıma söz veriyorum." Güldü. "En küçük bir hatamı anında yüzüme vuracağına eminim."

"Ne yapıyorsan, kendin istediğin için yapmalısın, Samuel. Ben kızacağım diye değil."

"Elbette." Yanağıma bir öpücük kondurdu. "Artık yatalım mı, sevgili Bayan Logan?"

Derin bir soluk alıp, gözüme ilk çarpan yıldıza bakarak başımı salladım. Kamaramıza girip kapıyı kapar kapamaz, Samuel beni kendine doğru çekerek dudaklarıma yapıştı. Kollarını belime dolamıştı. Sonunda soluk alamadığımı söyleyerek karşı koydum.

"Kusura bakma. Heyecana kapıldım birden. Uzun zamandır bugünü bekliyordum."

"Pek de uzun bir zaman olmadı, Samuel. Nelson Childs'ın evlenip balayına çıkmak için ne kadar beklediğini hatırlasana."

Güldü. "Nelson çoktan balayına çıktı bile. Sen ise düğünü beklememizi istedin, biz de bekledik. Soyunmana yardım edeyim mi?" Bluzumun düğmelerine uzandı.

"Hayır, kendim soyunurum," dedim telaşa kapılarak. "Işığı söndürelim."

Bir kahkaha atarak ışığı kapadıktan sonra kazağını çıkardı. Karanlıkta bile arkamı dönüp soyunurken parmaklarım birbirine dolanıyordu. Gerçekten yardıma ihtiyacım vardı galiba. İş böylece daha kolaylaşırdı belki de. Evet. Battaniyeyi kaldırıp giysilerimle yatağa uzandım.

Samuel yanıma yatıp, hâlâ giyinik olduğumu fark edince, "Bu da ne?" diye sordu.

"Seni bekliyordum. Kararımı değiştirdim. Soy beni." Bunu bir hizmetkâra emreder gibi söylemiştim.

"Memnuniyetle."

Eteğimin fermuvarını çözüp bacaklarımdan sıyırırken kapadığım gözlerimi, tamamen çıplak kalana kadar açmadım. Solukları sıklaşmış halde üzerime abanıp dudaklarını göğüslerimde gezdirmeye başlamıştı. İniltileriyle solukları birbirine karışıyordu. Dudaklarını karnımda hissedince soluğum kesilir gibi oldu. İçimde o ana kadar ancak hayal edebildiğim bir heyecan dalgası uyanmıştı.

"Olivia. Karım benim."

Bacaklarımın arasındaydı şimdi. Bir anda duyduğum acıyla boğazıma yükselen çığlıkları yutkunarak bastırmaya çalıştım. Gerçekten acı vericiydi, ama bunu belli etmeye korkuyordum. Buna gerek yoktu aslında. Anlamıştı.

"Tahmin ettiğim gibi," dedi. "Bakiresin. Kendini bana sakladığın için sana teşekkür ederim." Onu hayatım boyunca tanıyormuşum ve çok eskiden aptalca, romantik bir sadakat sözü vermişim gibi konuşuyordu. Gülerek hareketlerini hızlandırdı. Darbeleri o kadar sertti ki, sallanan yatağın başucu duvara vurmaya başlamıştı.

"Samuel! Mürettebat..."

"Merak etme. Kulak kesilmiş, bizi dinlediklerini sanmam. Zaten zifaf gecesinde neler olduğunu hepsi bilir."

Erkekler! İnsan hayatının böylesine mahrem bir anında bile serserilikten vazgeçmiyorlardı. Devam eden acı yüzünden sevişmeden zevk alamamama rağmen, gözlerimi sıkıca kapayarak bastırmaya çalıştım. Bütün vücudum kasılmıştı.

"Gevşeyin, Bayan Logan. Rahatla ve tadını çıkarmaya bak. Söz veriyorum, her sefer bir öncekinden daha güzel olacak."

İşi bitince sırtüstü yatağa bıraktı kendini. Göğsü körük gibi inip kalkıyordu.

"Güzeldi," diye homurdandı. "Çok güzeldi."

Yan dönüp kıvrılarak battaniyeyi kafama kadar çektim. Birden elini belime koydu. "İyi misiniz, Bayan Logan?"

"Evet. Biraz yorgunum sadece."

"Ben de. Evlilik!" Güldü. "Sandığımdan daha fazla yoruyormuş adamı."

Bir süre ikimiz de konuşmadık.

"Tekneye çarpan dalgaların sesini dinle," dedi Samuel. "En güzel ninni bu, öyle değil mi?"

"Evet."

Suları yararak ilerleyen yatın içinde yeni bir hayata doğru yol alıyordum. Nasıl bir yolculuğa koyulmuştum acaba? Yatın dümeninde kendimin olduğunu gördüm rüyamda. Teknede benden başka kimse yoktu. Karanlığın içinde Belinda'nın kahkahalarını ve uzaklardan annemin şarkılarını duyduğumu sandım. Dümeni o yöne doğru kırdım, ama orada kimse yoktu. Karanlık iyice koyulaşmıştı. Tekne dalgaların arasında ceviz kabuğu gibi sallanıyordu. Uzakta bir ışık belirmişti. Yaklaşınca, bunun Nelson Childs'ın gülümsemesi olduğunu gördüm. Tekne onun yüzünün hayali içinden geçivermişti. Yüzü titreyerek silinip giderken, panik içinde geri dönmeye çalıştım.

Oysa önümde sadece zifiri bir karanlık vardı artık.

11

❤

Balayımızın Sonu

Küçük bir kızken, babamla annemin doğdukları günden beri birlikte olduklarına inanırdım. Onların anne babalarıyla birlikte çekilmiş çocukluk fotoğraflarını görmüştüm, ama bunun bir önemi yoktu. Aile albümlerinin ve eski fotoğrafların çocuk kitaplarına, peri masallarına ve efsanelere benzediğini düşünürdüm. Ebeveynlerimin benden önce bir hayatları olabilir miydi hiç? Onlar her zaman genç kalacaklar, hiç değişmeyeceklerdi. Babam purosunu her zaman içecek, adımları hep sert olacak, güçlü kahkahalarla gülecekti. Annem ise daima nazik bir çiçek gibi parfüm kokacak, rengârenk giyinecek, hep zarif adımlarla yürüyecekti.

Annemin babamla geçireceği yeni hayatının ilk gününü büyüyene kadar merak etmemiştim. Balayından döndüğünde yeni evine heyecan içinde mi ilk adımını atmıştı acaba? Yoksa yanlış karar verdiğini düşünüp paniğe mi kapılmıştı?

Babamın onu eşikten kucağında geçirmediğini biliyordum. Annem bu yüzden yıllar boyu ona takılıp durmuştu. Belinda ve ben babamın o an bavulların indirilmesi için hizmetkârlara talimatlar vermekle meşgul olduğunu dinlerdik. Annem evine ilk adımı atarken, İyisiyle kötüsüyle, burası artık benim yeni dünyam, diye düşünmüş olmalıydı. Ani bir korkuyla oradan kaçmak istemiş miydi acaba?

Beni eşikten kucağında geçirmek isteyen Samuel'e hayır dedim. "Çok saçma bir gelenek. Bence hiçbir anlamı yok." Onu kendimden uzaklaştırdım.

"Sonra teklif etmedi deme." Yana çekilerek eve girmem için yol verdi.

O zamana kadar başka birinin yardımına alışmalıydım aslında. Her günü mükemmel bir havada geçen balayımızda Samuel'in bütün planlarını gerçekleştirerek, çeşitli limanlara uğramış, yemeklerimizi restoranlarda yemiştik. Dinlenmiş ve zinde olarak değil, yorgun ve şaşkın dönmüştüm balayından. Sonraki sevişmelerimizde biraz zevk almaya başlamıştım, ama onun benden daha fazla zevk alması canımı sıkıyordu. Balayımızın bitimine bir gün kala adet görmüştüm. Adetlerim diğer kadınlar gibi düzenli değildi zaten. Samuel canımı sıkmamamı söylemişti. Sıkılmıyor ve halimden yakınmıyordum. Böylece Samuel'in üstüme titremesine izin verdim.

Yeni evimizde benim de büyük emeğim vardı. Samuel ayrı odalarda uyumamız da dahil, hiçbir önerime karşı çıkmamıştı. Odalarımız arasında bir kapı olması onun için yeterliydi.

Mimarın iki ayrı odayla ilgili projede yaptığı değişikliği incelerken, "Sana her gelişim romantik bir maceradan farksız olacak, Olivia. Kapıyı tıklattığımda, 'Kim o?' diye sorarsın. Gizlice buluşuyormuşuz gibi."

"İkimiz de oyun oynayacak yaşı geçtik, Samuel."

"Böyle şeylerin zamanı olmaz," demişti. "Işığını söndürüp, benim yoldan geçerken seni pencerede görüp odana gelen yakışıklı bir yabancı olduğumu hayal edersin."

"Çok saçma." Ama hayalimde çoğu Nelson Childs'la ilgili bir sürü fantezi belirmişti. Samuel ona küçük oyunlarımızdan söz etmiş, Nelson da onun olmadığı bir gece evime gelerek ara kapıyı tıklatmıştı. Ben hemen ışığı söndürmüştüm. Yatağa girene kadar onun Nelson olduğunun farkına varmıyordum. Bunun hayalini kurarken yüzüme ateş bastı. Samuel'in kahkahasıyla gerçeğe döndüm. "Benimle dalga mı geçiyorsun, Samuel?"

"Hayır. Eh, biraz. Seven kocaların böyle yapması gayet normal, Olivia."

"Bu evlilikte ve bu evde değil."

Tekrar güldü, ama bakışlarımı görünce ciddileşti. "Pekâlâ, senin istediğin gibi... ciddi ve saygılı davranacağız...aşk yaparken bile."

Bu lafın beni ne kadar rahatsız ettiğini bilmiyor olamazdı. Ne kadar saçma. Sanki aşkın doğması için ihtiras yeterliymiş gibi.

Ara kapıya kilit taktırmıştım. Açıkça konuşmamış olmamıza rağmen, kapı kilitli olduğu zamanlarda Samuel yanıma gelmemesi gerektiğini biliyordu.

"Kapıyı kendi tarafımdan kilitlemeyeceğime emin ol, Olivia."

"Sen de odana önemli bir durumu konuşmaktan başka bir amaçla gelmeyeceğimden emin ol, Samuel. Ben asla bedeni arzularıma esir düşmem."

"Bu konuda kız kardeşine hiç benzemiyorsun," diyerek güldü.

"Belinda hakkında ne biliyorsun?"

"Sadece babanın benimle paylaştığı kadarını," dedi hemen. "Erkeklerin neden oğulları olmasını istediklerini anlıyorum."

"Haklısın. Belinda insanı böyle düşünmeye zorluyor."

Balayından sonra yeni evimize yerleşince, bensiz durumunun nasıl olduğunu görmek için oraya gitmeye karar verdim. Ben olmadan her şeyi karmakarışık olmasını diliyordum için için. Yine de bunun ihtimali bile yüreğimi sızlatmaya yetmişti.

Öğleden sonra olmasına rağmen, bütün perdeler kapalı olduğu için evin içi karanlıktı. Anahtarımla kapıyı açıp girdim. Etraf o kadar sessizdi ki, kimsenin, hatta Carmelita'nın bile evde olmadığını düşündüm bir an. Belinda'nın sesi de duyulmuyordu. Babamın çalışma odasına gittim.

Orada da kimse yok gibi geldi önce. Perdeler kapalıydı, ışık da yanmıyordu. Tam Belinda'nın odasına çıkacakken, bir inilti duyarak geri döndüm. Babam koltuklardan birinde sızmış, başı omzuna düşmüştü. Koltuğun yanında bir şişe burbonla içi dolu bir kadeh vardı.

Sehpadaki lambayı yakınca, babamın günlerdir tıraş olmadığını anladım. Yakası açık gömleği yemek ve içki lekeleriyle doluydu. Saçları da karmakarışık olmuştu. İnleyip dudaklarını yalarak kasıldı.

"Baba?"

Acı çekiyormuş gibi suratını buruşturdu, ama gözlerini açmadı.

"Baba?" Onu hafifçe sarsınca açılan gözleri beni görünce irileşti.

"Ne?" Doğrulmaya çalıştı, ama bu da ona acı vermiş gibiydi. Gömleğinin sol kolundaki yırtığı ve kurumuş kan lekelerini o an fark ettim. Pantolonunda da çamur lekeleri ve sağ dizinde yırtık vardı.

"Olivia? Döndün mü? Bugün günlerden ne?" Avuçlarını yanaklarına sürttü.

"Sana neler olmuş böyle, baba?" Yoksa kavga falan mı etmişti?

"Ne mi oldu?"

"Giysilerin yırtık. Hem de yaralanmışsın."

"Ah." Kafasını toplamaya çalışıyordu. "Arka bahçede ufak bir kaza geçirdim. Göründüğü kadar kötü değil."

"Nasıl bir kazaydı bu?"

"Ayağım takıldı ve düştüm. Çok karanlıktı."

"Karanlıkta arka bahçede ne işin vardı? Burada neler dönüyor? Belinda nerede?" Soruları peş peşe sıralamıştım.

"Belinda mı?" Elini saçlarından geçirdi. "Evde değil mi?"

"Biliyordum. Biraz önce geldim ve yukarı çıkacak fırsatım olmadı. Karanlıkta bahçede ne işin vardı, baba?"

"Ne işim mi vardı?" Dudaklarının kıvrılması camlaşmış gibi duran yüzünü tuhaf bir hale getirmişti. "Hava çok güzeldi... ve yürüyüşe çıkmıştım. Annenle bunu sık sık yapardık. Ama o gece dolunay olmadığı için karanlıkta yolumu göremedim."

"Kötü düşmüşe benziyorsun, baba. Sanki yürümüyormuş da koşuyormuşsun gibi." Gözlerim kuşkuyla kısılmıştı.

Boş boş yüzüme baktı.

"Bunun anlamı ne, baba? Gerçeği söyle." Aramızdaki yalanlar sudan çıkmış balıklar gibiydi. Ömürleri uzun olmuyordu.

"Seni kandıramam, öyle değil mi, Olivia?"

"Neler oldu, baba? Belinda'yla bir ilgisi var mı?"

Başını iki yana sallayıp, telaşla etrafına bakındıktan sonra şişeden koca bir yudum aldı. Ona konuşma gücü veren burbondu sanki.

"Onun sesini duydum," diye fısıldadı. Bana doğru eğilirken gözlerinde vahşice bir korku vardı. "Ağladığını duydum, Olivia."

"Ne?" Ellerimi boğazıma götürerek geri çekildim. "Kimin sesini duydun?"

"Şşş." Kapıya baktı. "Onun haberi yok."

"Kimin?"

"Carmelita'nın. Bazen bana suçlarcasına baktığını görüyorum, Olivia. Galiba aynı sesi o da duyuyor ve nereden geldiğini merak ediyor. Dün, New Haven'daki kız kardeşinin yanına taşınmaktan söz etti bana. Jerome da gelecek salı günü Florida'ya gidiyor. Buranın havasını sevmediğini söyledi, ama asıl neden, hepsinin biliyor olması." İçkisinden bir yudum daha alıp gözlerini kapadı.

Kalbim göğüs kafesimden fırlayacak gibiydi. Derin bir soluk aldım. Babamın anlatmaya çalıştığı şeyi bilmeme rağmen, onun açıklamasını istiyordum.

"Dışarda kimin sesini duydun, baba? Ağlayan kimdi?"

Gözlerini açarak tavana baktı. "Belinda'nın ismi konmadan ölen bebeği. Onu bir avuç tohum gibi toprağa gömdüm. Annen buna çok üzülürdü, Olivia. Geceleri pencerede durup karanlığa bakardı. Ne sana, ne de Belinda'ya tek kelime etmemişti, ama bazı geceler sıçrayarak uyanır ve hıçkırıklara boğulurdu. Nedenini sormama gerek yoktu. Ben de aynı ağlamayı duyuyor, ama kulak tıkıyordum."

"Senin bir şey duyduğun yok, baba. Çok içtiğin için hayal görüyor olmalısın."

"Hayır," dedi ısrarla.

"Peki, baba. Öyle olsun. Haydi, odana çıkıp dinlen biraz. Ben de Belinda evde mi, bakayım. Ben yokken şirkete hiç gittin mi?"

"Hatırlamıyorum. Bir gün gittim galiba. Zaman çok hızlı geçiyor. Balayın bitti mi?"

"Evet, baba."

"Hmm. Samuel nerede?"

"Babasının evinde. Seni ve Belinda'yı bu akşam yemeğe çağıracaktım."

"İyi bir fikir. Duş alıp biraz uyuduktan sonra seninle ve Samuel'le görüşürüz."

"Çok kötü düşmüşsün, baba."

"Ne? Ha, evet. Ayağım bir taşa takıldı ve bayır aşağı yuvarlandım biraz."

"Bayır aşağı mı? Yani kayalara düşmekten zor kurtulmuşsun!"

"Yo... hayır. Önemli değil." Koltuktan kalkmaya çalıştı. Sol bacağının durumu onun düşündüğünden daha kötü görünüyordu. Ağırlığını o bacağına vermekte zorlandığı belliydi.

"Doktor çağırsak iyi olacak, baba."

"Hayır," dedi telaşla. "Beni merak etme. Yıkanıp uyuduktan sonra bir şeyim kalmaz."

"Düştüğünü Belinda biliyor mu?"

"Belinda mı?" Biraz düşündü. "Şimdi hatırladım. Kız arkadaşlarından birine gitti galiba. Oradan da başka bir yere gideceklerdi."

"Ne zaman gitti?"

Kafasını kaşıdı. "Galiba düğünden hemen sonra."

"O zamandan beri eve hiç uğramadı mı?"

"Emin değilim."

"Ah, baba. Ona daha sıkı göz kulak olman gerektiğini biliyordun. Söz vermiştin."

Kolunu tutarak onu odanın kapısına götürdüm. Sakat bacağına bastığında yüzü acıyla geriliyordu.

"Bugün doktora görünmek istemediğine emin misin, baba?"

"İyiyim, beni merak etme. Yardım etmene gerek yok, Olivia."

"Peki. Belinda dönmüş mü, bakayım." Adımlarımı hızlandırdım.

Belinda'nın odasının kapısı açıktı. Bir süredir orada kalmadığı belliydi. Babamın aşağıda birisiyle konuştuğunu duyunca merdiven başına gittim. Carmelita'yla konuşuyordu.

"Siz miydiniz, Bayan Olivia? Döndüğünüzü bilmiyordum."

"Yeni geldim. Kız kardeşim nerede, biliyor musun?"

"Onu günlerdir görmedim."

Babam trabzandan destek alarak basamakları çıkmaya çalışıyordu. Aksadığı için, ona yardıma koştum. Carmelita da arkasından destek oluyordu. Bana bakarak başını iki yana salladı.

Babam odasına varınca, yaralarını temizlemek için hemen banyoya girdi.

"Ne kadar zamandır bu durumda?" diye sordum Carmelita'ya.

"Düğününüzün ertesi günü başladı. Bayan Belinda gidince tek başına kaldı. Gece yarısı arka bahçeye çıktığını görünce, Jerome'u arkasından yolladım. Babanız çok içmişti. Jerome onu iki defa içeri getirmek zorunda kaldı. Babanız ağlayarak ona korkunç şeyler söylüyordu. Üçüncü seferinde tartıştılar ve Jerome ona işten ayrılacağını açıkladı."

"Anladığım kadarıyla, sen de gidiyormuşsun."

"Evet. Artık emeklilik tazminatımı alıp ihtiyarlığın tadını çıkaracağım. Geçen yıl kocasını kaybeden kız kardeşim yanına taşınmamı teklif etmişti." Başını iki yana salladı. "Üzgünüm, Bayan Olivia. Ama anneniz olmayınca... Burasının eski neşesi kalmadı. Yerime kısa sürede birini bulacağınıza eminim. O zamana kadar yanınızda kalacağım."

"Teşekkür ederim. Jerome nerede?"

"İş saatleri bitince şehre iniyor, Bayan Olivia. Şimdi de orada. Babanız onun bahçede çalışmasını istemiyor ve ne çiçeklere, ne de toprağa el sürmesine izin vermiyor. Babanızın ne kadar kötü durumda olduğunu siz de görüyorsunuz. Çok içiyor. Eve döndüğünüze memnun oldum."

"Onunla ben ilgilenirim."

Başını salladı. "Bana ihtiyacınız olursa, aşağıdayım."

"Teşekkürler, Carmelita."

"Çok üzgünüm, Bayan Olivia. Anneniz bu evin kalbi ve ruhuydu. Ondan sonra..."

"Teşekkürler, Carmelita," dedim daha sert bir sesle. İçinden geçenleri söylemişti. Aynı şeyi defalarca tekrarlamasına gerek yoktu. Dudaklarını sıkarak odadan çıktı.

Banyo kapısına vurdum. "İyi misin, baba?"

"Evet. Duş alıp yatacağım. Sonra Samuel ve sen balayınızı anlatırsınız."

"Emin misin, baba?"

"Evet," dedi tekrar.

Bir de şirketin durumuna bakmalıydım. Merdiven başına geldiğimde, önce kahkahasını duydum. Sonra kapı açıldı ve Belinda yanında acayip görünüşlü bir delikanlıyla içeri girdi. Çocuğun eli onun belindeydi. Antrede durup öpüştüler. Çocuk ellerini Belinda'nın poposuna indirerek ayaklarını adeta yerden kesti. Belinda zevkle çığlık atmıştı.

"Belinda!"

Çocuktan uzaklaşarak bana baktı. Elini dudaklarına götürürken hâlâ gülüyordu. "Ooo!" Hıçkırdı.

Delikanlı gerilemişti. Sırtında sarı-beyaz çizgili tişörtle eski püskü bir kumaş pantolon vardı. Uzun saçları yağlı, ayakları çıplaktı.

Belinda'nın açık yeşil bluzunun yakası sutyensiz göğüslerini gösterecek denli açıktı. "Selam, Olivia. Bu, ablam Olivia. Olivia, seni Bryan'la tanıştırayım."

"Ryan," diye düzeltti çocuk.

"Ah, tabii. Ryan. Ryan, Bu, ablam Olivia. Yeni evlendi. Balayın nasıldı, Olivia? Denizde sarsıntı var mıydı?" Arsız arsız güldü.

Ona dik dik bakıyordum. Belinda gülümsemesini sabitleyerek ayakta sallandı. Dengesini kapının koluna yapışarak bulabilmişti. Delikanlıya döndüm. "Bana kalırsa, artık gitmelisiniz."

Birden ayılıverdi. "Ah, tabii. Ben sadece... Zaten kalamazdım. Benim..."

"Neden kalamadığınız beni ilgilendirmez. Lütfen bu evi terk edin."

Çocuk başını sessizce kabul anlamında salladı.

"Dur bir dakika," diye lafa karıştı Belinda. "Bryan'ı bu akşam yemeğe davet etmiştim."

Çocuk, "Adım Ryan," diye tekrarlayarak geri geri yürüdü. "Önemi yok. Aç değilim. Tanıştığımıza memnun oldum." Telaşla çıkıp gitti.

"Hey!" Belinda onu geri getiremeyince hışımla bana döndü. "Bu yaptığın hiç de hoş değildi, Olivia. Beni ta nerelerden evime bıraktı..." Duraksadı. "Çok uzak bir yerden geldik. Hiç olmazsa ona..."

"Sarhoşsun, Belinda. Üstelik düğünden beri eve uğramamışsın. Hangi cehennemdeydin?"

"Arkadaşlarımla birlikteydim." Ellerini beline koydu. "Evlendin ve kendi evine taşındın. Artık buraya gelip bana patronluk taslama! Hem sarhoş da değilim." Hıçkırıp sendeleyerek merdivene doğru yürüdü.

"Ben şirkete gidiyorum," dedim. "Babamla ilgilenmen gerekliydi ve doğrusu seni ayıltmaya çalışarak da zaman kaybedemem. Sen bencil ve çevreni düşünmeyen birisisin, Belinda ve günün birinde aklını yitireceksin. Ama o gün seni kurtarmaya gelmeyeceğim. Bunu sakın unutma." Yanından geçip gittim.

Bir şeyler söylemeye çalıştı, ama tek kelime etmesine fırsat vermeden kapıyı arkamdan çarptım. Vicdanım onun merdivenden düşebileceğini söylese de, hiç aldırmadım. Ona iyi bir ders olurdu bu. Arabama binip şirkete giderken, öfkemin duman olup kulaklarımdan çıktığına emindim.

Şirkette karşılaştığım durum, en kötü şüphelerimi haklı çıkarmıştı. Babam şirkete uğramamakla kalmayıp telefonlara da cevap vermemiş, bu yüzden bazı müşterilerimizi kaybetmiştik.

Hemen işe koyulup, birkaç saat içinde durumu olabildiğince düzeltmeye çalıştım. Bir ara Samuel aradı.

"Carmelita'dan senin birkaç saat önce evden çıktığını öğrendiğimde, şirkete gittiğini tahmin ettim. Yarına kadar işbaşı yapmayacağımızı sanıyordum, Olivia."

"Bu lükse sahip değilim. Babam işleri fazlasıyla boşlamış, Samuel. Geç saatlere kadar eve dönebileceğimi sanmıyorum."

"Ama... ya akşam yemeği? Kulüpte yer ayırtmıştım. Buluşacağımız insanlar vardı."

"Pek aç değilim. İstersen, yalnız gidebilirsin," dedim.

"Saçmalama," diye homurdandı. "Biz de yarın gideriz."

"Şimdiye kadar, işlerimi ertelemediğimi öğrenmiş olmalıydın, Samuel. Bugünün işini yarına bırakmam." Bu gerçeği onun beynine kazımak istercesine, kelimeleri tek tek vurgulamıştım.

"Ah, tabii. İstersen gelip yardım edeyim." Bu konuda pek de istekli görünmüyordu.

"Burada senin yapabileceğin bir şey yok. İşleri sana açıklamak çok uzun sürer, Samuel. Çok canım sıkkın." Belinda'nın yaptığı şeyi anlattım ona.

"Anlıyorum."

"Öfkemi unutmak için çalışmam gerek."

"Pekâlâ. Seni kulüpte bekleyeceğim. Belki işini zamanında bitirip..."

"Beni yemeğe bekleme. Gelebilirsem gelirim." Tutamayacağım bir sözdü bu. Samuel hemen kabul etmişti. O da tanıdığım diğer insanlar gibi olmayacak duaya amin diyerek kandırıyordu kendini.

Yapılacak yığınla iş vardı. Kendimi çalışmaya kaptırarak saati tamamen unutmuştum. O saatte çoktan eve dönmüş olan Samuel tekrar aradı.

"Seni şirkette bulacağımı biliyordum yine. Hâlâ orada olduğuna inanamıyorum, Olivia."

Saatin kaç olduğunu görünce ben de şaşırmıştım. "Hemen eve geliyorum, Samuel."

"Kulüpte herkes seni sordu. Senin balayı dönüşü doğruca şirkete gittiğini söylediğimde çok etkilendiler." 'Etkilendiler' kelimesini, insanların asıl tepkisinin başka türlü olduğunu ima edecek şekilde vurgulamıştı.

"Babamı aramalıyım." Onu da unuttuğumun farkına varmıştım. "Birazdan görüşürüz."

Telefon uzun uzun çaldı. Cevap veren Carmelita'ydı. "Ah, Bayan Olivia. Babanız mı? Birlikte üst kata çıkmasına yardım ettiğimizden beri onu görmedim. Uyuduğu için akşam yemeğine de inmedi."

"Ya Belinda?"

"Siz gittikten sonra mutfağa indiğini duyup ona yiyecek bir şeyler hazırladım. Sonra o da uyudu sanırım. Ama bir saat önce kapıya birisi geldi ve kız kardeşiniz onunla gitti."

"Peki, Carmelita. Bir şey olursa beni ararsın." Ona evimin telefon numarasını verdim.

Yeni evimize döndüğümde, Samuel'i oturma odasında televizyon izlerken buldum. Şirkette ne yaptığımı bilmek istiyordu, ama ona konuşamayacak kadar yorgun olduğumu söyledim. "Daha yapılacak bir sürü şey var, Samuel."

"Evet." Ellerini ovuşturdu. "Yarın ben de gelip sana yardım edeceğim. Söz. Burada bir şeyler yaratacağız."

"Zaten bir şeyler yaratıldı, Samuel. Biz bunu devam ettireceğiz sadece."

"Evet, haklısın."

Çayla birlikte bir tost atıştırdıktan sonra yatmaya karar verdim. Samuel hâlâ televizyonun karşısındaydı. Önümüzdeki günlerde yeni evimize hizmetkârlar almalı ve babamın işe dönüp dönemeyeceğini anlamalıydım. Gücüm yerinde olmalıydı. Bunun yeni evimdeki ilk gecem olduğunu ancak ışığı söndürüp başımı yastığa koyduğumda hatırladım.

Bunu izleyen günlerde ve haftalarda, babamla ilgili endişelerim gittikçe daha da artmıştı. Tekrar şirkete dönmüştü, ama hâlâ çok içiyordu. Kendine hiç bakmadığı, çoğu zaman da şirkete gelirken giydiği kıyafetiyle uyuduğu belliydi. Dikkatini bir yerde toplamakta da zorluk çekmeye başlamıştı. Eskiden birkaç dakikada bitireceği bir evrakı en az bir saat okuyordu. Birden yaşlanmıştı sanki. Saçları iyice beyazlamış, yüzündeki çizgiler derinleşmişti. Dik duruşunu da kaybetmişti artık.

Ona Belinda'yı sormamın bir yararı olmayacaktı. Ben kendi evime taşındığım ve babamın da dikkati dağınık olduğu için, özgürlüğünü iyice ilan etmişti. Onu kontrol etmek imkânsızdı artık. Nerede akşam, orada sabah yaşıyor, benden olabildiğince uzak duruyordu. Onu gördüğüm ender zamanlarda ise mutlaka bir yerlere gitmek üzereydi. Babam onunla başa çıkabilecek halde değildi. Onu uyarmaya çalıştım.

"Zaten istikrarlı, kendini bilen biri değildi, baba. Ben evden ayrıldığıma göre, onu dizginlemek sana düşüyor. Ona bu kadar para verme ve geleceği düşünmesini sağla."

"Biliyorum. Onunla ilgileneceğim." Ama boş bir vaatti bu. Hafızası gittikçe zayıflamaktaydı.

Bu halini gören Samuel ona yardım etmeye çalışıyordu. Babam ofise gelmediği zamanlarda hep yanındaydı. Belinda'yı bir bardan ya da restorandan çıkarken görse, evine götürmek ve içmesini önlemek için elinden geleni yapardı. Belinda'nın rezaletlerini başkalarından duymaktan hiç hoşlanmadığımı bildiği için, önce kendisi söyleyerek darbenin şiddetini azaltıyordu.

İşimizi kurma sözüne rağmen, ofisten uzak kalmaktan memnundu. Kendini halkla ilişkiler uzmanı olarak tayin etmişti.

"İş çevresiyle yakın ilişkiler kurmalıyız, Olivia. Sen bu gibi 'gereksiz' işleri sevmediğine göre, bu görev bana düşüyor."

Yeni işler alacağımız iddiasıyla yemeklere götürüp ağırladığı insanların bizim faaliyet alanımızla ilgileri yoktu. Bunu hatırlattığımda, onların işimizde önemli kişilerle bağlantıları olduğunu söylüyordu.

Babam Samuel'in yaptıklarını eleştirmek şöyle dursun, çoğu zaman ona eşlik ediyor ve görünüşe göre çok da eğleniyordu. Bununla teselli bularak sesimi çıkarmıyordum. Kendi sınırlarını bilen Samuel benim sorumluluklarıma hiç müdahale etmiyordu.

"Bu Olivia'nın uzmanlık alanı," diyordu. Zaman ilerledikçe, her şey 'Olivia'nın uzmanlık alanı' oluvermişti.

Oysa en azından başlangıçta, Samuel'in yaptıklarına değer veriyordum. Sosyal hayır kuruluşları ve çevrelerinin gözbebeği haline gelmiştik. Yüksek düzeyde her sosyal faaliyetin baş konuklarıydık. Gardrobumu yenileyip yeni mücevherler almamda ısrar eden Samuel bunları benim namıma seçerek şirket hesabına yazdırıyordu. Kendi gardrobu konusunda da hiç cimri değildi.

Kendi seçkin yemek davetlerimizi düzenlemeye başlamıştık. Samuel'in sayesinde evimize politikacılar ve hükümet yetkilileri gibi daha nüfuzlu kişiler gelip gitmeye başlamıştı.

En fazla merakla beklediğim olay Nelson Childs'ın düğünüydü elbette. Onu aylardır görmüyordum. Nelson bu arada hukuk fakültesini bitirip baroya girmiş ve babasının firmasında çalışmaya başlamıştı. Babasının hukuk firmasının girişinde artık onun da adı yazılıydı ve oradan her geçişimde yüreğim hop ediyordu. Çoğu zaman sırf onun adını görmek için yolumu uzatıyor, her seferinde de liseli âşık bir kız gibi davrandığım için kendimi azarlıyordum. O yakında başkasıyla evlenecekti, ben de başkasıyla evliydim. Ben ne yapıyordum böyle?

Nelson'ın düğününe davetli olan herkes, parti için ne kadar emek harcandığını ve hazırlık yapıldığını biliyordu. Babamla Belinda da davet edilmişlerdi elbette. Belinda düğüne de gelmeyeceğini söyledi. Buna sevinmiştim. Belinda'yı evde bulduğum ender zamanlardan biriydi ve bir takım yeni arkadaşlarıyla çıkacağı yolculuk için hazırlanıyordu.

"Kimmiş bu yeni arkadaşlar?" diye sordum.

"Yeni tanıştığım birileri. Senin hoşlanmayacağın tipler."

"Neden? İçki içip bir işte çalışmadıkları için mi?"

Ellerini kalçalarına koyarak bana baktı. "Hayır. Çalışmaktan çok eğlenmeyi sevdikleri için."

"Çalışmak zorunda değiller demek. Kim onlar? Zengin veletler mi, yoksa hırsızlar mı?"

"Seninle onlar hakkında konuşmak istemiyorum, Olivia." Gözlerinde yaşlar vardı.

"Demek düğüne gelmeyeceksin?"

Güldü. "Hayır. Nelson sadece sana kalacak böylece."

Boynuma ve yüzüme ateş basmıştı. "Bu saçmalıktan sıkıldım artık, Belinda. Onunla kayıkhaneye kapanan ben değil, sendin."

"Doğru, ama benim yerimde olmayı isterdin."

Aramızdaki hava aniden elektriklenmişti. "Kocan senin Nelson'a karşı neler hissettiğini biliyor," dedi Belinda.

"Ona saçma sapan bir şey mi dedin yoksa?"

"Hayır, ama biliyor. Buna eminim." Bavulunu toplamaya devam etti. "Ayrı odalarda yattığınıza göre, onunla iki sevgili olduğunuz söylenemez."

"Bu seni hiç ilgilendirmez."

"Haklısın." Güldü. "İyi ki de ilgilendirmiyor. Samuel'e kendisini kanıtlaması için bir şans vermelisin bence. Belki de Nelson Childs'la ilgili hayaller kurmaktan kurtulursun böylece."

"Yeter!"

"Samuel'in iyi bir âşık olduğunu... yani öyle olduğuna inandığımı anlatmaya çalışıyorum sadece. Öyle, değil mi?"

"Bu aptalca konuşmaya devam etme niyetinde değilim. Fakat seni uyarıyorum, bu saçmalıkları başkasına söylediğini duyarsam..."

"Beni aileden kovacaksın, biliyorum. Merak etme. Enerjimi böyle şeylere harcayamam. Eğlenmekle meşgulüm."

"Bizim paramızla. Hayatın için ciddi bir şeyler yapmak istemiyor musun hiç?"

"Yapıyorum ya. Hayatımı eğlenerek değerlendiriyorum."

Onunla ilgili şikâyetlerimi söylediğimde, babam başını iki yana salladı. "Yakında uslanacak, Olivia. Göreceksin."

"Kendini kandırıyorsun, baba. Başkalarına yalan söylemekten çok daha kötü bir şey bu."

Yüzüme boş boş baktı. Artık iyice zayıflamıştı. Benzi de kireç gibiydi. Belinda'yı ona şikâyet etmekten vazgeçecektim. Bırak kendi kendini mahvetsin. Onu kafamdan atmaya karar vermiştim.

Nelson Childs'ın düğününde ne giyeceğimi ve nasıl görüneceğimi düşünüyordum sadece. Elbiselerimin hiçbiri yeterince güzel değildi. Çok özel bir şey olmalıydı. Nelson'ın beni görünce, şansını kaybettiğini anlamasını istiyordum. Sosyeteye dahil olmak dışında başka özelliği olmayan süs bebeği yerine, çekici ve zeki bir kadınla evlenebilir, yardımıyla bütün hedeflerine ulaşabileceği bir hayat arkadaşı olabilirdi.

Annemin Belinda'nın liseden mezuniyeti için özel bir elbise diktirdiği terziye gittim. Kadın bana bir sürü model gösterdikten sonra benim için özel bir gece elbisesi tasarladı. Belinda kıskançlıktan çatlayacaktı. Bu, V biçimli derin dekoltesinin her iki yanında ve kol uçlarında parlak işlemeleri olan zümrüt yeşili şifon bir elbiseydi. Damla şeklinde elmas gerdanlığımla, takımı olan küpelerimi takacaktım. Alışverişe çıkıp en uygun ayakkabıyı seçtikten sonra saçlarımı ve tırnaklarımı yaptırdım. İlk defa profesyonel bir güzellik uzmanına gidiyordum.

Samuel, "Kendi düğününe bile bu kadar hazırlanmamıştın," diye takıldı. Gülen gözlerinin ardındaki ifadeyi çözememiştim. Bazen hareketler çok şey anlatırdı. Belinda ona ne gibi saçmalıklar uydurmuştu kim bilir?

"Benimle gurur duyacaksın," dedim gözlerimi kaçırarak.

"Ah, duyuyorum zaten. Yine Nelson ve Louise'i gölgede bırakacağız. O kadın sonunda senden nefret edecek, Olivia."

"Hiç sanmam."

Ama yüreğimin derinliklerinde Samuel'in haklı olmasını ümit ediyordum. Ancak, onu düğününde değil, Nelson Childs'ın kalbinde gölgede bıraktığım için...

12

Hep Hayalini Kurduğum Düğün

Nelson'ın nikah töreni benimkinden çok daha güzeldi. Bunun nedeni, konukların çoğunun yüzlerinde hayret, hatta hoşnutsuzluk olmayışıydı belki de. Kilisede yapılan törenlere uygun bir ortam vardı. Benden başka herkes bu bir kraliyet düğünüymüş gibi davranmaktaydı. Mihraba uzanan kırmızı halıdan, mihrabın üzerindeki, güllerden oluşan kemere kadar her şeye bakarak iç geçiriyorlardı. Nelson sağdıcı olan Samuel'le birlikte yerini aldığında, kilisedeki tüm kadınlar ona ünlü bir Hollywood yıldızına bakar gibi bakmışlardı. Nelson o muhteşem gülümsemesini takındığında hepsi derin derin iç geçirdiler.

Müzik başlayıp, Louise Branagan babasının kolunda mihraba yürürken herkes huşu içinde sustu.

Çok güzel bir gelin olduğunu itiraf etmeliydim. Saçının her teli yerli yerindeydi. Uzun kuyruklu gelinliği içinde gerçek bir prensesten farksızdı. Uzun duvağını ablasının yedi yaşındaki, birer meleği andıran ikiz kızları tutuyordu. Louise dudaklarında hafif, ama güzel bir gülümsemeyle ve mağrur bir pozla yürümekteydi. Nelson'la bakışları kenetlenmişti. Konuklar arasındaki çocuklar bile büyülenmiş gibiydi. Louise mihraba ulaşınca, babası kenara çekildi.

Rahip töreni başlattı.

Mihrapta Nelson'ın yanında ben olmalıydım. Keşke, babamın Belinda'yı Nelson'a yamamak için Childs'ları akşam yemeğine davet ettiği ve her şeyin başladığı o gece daha ısrarlı davransaydım. Nelson'ı önce konuşmalarım ve fikirlerimle etkim altına alıp sonra cinsel cazibemle kendime bağlamam gerekirdi. Haftalar sonra kayıkhanede Nelson'la sevişen Belinda değil ben olmalıydım. Böylece hiçbir sonuca varmayan o rezil macera yaşanmaz, ikimiz birlikte geçecek bir hayatla çare bulan ve kalplerimizi kasıp kavuran bir aşk yaşardık.

Ama böyle bir şey olmayacaktı. Kaprisli, acımasız kader onu benden koparıp önüne Belinda'yı sürmüş, o da sonunda baştan çıkmıştı. Bu da yetmezmiş gibi, Nelson'ı kendi ahlak mahkememde yargılayarak, onu utandırmış ve korkutmuştum. Ne yazık ki beni hep müşfik ve sevgi dolu bir kadın değil, güç sembolü, korkunç bir yaratık olarak görecekti. Nelson Childs'ın başka bir kadına aşk ve bağlılık yemini ettiği o öğleden sonrasında kendimden hiç böyle nefret etmemiştim. Louise'in yeminlerini dudaklarımla tekrarlıyor, Nelson yemin ederken ise gözlerimi kapayıp hayallere dalıyordum.

Org yeniden çalmaya başlarken, herkes ayağa kalktı ve Nelson'la yeni Bayan Nelson Childs'ın geçişini izledi. Çift tebrikleri kabul ediyor, kameralara gülümseyerek poz veriyor, hayran kitlesine el sallıyorlardı.

Samuel, "Ne muhteşem bir tören, öyle değil mi?" dedi heyecan içinde yanıma döndüğünde.

"Evet," dedim kısaca.

"Çok güzel bir gelindi. Provincetown'ın kalbine taht kurdular, ne dersin?"

"Ben olsam bu kadar abartmazdım, Samuel," diye homurdandım. "Kendini fazla kaptırma."

Gülerek babama döndü. "Sen ne düşünüyorsun, Winston?"

"Evet, güzel bir törendi," diye homurdandı babam da. Louise'in yerinde Belinda'nın, hatta benim olmadığıma mı hayıflanıyordu acaba? Dikkati dağınıktı. İş dünyasından tanıdığı bir arkadaşı onu başka bir yere götürdü.

Nelson ve Louise aileleriyle birlikte fotoğraf çektirirken, konuklar da düğün töreninin yapılacağı salona geçtiler. Samuel sağdıç olduğu için, dans pistinin karşısındaki masada oturacaktık. Büyük bir orkestra tutulmuştu. Şarkı söyleyecek bir kadın bile vardı. Konukların gelişiyle müzik başladı.

Baer'lar ve Stevens'lar da aynı masadaydı. Ron Baer ve Carl Stevens, Nelson'ın babasının firmasındaki küçük çaplı ortaklardı. Firma Provincetown'ın en başarılı firmalarından biri haline gelmişti.

Janet Baer, "Evinizi çok güzel yapmışsınız," dedi bize. Bunu Samuel'e bakarak söylemişti.

Samuel, "Gördüklerin çoğunlukla Olivia'nın eseri," dedi.

"Ya? Sen her konuda uzmansın galiba, Olivia." Sahte bir gülümsemeyle söylemişti bunu.

"Kız kardeşin bugünlerde neler yapıyor?" diye sordu Tami Stevens. Janet'le bakışmışlardı. Benimle uğraşmanın çok hoşlarına gittiği belliydi.

"Bekliyor," dedim kuru bir sesle.

İki kadın bu kez şaşkınlıkla bakıştılar. "Bekliyor mu? Ne bekliyor?" diye sordu Janet.

"Karar vermek için."

İki kadın gülümsemezken, Samuel bir kahkaha attı. "Dans edelim mi, Olivia?" Ayağa kalkmıştı.

"Tabii." Yerimden kalktım.

Samuel kadınların kocalarına baktı. "Buraya eğlenmeye geldik. Avukat pozunuzu bırakın artık."

Samuel'in hiçbir esprisi bu kadar hoşuma gitmemişti. Dans pistinde, gülmemi saklamak için yüzümü omzuna yasladım.

Samuel, "O ikisi öylesine kasıntı ki, yerlerine yapışmış gibi oturuyorlar," dedi.

Yine güldüm. Daha sonra şampanya içtim, tekrar dans ettim. O sırada, orkestra müziğe ara verdi ve şarkıcı Bay ve Bayan Nelson Childs'ın geldiğini haber verdi. Nelson ve Louise bir alkış tufanı arasında salona muhteşem bir giriş yaparak, kendilerine ayrılan masaya oturdular.

Janet Baer, "Bu evlilik Aşk Tanrısı'nın eseri olmalı," dedi gürültünün arasında sesini duyurmaya çalışarak.

Carl Stevens, "Nasıl derler, cennetten çıkmış bir evlilik," diye katıldı ona.

Samuel ayağa kalkarak çatalını kadehine vurdu. "Baylar, bayanlar, hepimiz kadehlerimizi yeni evlilerin şerefine kaldıralım."

Herkes ayağa kalkarak kadehlerini çifte doğru kaldırdı.

"Bay ve Bayan Nelson Childs'ın şerefine. Umarım onlar da ben ve Olivia kadar mutlu olurlar."

Birisinin arkamdan alayla güldüğünü duydum, ama herkes kadehlerini dudaklarına götürmüştü. Müzik ve ziyafet yeniden başladı.

Janet, "Balayınızda nereye gidiyorsunuz?" diye sorunca, Nelson, Samuel'e ve bana baktı.

"Mutlu bir evlilikleri olan Logan'lar gibi denize değil dağlara, Aspen'a gideceğiz. Louise doğada yürüyüş yapmayı çok sever. Beni bir şekilde, ama mutlaka yormak istediği kesin." Bana göz kırptı.

Yemek başlamıştı. Samuel daha sonra bir tanıdığıyla konuşmak için yanımızdan ayrılınca, Nelson kulağıma eğilerek, "Doğru mu söyledi, Olivia?" diye fısıldadı. "Ben de sizin kadar mutlu olacağıma inanabilir miyim?"

"Senin her zaman, her şeyde başkalarını geride bırakacağını düşünüyorum, Nelson."

Kıkır kıkır gülerek, bir arkadaşına kadeh kaldırdıktan sonra tekrar bana döndü. "Sen de bize katılmayacak mısın?" Kadehime şampanya koydu.

Katıldım ve bir kadeh şampanya daha içtim. O akşam hayatımda içmediğim kadar içmiştim ve başım dönmeye başlamıştı. Ayaklarım birbirine dolanıyordu. Dansı bırakmaya karar verdim. Bu durum Samuel'i çok eğlendirmişe benziyordu, ama herkesin gözü önünde yere düşmeyi göze alamazdım.

"Artık eve gidelim," dedim kulağına. Bunu Nelson da duymuştu.

"Önce damatla dans etmelisiniz, Bayan Logan. Sağdıcın karısının bunu yapması gelenektir. Öyle değil mi, Samuel?"

"Kesinlikle."

"Yapabileceğimi sanmıyorum," diye mırıldandım, ama Nelson ayağa kalkıp elimi tutmuştu bile. İkimiz dans pistine giderken, diğer kadınların gözleri üzerimizdeydi.

"Sana sıkı sarılırsam kusura bakma, Nelson. Ama beni bırakırsan, pelte gibi yere yığılırım."

"İstediğin kadar sıkı sarılabilirsin," diyerek beni kendine çekti. Gözlerimi kapayarak başımı omzuna yasladım.

"Artık hepimiz mutlulukla sonuçlanan evlilikler yaptık," dedi.

"Hepimiz değil," dedim Belinda'yı düşünerek.

"Yakında onun da başı bağlanır."

"Beni endişelendiren, bunun kiminle ve nerede olacağı," dedim. Nelson güldü. Kollarında çok mutluydum. Gözlerim kapalı müziğe kapılmışken, bunun kendi düğünüm olduğunu hayal etmem çok kolaydı. Nelson'ın evliliğinin ilk gecesi nasıl olacaktı acaba? Samuel onların çoktan defalarca seviştiklerini söylemişti.

Müzik bittiğinde derin bir düş kırıklığı yaşadım. Masaya döndüğümüzde, dengemi kaybetmemek için Carl Stevens'ın omzuna yapışmıştım. Herkes gülüştü.

"Artık gidelim, Samuel," dedim yerime oturunca. Yüzüm kıpkırmızı olmuştu.

Ayağa kalkıp Nelson ve Louise'le vedalaştık. Louise, "Umarım seninle iyi dost oluruz," dedi bana sarılırken.

"Dilerim."

Babam albay ve diğer arkadaşlarıyla iyi vakit geçiriyor gibiydi. Buna çok seviniyordum. Dönüş yolunda neşeyle kıkırdadım durdum. Samuel'in da keyfi yerindeydi.

Üst kattaki yatak odama çıkmama yardım etti. "Senin başkasının yardımına ihtiyacın olduğu pek görülmemiş bir şey, Olivia. Bu anın tadını çıkarmalıyım."

Güldüm. O gece her şeye gülüyordum zaten. Ellerimi arkaya uzatıp elbisemin kopçasını çözmeye çalışırken sağa sola sallandım. Yeni bir gülme krizine kapılmıştım.

"Size yaptığım yardımları sürdüreyim, hanımefendi."

Kendimi yatağa atıp, Samuel'in beni soymasına izin verdim. Işık açıktı. Partiden son dinlediğim ve eşliğinde Nelson'la dans ettiğim melodiyi mırıldanıyordum gözlerim kapalı olarak. Samuel'in kahkahası çok uzaktan gelir gibiydi.

"Olivia Gordon'ı bu halde göreceğim hiç aklıma gelmezdi." Çıplak göğüslerimi, karnımı öpmeye başlamıştı. Bunun Nelson'la benim düğün gecem olduğunu hayal ediyordum, öyle değil mi? Bu gerçek olsaydı, aynı şeyleri hissederdim mutlaka.

Samuel en gizli yerlerime dokunup, vücudumun en gizli köşelerinde dudaklarını gezdirirken, evet, diye düşündüm. Daha önce hiç olmadığı gibi seviş benimle, dedim içimden. Bütün kısıtlamaları bir yana bırakıp, Belinda gibi gözükara olacaktım o gece.

Karşı koymadan kendimi bırakışım Samuel'i çılgına çevirmişti. İçinden geldiği gibi, şehvetle sevişti benimle. İkimiz de bitkin düşene kadar seviştik. Evlendiğimizden beri ilk defa Samuel kendi yatağına gitmeden yanımda uykuya daldı.

Sabah sıçrayarak uyanınca onu yatağımda buldum. "Burada ne yapıyorsun?"

"Ne?"

"Neden kendi yatağına dönmedin?"

"Ne?"

"Sürekli aynı şeyi söylemekten vazgeç!" Olanları hatırlamaya çalıştım. Düğünde kendimi komik duruma mı düşürmüştüm? Dün geceki sevişmenin ne kadarı gerçek, ne kadarı hayaldi? Başım fena halde ağrıyordu. Kendime duyduğum öfkeyle inledim.

Samuel yatakta doğrularak gerindi. "Dün gece müthiştin, Olivia."

"Yeter!"

"Yeter mi? Ama öyleydin. Seni eve getirmek zorunda kaldım. Merak etme, kimse sana kızmadı. Hatta Nelson'ın hoşuna bile gitmişti."

"Ya, demek öyle? Herkesi eğlendirdiğime memnun oldum."

Banyoya gidip, dayanabildiğim kadar soğuk bir duş yaptım. Çıktığımda, Samuel kendi odasına dönmüştü. Ara kapıyı kapayıp, aynanın karşısında durdum. Çarşaflarla örtüler birbirine karışmıştı.

Evet, çok zevk almıştım, ama başka bir erkekle seviştiğimi hayal ettiğim için. Daima böyle olacağını düşününce gözlerim yaşlarla doldu.

Aşk acımasız bir duyguydu. Getirdiği acı, mutluluğu geride bırakırdı. En iyisi hiç âşık olmamaktı. Böylece güvende olurdum ve hiçbir de erkek beni incitemezdi.

Sonraki günlerde, düğünde yaptıklarımdan sıkça söz edilmişti ama Belinda hakkında ortalıkta dolaşan dedikoduların yanında bu hiç kalırdı. İki kez arkadaşlarıyla kafa çektiği barda daha fazla bira verilmediği için olay çıkarmışlar ve onu polis merkezinden almak zorunda kalmıştım. Belinda her seferinde suçu başkasına atmış, zengin bir adamın kızı olduğu için tutuklandığını iddia etmişti.

Önceleri gerçekleri babamdan saklamaya çalışmış, ama sonra bilmesinin iyi olacağına karar vermiştim. Ona karşı daha kararlı davranırdı belki de. Fakat her seferinde aynı şeyler konuşuluyordu.

"Onu bir okula göndermez ya da dişe dokunur, ciddi bir şeyler yapmasını sağlamazsan, başı daha büyük derde girecek, baba. Ona para vermeyi kes artık."

"Bir şeyler yaparım," dedi. "Birkaç yeri arayıp, onu iyi bir okula yazdırmaya çalışacağım."

Babam ya bir iki çabanın ardından vazgeçip konuyu unutacak ya da başarılı olması halinde Belinda ortalığı birbirine katarak reddedecekti. Her seferinde uslanacağına söz veriyordu. Birkaç ay boyunca, Provincetown'ın başarılı restoran sahiplerinden birinin oğluyla çıktı. Ciddileşecek gibi görünen bir ilişkiydi; ama Belinda sonunda ondan sıkılarak açıkça aldatmaya başlamış, çocuk da istikrarlı bir ilişki ümitlerimizi yok ederek onu terk etmişti.

Bu konuda kendim bir şeyler yapmak istiyordum, ama babamın şirkete olan ilgisi azalmaya başlamıştı. Her gece içiyor, sağlığına hiç dikkat etmiyordu. İşler bana kaldığı için kendime ve aileme ayıracak zamanım kalmıyordu.

Hem kâhyam, hem de şoförüm olan Raymond, Jerome'un, ben de Carmelita'nın yerine birini bulmuştum. Ama hizmetçi Belinda'yla tartışıp işten ayrılınca başkasını bulmak zorunda kaldım. Öylesine yoğun bir tempoda çalışıyordum ki, bir sabah mide bulantısıyla uyanıp kusana dek kendimi düşünecek zamanım olmamıştı.

Bu hareketliliği kendi odasından duyan Samuel ara kapıyı tıklattı. "İyi misin, Olivia?"

Soluklarım normale dönünce, küvetin kenarına oturup düşünmeye başladım.

"Olivia?"

"Evet, evet. İyiyim, Samuel."

"Emin misin?"

"Evet," dedim, ama içimi buz gibi bir korku sarmıştı. Adetlerim her zaman düzensizdi, ama son zamanlarda çok meşgul olduğum için günlerin ve haftaların hesabını şaşırmıştım. Ama bu sadece düzensiz adetlerimden kaynaklanan bir durum olamazdı. Çok gecikmişti.

Samuel'in haberi olmadan Doktor Covington'a muayene oldum. Birkaç gün sonra tahlil sonuçlarını bildirdi.

"Tebrikler, Olivia. Hamilesin." Müjdeyi vermekten ne kadar memnun olduğu açıktı.

Başımdan aşağı soğuk sular dökülmüş gibi oldu. Belinda'nın kapısını açıp, bebeğini yerde gördüğüm geceden beri, hamilelik bebekler benim için karanlık ve gizemli şeyler olmuştu. Benim hamileliğim neye benzeyecekti acaba?

Samuel'e hemen söylemedim. Ondan saklarsam, gerçek olmayacak gibi geliyordu bana. Doktorun haberi telefonla verdiği günün gecesinde tuhaf bir rüya gördüm. Doğuracağım bebek Nelson'a o kadar benziyordu ki, Samuel ikimizin seviştiğini sanmıştı. Oysa sevişirken Nelson'ı öylesine kuvvetle hayal etmiştim ki, vücudum bebeği Samuel'in değil onun hatlarıyla şekillendirmişti. Ama bebeğim benden çok Samuel'e benzeyecek, bu çılgınca rüyam boşa çıkacaktı.

Ertesi sabah kahvaltıda haberi Samuel'e verdim. "Son günlerde sabahları yaşadığım sorunların yarattığı durumla ilgili, Samuel."

"Durumun mu? Ne durumu?"

"Doktor Covington hamile olduğumu söyledi."

"Hamilesin ha? Harika!" Sevinçle ayağa fırladı. "Kaç aylık?"

"Üçüncü ayı geride bıraktım," dedim kuru bir sesle.

Ellerini çırptı. "Babalarımıza haber vermeli, bebek odasını hazırlamalıyız! Hazırlıklar, hazırlıklar! Senin işi bırakma benimse devralma programını da yapmalıyız ve..."

"Hayır. İşi bırakmayacağım."

"Ama... bir bebeğin olacak ve sandım ki..."

"Hiçbir şey sanma. Hamilelik hastalık değil. Öyle mi?"

"Evet, ama baban ve ben ailemiz genişledikçe şirketin sorumluluğunu yavaş yavaş bana bırakacağını düşünmüştük."

"Böyle bir şey olmayacak, Samuel." Kararlı bakışlarım karşısında gözlerini kaçırmak zorunda kalmıştı. "Bu işi babamla birlikte kurduk ve sorumluluklarım günden güne arttı. Onca emeğimin ve başarımın sırf hamileyim diye sıfırlanmasına izin veremem."

"Şirkete zarar verecek bir şey yapmam, Olivia," dedi gücenmiş bir ifadeyle. "Bir sürü müşteri kazandırdım ve..."

"Buna devam et öyleyse. Ben de işime devam edeceğim. Doğumda işe ara vermek zorunda kalacağım tabii, ama bir dadı bulunca kaldığım yerden devam ederim. Aile kurmamın tek yolu bu." Uzlaşmaya yanaşmayacağımın farkındaydı.

"Pekâlâ." Yerine oturdu. Bütün heyecanını kaybetmişti. "En iyisini sen bilirsin tabii." Kahve bardağını aldı. "Bu... harika bir haber. Babalarımız çok sevinecek." Son anda hatırlamış gibi, "Doktor bir sorun olmadığını söyledi, değil mi?"

"Evet."

"Güzel. Acaba bir oğlumuz mu olacak? Yeni bir balıkçı?" Gülümsedi. "Bugün göğsümü gererek yürüyeceğim."

"Pek abartma, Samuel. Meraklı insanların işime burunlarını sokmalarını istemiyorum."

"Bir bebeğim olacak. Bunu nasıl abartmam? Evlenmemizin amacı da bu değil mi? Baban sana ailenin çok önemli olduğunu öğretti, öyle değil mi?"

"Evet, Samuel. Tek arzum, işimde karışıklık çıkmaması."

"Babamı arayayayım. Sen babana şirkette mi söyleyeceksin?"

"Evet."

Ama babam o gün kendini iyi hissetmediği için ofise gelmedi. Bulduğum ilk fırsatta eve gittim.

Sis sabahın erken saatlerinden itibaren her tarafa soğuk ve ürkütücü bir hava yaymıştı. Gökyüzünde kapkara bulutlar vardı.

Kapıyı yeni hizmetçimiz Effie Thornton açtı. Ufak tefek, yuvarlak yüzlü, tıknaz, kırk yedi yaşında bir kadındı. Hizmetçiden çok, bir çiftlik işçisine benzese de, görevini ciddiye alan bir kadındı. Onun da Belinda'yla anlaşamayacağından emindim, ama o kolay pes edecek bir kadın değildi. Belinda'nın çirkin sözlerinden bile etkilenmiyordu. Belinda her fırsatta babamdan ya da benden onu kovmamızı istese de, buna yanaşmıyordum. Belinda bir insanı ne kadar sevmezse, ben o kadar hoşlanırdım.

"Ah, Bayan Logan. İyi ki geldiniz. Neyle karşı karşıya olduğumu görmelisiniz."

"Bu sefer ne oldu?"

"Benimle gelin." Beni oturma odasına götürdü.

Kapının eşiğinde kalakaldım. Suratıma tokat yemiş gibi olmuştum. Oda fırtınaya tutulmuş gibiydi. Her tarafta içki bardakları, bira kutuları, kimisi ters dönmüş, kurumuş yemek artıklarıyla kaplı tabaklar göze çarpıyordu. Annemin kıymetli kanepesiyle koltukları yemek lekeleri içindeydi. Lambalardan biri devrilmiş, abajuru kırılmıştı.

"Burada neler oldu?" diye sordum soluğumu toplayınca.

"Kız kardeşiniz gece bir parti verdi. En azından bir düzine insan vardı ve eğlenceleri sabaha kadar sürdü."

"Babam da buna izin mi verdi?"

Effie suratını buruşturdu. "Babanız kucağında bir şişe viskiyle çalışma odasında sızmıştı. Bu pisliğin ancak profesyonel halı ve mobilya temizleyicileri üstesinden gelir, Bayan Logan. Ben elimden geleni yapacağım, ama..."

"Tabii, Effie. Onları en kısa zamanda yollayacağım."

"Hemen temizliğe başlıyorum. Önce babanızın ya da sizin görmenizi istedim."

"Kız kardeşim nerede? Evde mi?"

"Evet, ama yalnız değil." Kaşları anlamlı bir şekilde kalkmıştı.

"Ya babam?"

"Oturma odasına hiç bakmadan, sabah odasına gitti. O saatten beri de çıkmadı. Bütün ısrarıma rağmen, kahvaltı etmedi, sadece bir fincan kahve içti."

"Peki, Sağ ol, Effie."

Koşar adımlarla üst kata çıkarken, vücudum öfkeden kasılmıştı. Derin bir soluk alıp Belinda'nın kapısını açtım. Bunu öyle kuvvetle yapmıştım ki, kapı duvara çarpmıştı.

Belinda ve erkek arkadaşı çıplaktılar ve birbirlerine sarılmışlardı. Şaşkınlıkla gözlerini açtılar.

"Ha? Olivia?" Belinda gözlerini ovuşturdu.

"Sandığımdan daha iğrençmişsin!" Yanındaki adam sırtüstü yatarak koluyla gözlerini kapadı. Tanıdığım biri değildi.

"Odama girmeden önce kapıyı vurman gerekirdi!" diye bağırdı Belinda.

"Evi ne hale getirdiğini kastetmiştim. Bu aşağılık insanları evimize ne cüretle getirirsin? Kendine saygın yoksa bile, ailemizin saygınlığını düşünmelisin!"

Ağlamak üzereyken sustu. Erkek arkadaşı battaniyeyi kafasına kadar çekip gülmeye başlamıştı.

"Hiç de komik değil," diye çıkıştım. "Kim olduğunuzu bilmiyorum, ama hemen burayı terk edin."

Battaniyeyi indirip bana sırıttı. "Tabii." Çıplaklığına aldırmadan yataktan çıkmaya kalktı.

"Dur!"

"Peki." Adam tekrar yatağa girdi.

"Bunu yapamazsın," diye sızlandı Belinda. "Sen artık bu evde yaşamıyorsun. Kendi evin var."

"Babam hayatta olduğu sürece, burası benim de evim. Sen daha ne kadar alçalacaksın acaba?"

Arkadaşı yeniden gülmeye başlamıştı.

"Senin bir yere kilitlenmen lazım," dedim Belinda'ya. "Ve günün birinde de öyle olacak."

Kapıyı arkamdan çarparak kapadım. Öyle titriyordum ki, koridorun karşı tarafındaki babamın odasına gitmeden önce durup sakinleşmek zorunda kaldım. Kapıyı tıklattım, ama cevap veren olmamıştı. Açıp kafamı içeri uzattım. Babam yatağında değildi, ışıklar yanmıyordu, perdeler de kapalıydı. Banyoda da değildi.

Belki de ben Belinda'nın odasındayken kalkıp gitmişti. Ama bağrışmamızı duymamış olamazdı. Birden, yatağın köşesinde, yerde ayaklarını gördüm. Yavaşça o tarafa giderken yüreğim ağzımdaydı. Babam yüzükoyun yerdeydi. Sağ kolu vücudunun altında kalmış, sol eli pençe gibi kıvrılmıştı. Üstünde pijamaları vardı.

"Baba!" Yanına koşup elini tuttum. Sıcaktı. Gözlerini korkunç bir sahneyi aklından silmek istercesine sımsıkı kapamıştı.

"Baba!" Elini sarstım.

Gözlerini güçlükle aralayarak bana baktı. Ürkütücü şekilde çarpılmış olan ağzından tek bir ses çıkmamıştı. Şişmiş dilini oynatmaya çalıştı.

Hemen ambulansın gelmesi için telefon açtım ve aşağı seslenerek Effie'yi çağırdım. Effie oturma odasından fırladı. Elinde toz bezi vardı.

"Babam! Fenalık geçirip yere düşmüş! Bana yardım et lütfen!"

Belinda vücuduna sardığı çarşafla odasından çıktı. "Bu kargaşa ne, Olivia?"

"Baban," dedim ondan iğrenerek. "Sonunda yaptın."

"Neyi yaptım?"

Benliğimden yükselen nefretle baktım ona. "Seninle harcayacak zamanım yok!" Babamın yanına döndüm.

Effie'yle birlikte onu güç bela yatağına yatırdık. Sağ koluyla sağ bacağını kullanamıyordu. Belinda giyinmiş olarak yanımıza geldi.

"Neyi var?" Sesinde korku ve pişmanlık vardı.

"Ben doktor değilim," dedim sertçe. "Ama felç geçirdiği ortada."

Yanılmamıştım. Doktor Covington onu muayene ettikten sonra yanımıza geldi. "Kesin durumu söylemek için henüz erken." Samuel de yanımızdaydı. "Vücudunun sağ tarafı tutmuyor ve konuşma zorluğu çekiyor."

"Neden olmuş?" diye sordu Belinda.

"Baban uzun zamandır hipertansiyondan şikâyetçiydi."

"O da ne?" Suratını buruşturmuştu.

"Yüksek kan basıncı. Ona kendine dikkat edip sigarayı, içkiyi, tuzlu yemekleri bırakmasını söyledim, ama bazen stres ve üzüntüden de olur."

Belinda nefret dolu bakışlarım karşısında gözlerini kaçırdı.

"Beyin kanaması geçirdiğini düşünüyoruz," dedi doktor. "Beynin kansız kalan kısımları hızla ölür ve oraya bağlı vücut bölgelerinde felç meydana gelir. Bu yüzden konuşma zorluğu da çekiyor."

"İyileşecek mi?" diye inledi Belinda.

"Tedaviyle biraz düzelebilir, ama asla eskisi gibi olmaz tabii." Her zamanki dürüstlüğüyle konuşan Doktor Covington bana döndü. "Babanı bir nörolog da muayene edecek. Düzelmesi için en az altı ay gerekli. Bu nedenle hepimiz işbirliği yapmalıyız." Gülümsedi. "Artık alkol ve sigara yok. Diyet de yapacak."

Belinda koltuğa çökmüştü.

Doktor devam etti. "Önümüzdeki hafta boyunca babanı sıkı gözetim altında tutacağız, Olivia. Tedaviye sonra başlarız."

"Anlıyorum. Şimdi durumu nasıl peki? Onu görebilir miyiz?"

"Evet, ama üzüntünüzü belli etmeyin. Ona cesaret vermelisiniz." Bunu daha çok Belinda'ya bakarak söylemişti.

Babamın yattığı odaya girdiğimizde, Belinda hemen arkamızda ağlıyordu. Babamın elini tuttum. Çaresizce bana bakarak konuşmaya çalıştı.

"Şimdi olmaz, baba. İyileşmek için dinlenmelisin."

Gözlerini kapadı. 'Asla iyileşemeyeceğim' dediğini duyar gibiydim.

Belinda'nın durumunun bundan sonra ne olacağı sorusu hastaneden çıkana kadar aklıma gelmemişti. Babam onu eski sağlıklı günlerinde dizginleyememişken, Belinda şimdi evi ne hale getirirdi kim bilir? Yine de onu evime almak konusunda hevesli değildim.

Arabada konuyu açan Samuel oldu. "Belinda'nın durumu ne olacak?"

Belinda, "Korkuyorum," diye inledi.

"Evet, korkmalısın," dedim. "Onu üzüntüden kahredip bu hale gelmesine neden olan senin davranışların, Belinda. Doktorun stres ve üzüntü hakkında söylediklerini duydun."

Belinda daha yüksek sesle ağlamaya başlamıştı.

Samuel, "Olivia," dedi yumuşak bir sesle. "Yapma. Şimdi bunun bir anlamı yok, öyle değil mi?"

Kendimi sakinleşmeye zorladım. "Haklısın, yok." Arkama dönüp Belinda'ya baktım. "Şimdilik bizimle kalacaksın. Effie'ye evi derleyip toplamasını söyleyeceğim. Senin orada olmaman en iyisi."

"Üzgünüm, Olivia."

"Artık bunun için çok geç. Zaten çoktandır çok geçti." İkinci cümleyi çok hafif bir sesle söylemiştim.

"Ne kadar ters bir zamanda oldu," dedi Samuel. "Ona söyleme şansın olmadı, değil mi?"

"Hayır."

Belinda, "Neyi söyleme şansın olmadı?" diye sordu gözyaşlarının arasından.

Cevabı Samuel verdi. "Hamile olduğunu. Ablan hamile ve yakında teyze olacaksın."

"Sahi mi?"

Birden yıllar sonrası gözümde canlandı ve Belinda'nın çocuğum üzerinde ne kadar kötü bir etkisi olacağını düşündüm. Çocuğumun aklı ermeye başladığında, onu Belinda konusunda uyarmak zorundaydım. Bu kadın ömür boyu omuzlarımda bir yük olacaktı.

"Sana yardım ederim," diye atıldı Belinda. "Değişeceğim, Olivia. Tekrar şirkette çalışmaya başlayacağım."

Güldüm. "Ne için, Belinda? İşleri birbirine karıştırıp, kurye çocuklarla kırıştırmak için mi?"

"Değişebilirim," diye inledi. Ben homurdanınca, "Değişebilirim!" dedi tekrar.

Okyanusa baktım. Rüzgârın hızı arttıkça dalgalar yükselmeye başlamıştı. "Çok yorgunum," dedim. "Önce beni eve bırak, sonra da eşyalarını toplaması için Belinda'yı babamın evine götür, Samuel."

"Tamam."

Tekrar Belinda'ya baktım. Camdan dışarı bakıyordu. Bu haliyle, korku içinde şaşkın, küçük bir kızdan farkı yoktu. Ona acımak istedim, ama tek düşündüğüm, kayıkhanedeki o gece ve bacaklarını Nelson Childs'a dolamış haliydi.

13

❤

Belinda'nın Son Şansı

Samuel beni eve bırakıp, Belinda'yı eşyalarını toplamaya götürdükten sonra, Effie'yi arayıp durumu bildirdim ve evi temizlemesi talimatını verdim. Sesinden babamın durumuna çok üzülmekle beraber, önümüzdeki günlerde Belinda'nın ayak altında olmayacağına sevindiğini anlamıştım. O da çok titiz bir kadındı ve Belinda'nın yaptıklarına benim kadar kızıyordu.

Telefonu kapayınca, yeni hizmetçim Loretta'dan bana çay yapmasını istedim. Loratta'yı Boston'daki bir acenteden göndermişlerdi. Karakteri Effie'ye benziyordu. Ciddi, dürüst ve çalışkan bir kadındı. Çalışma odamın penceresinden dışarı baktım. Hâlâ kasvetli bir hava vardı. Ufukta bir geminin kuzeye doğru yol aldığını gördüm.

Aklıma çocukken babamla kameriyede oturduğum öğleden sonraları geldi. Oturup sohbet ederken manzara seyretmek Belinda'yı daima sıkardı. Bu yüzden yanımızda durmaz, telefonda arkadaşlarıyla konuşmayı yeğlerdi.

"Deniz kıyısında yaşadığımız için çok şanslıyız," demişti babam. "Şehirde yaşayıp, her gün başka beton ve çelik binaları seyretmeyi düşünemiyorum bile. Burada yelkenlileri ve gemileri seyrederken, kendimizi gizemli ve egzotik ülkelere yolculuk yaparken hayal edebiliriz. Günün birinde senin çok güzel yolculuklar yapacağına inanıyorum, Olivia. Sen dünyayı benden daha çok gezeceksin."

"Neden daha fazla yolculuk yapmadın, baba?"

"İşlerimle çok meşguldüm sanırım. Kendimi ofise hapsetmiştim. Ama sen bana benzeme. Gez, dolaş, hayatı ve dünyayı gör. Her fırsatta gemiye binip okyanusa açıl."

Ne tuhaf. Bu benim için de bir hayalden öteye gidememişti. İşlerimiz o günlerden sonra üç, dört misli büyümüş, sorumluluklarım da aynı oranda artmıştı. Başımda geri zekâlı bir kız kardeşle, iş konusundaki yetenekleri sınırlı bir koca vardı. Babam da yatalak olmuştu. Ne yazık ki, hayal gemim daha çok uzun zaman limana demirli kalacaktı.

Moby Dick romanında Ismael, Kaptan Pelig'e, dünyayı görmek için balina avına çıkacağını söyleyince, kaptan geminin küpeştesinde durmuş ve ona ne gördüğünü anlatmasını istemişti. Bunun üzerine Ismael sadece denizi ve ufuk çizgisini gördüğünü söylemişti. Pelig'in bundan sonraki sorusuysa, 'Dünyayı görmek konusunda şimdi ne düşünüyorsun?" olmuştu.

Denizde insanın gördüğü çoğu zaman bundan ibaretti işte. Ben de kendi hayatımın kıyısından aynı dünyayı görüyordum. Deniz kanıma işlememişti, ama ne kadar güzel olsa da, deniz yolculuğu hiçbir zaman beni çekmezdi. Asıl babam belki annemin dediği gibi denizciydi, ama bu özelliği bana geçmemişti. Ara sıra yelkenliyle çıktığım geziler dışında, ayağımın karada olmasını tercih ederdim.

Babamla kameriyede geçirdiğim başka özel bir günü hatırladım. O gün her zamankinden daha fazla oturmuştuk ve yıldızlar gökyüzünde parlamaya başlamıştı. Uzaktan geçen yelkenli ve gemilerin ışıkları görünüyordu. İkimiz de konuşmaksızın o anın tadını çıkarıyorduk. Babam sonunda içeri girme zamanının geldiğini söylemişti. Annem çoktan yatmıştı ve Belinda her zaman olduğu gibi telefon başındaydı. Babam çalışma odasına girmiş, ben ise odama çıkmıştım. Biraz sonra babam odama gelmişti.

"Yattın mı?"

"Evet." Kendimi çok huzurlu ve rahat hissediyordum.

Örtüyü iyice üstüme örttükten sonra alnımdan öptü. Bunu sıkça yapmadığı için, olağanüstü bir andı.

"Sen ve ben her zaman iki yetişkin olarak konuşuyoruz, Olivia. Sen yaşıtlarından çabuk olgunlaşacaksın. Buna hem üzülüyor, hem seviniyorum. Çocukluğuna ait bir şeyler daima içinde kalacak."

"Üzülme, baba. Ben halimden memnunum."

"Öyle olsun." Gülümsemişti. "İyi geceler, Küçük General."

"İyi geceler, baba."

Böyle tatlı anılarımın sayısı çok azdı. Ama babamı hastaneye yatırdığımız o gece, hepsi kafama üşüşmüştü. Kimisi hayal meyal, kimisi dün gibi canlı anılardı bunlar. Orada yalnız başıma ne kadar oturduğumun farkında değildim. Belinda'nın eşyaları arasında seçim yapması çok uzun sürmüş olmalıydı.

Samuel ve Belinda nihayet eve döndüklerine kasvetli hava iyice kararmış, okyanus adeta görünmez olmuştu. Belinda yine şikâyetleri art arda sıralıyordu. Gidip neler olduğuna bakmaya karar verdim.

"Effie bana hiç yardım etmedi, Olivia. Temizlik yapıyordu. Ne biçim hizmetçi bu? Onu kovmanı istiyorum!"

"Carmelita'dan sonra bulduğum en iyi hizmetçi o. Yenisini arayacak zamanımız yok. Konuk odasına git. Loretta sana yardım edecek." Loretta yanımıza gelmişti. "Birazdan akşam yemeği yiyeceğiz. Gelecek günler için sakinleşip gücümüzü toplamalıyız."

"Harika," dedi Samuel'e bakarak. "Ablamın evinde tutsak olacağım."

"Kesinlikle hayır," dedim. "Ama babam hastanedeyken uslu durmalısın. Eve dönünce sana ihtiyacı olacak."

"Ayak altında olmamak için seyahate çıkmalıyım belki de." Bunu tehdit eder gibi söylemişti.

"Belki de haklısın."

Belinda bir şeyler homurdanarak misafir odasına gitti.

Babam hastaneden taburcu olup evde tedavi edilene dek seyahate çıkmadı. Nörolog babamın ilk altı aylık tedavi sonucunda eski hareket gücüne yüzde altmış oranında kavuşacağını, konuşmasının da anlaşılır düzeye geleceğini söylemişti. Ama daha fazla gelişme çok yavaş olacaktı. Bu da zamanının çoğunu konuşma ve fizik terapistleriyle geçireceği anlamına geliyordu. Büyük yatak odası tıbbi cihazlarla dolmuştu. Bir süre için, başında yirmi dört saat boyunca özel bir hemşirenin bulunması gerekecekti. Bütün bunlar ve evdeki sağlık personeli Belinda'nın sinirlerini bozmuştu. Öz kızı olan Belinda onun tekerlekli sandalyedeki çarpık çurpuk haline katlanamıyordu. Evdeki tedavi süreci boyunca babasıyla karşılaşmamaya çalıştı. Bir süre şirkete gidip geldikten sonra, Florida'daki arkadaşlarını ziyaret etmeye karar verdi. Hamileliğimin son üç ayındaydım ve ayağımın altında dolaşmaması benim de işime gelecekti.

Bize yük oluşuna çok üzülen babam, her ziyaretimde onu kendi haline bırakmamızı istiyor ve sık sık ağlıyordu. Doktor Covington bunun normal olduğunu söylemişti.

Ona şirket hakkında her akşam düzenli olarak verdiğim raporlarla moralini düzeltmeye çalışsam da, çoğu zaman dikkatini bana veremeyecek kadar yorgun oluyor, daha söyleyeceklerim bitmeden uyuyakalıyordu. Ben de biraz bekledikten sonra onu hemşireye emanet edip çıkıyordum.

Samuel de onu her gün ziyaret ediyordu. Gün boyunca şirkette olmamak için bahane yaratmaktaydı. Tedavisi boyunca babamın başında beklemeye bile razıydı. Sonraları babamı kısa gezintilere de çıkarmaya başladı.

Belinda'nın Florida'dan dönüşünden önce, Nelson ve Louise Childs babamı ziyarete geldi. Samuel bana akşam söylediğinde, balona benzeyen görünüşüme rağmen orada olmadığıma hayıflandım. Nelson'ı düğününden sonra birkaç kez görmüştüm, ama o zaman hamileliğim ilerlemiş değildi. O ve Louise yeni evlerini döşemekle meşguldüler ve Nelson'ın babasının firmasındaki göreviyle sorumluluğu artmıştı. Aldığı davalarda çok başarılıydı ve yerel yargıçlığa yükseleceği söylenmekteydi. Düğünden altı ay sonra Louise de hamile kalmıştı.

Samuel, "Nelson bana yetişmeye çalışıyor," diye böbürlendi.

"Baba olmak yarış değildir, Samuel. Hele erkekliğin kanıtı hiç değil."

Buna sadece gülüp, fikirlerime katılmadığı zamanlarda yaptığı gibi başını iki yana sallamakla yetindi.

Hamileliğimin son ayındayken, ofiste geçirdiğim zamanlar azalmıştı. Samuel önemli belgeleri incelemem için eve getiriyordu. Bir gece kanamam olunca hastaneye gittik. Ciddi bir durum yoktu, ama endişelenmiştim. Son iki haftamı bu şekilde geçirdim. Pazar günü öğleyin suyum geldi ve Samuel beni apar topar hastaneye götürdü. İlk çocuğum erkekti. Ona babamın babası olan Jacob'ın adını verdik.

Bebeğim kollarıma verilince, Samuel'in gurur dolu yüzüne baktım.

"Bu bebek, birlikte yaptığımız en güzel şey, Olivia."

"Yaptığımız mı?"

"Eh, benim de küçük bir katkım oldu, öyle değil mi?"

"Evet, öyle. Erkeklerin ancak küçük bir katkısı olur zaten. Sırt ağrılarını çeken, kusan, yerinden kalkarken zorlanan ve doğum odasında canı çıkan siz değilsiniz."

Güldü. "Haklısın. Bana ne kadar benziyor, değil mi?"

"Evet. Umarım ilerde benzemez."

Gülmekten katılıyordu. "Bir erkeğe gerek kalmadan çocuk doğurup onu tek başına büyütmek çok hoşuna giderdi, Olivia."

Haklıydı belki de. Jacob'ın minik yüzüne ve ellerine baktım. Tam bir aile kurmuştum işte.

Jacob'ın bakımında bana yardımcı olması için, ilk iş olarak bir dadı tuttuk. Adı Thelma Stuart'tı. Beş çocuk büyütmüştü. Kocası iki yıl önce ölünce, oyalanmak için çocuk bakmaya başlamıştı. Tanıdığım ve yakın geçmişte California'ya taşınan bir çiftin çocuklarına bakmıştı. Müşfik ve tatlı bir kadındı. Onun gibi bir bakıcı bulduğum için gerçekten şanslıydım.

Samuel ilk çocuğu erkek olduğu için çok mutluydu. Jacob'ın varlığı babamı da neşelendirmişti. Bebeği sevmek onu mutlu ediyordu. Sağ kolunun gücü biraz olsun yerine gelmişti. Jacob'ı birkaç dakika, Thelma'nın gözetiminde kucağına alabiliyordu. Thelma'dan böyle bir şey istememe gerek yoktu. İşe başladığı günden itibaren Jacob'ı öz çocuğu gibi koruyordu.

Belinda'nın yeğenini gördüğünde tepkisi çok tuhaf olmuştu. Ona övgüler yağdırmıştı, ama kucağına alıp sevmek, mamasını yedirmek ve uzun zaman yanında kalmaktan kaçınmaktaydı. Thelma'ya, bebeklerle arasının iyi olmadığını söylemişti. Jacob'a ve bana bakarken neler hissettiğini ikimiz de biliyorduk.

"Senin anne olacağın kimin aklına gelirdi?" demişti gülerek.

Bunun şaka olduğunu bilmem bile sinirlenmemi engellememişti. "Neden olmayayım? Yıllardır sana annelik yapıyorum ya."

"Aman ne komik. Görüyorsun ya, Thelma. Bana sataşmaktan hiç vazgeçmiyor. Bu gidişle komplekse kapılacağım."

"Lütfen acı bize!"

Thelma güldü. Belinda'nın ailemize nasıl bir yük olduğunu anlayacak kadar zeki bir kadındı.

Louise Childs doğum yaptığında, Samuel bulutların üstünde yürümeye başlamıştı. Sırıtarak şirketteki odama girdi.

"Ne oldu, tahmin et. Louise bu sabah doğum yaptı. Bir kızı olmuş."

"Kız evlat sahibi olmanın kötü bir tarafı yok, Samuel. Anne ve bebeğin durumu iyi miymiş?"

"Evet, ama Nelson için aynı şey söylenemez. Herkesten saklanıyor." Güldü.

"Şu şovenist halinden nefret ediyorum," dedim.

Bir kahkaha daha attı. "Ama erkek adamın erkek oğlu olur."

Jacob'ın doğumdan sonraki ilk yılı göz açıp kapayana kadar geçmişti. Birinci doğum gününü kutladığımıza inanmakta güçlük çekiyordum. Babam kısa sohbetler yapacak ve bastonla yürüyecek kadar iyileşmişti. Kolunu hâlâ tam anlamıyla kullanamıyordu ve eli pençe gibi kıvrıktı. Yemeklerini ağır ağır yemek zorundaydı, ama bunu yaparken bile ortalığı batırıyordu. Belinda onun karşısında yemek yiyemiyordu bu yüzden.

"Yemeklerin çenesinden aşağı akması midemi bulandırıyor, Olivia. Bana kızmaya hakkın yok." Babamı akşam yemeklerinde yalnız bıraktığı için ona kızmıştım. "Ona bakıp iştahım kesilince, bu onu daha fazla üzüyor!"

Her şey midesini bulandırıyordu zaten. Belinda parmağı kesilse fenalık geçirirdi. Erken doğum yaptığı o gece ne kadar dehşete kapıldığını unutmamıştım hâlâ.

"Ona acayip bir yaratıkmış gibi davranmaktan vazgeç, Belinda. Onun neler yaşadığını anlamaya ve çocukluğunda seni nasıl koruduğunu hatırlamaya çalış."

"Elimden geleni yapacağım." Buna rağmen, babamla birlikte yediği yemeklerin sayısı çok azdı.

Babamın gözü önünde olmaması daha iyiydi belki de. Belinda hâlâ hayatını boş işlerle harcamaktaydı. Ofiste bir işe yaramak için, lisede verilen akşam kurslarında sekreterlik eğitimine başlamıştı. Bu durum babamı umutlandırmıştı. Ama birkaç ay sonra kursu bırakınca çok üzüldü. Belinda kursa gidiyorum numarasıyla, o aylak arkadaşlarına takılmaya başlamıştı yine. Onun kiminle, nerede olduğunu takip edemiyordum artık. Hayatındaki erkeklerin haddi hesabı yoktu.

Elbette hakkındaki dedikodular kulağıma geliyordu. Özellikle iş arkadaşlarımızın karıları bunları bana ve Samuel'e yetiştirmeye bayılıyorlardı. Sonunda ciddi bir önlem almaya karar vererek, bir öğleden sonra babamı görmeye gittim. Belinda'nın ailemizin saygınlığını yerlebir etmesine izin veremezdim. Akşamları gittiğim restoranlarda ya da partilerde onun adının geçmesiyle eğlencemin zehir olmasından bıkmıştım artık.

Babam oturma odasında uyukluyordu. Uyandırdım. Belinda hakkında konuşmak istediğimi söyleyince gözlerinde karanlık bir ifade belirdi.

"Yaptıklarını artık görmezden gelemeyiz, baba. Boston'daki Collier Business Koleji'ne yazı yazarak, Belinda'yı okullarına kaydettirdim. Kuzen Paula'yı da aradım. Üst kattaki odalarından birini Belinda'ya kiralamayı kabul etti. Okula da çok yakın. Gitmesi için ısrar etmeli, aksi halde para vermeyi keseceğini söylemelisin. Onu şimdi dizginlemezsen, ilerde neler olacağını kestiremiyorum, baba. Şunu bil ki, bu son çabam."

Yaşlı gözlerle uzun uzun baktı bana. Ağzının çarpık kalan sağ tarafından dişleri görünüyordu. Başını evet anlamında salladı.

Ancak, eve dönüp durumu anlattığımda, Belinda her zamanki gibi karşı çıktı. "Kuzen Paula'yla birlikte yaşamak istemiyorum! Aksi ihtiyarın teki. Hayatımı berbat edecek. Ayrı bir yerde oturmak istiyorum. Yoksa gitmem." İnatçı bir çocuk gibiydi.

"Bu gereksiz bir masraf olur, Belinda. Ailemiz sana fazlasıyla para harcadı zaten. Ayrı bir evde oturmana gerek yok. Kuzen Paula yalnız yaşıyor. Her ikiniz için de iyi bir çözüm."

"Kuzen Paula beni hiç sevmez, baba!" diye yakındı. "Ben de onu sevmem. Çenesinde sakalları bile var. Bir kadın çenesinde çıkan kılları nasıl almaz?"

"Birbirinizi sevmenize gerek yok, Belinda. Onun kurallarına uy ve derslerine devam et. Bu iyi bir şeyler yapman için son fırsatın."

"Neden? Evlenecek falan değilim. Ama zengin biri olursa, başka."

"Ne zaman peki?"

"Yakında."

"O zamana kadar, yeteneklerini geliştir. Böylece şirkette bir işe yararsın."

"Aman ne güzel." Babama baktı. "Boston'da bir yıl kalamam. Babamın burada bana ihtiyacı var."

"Bugüne kadar babama bir yardımın olmadı," diye çıkıştım. "Ya o okula gidersin ya da kendine başka bir iş bulursun. Garsonluk yapabilirsin mesela."

"Garsonluk mu? Asla."

"Babam artık sana para vermeyecek," dedim kesin bir dille.

"Baba!" Belinda yalvarırcasına ona baktı. Babam kederli bakışlarını bana çevirdi. Gözlerimle ona kararlı davranması gerektiğini anlatmaya çalıştım.

"Olivia... haklı." Zor da olsa anlaşılır şekilde konuşmuştu. "Şimdiye kadar senin aklını başına getirmemem hataydı."

"Harika. İkiniz de bana karşı birlik oldunuz!" Kollarını göğsünde kavuşturdu. Kafasında kırk tane tilkinin dolaştığı belliydi. Birden gözleri parladı. "Boston'a gidersem, bana düzenli olarak para gönderecek misiniz?"

"Makul miktarda göndeririz," dedim.

"Ne kadar para gönderileceğine babam karar verecek. Yoksa gitmem!"

Babama baktım. O ise gözlerini kapayıp bana başını salladı.

"Sen şımarığın tekisin, Belinda. Hep alıyor, karşılığında hiçbir şey vermiyorsun."

"Elimden geleni yapacağım! Öyle değil mi, baba?"

Babam yüzünü buruşturdu.

"Yeter artık. Babam buna daha fazla katlanamaz. Yolculuğun için gerekli düzenlemeleri yapıp, bu akşam Kuzen Paula'yı arayacağım."

"Benden bir an önce kurtulmak istiyorsun. Neden acaba?" Gözlerinde şeytani pırıltılar vardı. "Elinden kimseyi almıyorum ki."

"Seninle gittikleri takdirde benden almana aldıracağım kimse yok, Belinda."

"Ha?"

"Boş ver. Umarım bu kez bir şeyler becerirsin. Yoksa..."

"Yoksa ne?"

"Seni en yüksek fiyatı verene satarım!" dedikten sonra, hazırlıkları yapmak üzere odadan çıktım.

Belinda bütün karşı çıkmalarına rağmen, evden ayrıldığı için çok mutluydu. Boston'a gitmek onu her zaman heyecanlandırırdı. İtirazlarıma rağmen, babamı ona yeni giysiler için para vermeye ikna etmişti. Fırsatını bulur bulmaz, kendine ayrı bir ev tutacağından emindim. Boş Kafalılar Kulübündeki arkadaşlarını da Boston'a çağırınca, emeklerimiz yine boşa çıkacaktı. Ama en azından elimden geleni yapmıştım. Anneme bu kadarını borçluydum ve borcumu ödemiştim.

Henüz asıl bedele katlanmaya başladığımın farkında değildim. Belinda adına doğru seçimi yaptığımı sanıyordum. Sızlanmayı bırakıp derslerine başlamıştı. Hatta başlangıçta Kuzen Paula'yla bile arası iyiydi. Birkaç hafta sonra iyi notlar almaya başlamıştı.

Belinda'nın Provincetown'dan gidişiyle dedikodular sona ermiş, ben de işlerime ve ailemize zaman ayırmaya başlamıştım. Şirket gittikçe büyüyordu. Samuel, Nelson'ın hisselerimizi borsada halka açmamızı önerdiğini söyledi.

"Bu konuyu gelip benimle kendisi görüşsün," dedim, ama Nelson gelmedi.

Babası hukuk firmasından kendini emekliye ayırmış, işlerin başına Nelson geçmişti. Boston'da kazandığı önemli davalar sayesinde, yerel gazetelerde ve ulusal basında adından söz ettirmeye başlamış, bu arada yargıçlığa yükselmişti. Yakın gelecekte politikaya atılacağı söyleniyordu.

Hayatlarımız sonunda düzene girmişti ve huzurluyduk. Artık yürümeye başlamış olan Jacob öğleden sonralarını çoğunlukla babamla geçirmekteydi. Bayağı iyileşen babam sigara içmeye başlamış, diyetini de bozmuştu. Onu azarlamam karşısında, hayatın basit zevklerini yaşamasına izin vermemi istedi. Elinde bundan başka bir şey kalmamıştı.

Şirketteki işlerle o kadar meşguldüm ki, Samuel'in mutsuz olduğunu anlayamamıştım. Bir akşam yemekteyken, çatalını bırakıp bana baktı. "Artık konuşmamızın zamanı geldi, Olivia." Gözleri çakmak çakmaktı.

Samuel'in özellikle hizmetkârlarımızın yanında bana karşı bu ses tonunu kullanması olağandışı bir durumdu. Kaşlarımı kaldırıp, Jacob'a mamasını yedirmeyi bitiren Thelma'ya baktım. "Artık onu odasına götürebilirsin, Thelma."

Yalnız kaldığımızda, Samuel'e döndüm. "Sorun ne? Thelma'nın yanında benimle bu şekilde konuşmanın nedeni nedir?"

"Hiçbir fikrin yok mu?" diye sordu şaşkınlıkla.

"Hayır. Kusura bakma, ama son günlerde çok meşgulüm. Soru-cevap oyunu için zamanım yok. Lafı dolandırmadan, aklında ne varsa söyle."

Başını sallayarak uzaklara baktı. "Ara kapı aylardır kilitli, Olivia. Buna saygı duyup, seni zorlamadım, ancak karı kocaların bu şekilde yaşamaları normal değil. Louise Childs'ın yine hamile olduğunu biliyor muydun? Onların evliliğinde kilitli kapılar yok."

"Demek derdin buydu. Nelson Childs'ın bu bebek yapma yarışında seni geride bırakmasından korkuyorsun."

"Hayır, sorun bu değil, Olivia. Tanrım! Ben bir erkeğim ve bazı ihtiyaçlarım var. Bir kadın olarak senin de ihtiyaçların olmamasına şaşıyorum. Aylardır... beni hiç arzulamadın mı?"

"İşlerim başımdan aşkındı, Samuel. Seninle bir ilgisi yok."

Şaşkın, hatta incinmiş görünüyordu. "Benimle ilgisi yok da ne demek? Bunca zamandır neler hissettiğimden haberin var mı? Geceleri yatar yatmaz uyuyorsun ve dertlerini unutuyorsun? Yalan mı?" Gözleri ateş saçıyordu.

"Kusura bakma. Dedim ya, kafam çok meşgul."

"Kafan meşgul ha?" Ellerini masanın üzerinde kavuşturdu. "Umarım o kapı bu gece de kilitli olmaz, Olivia." Bu açık bir tehdide benziyordu. Yüzüme ateş basmış, nabzım hızlanmıştı.

"Bana karşı bu ses tonunu kullanma, Samuel. Ben kimsenin seks oyuncağı değilim."

Homurdandı. "Oyuncak mı? Senden ancak bir rahibe olur."

"Bu kadarı yeter. Konuyu değiştirelim." Kafamı çevirdim.

Bana kötü kötü baktıktan sonra çıkıp gitti. Titriyordum. Benimle bu şekilde konuşmaya nasıl cesaret ederdi? Ona bu cüreti veren neydi?

Bayan Sıcak ve Bayan Soğuk... Çocuklar bize böyle seslenirdi eskiden. Ben hâlâ Bayan Soğuk muydum gerçekten? Samuel çok yakışıklı bir erkekti ve kadınların onunla açıkça flört ettikleri, hatta onunla ilgili fanteziler kurduklarını biliyordum. Kocama karşı bu kayıtsızlığım konusunda yapabileceğim bir şey yoktu. Ama Nelson'la evlenseydim, durum farklı olurdu. Yoksa olmaz mıydı?

O gece uzun uzun düşündükten sonra, ara kapının kilidini açmamaya karar verdim. Işığı söndürüp yatağa girdikten bir süre sonra, Samuel'in kapıyı zorladığını, ardından küfrettiğini duydum. Yemekten sonra oturma odasına gitmiş, geceyi brendi içerek geçirmişti. Ben yatmaya çıkmadan önce kapıda durduğumda dönüp bakmamıştı bile.

Tam uykuya dalacağım sırada, yatak odamın kapısının kilidinde bir anahtarın döndüğünü ve kapının açıldığını duydum.

"Kim var orada?" Sıçrayarak oturdum.

"Kocan geldi." Samuel neşesiz bir kahkaha attı. "Beni hatırladın mı?"

"Sende odamın anahtarı var mıydı? Ne yaptığını sanıyorsun?"

Yatağa yaklaşmıştı. Ropdöşambrını çıkarıp yere bıraktı. Çıplaktı. "Samuel, kes şunu! Hemen odana dön."

"Haklarımı benden esirgeyemeyeceksin artık." Yatağa girip yanıma uzandı. Kaçmaya çalışmama rağmen beni yakalayarak altına hapsetti. İçki kokan soluğu midemi bulandırmıştı.

"Samuel!"

"Ne kadar zevkli olduğunu unutmuşsun, Olivia. Hafızanı canlandırmaya geldim." Güldü.

Onu kendimden uzaklaştırmaya çalıştım, ama benden çok güçlüydü. "Eğer boyun eğmezsen, herkese söylerim," dedi. "Kız kardeşinin ne kadar geveze olduğunu bilirsin. Nelson'a da söylerim. Benimle oyun oynamayı bırak artık."

Soluğum kesilmiş, kalbim duracak gibi olmuştu.

Ona direnmeyi bırakıp, yapacaklarına katlanmaktan başka çarem yoktu. Çölde kalmış birinin susuzluğuyla saldırdı bana.

"Evet," dedi işi bitince. "Güzel değil miydi? Daha fazlasını yaşamadığına pişman değil misin?"

Ona arkamı döndüm.

"Teşekküre gerek yok," diye homurdandı.

Ertesi gün çok sinirliydim. O ise her şey yolundaymış gibi davranıyordu. Devamlı gülüyor, herkese şakalar yapıyordu. Akşam eve dönüp ara kapının kilidinin çıkarılmış olduğunu görünce şok oldum.

Şikâyetlerimi elini kaldırarak susturdu. "Nelson Childs bana bunun boşanma sebebi olduğunu söyledi."

"Ne? Nelson'a anlattın mı? Özel hayatımızı başkalarına anlatmaya hakkın yok! Buna nasıl cüret edersin?"

"Artık ne fark eder, Olivia? Sorun bitti. Yeniden karı koca olduk. Artık aramızda duvarlar ve kilitler olmayacak. Doğru mu? Doğru."

O ay iki kere daha sevişti benimle. Tekrar hamile kalmıştım. Onun istediği de buydu galiba.

"Bir oğlumuz daha olacak," dedi haberi alınca. "Buna eminim."

Onu odamdan uzak tutmak için hamileliğimi bahane olarak kullanıyordum. Bu kez kilidi yeniden taktırdığımda itiraz etmedi. Çocuğu tehlikeye atacak bir şey yapmak istemiyordu.

Louise Childs bir ay sonra bir erkek çocuğu doğurdu. Ona Kenneth adını vermişlerdi. Nelson ve Samuel bunu sabaha kadar kutladılar. Sabaha karşı eve dönen Samuel odasına geçip yatağına yığılmıştı. Ara kapıyı açıp baktım. Elbiseleriyle yatağa atmıştı kendini. Viski ve puro kokuyordu. İnledi.

"Neredeydin?"

"Ne? Ah." Gülümsedi. "Karım odamı şereflendirdi. Bunu asla yapmayacağını söylemişti halbuki. Bak, işe yaradı. Beni arzuluyor."

"Yeter. İğrençsin. Nelson'ın bu kadar sarhoş olmadığına eminim."

"Nelson?" Güldü. "Onu eve taşımak zorunda kaldılar. Kıymetli ve kusursuz Nelson Childs'ın bu hale düştü işte."

"O benim kıymetli ve kusursuz Nelson Childs'ım değil!" Geriledim.

Güldü. "Yanıma gel." Bana doğru uzandı.

"Yeter artık!"

Korkuyla arkamı döndüm.

Ayağa kalkmaya çabalarken gerisin geri yatağa yuvarlanmıştı. "Buraya gel, Olivia Gordon Logan. Kocan seni istiyor."

"Kocam sarhoş bir aptal."

"Ha?"

"Artık yat uyu ve sabah başın ağrıdığı için yakın:p durma." Çabucak odama girip ara kapıyı kilitledim.

Güldüğünü, ardından yere düştüğünü duydum. Hemen sonra ara kapıyı yumruklamaya başlamıştı.

"Samuel! Herkesi uyandıracaksın. Kes şunu!" Ama kapıyı yumruklamayı kesmeyince, kapıyı açtım. Sendeleyerek odama girdi.

"Kocalık haklarımı istiyorum." Parmağını bana doğru sallıyordu. Yüzükoyun yatağıma yuvarlandı. Bacaklarını yatağa doğru kaldırıp ayakkabılarını çıkardıktan sonra, onu sızmış halde öylece bırakıp sabahlığımı giydim ve alt kattaki konuk odasına gittim.

Ertesi sabah, yaptıkları için özür diledi. İyice pişman olması için hiç sesimi çıkarmıyordum. 'Kıymetli ve kusursuz Nelson Childs'ım hakkında söyledikleri beni korkutmuştu. Nelson'a duyduğum güçlü hisleri ona belli etmediğime emindim. Bunu nasıl anlamış olabilirdi?

Bunun Belinda'nın başının altından çıktığını anlamam çok sürmeyecekti. Bana acı çektirmek için, dünyama şüphe tohumları ekmeyi başarmıştı. Bütün öfkeme rağmen, hasat zamanı daha yeni başlıyordu.

14

❤

Bir Ölüm ve Bir Yaşam

İkinci hamileliğim ilkinden çok daha zor geçiyordu. Bunun nedeni belki de ikinci çocuğun böylesine çabuk olmasını beklememem ve vücudumun bu yüzden yeni bir bebeği taşımaya hazır olmamasıydı. Kendimi çaresiz, kaderimi kontrol etmekten aciz hissediyordum. Samuel ise karşı koymalarıma aldırmadan istediğini elde etmekteydi. Birkaç defa bana zorla sahip olmuştu. Cinsel ilişki için geldiğinde, bir kadının kocasına karşı çıkması düşünülebilir miydi hiç? Bir koca karısına tecavüzle suçlanamazdı.

Samuel'in ikinci çocuktan sonra şirketteki işleri ona bırakarak eve kapanacağımı düşündüğüne emindim. Herhalde benim de Louise Childs gibi ev kadını olmamı istiyordu. Açıkça belli etmese de, benim ondan daha fazla çalışmama canı sıkılıyor olmalıydı. Başta Nelson Childs olmak üzere, arkadaşları benim Bayan Samuel Logan olmamdan çok, onun Bay Olivia Gordon olduğunu iddia ederek dalga geçmelerine neden olmalıydı. Ama sırf Samuel'in erkeklik egosunu tatmin etmek için işleri bir kenara bırakamazdım.

Hamileliğimın üçüncü ayında, şiddetli sırt ağrıları ve hazımsızlık çekmeye başlamıştım. İlk seferindeki kadar kilo da almamıştım. İşi daha erken bırakıp, eve dinlenmeye geliyordum. Altıncı ayda karın bölgemde şiddetli ağrılar başladı. Yoğun kanamalar da ağrılarımı takip etmişti. Sancılarsa doğum sancısı gibiydi.

O sırada arkadaşlarıyla kulüpte yemekte olan Samuel apar topar şirkete gelerek beni doktora götürdü. Korktuğum gibi, düşük yapmamıştım. Ama Doktor Covington bana sıkı kısıtlamalar getirdi.

"Bu çocuğu istiyorsan, zamanının çoğunu sırtüstü yatarak geçireceksin, Olivia." Ses tonu ve yüz ifadesi son derece ciddiydi. "Saatlerce şirkette oturmayacak, yolculuk yapmayacaksın. Hamileliğin büyük tehlike içinde."

Beni tekerlekli sandalyeye oturttular. Evde de merdiven inip çıkmam yasaktı. Hamileliğimin son dönemini yatakta geçirecektim.

Bu çaresiz halim Samuel'in işine gelmişti. Artık sabahları şirkete o gidiyor, telefonlara o bakıyor, müşterilerimizle o görüşüyordu. Kendi kafasına göre yaptığı bazı şeyleri birkaç sefer düzeltmek zorunda kalmıştım. Bu onu kızdırmıştı. Hemen şikâyete başladı. "Kimse bana saygı duymuyor, Olivia. Yaptıklarımı senin mutlaka değiştireceğini biliyorlar!"

“Değiştirilmesi gereken şeyleri değiştiririm, Samuel.”

“Bu yüzden her şey karışıyor. Çalışanlar kimin patron olduğunu bilmiyorlar.”

“Aklımı yitirmediğim sürece, babamla birlikte yarattığımız şeyin başında ben olacağım. Bugüne kadar gayet başarılı oldum, değil mi?”

Samuel bunu isteksizce kabul etse de, sırtüstü yatarken bile her şeyi kontrol etmeme içerliyordu. Bu arada, benim imzam olmadan hiçbir şeyin resmi olmaması için gereken tüm önlemleri almıştım.

Babamı istediğim kadar sık ziyaret edemeyişime üzülüyordum. Samuel onu bir kez bize getirmişti. İkisinin şirketteki kontrolümü bırakmam için gizli ittifak halinde olmalarından kuşkulanıyordum. Babam Samuel'in tarafını tutmaya yeltelenince, yataktan kalkıp şirkete gitmekle tehdit ettim.

“Aslında,” dedim ayaklarımı yataktan indirirken. “Şimdi oraya gidip, duruma bir baksam iyi olacak.”

“Hayır, Olivia,” dedi babam. “Yeni torunumu kesinlikle tehlikeye atmayacaksın. İnşallah kız olur. Samuel ve senin ona annenin adını vermeyi düşündüğünüzü biliyorum.”

Babam böyle konuştuğunda, şansımı daha fazla zorlayamazdım. Tekrar yattım, ama kendimi görünmez prangalarla oraya hapsolmuş gibi hissediyordum. Doktor Covington haftada bir kez kontrole geliyordu. Ona iyi olduğumu söylememe rağmen, mümkün olduğunca hareketsiz kalmam gerektiğinde ısrarlıydı.

“Önerilerimi dinlediğin için iyisin, Olivia. Doğuma fazla kalmadı zaten. Bu aşamadan sonra kendini ve bebeği tehlikeye atma." Samuel arkasında durmuş, sırıtıyordu. Benim ondan güçlü olmamdan hiç hoşlanmadığını biliyordum.

Belinda olanları duyunca, ablasıyla ilgili endişelerini bildirmek için aradı. Sesinde yapmacık bir sevgi vardı.

"Orada olup, sana yardım etmeliydim. Senin için çok endişeleniyorum."

"Babama destek olmaktan başka yapabileceğin bir şey yok. Loretta bütün ihtiyaçlarımla ilgileniyor. Thelma da Jacob'a gayet iyi bakıyor. Sevgi ve şefkate ihtiyacı olan tek kişi babam."

"Ya. Belki de dersleri bırakmamam en iyisi. Zaten okul bitmek üzere. Ama bana ihtiyacın varsa..."

"Merak etme, seni ararım. Her şey yolunda mı? Babamı ve beni bekleyen sürprizlerin var mı, Belinda?"

"Ne demek istiyorsun, Olivia? Okuldaki notlarımı biliyorsun; üstelik buraya geldiğimden beri her hafta Kuzen Paula'yı arıyorsun, değil mi? Sakın inkâr etme. Beni gözlüyorsun. Peşime özel bir dedektif taktığından eminim."

"Bu doğru değil."

"Buna sevindim." Kıkırdadı. Kesinlikle onaylamayacağım bir şey yaptığı belliydi. Dediği gibi peşine özel dedektif takmadığıma pişmandım. Ama şimdi yapabilirdim, değil mi?

Doğrusu içinde bulunduğum durumda Belinda'yı düşünmem doğru değildi. Olan olmuştu artık. Boş verip unutmak en iyisiydi. Belki de gizlice evlenmişti. Şüphesiz bu, babam ve benim adıma çok iyi olurdu.

Hamileliğimin sekizinci ayının ikinci haftasında, salı günü, Loretta odama gelerek bir ziyaretçim olduğunu haber verdi. Vakit öğlene geliyordu ve biraz önce Samuel'le görüşüp, o gün yapması gereken şeyleri söylemiştim. Şirketi aramamdan nefret ediyordu. Onu suratını asmış bir halde beni dinlerken hayal edebiliyordum.

"Ziyaretçim mi var?" Kimdi acaba? Satıcıların eve girmelerine izin verilmezdi. "Kim?"

"Bay Childs. Ona bu sabah ziyaretçi kabul edip edemeyeceğinizi soracağımı söyledim. Aşağıda bekliyor."

"Nelson mı?"

"İlk adını bilmiyorum, hanımefendi."

"Yaşlı değil, değil mi?" diye çıkıştım sabırsızca. Loretta Provincetown'da yaşardı da, Nelson Childs'ı nasıl tanımazdı?

"Hayır," dedi.

"Peki, onu yukarı gönder. Hayır, dur. Bana el aynamı ver." Evden çıkmadığım için, saçıma bakmıyor, makyaj da yapmıyordum. Yüzüm ve dudaklarım şişmişti. Saçımı günlerdir yıkamıyordum. Loretta'dan istediğim eşarpla saçlarımı olabildiğince örtüp dudaklarıma ruj sürdükten sonra onu aşağı yolladım.

Ne sürprizdi ama. Samuel'in Nelson'ın geldiğinden haberi var mıydı acaba? Telefonda bir şey söylememişti. Nelson neden yalnız gelmişti? Merdivende ayak sesleri duyunca heyecanlandım. Nelson ve ben çok uzun zamandır baş başa kalmamıştık. Kendi heyecanıma kızdım. Aptal bir kız gibi davranıyordum. Ellerim titremeye başlamıştı.

Kendine hâkim olmalısın, Olivia Logan. Sonuçta o da senin gibi bir insan.

"Olivia." Lacivert bir takım elbise giymiş, açık mavi kravat takmıştı. Son modaya uygun taranmış saçları ve bronzlaşmış teni onu her zamankinden daha yakışıklı gösteriyordu. "Seni daha önce ziyaret edemediğim için kusura bakma." Yatağa yaklaşıp yanağımdan öptü.

"Merhaba, Nelson."

"Çok karışık bir dava yüzünden haftalardır Bahamalar'daydım."

"Şehir dışında olduğunu bilmiyordum. Bahamalar ha? Bu kadar zinde görünmene şaşmamalı."

Güldü. "İşinden başka bir şey düşünmeyen bir avukat herkesi sıkar." Sırıtarak bana baktı.

"Ne o?"

"Cape Cod'un Demir Leydi'sini yatakta görmek büyük değişiklik. Seni beklediğimden daha iyi gördüm."

"Ben Demir Leydi değilim, Nelson. Ben de etten kemikteyim ve tanıdığın diğer kadınlar gibi duygularım var."

"Saçma. Sen tanıdığım diğer kadınlara hiç benzemiyorsun, Olivia. O kadınlarda senin yeteneklerinin yarısı bile yok. Oturabilir miyim?"

"Tabii."

Sandalyeyi yatağa yaklaştırıp oturdu.

"Louise nasıl?" diye sordum.

"Ah, gayet iyi. O da gelmek isterdi, ama bütün gün çocuklarla meşgul. Arka arkaya doğum yaptı." Omuz silkti. "Ne yapayım, öyle istiyordu."

"Sahi mi? Yani her şey önceden planlandı mı?" Kendi durumumu düşündüm.

"Evet." Bacak bacak üstüne attı.

Bir sessizlik oldu. "Ziyaretine memnun oldum, Nelson. Ama buraya sadece hal hatır sormaya gelmediğin gibi bir his var içimde."

Başını iki yana sallayarak güldü. "Senden korkulur, Olivia. Evet, buraya seninle bir şey görüşmeye geldim, ama aynı zamanda senin durumunu da merak ediyordum. Bu nedenle, yüzün gülsün ve gözlerini de kısma." Gergin bir kahkaha attı. "Senin karşında kendimi tuvalette sigara içerken yakalanmış bir öğrenci gibi hissediyorum."

"Pekâlâ, dilinin altındaki baklayı çıkar bakalım."

"Şirketiniz adına Bennington dağıtım işiyle benim ilgilendiğimi biliyorsun. Bu işi ikimizin babaları başlatmıştı. Tamamlayan ben oldum."

"Evet, biliyorum." Nelson'ın gerçekten iş için gelmiş olması karşısında düş kırıklığına uğramıştım.

"Bu sabah Samuel'e merhaba deyip, bazı evraklar teslim etmek üzere şirketinize uğradım. Samuel onları sana vermemi söyledi. Ona imza yetkisi vermemişsin."

"Evet, ona bu yetkiyi vermedim. Kâğıtlar nerede?"

"O kadar acil bir durum değil, Olivia. Buraya iş için değil, kişisel nedenlerle, bir arkadaş olarak geldim. Daima dost kalacağımıza söz vermiştik, hatırladın mı?"

"Evet, hatırlıyorum, Nelson." Gözlerimi kapayıp gülümsedim. "Haydi, arkadaşım olmaya devam et."

"Yemin ederim ki... Samuel için endişeleniyorum, Olivia!"

"Samuel için mi? Neden?"

"O... artık eskisi gibi değil. Sen onun dizginlerini sıkıca elinde tuttuğun için belki de."

"Ne?" Güleyim mi, avaz avaz bağırayım mı bilmiyordum. "Bunu kim söyledi? Dizginlerini sıkıca tutuyorum ha?"

"Ben söylüyorum. Ona daha fazla yetki ve sorumluluk vermelisin. Ortak arkadaşlarımız onun senin ayak işlerine baktığını söyleyerek alay ediyorlar ve bu durum onu yaralıyor."

Hiçbir şey demeden ona baktım.

"Endişelerim yüzünden bana kızmadığını umarım. Ama..."

"Buraya gelip bunları söylemeni Samuel mi istedi?"

Ellerini kaldırdı. "Kesinlikle hayır. Tamamen kendi kararım. Samuel'e ne kadar güvendiğimi ve evliliğinizin daha iyi olması için..."

"Nelson, ben Louise'e gidip, sana davranışları konusunda öğüt versem, hoşuna gider miydi? Ya Louise bu konuda ne düşünürdü?"

"Seninle Louise arasında benimle Samuel'le olduğum gibi bir dostluk yok, Olivia. Buraya seni rahatsız etmek için gelmedim." Elimi tuttu. "Lütfen inan bana."

Onun avucundaki elime bakarken yüreğim kanatlandı sanki. "Rahatsız olmadım, Nelson. Sadece... şaşırdım, o kadar." Yüzüne baktım. Çok içten ve endişeli görünüyordu. Samuel'le ilgili ricasını bana biraz daha yakın olmak için bir bahane olarak kullanıyor olabilir miydi?

"Belki de o kadar şaşırmamalıyım," dedim. "Belki de seninle benim aramda çok daha fazla bir şeyler var. Bunu başından beri biliyorduk belki de."

"Haklısın. Çok zeki bir kadınsın ve bana karşı daima çok dürüst davrandın." Gülümsedi. "Sana gerçek düşüncelerimi açıklamamın en doğrusu olacağına inanıyorum. Seni ve Samuel'ı çok severim, Olivia. Sen karımdan sonra bu şehirde saygı duyduğum tek kadınsın. Senden hep etkilenmişimdir."

Yüreğim korkak bir kuş gibi kanatlandı. Uzun zamandır içimde sakladığım şeyleri ona itiraf edecek cesaretim var mıydı?

"Seninle çok daha önce karşılaşmamış olmamız ne kötü, Nelson. Cape Cod'un en güçlü ailesini kurabilirdik birlikte. Bir düşünsene. Şimdi koca bir imparatorluğumuz olmuştu." Sesim duygularımın yoğunluğuyla titriyordu.

"İnsanlar sadece iş dünyasında güçlü olmak için evlenmezler, Olivia. Aralarında çok daha fazla şeyler olmalı."

Elimi avucundan çektim. "Haklısın." Duygularımı böylesine açıkça ortaya koyduğum için kendimden utanıyordum. "Samuel'in sorununa dikkatimi çektiğin için teşekkür ederim. Elimden geleni yapacağım, ama sırf arkadaşlarınızın hoşuna gitsin diye mantıksız bir harekette bulunamam. Bunların erkekler arası şakalardan ibaret olduğunu düşünüyorum."

"Galiba seni kızdırdım."

"Hayır." Ateş saçan bakışlarımı ona çevirdim. "Hayır, kızdırmadın. Bir kadının erkeklerin işine karışmasının nasıl bir şey olduğunu hatırlattın sadece. Evet, şirketi demir yumrukla yönettiğimi kabul ediyorum, Nelson. Ama bunu işimde başarılı olduğum ve şirketi bugüne ben getirdiğim için yapıyorum. Sırf bir kadınım diye neden eve kapanmam gerektiğini de anlayabilmiş değilim. Belki de kadınlarla ilgili görüşlerini yeniden gözden geçirmelisin, Nelson. Çünkü göründüğün kadar liberal fikirli ve tarafsız değilsin."

Güldü. "Seninle iş görüşmesi yapmak istemezdim doğrusu. Pekâlâ. Sağlığın yerinde. Güçlüsün. Daha fazla zamanını almayayım. Lütfen konuştuklarımızı Samuel'e anlatma. Buraya geldiğimden haberi yok." Ayağa kalktı.

"Tamam, söylemem." Gözlerim ondaydı.

"Anladığım kadarıyla, Belinda Boston'da hayatından memnun."

"Bunu sana kim söyledi?"

"Böyle küçük yerlerde insanlar dedikoduyu sever."

"Ben Belinda'nın dediklerine değil, yaptıklarına inanırım. Onun bizimle ne ilgisi var?"

"Şey..."

"Ne?"

"Gelecek ay okulunu bitirdiği zaman benden iş istedi."

"Ne?" Gülmeye başladım.

"Senin yanında çalışmak istemiyormuş."

"Ben de onun yanımda çalışmasını istemem."

"Sana haber vermem gerektiğini düşündüm."

"Bu konuda ne yapmayı düşünüyorsun peki?"

"Bilmiyorum. Ne yapmam gerekir?" Benden izin almayı ümit eder gibiydi.

"Geçmişi düşünecek olursak bunun tehlikeli olacağını düşünmüyor musun?"

"İsteğini reddetmek daha tehlikeli olabilir."

Önce duracak gibi olan kalbimin atışları birden hızlanmıştı. "Yani Belinda seni tehdit mi etti? Şantaj mı yaptı?"

"Açıkça değil. Belki değişti. Belki de ona bir şans tanımalıyım."

"Ne istersen onu yap," dedim. "Siz erkekler kafanıza koyduğunuzu yaparsınız zaten."

Önce güldü, ardından ciddi bir ifade takındı. "Göreceğiz. Seni tekrar arayacağım. O evrakları da yarın yollarım."

"Güzel." Kafamı çevirdim. Nelson, Belinda'nın etrafında olmasına nasıl tahammül ederdi? Öfkeden çıldıracak gibiydim.

"Kendine iyi bak," dedikten sonra gitti.

Vahşi bir hayvan gibi odadaki her şeyi kırıp dökmek, duvarları yumruklamak istiyordum. Bu hapis hayatı beni çılgına çeviriyordu. Bu durumdan ve hamile olmaktan nefret ediyordum. Sanki Samuel beni odaya kilitlemiş, anahtarı da atmıştı.

"Loretta! Loretta!"

Merdivenleri koşarak çıkıp odama daldı. Nefes nefese kalmıştı. "Evet, efendim? Ne oldu?"

"Bir şey olmadı. Yataktan kalkmama ve giyinmeme yardım et."

"Ama..."

"Hemen!" Hizmetkârlarıma karşı bile otoritem kalmamış mıydı ne?

"Peki, hanımefendi." Gardroptan istediğim giysileri çıkarmaya başladı.

Uzun zamandır yatmak gücümü sandığımdan daha fazla tüketmişti. Giyinirken iki kez başım döndü. Hazır olduğumda Raymond'a haber yolladım. Arabaya binmeme yardım etti.

"Beni şirkete götür," dedim.

Arabanın kapısını açıp, yürümeme yardım etmek istedi, ama kolunu ittim. "Ben iyiyim." Hâlâ güçlü olduğumu çalışanlara göstermek istiyordum.

Karnımı tutup soluk soluğa olduğumu belli etmemeye çalışarak yürürken, sekreterler ve satış görevlileri şok olmuşcasına bana baktılar. Yüzümün solgunluğunu gizleyecek kadar makyaj yapmıştım. Hepsi ayrı ayrı yardım etmek istediler, ama işlerinin başına dönmelerini söyleyerek odama girdim. Samuel oraya tam anlamıyla damgasını vurmuştu. Masamın üstü karmakarışıktı, evraklarla dosyalar her yana dağılmıştı. Masanın üstünde yarısı içilmiş bir bardak kahveyle bir kadeh brendi vardı. Oda puro dumanı kokuyordu.

Samuel ortalıkta yoktu.

"Pencereyi aç, Dolores."

Sekreterim hemen bütün pencereleri açtı. "Ben yokken burayı temizlemeyi kimse akıl etmedi mi?"

"Bay Logan kimsenin bu odaya girmesini istemiyordu."

"Buna hiç şaşırmadım. Nerede o?"

"Bay Brofman ve Bay Conde'la birlikte Whaler's Kulüp'te öğle yemeğinde."

"Öğle yemeği mi? Saat üç buçuk!"

"Bay Logan öğle yemeklerinden saat dörtten önce dönmez." Söylenmemesi gereken bir şeyi açıklamış gibi dudağını ısırdı.

"Önemi yok, Dolores." Koltuğu elimle silip oturdum. "Şunları biraz inceleyeceğim."

Evrakları gözden geçirip, Samuel'in hiç söz etmediği şeylere rastlayınca şok olmuştum. Günler önce halledilmiş olması gereken bir sürü evrak ve aranması gerekli önemli müşterilerin telefon mesajları vardı. İşe koyulup, olabildiğince kâğıdı imzaladım, arayabildiğim herkesi aradım. Firmalardan biri, başka bir yerle çalışmak zorunda kaldıklarını söyledi. Özür dilemekten başka yapabileceğim bir şey yoktu.

Samuel döndüğünde, işlerin yarısından fazlasını bitirmiştim. Yüzünün kızarıklığı, öğle yemeğinde ne kadar içtiğini gösteriyordu. Masaya yaklaşana kadar beni fark etmemesinden, ne kadar sarhoş olduğunu anlamıştım. Olduğu yerde kalakaldı.

"Bu... Ne... Burada ne işin var, Olivia?"

"Biriktirdiğin işleri bitirmek için çalışıyorum, Samuel. Çoğu ümitsizce bizi arayarak bulamamış olan müşterilerimizin telefon mesajlarına tek tek cevap verdim. Farmingdale şirketini kaybetmişiz. Onlardan özür dilemek zorunda kaldım."

"Hepsini yapacaktım. Burada sandığından daha yoğun işler vardı. Seni üzmemek için söz etmedim."

"Şirketin zora düşmesi beni üzmeyecek miydi sanıyorsun?"

"Şirketi zora düşürmedim. Neler yaptığımı bilmeden konuşuyorsun."

"Ben de bundan korkuyordum," dedim kuru bir sesle.

"Burada olmaman gerekiyordu, Olivia. Doktor sana ve engel olmadığım için bana kızacak."

"Senin iznine ihtiyacım yok, Samuel. Yapmak istediğim ve yapmam gereken şeyi yapıyorum. Şu hale bak. Şu odanın pisliğine bak. Çalışanlarımıza nasıl örnek oluyorsun? Buraya hiç dönmeyeceğimi mi sanıyordun?"

"Dönecektin elbette. Ortalığı toparlayacaktım. Yarın ya da ertesi gün temizlik şirketini aramayı planladım. Sana göstereyim." Kâğıtların arasında ajandasını aradı.

"Bunu mu arıyordun?" Ajandayı kaldırdım. "Yerde, koltuğun altındaydı."

"Düşmüş olmalı. Bana bak, Olivia. Buraya bu şekilde gelip beni azarlaman, çalışanların bana olan saygılarını devam ettirmemi sağlamaz."

"Devam ettirmen mi? Onların saygısını kazandığını kim söyledi, Samuel? Ofisine dön ve beni yalnız bırak. Ben de şu işleri bir an önce bitireyim."

"Hemen eve dönmende ısrar ediyorum." Ona bu cesareti veren alkol olmalıydı. Ellerini beline koydu. "Raymond'ı çağır. Seni eve götürsün."

"Sana yemin ederim, Samuel, eğer hemen bu odadan çıkmazsan, polis çağırıp seni attırırım." Kararlı bakışlarım karşısında gözlerini kaçırmak zorunda kalmıştı.

"Hata yapıyorsun, Olivia. Sadece seni ve bebeğimizi düşünüyordum."

Bakışlarım hâlâ yüzündeydi. Çaresizlik içinde bir şeyler homurdanarak odadan çıktı. Neredeyse Dolores'e çarpıp deviriyordu.

"Gel, Dolores," dedim. "Otur. Yarın yapılmasını istediğim işlerle ilgili notlar almanı istiyorum. Kapıyı da kapa." Ve işe koyulduk.

Hevesime ve kararlılığıma rağmen, öfkem ve ofise gelmek için harcadığım gayret beni aşırı derecede yormuştu. Bir saat sonra gücüm tükendi ve bitkin düştüm. Dalga dalga vücudumu saran yorgunluk bacaklarımı felç etmişti adeta. Bütün ağırlığım sırtımdaydı sanki. Gittikçe artan ağrı yüzünden soluklarım sıklaşmıştı.

Dolores'e, "Kanepedekileri indir," dedim. Samuel oraya bir sürü dosya yığmıştı. Dolores onları hemen indirip, yürümekte zorlandığımı görünce yardıma koştu.

"Biraz uzanacağım."

"Elbette. Bir buçuk saattir hiç ara vermediniz."

Kanepeye uzandım. Dolores yastıklardan birini başımın altına koydu.

"Bana bir bardak soğuk su getirir misin, Dolores?"

"Tabii, Bayan Logan."

Tekrar yanıma döndüğünde, sırtımın ağrısı karnıma kadar yayılmıştı. Sanki ince bir tel vücudumu sıktıkça sıkıyordu. Suyu içtikten sonra derin derin soluk aldım.

"İyi misiniz?" diye sordu Dolores.

"Dinlenmeye ihtiyacım var." İnledim.

"Bay Logan'a haber vermemi ister misiniz?"

"Hayır," dedim kesin bir dille. "Birazdan iyileşirim."

Gözlerimi kapayıp uykuya daldım. Uyandığımda, Samuel'in kanepenin yanındaki koltukta başını geriye dayamış uyuduğunu gördüm.

"Samuel!"

Hemen gözlerini açtı. Yüzünü ovuşturduktan sonra hışımla bana baktı. "Kendini yorgunluktan bitirdin. Şimdi tatmin oldun mu?"

"Evet. Eve gidiyoruz. Raymond'ı çağır."

"Çağırdım bile. Bir saattir dışarda bekliyor. Herkes eve gitti. Kalmak istediler, ama onları evlerine yolladım."

"İyi yapmışsın."

"Yaptığım bir şeyin hoşuna gitmesine sevindim." Ayağa kalkmama yardım etti. "Ağrın var mı?"

"Hayır." Keskin ağrı gitmiş, yerini devamlı bir sızıya bırakmıştı. Tam ofisten çıkacağımız sırada telefon çaldı.

"Boş ver," dedi Samuel. "Mesai saati bitti."

"İşte bu yüzden önemli olmalı, Samuel. Kim arıyormuş, bak." Tereddüt etti. "Cevapsız kalan telefonlar yüzünden bir müşterimi daha kaybetmek istemem. Aç şunu!"

Söylenerek masaya gitti. "Alo?" Karşı tarafı dinlerken yüzü bembeyaz olmuştu. "Hayır, en doğrusunu yapmışsın. Biz hemen hastaneye gidiyoruz, Effie." Telefonu kapadı.

"Ne olmuş?" diye bağırdım.

"Baban... bayılıp tekerlekli sandalyeden düşmüş. Effie'nin çağırdığı ambulans onu hastaneye götürüyormuş."

"Oraya gidiyoruz." Ön kapıya yürüdüm.

"Belki sen gelmesen daha iyi olur, Olivia. Zaten yeterince yoruldun."

"Bugüne kadar kendimi zorladığım çok zamanlar oldu, Samuel. Bundan sonra da olacak. Konuşmakla zaman kaybetmeyelim."

Başını eğip koluma girdi. On beş dakika sonra hastanenin acil servis kapısındaydık. Babamı yoğun bakıma almışlardı. Acil servis doktoru onun kalp krizi geçirdiğini söyledi.

"Durumu nasıl?" diye sordum.

"Kritik. Aile doktorunuza haber verildi."

Babamın yanına gitmemize izin vermişlerdi. Onun monitörlere ve oksijen tüpüne bağlı yatışını izlemekten başka bir şey yapamadık. Doktor Covington kısa süre içinde hastaneye gelerek, babamı ilk muayene eden doktorla görüşmüştü.

"Ne yazık ki kötü bir kriz, Olivia. Bilinci bir daha açılmayabilir. Senin burada olmaman gerekiyordu. Bir de senin için endişelenmeyelim."

Bu fırsatı değerlendiren Samuel, "Bu bir şey değil," diye atıldı. "Bugün öğleden sonra şirkete gelip saatlerce çalıştı. Ona engel olamadım!"

"Doğru mu bu?" Doktor Covington başını iki yana salladı. "Beni düş kırıklığına uğrattın, Olivia."

"Ben iyiyim." Samuel'e dik dik baktım.

Ama onun yüzü Doktor Covington'a dönüktü. "Katır gibi inatçı!"

"Eve git, Olivia," dedi doktor.

"Biraz daha kalacağım. Babam kendine gelebilir. O zaman yanında olmak istiyorum."

"Ama..."

"Kötü bir şey olursa, buradan daha güvenli bir yerde olamam, doktor."

Güldü. "Haklısın. Ama dinlen. Yoğun bakım hemşiresiyle sürekli temas halinde olacağım. Senin burada kalacağını onlara haber vereyim." Ona teşekkür ettim ve gitti.

"Thelma'yı arayıp hastanede olduğumuzu haber vereceğim," dedi Samuel. "Jacob bizi merak etmiştir."

"Belinda'yı da arasan iyi olur. Okulu bırakmak için bahane arıyordu zaten. İşte şimdi bir bahanesi oldu."

"Ona karşı biraz acımasız davranmıyor musun, Olivia?" Şaşkınlıkla başımı kaldırdım. "Yani, orada yatan onun babası ne de olsa."

Güldüm. "Doğru, Samuel. Bu adam onun babası. Yemek masasında karşısına oturmaya iğrendiği, konuşmaya, yakınında olmaya, yardım etmeye dayanamadığı ve hayat boyu acı çektirip üzdüğü, şu an ölmekte olan adam onun babası, evet."

"Demek istediğim... bu gibi zamanlarda kötü duygular beslememelisin."

"Hiçbir şey beslemiyorum. Yapılması gerekeni yapıp, söylenmesi gerekenleri söylüyorum sadece. Korkma, onunla kavga falan etmeyeceğim. Onu ara ve dönerken bana içecek soğuk bir şey getir."

"Tamam," dedi ve gitti.

Bekleme odasında yalnız kalınca, kapıya bakarak babamı düşünmeye başladım. Öz babam değildi, ama onu öz kızından daha fazla gururlandırmıştım, öyle değil mi? Beni daha çok seviyordu. Daha çok sevmek zorundaydı. Son anında yanında olmak isteyen bendim. En son beni görecekti.

Samuel on dakika sonra bir şişe soğuk gazozla döndü. "Belinda evde değildi. Mesaj bıraktım. Aç mısın?"

"Hayır, ama sen kafeteryada bir şeyler yiyebilirsin."

"Sen burada mı bekleyeceksin?"

"Evet."

"Saatler, hatta günler sürebilir. Bebeğimizi de düşünmek zorundasın, Olivia."

"Kalabildiğim kadar bekleyeceğim. Sonra eve döneriz. Söz veriyorum."

"Peki. Ben aşağı inip bir sandviç yiyeceğim. Sen bir şey istemiyor musun?"

"Hayır. Teşekkür ederim."

Gazozu içtim. Yorgunluğumu hissedemeyecek kadar yorgundum. Uyuşmuş haldeydim adeta. Rüyamda çocukluğuma dönmüştüm. Arka bahçemizde koşuştururken, çiçekleri ve kuşları seyrediyordum. Babamın yanıma geldiğini duymamıştım.

"Denizden öğreneceğin çok şey var, Olivia. Bir akıntıya kapıldığında, en doğrusu karşı koymamaktır. Özsaygını ve kontrolünü yitirmeden kendini ona bırakırsan, akıntıdan bile hızlı yol alabilirsin. Anlıyorsun, değil mi?"

Biraz düşünüp, başımı evet anlamında salladım. "Evet, baba. Bir keresinde yüzerken başıma gelmişti. Bir dalga üstümden aşmış, boğulacağımı sanmıştım. Ama karşı koymadım. Kendimi ona bırakıp su yüzüne çıktığımda çok korkmuş, ama kıyıya ulaşmayı başarmıştım."

"İşte bu. Her tecrübeden bir ders çıkararak olgunlaşacaksın, Olivia." Başımı okşayıp uzaklaşmıştı.

"Affedersiniz, Bayan Logan." Hemşirenin omzuma dokunmasıyla rüyam yarıda kesildi.

Telaşla doğruldum. "Evet?"

"Babanız kendine geliyor gibi. Yanında olmak isteyeceğinizi..."

"Evet," dedim. "Sağ olun." Onunla birlikte babamın yanına gittim.

Yatağa yaklaştığımda gözleri kapalıydı. Elini tutup bekledim. Biraz sonra gözlerini açıp bana baktı. Ne dediğini duyabilmek için ona doğru eğildim.

"Evet, baba. Buradayım."

"Olivia... lütfen..."

"Ne, baba? Ne yapmamı istiyorsun?"

"Belinda'yı... koru... Onu koruyacaksın, değil mi?"

Yüreğime çöken ağırlığa rağmen cevap verebildim. "Evet."

"Bana... söz ver." Sesi iyice hafiflemişti.

"Söz veriyorum, baba."

Yüzüne huzurlu bir ifade çökmüştü. Gözlerini kapadı.

Bekledim, ama tekrar uyanmadı. Ve yarım saat sonra da öldü. Monitör alarm verdiğinde hâlâ yanındaydım. Hemşireler yatağın başına koşmuşlardı. Dışarda beklememi söylediler. Samuel bekleme odasındaydı. Beni görünce başını kaldırdı.

"Bir şeyler oluyor," dedim. "Herkes başında."

"Ya?" O an korku içindeki bir çocuk gibiydi.

On dakika sonra hemşire yanımıza geldi. Yüz ifadesi her şeyi anlatıyordu. "Başınız sağ olsun, Bayan Logan." Elimi tuttu. Samuel de ayağa kalkıp bana sarıldı.

"Teşekkür ederim. Doktor Covington'a haber verdiniz mi?"

"Evet. Sizin için yapabileceğim bir şey var mı?"

"Hayır, sağ olun."

"Doktor eve dönmeniz için size rica etmemi söyledi."

"Rica etmenize gerek yok. Gidiyorum."

Asansöre binerken bacaklarım birden beni taşımaz oldu. Samuel bana daha sıkı sarılmıştı. "Bir tekerlekli sandalye getirin lütfen!" Hemşirelerden biri koşturdu.

Beni arabaya tekerlekli sandalyeyle götürdüler. Samuel kucağına alarak arabaya bindirdi. "Belki hastanede kalmalıyız."

"Hayır, eve gidelim, Samuel. Yatağıma yatınca bir şeyim kalmaz."

"Peki." Yola koyulduk. "Nasılsın?" diye sordu biraz sonra.

"Daha iyiyim."

"Baban kendine geldi mi? Onunla konuşabildin mi?"

Bir an düşündüm.

Babam hayatının son dakikalarında beni görmüştü. Orada, yanında sadece ben vardım. Ama o en son kimi düşünmüştü? Beni değil. Belinda'yı. Her zaman Belinda'yı düşünmüştü.

"Olivia?"

"Hayır," dedim. "Ona veda bile edemedim."

15

Trajedi Sürüyor

Belinda, Samuel'in telefonuna cevap vermemişti. Samuel hastaneden dönüşümüzde evden tekrar aradı, ama hâlâ eve dönmemişti. Belinda ancak ertesi sabah geç saatte aradı. Güya eve çok geç dönmüştü. Onunla konuşmadım. Samuel onun aradığını işaret edince, Belinda'nın hemen eve dönmesini söyledim. Zaten telefonda konuşulacak bir şey yoktu.

Belinda'nın o günkü ve sonraki günlerdeki davranışlarından, babasının onun için çok önceden ölmüş olduğunu anladım. Babasını güçlü ve hayat dolu haliyle hatırlıyordu sadece. Kendi vücudunda esir hayatı yaşayan adam onun babası olamazdı. Kriz babamı bir yabancıya dönüştürmüştü ve Belinda tanımadığı bu kişi için babası gibi yas tutamazdı. Belki de babamın hastalığından sonra Belinda onun için kendince yas tutmuştu. Belinda'ya karşı ancak bu kadar iyimser olabilirdim.

Ölüm döşeğinde babamın yanında olamadığı için ağlayıp sızlayarak herkese karşı iyi rol yapıyordu elbette. Babamın konuşma bozukluğu yüzünden, Boston'a döndükten sonra onu hiç aramamış, son günlerini Samuel ve benden dinlemekle yetinmişti.

Jacob büyükbabasına ne olduğunu anlayamayacak kadar küçüktü. Thelma ona büyükbabasının cennete gittiğini, orada meleklerle yaşayıp torununa gökyüzünden bakacağını söylemiş, böylece Jacob'ın sorularına cevap vermişti. Jacob soru sormaya meraklı bir çocuktu ve bundan hiç çekinmezdi. Onu cenazeye götürmemeye karar vermiştim.

Babamın cenaze töreni anneminkinden daha kalabalıktı. Annemin ölümünden sonra babam yeni arkadaşlar edinmişti. Herkes törendeydi. Polisin bunu Kuzey Cape'in en büyük cenaze töreni ilan ettiğini duydum.

Hamileliğimin ilerlemiş olması nedeniyle, konukları eve davet edememiştik. Herkes başsağlığı dileklerini kilisede dile getirdikten sonra gittiler. Belinda da bizim eve geldi tabii. Doktor Covington'ın talimatıyla hemen yattım. Dinlenip akşam yemeği yedikten sonra, Samuel'e Belinda'yı çağırmasını söyledim. Aile toplantısı yapacaktık.

"Sabahı bekleyemez miyiz, Olivia? Acımız hâlâ çok taze."

"İşte bu yüzden toplantı yapmamızın tam zamanı. Hem zamanın yapılması gerekenle hiç ilgisi yok. Kaçınılmazı erteleyemeyiz. Haydi, Belinda'yı çağır." Samuel'in yüz ifadesi aile toplantısını ertelemeye çalışmasının nedenini açıkça belli ediyordu. "Yine bir yere gitti, değil mi? Nereye?" İnkâr etmesine fırsat vermemiştim.

“Arkadaşlarıyla dışarda,” diye itiraf etti.

“Böyle bir gecede mi? Babasını daha bugün toprağa verdiği halde, aynı gece arkadaşlarıyla bir partiye gitti, öyle mi?”

Başını iki yana salladı. “Ona engel olamazdım, Olivia. Beni dinlemedi bile.”

“Neden hemen bana gelip niyetini söylemedin öyleyse?”

“Seni daha fazla huzursuz etmek istemedim. Doğuma sadece on gün kaldı.”

“Kendi ailesine en ufak saygısı yok. İnsanların hakkımızda neler düşüneceğine aldırmıyor bile.”

“Belki sakin bir akşam yemeğinden sonra hemen eve döner.”

Sert bakışlarım, Samuel’in iyimser gülümsemesini yüzünden siliverdi. “Gidip onu bulmamı ister misin, Olivia?”

“Hayır. Alay konusu oluruz. Zaten seninle eve döneceğini hiç sanmam.” Biraz düşündüm. “Gerekeni yapmam gerektiğinden eminim artık.”

“Ne?”

“Boş ver.” Ayaklarımı yataktan yere sarkıttım.

“Ne yapıyorsun? Niyetin ne?”

“Bazı aile evraklarını gözden geçireceğim. Hepsi çalışma odasında.”

“Ne istediğini bana söyle, ben sana getireyim.”

“Nerede olduklarını bilmiyorsun ve sana açıklamam uzun sürer. Beni merak etme. Sabahlığımı ver.” Tereddüt ettiğini görünce, “Lütfen dediğimi yap,” dedim. “Eğer kafamdakini hemen halletmezsem, gece gözüme uyku girmeyecek.”

İsteksizce sabahlığımı verip, aşağı inmeme yardım etti. Masama oturunca, üst çekmeceden aldığım anahtarla duvardaki kasayı açtım. Samuel her hareketimi izliyordu.

"Artık gidebilirsin, Samuel. Kimsenin başımda dikilmesini istemiyorum. Ben iyiyim."

"Sana yardım edebilirim."

"Yapabileceğin bir şey yok. Televizyon seyret, kitap oku, rahatla." Bunu emreder gibi söylemiştim.

Uzun uzun bana baktı. "Pekâlâ." Bir anda bitkin düşmüştü sanki. "Sen iyiysen, mesele yok."

Babam kriz geçirdiğinde, dosyalarını inceleyip, kişisel evraklarını ayırmıştım. Vasiyeti ve hisseleri de dahil tüm belgelerini eve getirip kasama kilitlemiştim. Bunları Belinda'nın yanında incelemek niyetindeydim, ama önce yalnız başıma bakıp en doğrusuna karar vermem en iyisiydi.

Babam mal varlığının yarısını ona, yarısını bana bırakmakla birlikte, gelecekteki çocuklarımız için büyük miktarda fonlar ayırmıştı. Hatırı sayılır bir servetti. Belinda'nın bile harcayabileceğinden büyük bir miktardı. Tamamını ziyan edeceğinden emindim. Beni umutlandıran tek şey, ikimizden birinin fiziksel ya da zihinsel olarak yetersiz duruma düşmemiz halinde diğerinin aile servetinin tek vâsisi olacağı şartıydı. Babam oldukça ileri görüşlüydü doğrusu.

Aile servetinin ne şekilde tutulduğu ya da miktarı konusunda Belinda'nın en ufak bir fikri yoktu. Para ve mülk konularının ayrıntılarıyla hiç ilgilenmezdi zaten. İstediklerini almak için para istemeyi bilirdi sadece. Her şeyi bir düzene koyup, gelecek birkaç gün içinde yapacaklarımı planladım.

Belinda eve ertesi gün sabaha karşı döndü. Ben çoktan uyumuştum. İyi de olmuştu, çünkü onun sarhoş halini görünce çileden çıkabilirdim. Ancak öğlene doğru kalktı. Bütün belgeleri odama getirip bir düzene koymuştum. Samuel'e kahvaltıdan sonra onu hemen odama getirmesini söyledim. Sadece koyu bir kahveyle yetinen Belinda saçı başı darmadağınık halde söylene söylene odama girdi.

"Berbat görünüyorsun, Belinda. Nerelerdeydin?"

"Beni teselli etmek isteyen arkadaşlarımla dışardaydım. Çok içtim, ama elimde değildi. O kadar acı içindeydim ki, herkes bana içki ısmarladı." Benim de babamı kaybettiğimi yeni hatırlamış gibi yüzüme baktı. "Sen nasılsın?"

"İyiyim," dedim sertçe. "Otur."

"Bu saatte benden ne istiyorsun? Bugün dinleneceğim." Gözlerinden bir anda paniklediği belli oluyordu. "Bu saatte senden nutuk dinlemeye hiç niyetim yok."

"Otur dedim, Belinda." Dediğimi yapana kadar bakışlarımı ondan ayırmadım. Samuel ellerini arkasında kavuşturmuş, topukları üzerinde sallanıyordu.

Belinda, "Tıpkı babamın aile toplantıları gibi," diye homurdandı Samuel'e.

Yüzümün ifadesini gören Samuel'in gülümsemesi silinmişti.

Dosyaları açtım. "Bunlar, babamın mal varlığıyla ilgili belgeler. Hepsini paraya çevirip yatırımlara dönüştüreceğiz. Servetin yönetimi bende olduğu için, bu işi ben yapacağım." Aslında yönetim hakkı sadece bende değildi, ama Belinda'nın karşı çıkmayacağını biliyordum. Gerekli yerleri ona imzalattıktan sonra işim kolaylaşacaktı. Nasıl olsa imzalamadan önce okuma adeti yoktu.

"Güzel." Onu çağırmamın nedeninin iş konuları olmasına sevinmiş görünüyordu. Ayağa kalktı.

Ben, "Daha bitmedi," diye çıkışınca, tekrar oturdu. "Gerisini hiç merak etmiyor musun?"

"İş konularıyla ilgilenmediğimi biliyorsun, Olivia. Bu konunun uzmanı sensin. En doğrusunu yapacağına eminim."

"Güvenoyun için teşekkürler," dedim kuru bir sesle. "Evi satmayı düşünüyorum."

Başını kaldırdı. "Evi mi?" Önce Samuel'e, sonra bana baktı. "Babamın evini mi satacaksın?"

Evet. O kadar büyük bir evi ne yapacağız? Bakımı için hizmetkârlara dünyanın parasını ödememize gerek yok. Onu satıp, parasıyla yatırım yapmak en doğrusu. Babam gelecekteki çocuklarımızı da düşünmüş. Haddinden fazla emlak vergisi ödemek anlamsız. Fonları harekete geçirip..."

Elini alnına götürdü. "Başım fena halde ağrıyor, Olivia. Sen daha iyi bilirsin. Ama..." Boş kafasında sonunda ciddi bir düşünce belirmiş gibiydi.

"Ama, ne?"

"Ev satılırsa, ben nerede yaşayacağım?" Samuel'e baktı.

Samuel'in sıktığı dudaklarının kenarları bembeyaz olmuştu.

Cevabı ben verdim. "Bir süre burada kalırsın. Kendine bir şeyler ya da bir..."

"Koca bulana kadar mı?" Güldü. "Neden babam ve sen her zaman beni evlendirmeye çalışıyorsunuz?"

"Babamın nedenlerini bilmem, ama ben erkeklerden intikam almak istiyorum." Bu sözlerim Samuel'i en sonunda güldürmüştü.

"Aman ne komik," diye homurdandı Belinda. "Senin tuzun kuru tabii ki. Nasılsa senin kocan ve oğlun var. Yakında bir çocuğun daha olacak. Ama benim... benim hiç kimsem yok."

"Bu kimin suçu peki?"

Yüzünü buruşturarak şakaklarını ovuşturdu. "Başım çok kötü. Hemen yatmak istiyorum. Nerede yaşayacağım da umurumda değil." Ayağa kalktı. "Ama burada yaşarsam, bana küçük bir kızmışım gibi davranmanı istemiyorum."

"Sen öyle davranmazsan, ben de sana öyle muamele etmem. Derslerin ne durumda?"

"Okulu bıraktım. Hem sen de artık çalışmak zorunda olmadığımı söyledin. Bana büyük bir miras kaldı." Gülerek odamdan çıktı.

Samuel bana bakıp derin bir soluk aldı. "En sonunda bitti."

"Babamın evine gitmek istiyorum," dedim. "Şimdi."

"Şimdi mi? Olivia, Doktor Covington'ın bütün önerilerine karşı çıkıyorsun."

"Sen ister gel, ister gelme." Dosyaları bir yana koydum. Gözlerim kararlılığımı yansıtmaktaydı. "Ben yapılması gerekenleri daima yaparım."

Başını ağır ağır iki yana salladı. "Biliyorum." Sesinde büyük bir isteksizlik vardı. "Pekâlâ, seninle geleceğim. Jacob'ı da götürecek miyiz?"

"Hayır. Babamın nerede olduğunu soracaktır. Bunun için hiç zamanım yok." Aslında, Thelma'nın tüm yardımlarına rağmen bu benim için duygusal açıdan çok zor bir durumdu.

Aynı şekilde babamın evine gitmek de büyük bir duygusal yıkımdı. Annemin ölümü ve babamın geçirdiği krizden sonra, orası benim için kasvetli, bomboş bir yer olmaktan öteye gidememişti. Şimdi, eski görkemli akşam yemeği davetlerini, kahkahaları ve müziği hatırlamak beni hüzünlendirmişti. Ev Effie'nin sayesinde yine eskisi gibi tertemiz ve düzenliydi. İlk iş olarak onunla konuşup yapması gerekenleri söylemek istememin nedeni de buydu.

"Emlakçılar muhtemel alıcılara gezdirdiği sürece burada kalıp, evi temiz tutmanı istiyorum, Effie. Buradan ayrıldığında sana altı aylık maaşını vereceğim ve istersen şehirde yeni bir iş bulmanı sağlayacağım. Senden daima memnun kalmışımdır."

"Teşekkürler, Bayan Logan."

Bahçıvanla da aynı konuşmayı yaptım. Neleri evime götüreceğime, neleri bağışlayacağıma ya da satacağıma karar vermek için bütün evi dolaşmama fiziksel durumum elvermiyordu. Giriş katını şöyle bir dolaşıp babamın çalışma odasında oturdum. Bu arada Samuel üst katı ve kayıkhaneyi kontrol etti.

Çalışma odasında otururken, orada babamla baş başa yaptığımız konuşmaları hatırladım. Bana daima büyük bir insanmışım gibi davranır, yeteneklerime büyük saygı duyardı. Bana her bakışında, öz kızı olmamı dilemişti mutlaka. Aile kavramı onun için o denli önemliydi ki, çoğu erkeğin düşünmek bile istemeyeceği gerçekleri kabullenmişti.

Babamın çalışma odası koyu renk ahşap panelleri, mobilyaları, puro kokusu, denizcilikle ilgili tabloları, özel kutularındaki silah koleksiyonuyla son derece erkeksiydi. Köşe sehpasının üzerinde, ortaçağ figürlerinin kullanılmış olduğu satranç tahtası vardı. Babam bu odayla, eviyle ve başarılarıyla gurur duyardı. Onu çok özleyecektim.

Evin arka verandasına çıktım. Samuel iskelede durmuş, okyanusa bakıyordu. Sağ taraftaki ağaçların altında gizli mezar vardı. Orada gömülü olanı benden başka kimse bilmiyordu. Babamın Belinda'nın günahlarını gömmek için ölü bebeği kutuya koyarken gözlerinden yansıyan dehşeti hatırlayınca içimden buz gibi bir ürperti geçti. Bu günahlar hâlâ bizimleydi.

"Samuel! Beni eve götür. Kendimi hiç iyi hissetmiyorum."

Koşarak yanıma geldi. Ağaçların altındaki o noktaya bakarken, bu evi satıp bir daha asla dönmemekteki kararlılığım artmıştı.

Bir hafta sonra doğum sancılarım tuttu. İkinci oğlumuza Samuel'in büyükbabasının adı olan Chester'ı verdik. Samuel düş kırıklığı içindeydi. Onun da babam gibi bir kız evlat beklediğini biliyordum.

Chester'ın doğumundan sonra üç gün hastanede kaldım. Belinda ikinci gün ziyaretime geldi. Sarı bluzu, mavi eteği ve düzgünce yapılmış atkuyruğuyla dipdiri ve hayat doluydu. Ben ise lohusa yatağında kendimi berbat hissediyordum. Aramızdaki fark hiç bu kadar belirgin olmamıştı.

"Samuel'i merak etme," dedi. "Ben ona bakıyorum. Jacob kardeşini heyecanla bekliyor. Dün onu yürüyüşe çıkardım."

"Yani ona teyzelik mi yapıyorsun?"

"Evet." Güldü. "Ama genç bir teyzeyim. Her şeyi merak eden, yaşından olgun bir çocuk. Korkarım, sana benziyor, Olivia. Ne zaman gülse, hemen ardından suçluluk duygusuna kapılıyor."

"Saçma." Ama onun Jacob hakkında yanılmadığını biliyordum. Gerçekten de düşünceli ve zeki bir çocuktu.

Belinda'nın gözlerine bakıp, "Nelson senin ondan iş istediğini söyledi," dedim damdan düşer gibi.

Kaşlarını kaldırdı. "Ben mi iş istemişim?"

"Evet, neden?"

"Tam tersi, Olivia. O bana iş teklif etti. İş idaresi dersleri aldığımı duyunca, bana iş teklif etti, ama babamın şirketinden başka yerde çalışmadığımı söyledim ona."

"Nerede görüştünüz?" diye sordum kuşkuyla.

"Boston'da. Bahamalar'dan döndüğünde, benimle görüşmek istedi." Bunu öyle bir ses tonuyla söylemişti ki, doğru olduğundan şüphem olmadı.

"Bunu neden yaptı peki?"

"Onu kendin sor. Ben de senin kadar şaşırmıştım." Çantasından aynasını çıkarıp yüzünü kontrol ettikten sonra bana baktı. "Sana doğruyu söylüyorum, Olivia. Hepsi yalanmış gibi bakmayı bırak."

"İyi." Ama içime kor gibi ateşler düşmüştü. Belinda gerçeği, Nelson'sa yalan mı söylüyordu? Belinda'nın anlatması olasılığına karşı, Nelson kendince bir hikâye mi uydurmuştu? Erkeklere hiç güvenemeyecek miydim?

"Ne o, düşüncelere daldın?"

"Evet, düşünüyorum, Belinda. Bunda ayıp bir şey yok, Asıl ayıp olan, düşünmemek."

"Chester çok tatlı bir bebek," dedi konudan konuya geçerek. "Daha çok Samuel'e benzeyecek galiba. Samuel de öyle düşünüyor." Bunu canımı sıkmak için söylediği belliydi.

"Ya? Buna sevinirim. Samuel çok yakışıklı bir adam."

"Öyle. Nelson Childs kadar yakışıklı değil belki, ama yine de yakışıklı." Suratımı buruşturmama güldü. İstediğinde pekâlâ canımı sıkabiliyordu.

Nelson ertesi sabah Samuel'le birlikte Chester'ı görmeye geldi. "Çok şirin bir bebek. Baban onunla gurur duyardı, Olivia."

"Babam şımartacağı bir kız torun bekliyordu," dedim. Ve, "Tıpkı kız kardeşim gibi." diye ekledim. "Herkes Belinda'yı şımartıyor."

Nelson'ın gözlerine bakıyordum. Bakışlarını kaçırarak konuyu değiştirdi.

Bütün dünya yalanlarla dolu gibi geliyordu bazen.

Samuel, "Bir gün kızımız da olacak," dedi göğsünü kabartarak.

"Yakın bir gelecekte değil."

Doğumda bir kadının çektiği acıları bilmeyen iki adam kahkahalarla güldüler.

Thelma, Chester'a da seve seve bakacağını söylemişti. Çocuklarla ilgilenmeyi çok seviyordu. Ona gerçekten minnettardım. Çocuklarımın emin ellerde olduğunu bilerek, ayağa kalkar kalkmaz işimin başına dönebilecektim.

Hastaneden taburcu olmamla birlikte hayatımızın temposu hızlanmıştı. Babamın evine bir ay içinde iyi bir alıcı çıktı. Günlerim şirketteki işlerin yanı sıra, satacağım, bağışlayacağım ve kendi evime getireceğim aile yadigârlarını ayarlamakla geçiyordu. Belinda'ya da evden almak istediklerini almasını söylemiştim, ama o özel eşyalarını aldıktan sonra oraya bir daha uğramadı. Hiçbir eşyanın onun açısından manevi değeri olmadığı belliydi. Buna şaşırmamıştım. Eskiden evden uzak kalmak için bahaneler yaratırdı zaten. Evi her zaman otel, beni ve ebeveynlerini de hizmetçi gibi kullanmıştı.

Babamın ölümünden sonra da uslanmadı. Okuldaki derslerinin gayet iyi olduğunu, isteseydi mezun olabileceğini öğrenmiştim. Ama onun peşinde koştuğu tek şey eğlenceydi. Zamanının çoğunu boş şeylerle harcıyor, sık sık arkadaşlarıyla seyahatlere çıkıyor, sonu olmayan kararlar alıyordu.

"Belki de oyuncu olmalıyım. Provincetown Tiyatrosu'nda bir rol denemeyi düşünüyorum. Hazırladığı oyunda tam bana göre bir rol olduğunu söyleyen genç bir tiyatro yönetmeniyle tanıştım. Bu hafta sonu onunla görüşeceğim. Özel bir görüşme olacak tabii." Samuel'e bakarak kirpiklerini kırpıştırdı. Samuel'in gözleri parlamıştı.

"Oyunculuk tam sana göre, Belinda," dedim. "Sen doğuştan oyuncusun."

Bunu iltifat olarak kabul etmişti. "Ben de öyle düşünüyorum. Bakalım. Replikleri ezberlemek ve haftalarca aynı yerde olmak bana cazip gelmese de, bir deneyeceğim."

Oyunculuk işinin de diğer şeyler gibi sonunu getirmeyecekti. Belinda'nın gözünde en kötü şey can sıkıntısıydı. Her şeyden çabucak sıkılan, maymun iştahlı bir kadındı. Onu evlendirmenin tek yolu, deli gömleği giydirerek mihraba sürüklemekti.

Belinda'nın artık zengin bir vâris olduğu duyulunca, yeni bir erkek hayranlar ordusu türemişti. O da bunu yem gibi kullanmaktan geri kalmıyordu tabii. Ona telefon gelmediği saat yok gibiydi. Ama ciddi bir ilişkiden kaçmaktaydı. Yine de herkes peşindeydi. Erkeklerin aptallığına şaşıyordum hâlâ.

Bu durum bir yıl kadar böyle devam etmişti. Sonra bir hafta geçmesine rağmen kimse gelmez, aramaz oldu. Belinda artık vaktinin çoğunu evde televizyon seyredip dergileri karıştırarak geçiriyordu. Telefonlar da yok denecek kadar azalmıştı. Ara sıra kız arkadaşları arıyordu sadece. Belinda sık sık şirkete gelip işlerle bile ilgilenmeye başlamıştı. Samuel daha çok onu ayağımın altında dolaşmaması için öğlenleri yemeğe çıkarıp, sorularını sabırla cevaplıyordu.

Belinda ara sıra dışarı da çıkıyordu, ama hep tek başına. Artık kendi arabası vardı ve onunla istediği yere gidiyordu. Nereye gittiğini sorduğumda kaçamak cevaplar veriyordu. Erkek hayranlar ordusu hakkında övünmeyi de bırakmıştı.

Bir gün şirketteyken Samuel'e bu konuyu sordum. O da Belinda'nın son zamanlarda neler yaptığını benim kadar merak ediyordu. Biraz düşündükten sonra başını salladı. "Galiba hayatında bu kez ciddi olarak düşündüğü biri var."

"Ama kim? Bizi utandıracak biri mi yoksa? Bu yüzden mi saklıyor?"

"Bilmiyorum. Benimki tahmin sadece. Neden kendisine sormuyorsun?"

"Soruyorum, ama söylemiyor."

"Peşine birini tak öyleyse," dedi gülerek.

Belinda da beni aynı şeyle suçlamıştı. "Neden olmasın? İyi fikir."

Samuel'in gözleri irileşti. "Hey, şaka yaptım. Böyle bir şey yapmazsın, değil mi?"

"Bu şehirde büyük saygınlığımız var, Samuel. Kongre üyeleri, yargıçlar, önemli işadamları ve aileleri evimize konuk oluyor. İnsan etrafıyla tanınır." Babam hep böyle derdi.

"Elbette. Buna gerçekten gerek olduğunu düşünüyorsan..."

"Yeni sürprizler istemiyorum," dedim kesin bir dille.

Samuel başını ümitsizce iki yana sallamış, ama itiraz etmemişti.

Harekete geçmeden önce bir hafta geçmesini bekledim. Bazı geceler hiç eve gelmeyen Belinda, Cape'de bir arkadaşında kaldığını ya da bir başka arkadaşının yatıyla gezdiklerini iddia ediyor, sorduğum için de kızıyordu.

"Artık küçük bir kız değilim, Olivia. Babamın evini satmana, bu evde bana karışmaman şartıyla razı olmuştum. Ben sana nereye gittiğini hiç sormuyorum, değil mi?"

"O farklı. Ben kocamla birlikteyim ve sadece iş görüşmelerine gidiyorum."

"Yine de bu sana, bana karışma hakkı vermez," diye inat etti.

"Böyle para harcamaya devam edersen, yakında beş parasız kalacaksın. Masamın üstü hep senin faturalarınla dolu."

"Harcamam gerekeni harcarım. Hem benim param değil mi?"

"Böyle gidersen, yakında bütün paranı bitireceksin."

Omuz silkti. "Bana bakacak birisi nasılsa olur." Küstahlığı kanımı beynime çıkarmıştı.

Çaresiz bir öfke içindeydim. Belinda'yı ne diye kafama takıyordum sanki? Yine de aile adımızı lekelemesinden korkuyordum. Samuel ve ben toplumda giderek saygınlık kazanmaktaydık. Yine davet listelerinin en başındaydık. İnsanlar beni sevmese de saygı duyuyorlardı. Bunun boş kafalı ve bencil bir kadın yüzünden mahvolmasına izin veremezdim.

Uzun tereddütlerin ardından, iş ilişkilerimin olduğu birinden aldığım numarayı aradım. Adam özel dedektiflikten çok, sigorta müfettişliği yapmaktaydı. Adı Nicholas Koson'dı. Samuel'in haberi olmaması için bürosuna yalnız başıma gidip ne istediğimi söyledim.

"Bunun gizli kalması gerektiğini anlıyorsunuz sanırım."

"Elbette. Bu konuda gayet iyiyimdir, merak etmeyin."

Ona bir miktar avansın yanı sıra Belinda'nın fotoğrafını da verdim.

Aslında acele etmiştim. Belinda on gün sonra bana kendisi gelerek her şeyi açıklayacaktı. Yüreğimin üzerinde dolaşan kara bulutlar onu en sonunda ablukaya alarak zaferlerini ilan ettiler. Yine haklı çıkmıştım. Her zamanki gibi.

Çocuklar karınları doyurulup yattıktan sonra, havanın güzel olduğu gecelerde bahçeye çıkıp kameriyede otururdum. Samuel ise gazete okumayı ya da televizyon seyretmeyi tercih ediyordu. Son zamanlarda limana gidip balıkçılarla sohbet eder olmuştu. Yalnızlığa itirazım yoktu. Aksine, hoşuma gidiyordu. Günlerim yeterince yoğundu. Sürekli insan içindeydim. İçinde bulunduğumuz zamanı ve gelecekte ailem için yapacaklarımı düşünürken yalnız kalmak hoşuma giderdi. Jacob'la Chester'ın geleceklerini ve ilerde nasıl kadınlarla evleneceklerini merak ediyor, onlar üzerinde Samnuel'den daha fazla etkim olmasını diliyordum.

O gece pırıl pırıl bir dolunay vardı. Ara sıra önünden geçen bulutlar kötü bir şeylerin habercisi gibiydi.

"Demek buradasın."

Belinda'nın evden çıkıp yanıma gelmesini izledim. Açık mavi pamuklu elbisesinin açıkta bıraktığı kolları ay ışığında parlıyordu. Gece hayatına ve alkole rağmen cildi pürüzsüzlüğünü kaybetmemişti. Tanrı'nın neden ona bu güzellikleri bahşettiğini anlayamıyordum. Ama o bunlara şükretmeyi bilmezdi.

Kahkülleri hafif esintiyle uçuşuyordu. Kameriyenin merdiveninde durdu.

"Bu gece evimizi varlığınla şereflendirdin demek? Nedenini sorsam ayıp mı ederim?"

Denize baktı. "Benden nefret edeceksin."

Yüreğim duracak gibi olmuştu. "Zaten senden hep nefret ettiğimi düşünmüyor muydun?"

"Dalga geçme, Olivia. Başım dertte."

Derin bir soluk aldım. Sesindeki korku ve küçük bir kız gibi ürkek hali yüreğimi yumuşatmıştı. Babama onun ölüm anında verdiğim sözü hatırladım. "Bu sefer ne yaptın?"

"Nasıl olduğunu bilmiyorum. Her zaman dikkat ediyordum... o olaydan beri." Arkası dönük olarak merdivene oturmuştu.

Kımıldamamıştım. Ufukta bir yolcu gemisi vardı. Çok uzakta olmasına rağmen, endişeleriyle üzüntülerini geride bırakmış insanların kahkahalarını duyar gibiydim. O gemide hastalıklara, başarısızlıklara ve yenilgilere yer yoktu. Herkes ailevi dertlerini geride bırakmıştı. Keşke ben de kanat takıp onlara katılabilseydim.

"Yine mi hamilesin?" diye sordum.

"Evet."

"Emin misin?"

"Evet. Doktora gittim. Korkma," dedi hemen. "Boston'da gitmiştim. Bugün arayıp, hamile olduğumu söyledi."

"Ve bu sefer de babasının kim olduğunu bilmiyorsun, çünkü kısa süre içinde bir sürü erkekle birlikte oldun, değil mi?" Sesimde yoğun bir bıkkınlık ve tiksinti vardı. Tarih tekerrür ediyordu.

Yüzünü bana döndü. Gözlerindeki kızgınlığı karanlıkta bile görebiliyordum.

"Hayır, babasının kim olduğunu biliyorum. Bir aydır ondan başkasıyla birlikte olmadım."

"Sahi mi? Bak, buna sevindim işte. Eee, onunla evlenecek misin bari?"

"Hayır, evlenmemiz imkânsız."

"Neden?"

"O zaten evli."

Soluğumu tuttum. Yüreğimi buzdan bir şey sıkıyordu sanki. Yo, hayır. İmkânsızdı bu. Sonunda cesaretimi kazanarak, "Kim?" diye sordum.

Başını tekrar okyanusa çevirdi. "Sakın bana kızma."

Samuel'in adını mı verecekti yoksa? Kocam beni aldatmıştı demek. Samuel bu yüzden mi her defasında onu savunup, peşine özel dedektif takmama karşı çıkıyordu? Tahmin etmeliydim! Ne büyük aptallık etmiştim. Bundan daha utanç verici bir şey olabilir miydi?

Ama korkularımı ona söylemedim. "Neden kızayım? Günün birinde bunun olacağını tahmin ediyordum, Belinda."

"Kızmayacağına söz veriyor musun?"

"Şu çocukça oyunları bırak," dedim. "Söyle artık."

Yüzünü tekrar bana döndü. "Nelson. Nelson Childs."

İnsan ömründe kaç defa ölebilirdi? Yüreği kaç defa paramparça olup, bütün hayalleri ve ümitleri ondan alınabilirdi?

Nelson'ın hayaliyle yatağa girmediğim tek bir gece yoktu. O yanıma geldiğinde, dokunduğunda ya da partilerde dans ettiğimizde nabzımın hızlanmaması elimde değildi. Kulağımda kahkahalarını, yanağımda soluğunu duyuyordum her an. O içleri gülen, ışıl ışıl gözleriyle bana bakışına bayılıyordum. Nelson Childs söz konusu olduğunda, iyimserliğim budalalık derecesindeydi. Sadece ona karşı iyimserdim zaten.

"Yalan söylüyorsun," dedim.

"Hayır, Keşke yalan olsaydı."

"Sen onunla ne zaman... nasıl... yani..."

"Bir dava ya da hukuki bir iş için geldiğinde Boston'da buluşuyorduk. Elimde değildi!"

"Neden seninle zamanını harcasın ki? Çok mutlu bir evliliği var." Belinda'yı yalancı çıkarmak için aklıma gelen her bahaneye sarılıyordum.

"Karısı her zaman hamile. Yine hamileymiş. Nedenini bilmiyorum, ama Nelson benden hoşlanıyor. Her zaman da hoşlanmıştır, ama benimle evlenecek kadar değil!"

"Neden ondan uzak kalmadın öyleyse? Bunun olmasına nasıl izin verdin?"

"Bilmiyorum. Canım sıkkındı ve Nelson da çok eğlenceli bir adam."

Öfkeden çıldıracak gibiydim. Hangisine daha çok kızdığımı bilmiyordum; Nelson'a mı, yoksa Belinda'ya mı? Kayıkhanede onları gördüğümü yüzüne vurduğumda, bir daha tekrarlanmayacağına yemin etmiş, bunun için söz vermişti. Erkeklerin söz vermesi yasaklanmalı; söz veriyorum diye başladıklarında dilleri büzüşmeliydi.

Belinda, "Çocuğu aldırmam gerekecek!" dedi gözyaşları arasında.

Uzun uzun düşündüm. "Hayır."

"Ne?"

"Hayır, çocuğu aldırmayacaksın, Belinda. Bu sefer Nelson'ın yaptığı yanına kalmayacak. Bunu kesinlikle men ediyorum."

"Ne yapacağım peki? Bebeği doğuramam. Bir bebeğe nasıl bakılır bilmem!"

"O sıradan bir bebek değil. Aynı zamanda Nelson'ın da çocuğu, öyle değil mi?"

Belinda ağlayıp hıçkırarak bana baktı. "Ne demek istiyorsun, Olivia? Bebeğe onun bakmasını mı isteyeceksin? Karısı buna hiç memnun olmayacaktır."

"Şimdi karısını düşünemem. Boston'da seninle buluşurken karısını düşünüyor muydu, ha, düşünüyor muydu?"

Başını iki yana salladı. "Yeni bir bebek istemiyorum. Çok korkuyorum!"

"Saçma. Ben iki tane doğurdum, öyle değil mi? İlk seferinde o kadar korkmanın nedeni, hamileliğini bizden saklamandı. Bu sefer her şey yolunda gidecek. Evet." Kararlılık beni iyice katılaştırmıştı birden. "Çok farklı olacak. Bu sefer yanında ben varım."

"Yine de korkuyorum. Düşünmek bile beni ürpertiyor." Titredi. "Her gece kâbus görüyorum ve içmeden uyuyamıyorum. Beni duyuyor musun, Olivia?"

Düşüncelerimden sıyrılarak hışımla ona baktım. "Yanında olacağım dedim, değil mi? Korkmana hiç gerek yok. Peki o da biliyor mu? Evet?"

Tereddüt etti. "Hayır. Ona söylemeyecektim. Söylemeye korkuyordum. İnkâr edecek, beni suçlayacaktı ve aptal durumuna düşecektim. O artık çok önemli bir adam. Ona söylemem gerekiyor mu?"

"Hayır," dedim yavaşça. "Gerekmiyor. Ona ben söyleyeceğim."

"Sahi mi?" Burnunu çekerek gülümsedi.

"Evet." Bakışlarımı okyanusa çevirdim. Lüks yolcu gemisi gözden kaybolmuştu. Okyanusu sadece yıldızlar aydınlatıyordu artık. "Evet, ben söyleyeceğim."

16

Zoraki İtiraflar

Belinda'nın gerçeği söylediğine dair şüphem olsaydı bile, ertesi gün Nicholas Koson beni aradığında emin olacaktım.

"Durumunuz konuşmaya müsait mi?" diye sordu dramatik bir fısıltıyla.

"Pardon?"

"Telefon hattınız güvenli mi, Bayan Logan?"

Bu gizemli tavrı beni güldürecekti neredeyse. Ama onun gibilerin işi buydu. "Elbette," dedim. "Telefonumun dinlendiğini mi sanıyorsunuz yoksa?"

"Kesinlikle hayır. Mümkün olduğunca kısa sürede istediğiniz raporu hazırladım. Bazı noktaları sözlü olarak açıklamayı düşünmüştüm sadece. Kız kardeşiniz geçen hafta iki kez Boston'a gitti ve kentin kuzeyindeki Admiral's Inn adlı otelde gerçek adıyla oda tuttu."

"Belinda casus falan değil. Kız kardeşim."

"Elbette, ama yasak ilişki içindeki insanlar gizliliğe dikkat etmeli."

"Kız kardeşimin böyle kaygıları yoktur," diye homurdandım.

"Anlıyorum. Evet..." Ciddileşti. "Kız kardeşiniz orada Provincetown'ın önde gelen avukatlarından biriyle buluştu. Adını telefonda söylememin sakıncası var mı?"

"Lütfen şu işi bir an önce bitirelim. Bir an önce halletmek zorunda olduğum bir sürü iş beni bekliyor."

"Tabii. Sözünü ettiğim beyefendiyi tanıdığınıza eminim. Adı Nelson Childs. Yakın geçmişte yargıçlığa yükseldiğini biliyorum. Kız kardeşinizle ilk seferinde üç saat, ikincisinde ise dört saatten biraz fazla kaldı."

Nelson'ı orada bu kadar uzun tutan ne olabilirdi? Belinda'nın sohbeti olamazdı. Erkekler bundan bile zevk alacak kadar gerizekâlı yaratıklar mıydı? Üç, dört saat boyunca sevişmeleri de pek mümkün görünmüyordu bana. Samuel'in adeta üstüme saldırmasına ve ıslak öpüşmelerine rağmen, bizim sevişmelerimiz on, on beş dakikadan fazla sürmezdi. Nelson Belinda'yla o kadar saat ne yapmış olabilirdi?

"Bu buluşmalara dair kanıtınız var mı?" diye sordum.

"Bay Childs'ın otele girerken ve çıkarken resimlerini çektim."

"Resmini mi çektiniz?"

"Uzaktan elbette. Kimsenin beni görmediğine eminim. Benim işim bu, Bayan Logan."

"O fotoğrafları bugün istiyorum."

"Tabii. Biraz soruşturma yaptım, Bayan Logan. Bu... buluşmalar... ilk değilmiş. Daha önce de aynı yerde buluşmuşlar. Elimde kesin kanıtlar var ve..."

"Pekâlâ. Telefonda ayrıntılara girmeyelim. Ofisime gelmenizi rica ediyorum sizden." Ona iki saat sonrası için randevu verdim. Ofisime gelince bana ayrıntılı bilgilerle fotoğrafları içeren bir paketi teslim etti. Ona çekini verdim.

"Teşekkürler, Bay Koson. Artık hizmetinize ihtiyacım kalmadı."

Başını sallayıp bir an için meraklı gözlerle bana baktıktan sonra gitti. Ondan yardım aldığım için kendimi kirlenmiş hissediyordum. Nezaketi ve profesyonelliğine rağmen, mesleği gereği de olsa bir röntgenciden farksızdı. Arabama binip dosyayı inceledim.

Bay Koson olay anındaki hava durumuna varana kadar bütün ayrıntılara dikkat etmişti. Dosyada otel faturalarının kopyaları bile vardı. Dört aylık bir süreyi kapsayan on iki fatura. Belinda ne kadar yalancıydı. Nelson ondan da beterdi.

Olayın siyah-beyaz fotoğraflarla kanıtlanması, kendimi daha iyi, daha güçlü ve tatmin olmuş hissetmemi sağlamamıştı. Ama içim sıkışıyordu. Yüreğimin yerinde koca bir boşluk vardı sanki. Sakinleşmek için derin soluklar aldım. Belinda'nın gerçeği itiraf etmesi, fotoğraflar kadar dokunmamıştı bana. Nelson otele girerken yüzünde açık bir heyecan ve beklenti vardı. Çıkışta ise omuzları dik, başı yukardaydı. Gözlerinden gurur okunuyordu.

Ofisime dönerek, günün kalanını deli gibi çalışarak geçirdim. Kafamdaki görüntüleri unutmak istiyordum. Akşama doğru

Samuel uğrayarak, o akşam arkadaşlarıyla birlikte Wharf Ale Evi'nde kâğıt oynayacaklarını haber verdi. "Senin ikimiz için başka bir planın yoksa tabii."

Her seferinde lafı böyle bitirir, ben de her seferinde, "Hayır, yok," derdim. "Zaten bu akşam çok yorgunum."

"Gerçekten de öyle görünüyorsun, Olivia. Kendini iyi hissetmiyor musun yoksa?"

"Sadece yorgunum, Samuel. Bugün çok işim vardı. Buraya daha sık uğrasan bunu görürdün."

"Keşke şirkette bana daha fazla sorumluluk versen. Bunu içtenlikle söylüyorum." Böyle sızlanmasından nefret etmeye başlamıştım.

"Göreceğiz," dedim.

Şüpheli bir ifadeyle başını salladı.

Yalnız kalınca, Belinda'nın durumu konusunda ne yapacağımı düşünmeye başlamıştım. Daha fazla ertelemenin anlamsız olacağına karar vererek ofisimin kapısını kapadım ve Nelson'ın numarasını çevirdim.

"Bir dakika lütfen, Bayan Logan," dedi sekreteri. "Bay Childs' ın müsait olup olmadığına bakayım."

Hele müsait olmasın. Kalbim göğsümü delip çıkacak gibiydi.

"Olivia! Bu ne güzel sürpriz. İş için mi, hal hatır sormak için mi aradın?"

"Her ikisi de değil. Bu akşam görüşmemiz gerekiyor, Nelson."

"Efendim?"

"En uygun yerin benim yatım olduğuna karar verdim. Orada bizi kimse duymaz. Seni saat sekizde orada bekliyorum."

Hattın öbür ucunda uzun bir sessizlik oldu. "Bütün bunların anlamı nedir, Olivia?"

"Bunu sekizden sonra konuşalım."

"Çok geç haber verdin. Louise'i sinemaya götürmeye söz vermiştim ve..."

"Her ikimiz için de çok önemli olmasa, sana bu kadar geç haber vermezdim, Nelson."

"Belki de yarın gece görüşsek daha iyi. İptal edebileceğim bir randevum var..."

"Admiral's Inn, Boston," dedim.

"Ne?"

"Tekrarlamama gerek yok herhalde. Saat tam sekizde yatımda ol." Telefonu kapadım. Yüreğimin gümbürtüsü dinmemişti.

Bu konuşmadan sonra kendimi işe vermem imkânsızdı. Kulaklarımda Nelson'ın sesi yankılanmaktaydı. Gelmemeye cesaret edebilir miydi? Sonunda paydos etmeye karar vererek, eve her zamankinden erken döndüm.

Bende bir değişiklik olduğunu fark eden Samuel akşam yemeği boyunca sağlığımı sorup durdu. Bakışları önünde, hemen hemen hiç konuşmayan Belinda, Samuel'in bunu her soruşunda başını kaldırıp bana bakıyordu.

"Sana yorgun olduğumu söyledim, Samuel. Üstüme varma lütfen."

"İyi bir koca olmaya çalışıyordum sadece." Desteğini almak için Belinda'ya baktı, ama o her zamankinin aksine bakışlarını hemen yere indirmişti.

Samuel arkadaşlarının yanına, mutlu olduğu ortama gitmek için sabırsızlanıyordu. Yalnız kalır kalmaz, Belinda bana döndü.

"Sen... bir şeyler yaptın mı, Olivia?"

"Hayır, ama yapmak üzereyim."

"Benim yapacağım bir şey var mı?"

"Hayır, yok. Yapacağını yaptın zaten."

Ağlamaya başladı.

"Gözyaşlarını boşa harcıyorsun, Belinda. Babam yok artık."

Başını kaldırıp bana baktı. "Benden nefret ediyorsun, değil mi? Hayatımı cehenneme çevireceksin."

"Bunu kendin yaptın." Sesim gayet sakindi. "Senin hayatını ve bizim hayatımızı olabildiğince kurtarmaya çalışıyorum. Benim ailedeki rolüm bu."

"Ve bundan zevk alıyorsun." Gözleri kısılmıştı. Korkunç bir kahkaha attı. "Okul müdürü ya da hapishanede gardiyan olmalıymışsın sen."

"Ben olmam gerektiği gibiyim," dedim kesin bir dille. "İnan bana, bundan hoşlanacak zamanım da yok. Senden teşekkür değil, saygı ve takdir bekliyorum, Belinda."

Bana bir an daha öfkeyle baktıktan sonra, yerinde büzülerek kollarını bedenine sardı. Başını tekrar önüne eğmişti.

"Bu gece onunla görüşeceğim," dediğimde, gözleri irileşerek bana baktı.

"Bu gece mi? Nerede?"

"Nerede olduğunun önemi yok. Seni orada istemiyorum."

"Nasıl... yani ona ne diyeceksin?"

"Sen uyumadan önce dönüp her şeyi anlatırım."

Başını salladı. Şimdi minnettar bir tavır takınmıştı. Ne diyeceğini adım gibi biliyordum.

"Sakın söyleme, Belinda. Ne kadar üzgün olduğunu dinlemekten usandım. Lütfen... odana çık, televizyon seyret, aptal arkadaşlarınla konuş, saçını yap, kendin ol ve talimatlarımı bekle."

Başını iki yana sallarken gözleri yaşlarla doluydu. Özürlerin ne kadar anlamsız olduğunun o da farkındaydı. Hayatında daha fazla alçalmasını sadece benim alacağım tedbirler önleyebilirdi. Bu gerçeği en sonunda anladığı gözlerinden anlaşılıyordu.

Ayağa kalkıp başı önünde salondan çıktı. İçimden ona acımak gelmiyordu. Karnında Nelson Childs'ın çocuğunu taşıyan oydu, ben değildim.

Evden çıkmadan önce çocuklarla oyalandım biraz. Thelma, Jacob'ı mükemmel bir şekilde eğitiyordu. Ona basit toplama çıkarma işlemleri bile öğretmişti. Jacob öğrendiklerini bana göstermekten gurur duyuyordu. Chester'sa ağabeyinden daha hareketli bir çocuktu. Ondan daha önce yürümeye başladığından büyük sorun haline gelmişti çüntü, etrafındaki her şeye dokunmak, karıştırmak istiyordu. İki kez Samuel'in olta takımlarına dolanmış, kurtulamayınca ağlayarak yardım istemişti. Samuel bunu eğlenceli buluyordu, ama bir daha tekrarlanırsa bütün olta takımlarını çöpe atmakla tehdit etmiştim.

"Jacob senden çok daha olgun ve akıllı, Samuel." Gerçekten de, küçük kardeşine göz kulak olup korumak konusunda Jacob çok daha ciddiydi. Aynı ana babadan doğan iki kardeş nasıl bu kadar farklı olabilirdi?

Yatımız evin arkasındaki rıhtımda demirliydi. Sadece rüzgâr gücüyle hareket ediyordu ve mutfağıyla tuvaleti vardı. Güvertedeki koltuklar normalde kaldırılırdı, ama Samuel dün olası müşterilerimizi geziye çıkardığı için hâlâ oradaydılar. O gece hava çok sisliydi. On metre ötesi görünmüyordu, ama uzaktan sis sirenini duyabiliyor, geçen gemilerin ışıklarını seçebiliyordum. Çok da rutubetliydi. Yağmur ihtimali vardı. Sekizden önce yata çıkıp beklemeye başladım. Etrafı gözlüyor, sesleri dinliyordum. Sekizi birkaç dakika geçe, Nelson sislerin arasından belirdi. Yeraltının karanlıklarından çıkan bir yaratık gibiydi. Kararlı adımlarla yürürken, ne kadar öfkeli ve canının sıkkın olduğu belliydi.

"Evet," dedi yata binince. "Emrettiğin gibi buradayım." Sırtında yazlık ceket pantolon takımı vardı. Önce ona, sonra sise baktım.

"Neden oturmuyorsun, Nelson? Konuşmamız biraz uzun sürebilir."

Kısa bir tereddütün ardından kendini bir koltuğa bıraktı. "Evet?"

"Aylardır kız kardeşimle gizli gizli buluşuyordun. Geçen haftaya kadar."

"Bunu sana o mu söyledi?"

"Hayır, bana bunların yarısını bile anlatmadı. Ama senin inkâr etmenin de anlamı yok." Lambayı açıp, ona Nicholas Koson'ın hazırladığı dosyayı verdim.

Nelson ağzını çarpıtarak gülerken başını iki yana salladı. "Bu da ne?"

Sayfaları tek tek inceliyordu. Fotoğrafları görünce uzun bir ıslık çaldı. "Bizi takip mi ettirdin?" Buna inanamadığı belliydi.

"Kuşkularım korkunç bir gerçeğe dönüştü."

"Buna inanamıyorum." Dosyayı kapadı.

"Bir de benim hissettiklerimi düşün, Nelson. Kendimi Louise'den daha büyük bir ihanete uğramış gibi hissediyorum." Lambanın solgun ışığında yüzü hayalet kadar beyaz görünüyordu. Gözleri birden derine kaçmıştı sanki.

"Karıma anlatacak mısın?" diye sordu sonunda.

"Hayır." Derin bir soluk aldım. "Senin hayatının bu yönü beni ilgilendirmez."

"Olivia, son zamanlarda hayatımın zor bir dönemden geçtiği ve kafamı dağıtmaya ihtiyacım olmasından başka bir özürüm yok. Bir gece Boston'da tesadüfen Belinda'ya rastladım ve o... insanı baştan çıkaran bir kadın. Yeniden ağına düşmemem gerekirdi, ama çok içmiştim ve o da öylesine hayat doluydu ki..."

"Bunları dinlemek istemiyorum, Nelson. Onun senin yanında çalışmak istediğini iddia ederek beni iyi kandırdın. Belinda'nın böyle oyunlara girişemeyecek kadar aptal olduğunu hatırlamam gerekirdi."

Başını sallayarak öne eğildi. Ellerini kavuşturmuştu. "Bu geceden sonra bir daha ona yaklaşmayacağıma çocuklarım üzerine yemin etmek..."

"Bunun için artık çok geç." Sesimde idam cezası veren bir yargıcın ağır tonlaması vardı. Bu ses tonunu o da iyi bilirdi.

"Ne demek istiyorsun?" diye soludu. "Niyetin ne?" Ben cevap vermeyince, "Bunun ikimize de yararı olmayacağını biliyorsun," dedi. "Bu kasaba çirkin dedikodulara bayılır. Ortalık köpekbalığı kaynıyor, Olivia." Sesi yükselmişti. "Bunu sakın kulakardı etme. Lütfen ailelerimizi düşün ve..."

"Belinda hamile, Nelson. Karnında senin çocuğunu taşıyor."

Loş ışıkta bile, yüzünün kıpkırmızı kesildiği görünüyordu. Nutku tutulmuştu. Sonunda derin bir soluk alarak başını iki yana salladı. "Hayır, imkânsız. Doğum kontrol hapı kullanıyordu. İlaç kutusunu gözlerimle gördüm. Hamile olamaz. Yalan söylüyor."

"Hamileliği bir doktor tarafından teşhis edildi, Nelson. Belinda birkaç hap almış olabilir, ama ara sıra ihmal ettiğine eminim. Son aylarda senden başkasıyla birlikte olmadığı bu belgelerle kanıtlanmış durumda." Nelson'ın dağılmaya başlayan zırhına darbe üstüne darbe indiriyordum. "Belinda'nın gayrimeşru çocuğunun babasının sen olduğun hiçbir kuşkuya yer bırakmayacak kadar açık."

"Olamaz." Yüzünü elleriyle kapadı. "Bu doğru olamaz." Omuzları titredi. "Bu aptallığı nasıl yaptım?"

Ona acımak istemesem de, sımsıcak bir his öfke duvarlarımı aşmıştı. Karşısında durup acısını zevkle seyretme arzuma rağmen, ona olan sevgim kalbimin derinliklerinde bir şeyleri sızlattı. "Olan olmuş artık," dedim yumuşak bir sesle.

"Peki ne yapacaksın şimdi?" Ellerini yüzünden indirdi. Yüzünün karanlık ifadesi bile yakışıklılığını gölgelememişti. "Eğer çocuğu aldıracaksa, masrafları karşılayacağım ve gereken yardımı..."

"Çocuğu aldırmayacak, Nelson. Bunun için çok geç."

"O kadar geç olmasına imkân yok."

"Fiziksel ya da tıbbi açıdan geç olduğunu kastetmedim."

"Neyi kastettin öyleyse?" Sesi fısıltıya dönüşmüştü.

"Belinda daha önce de aynı hatayı yapmıştı. Biz ise onun hatalarının sonuçlarını örtbas eder, fazla üzülmesini önlemeye çalışırdık."

"Evet, ama bu durumu ona ders vermek için kullanman... yani..."

"Ona ders vermiyorum, Nelson," dedim sertçe. Uzun uzun bakıştık.

"Ne yapmayı düşünüyorsun?" Yalvarır gibiydi.

"Bebek doğacak ve evimde benimle yaşayacak. Babasının kimliği de bilinmeyecek."

Rahatlayarak soluğunu bıraktı. Düşünceleri Belinda'ya kaymıştı. "Bu durumun onun toplumdaki konumunu mahvedeceğini biliyorsun."

"Uzun zamandır onun bu toplumda ya da başka bir toplumdaki konumundan ümidi kestim, Nelson. Belinda'dan ne köy olur, ne kasaba."

"Onun adına böyle bir kararı alman doğru mu, Olivia?"

"Kararlar uzun zaman önce verilmişti," dedim. "Ben onları uyguluyorum sadece."

"Bu kadar kararlıysan, değiştirmek için yapabileceğim bir şey yok."

Güldüm. "Haklısın."

Dik dik bana baktı. "Benden istediğin ne? Para mı?"

"Zaman zaman senden ufak yardımlar isteyeceğim. Gizlice elbette." Başımı salladım. "Bu konuda bana destek olacağından kuşkum yok."

"Beni tehdit eder gibisin, Olivia."

"Niyetim bu değildi. Yine de, kararlılığımı hafife alma."

"Hayır." O çekici gülümsemesi geri dönmüştü yüzüne. "Aklımdan bile geçirmem." Sis iyice yoğunlaşmış, giysilerimiz nemlenmişti. "Samuel'in haberi var mı?"

"Henüz yok. Bu konuyu sonra düşüneceğim."

"Demek çocukla ilgili niyetini bilmiyor? Onun da bu konuda bir sözü olmayacak mı sanıyorsun? Ne de olsa, ondan babalık yapmasını isteyeceksin."

Yay gibi gerilmiştim. "Bebeğin babası sensin, Nelson. Bu gerçeği her ikimiz de biliyoruz."

"Bunu neden yapıyorsun, Olivia? Asıl nedenin bambaşka olduğunu biliyorum. Neden benim çocuğumu kendi evinde büyütmek istiyorsun?"

"O benim kız kardeşimin de çocuğu."

"Doğru, ama... ardında çok daha başka şeyler var, Olivia."

"O benim çocuğum olmalıydı."

Bunu itiraf ettiğime inanamıyordum. Gerçek duygularım kalbimin hapishanesinden nasıl kaçmıştı?

Nelson başını salladı. Anlamıştı. "Yapma bunu, Olivia. Umduğun gibi olmayacak." O da geleceği haber veren bir kâhin edasıyla konuşmuştu.

"Ama yapıyorum. Yapıyoruz."

Soluğunu bırakıp başını çevirdi. Yağmurun ilk damlaları düşmeye başlamıştı. "İstenmeyen bir durumla karşı karşıya kalacağız."

"İçeri girelim." Ayağa kalktım. O da gönülsüzce arkamdan geldi. Lambayı açıp kanepeye oturdum. Nelson kapıya dayanmıştı. Yağmur gittikçe hızlanıyordu.

"Fırtına yaklaşıyor, ama uzun sürmez."

Islak saçları alnına düşmüştü. Bu haliyle çok genç görünüyordu. Belinda'yla kumsalda yürüyüşe çıkıp denize girdikleri, her şeyin başladığı o ilk gece gelmişti aklıma.

Bakışları yüzümdeydi. "Olivia, ne yaptığını bilmiyorsun. İnsanlarla satranç taşları gibi oynayamazsın. Satranç taşları etten kemikten değildir, duyguları da yoktur."

"İnsanlarla oynadığım için bana minnettar olmalısın, Nelson. Sorununu çözüp, kariyerini, ününü ve hayatını kurtarıyorum."

Güldü. "Minnettarlığımı nasıl göstermemi istiyorsun peki?"

"Belinda'ya minnetini gösterirken bu kadar zorlanmadığına eminim."

Gülümsemesi silindi. "Yani benim... ikimizin..."

Tavana vuran damlalar ruhuma inen darbeler gibiydi. "Sana bu kadar itici mi geliyorum?"

"Elbette hayır, ama bu farklı. Bu..."

"Ne?"

"Samuel çok iyi arkadaşım ve..."

"Ah, lütfen. Erkekler arası dostluk ve birbirinize asla ihanet etmediğiniz masalını anlatma bana. Bu iş söz konusu olduğunda hepiniz aynısınız."

Başını iki yana salladı. "Böyle kızmana üzüldüm."

"Deme?" Gözlerime yaşlar hücum etmişti. "Duygularımı sen nereden bileceksin? Sen hep istediğini elde ettin, değil mi? Çaresizliğin, özlemin, yalnızlığın ne olduğunu bilir misin?"

İlk defa görüyormuş gibi bakıyordu bana. Arkamı dönerken, bana yaklaştığını hissettim. Elini önce saçlarımda, ardından omzumda hissettim. Yanıma oturup ensemi öptü. Gözlerimi kapamıştım. Yıllardan beri bunu hayal ediyordum. Dudakları yanağıma doğru ilerlerken, dudaklarımı öpmek için başımı çevirdi. Eliyle göğsümü kavramıştı. Dudaklarını dudaklarıma bastırdı.

Islak saçlarının kokusu, dudaklarının tadı, ceketimle bluzumun altından göğsüme kayan eli içimde kor ateşler yakmıştı. İnleyerek, bacaklarımı kaldırıp elini eteğimin altına götürmesi için duruşumu değiştirdim. Bana dokunduğu an, mutluluk ve heyecandan bayılacak gibi oldum.

"İstediğin bu mu, Olivia?" diye fısıldadı.

"Evet! Evet. Olması gereken buydu."

Başka bir şey söylemeden önce beni soydu, sonra kendi üstünü çıkardı. Yağmur bardaktan boşanırcasına yağıyor, dalgalar hiç bitmesi istemediğim bir ritm yaratıyordu.

Benimle sevişirken gözleri kapalıydı. Fiziksel varlığıyla yanımda olmasına, bana sarılmasına ve erkekle kadın arasındaki en gizli bağı kurmamıza rağmen, kendimi hayal ettiğim kadar tatmin olmuş hissetmiyordum. Düş kırıklığına uğramak istememenin paniği içinde çılgınca doyuma ulaşırken, onun titrediğini hissettim. Dalgalarla boğuşup kıyıya ulaşan iki kazazede gibi birbirimizin kollarına yığıldık.

Yağmur olanca hızıyla devam ediyordu. İkimiz de susmuştuk.

"Her anından nefret ettin, değil mi?" Onu suçlar gibiydim.

"Nefret etmedim, Olivia. Ama beklediğin şey emretmekle olacak bir şey değil. Emirler vererek amacına ulaşmaya öyle alışmışsın ki, aynı yöntemi her şeye uygulayabileceğini sanıyorsun. Ama bu imkânsız."

Ona sırtımı döndüm.

"Üzgünüm," dedi. "Biraz önce olanlar... bundan başka bir anlam çıkarma..."

"Romantik anlamlar mı?"

"Evet. Aramızda romantik bir şeyler olmasını bekleme."

"Belinda'yla otel köşelerinde buluşmak romantik miydi peki?" Acı, soğuk bir kahkaha attım.

"Dedim ya, o gelip geçici, sorunlarımı unutturan bir maceraydı sadece. Belinda'ya âşık değilim. Ben karıma âşığım."

Yüreğime kurşun gibi bir ağırlık çökmüştü.

Kalkıp giyinmeye başladık. Kendimi ucuzlamış ve aptal gibi hissediyordum. Bu durumdan, Nelson'ın beni hayallerimdeki gibi sevmemesinden daha fazla nefret ettim. Böyle bir gerçeği yaşamaktansa, hayal kurmak daha iyiydi.

Yağmur hâlâ hafiflememişti.

Yattan çıkışı düşünen Nelson, "Koşmamız gerekecek," dedi. Ona bir şemsiye verdim. "Sen ne yapacaksın?" diye sordu.

"Benim yolum çok daha kısa."

"Olivia... biz..."

"Artık bu konuyu konuşmak istemiyorum. Zamanı gelince ne yapman gerektiğini sana bildireceğim."

Bana öfkeyle değil, ama tuhaf bir yaratıkmışım gibi merakla bakıyordu. "Eğer istediğin buysa, pekâlâ. Üzgünüm."

"Bu kelime dilimizden atılmalı. Söylene söylene cılkı çıktı." Kapıyı açıp bana son bir kez baktıktan sonra geceye, yağmurun içine daldı. Sislerin arasında gözden kaybolmuştu. Sadece hayalimin bir ürünüydü sanki.

Oturup hüngür hüngür ağlamaya başladım. Hiç böyle ağlamamıştım oysa. Gözyaşlarım sel gibi yanaklarımdan akıyordu. Bir süre sonra son hıçkırıklarımı bastırıp gözlerimi kurulayarak ayağa kalktım. Yağmurun içine dalarken, kendime duyduğum acımayı sonsuza dek içime gömmüştüm. Belinda'nın kapısını açana kadar, ne denli ıslandığımın farkında değildim.

"Neredeydin? Sana ne oldu böyle? Sırılsıklam olmuşsun."

"Sorunu hallettim," dedim duygularını tamamen yitirmiş bir insanın sesiyle. "Olanları ve ne yapması gerektiğini biliyor. Doğumdan sonra ona düşen sorumlulukların da farkında."

"Yani... bebeği aldırmamız için ısrar etmedi mi?"

"Karar verme, hatta öneride bulunmaya bile hakkı yok. Onun payına sadece suçluluk hakkı düşüyor."

"Ama, Olivia... korkuyorum!"

"Saçma. Buna izin veremem."

"Elimde değil!"

Yanına gidip onu omuzlarından sarstım. "Elinde olacak. Sana ne diyorsam onu yapacaksın. Hayatında bir kere olsun, yaptıklarının sorumluluğunu taşıyacaksın, Belinda. Beni duyuyor musun?" Onu öylesine şiddetle sarstım ki, ağlamaya başladı. "Duyuyor musun dedim!"

"Evet." Başını salladı.

"Güzel." Omuzlarını bıraktım. "Uyu artık. Önümüzdeki birkaç ay boyunca örnek bir hayat yaşayıp, sağlıklı bir çocuk doğuracaksın."

Kapıda durdum. Korkuyla bana bakıyordu.

"Yapacağın bu," dedim. "Kesinlikle bu."

Üç hafta sonra bir akşam kapı çaldı. Yemekten henüz kalkmıştık. Belinda yukarda, odasında, Samuel ise rıhtımda yatla uğraşıyordu. Ben de çalışma odasında, eve getirdiğim belgelerle ilgileniyordum. Effie oda kapısında belirdi. "Sizinle görüşmek isteyen biri var, Bayan Logan."

"Kim?"

"Bayan Childs."

Birden yüreğim ağzıma geldi. Louise'i uzun zamandır görmemiştim. Zaten hiçbir zaman yakınlaşmamıştık. Beni yalnız ziyaret etmesi olağanüstü bir durumdu.

Louise Childs zaman geçtikçe daha da güzelleşen ve daha zarif olan ender kadınlardandı. Çocuk sahibi olmak bile zarif inceliğini yok edememişti. Bir moda dergisinin kapağından fırlamış gibiydi.

"Merhaba, Olivia. Umarım bu habersiz ziyaretimle seni rahatsız etmedim?"

"Kesinlikle hayır, Lütfen otur, Louise."

Etrafına bakındıktan sonra kanepeye oturdu. Babamın çalışma odasındaki eşyaları evin satışından önce kendi çalışma odama getirtmiştim.

Louise, "Samuel silahlara meraklı mıdır?" diye sordu silah koleksiyonuna bakarak.

"Hayır, bunlar babama ait antika koleksiyondu."

"Ya."

Karşısındaki koltuğa oturdum. "İçecek bir şey ister misin, Louise?"

"Hayır, teşekkürler." Çantasının sapıyla oynuyordu. "Sanırım buraya neden geldiğimi biliyorsun, Olivia."

"Hayır. Benim için tam bir sürpriz oldu."

"Konu... Nelson ve yaptıkları." Göz göze geldik. "Bana her şeyi anlattı."

"Anlıyorum." Kendimi sönmüş bir balon gibi hissettim. Bir an için soluğum kesilmişti. Hemen ardından toparlandım. "Sana tam olarak ne söyledi?"

Benimle yatta seviştiğini de söylememişti herhalde.

"Bana... bebekten söz etti. Belinda'yı ve senin bu konuyla ilgili planlarını da tabii." Gözlerini benden ayırmadan, kendinden emin bir ses tonuyla konuşuyordu. Bekledim. Anlattıkları bundan ibaret görünüyordu.

Buna rağmen, Louise'in bana gelmesine şaşırmıştım. Onun da güçlü bir kadın olabileceğini hesaba katmamıştım hiç. "Demek öyle?"

"Evet, ama buraya kocam adına af dilemeye gelmedim."

"Neden geldin öyleyse, Louise?" Kendimi bir kez daha ihanete uğramış hissediyordum. Nelson'ın günahlarını bile itiraf edecek kadar karısına yakın olabileceği, dahası Louise'in de ona anlayış gösterip bağışlayacağı hiç aklıma gelmemişti.

"Buradayım, çünkü hata yaptığına inanıyorum. Çocuğu başka bir aileye vermeyi düşünmelisin. Nelson'la bu konuyu konuştum. Bütün masrafları karşılamaya hazırız. Onu seve seve büyütecek bir sürü aile var..."

"Bunları onunla konuştun ha? Sen? Kocanın hamile bıraktığı kadın benim kız kardeşim, Louise."

"Biliyorum," dedi hemen. "Buraya kimseyi, özellikle de Belinda'yı suçlamaya gelmedim. Ben..."

Güldüm. "Kız kardeşimin işlediği günahı benim de mazur göstermeye niyetim olmadığını bilmek seni şaşırtacaktır herhalde. Bu işte onun da büyük suçu var, ama çocuğu başkasına vermek, bütün bunlar hiç olmamış gibi davranmak, gerçekleri örtbas etmek... Hayır, asla olmaz. Buna kesinlikle izin vermeyeceğim."

"Ama Belinda'nın geleceği..."

"... benim sorunum, senin değil." Arkama yaslanıp, parmakuçlarımı birleştirdim. Gerçek birden kafama dank etmişti. Gülümsedim. "Şimdi anlıyorum. Gerçeğin bir gün duyulup ailenizi utanca sürüklemesinden korkuyorsun."

"Hayır, kesinlikle değil. Ben..."

"Lütfen," diye sözünü kestim elimi kaldırarak. "Yalan üstüne yalan eklemeyelim. Nelson'a gerçeğin asla ortaya çıkmayacağı konusunda güvence verdim. İçiniz rahat etsin. Bu durumda ne kadar rahat ederse tabii."

"Bunu iyice düşündün mü, Olivia? Yapmak istediğinin bu olduğundan emin misin?"

"Evet, Louise. Eminim."

Kararlılığımı görünce arkasına yaslandı. Dudakları titriyordu. "Buraya gelmek için bütün cesaretimi toplamıştım, Olivia. Nelson senin kararını çoktan verdiğini, ancak gerçeği bana itiraf ettiğini öğrenince kararını gözden geçireceğine inandığını söylememi istedi."

"Neden böyle düşünüyor?"

"Bilmiyorum."

"Demek ki her şeyi bilmiyorsun, Louise."

Mendiliyle burnunu sildikten sonra derin bir soluk alıp ayağa kalktı. "Ne kadar kötü bir durum. Oysa hayatlarımız şimdiye kadar mükemmeldi."

"Hayat hiçbir zaman mükemmel değildir, Louise. Eğer öyle olduğunu düşünerek kendini kandırırsan, düş kırıklıklarıyla karşılaşınca acı çekersin."

Hayranlıkla bana bakarak başını iki yana salladı. "Gücünü nasıl kıskanıyorum bir bilsen. Sen daima güçlüsündür." Gülümsedi. "Bu sorunu da halledeceğine eminim."

"Ve hepiniz güvende olacaksınız."

Dudağını dişleyerek bana baktıktan sonra kapıya yürüdü.

"Louise."

Kapıda durup tekrar bana baktı. "Evet?"

"Sen de güçlü olmak istiyorsan, kocanın seni bir daha kirli işlerinde kullanmasına izin verme."

"Buraya onun için gelmedim. Sen haklıydın, Olivia. Buraya kendim, hatta çocuklarım için geldim. Bir keresinde hiç unutmadığım bir şey söylemiştin bana."

"Neydi o?"

"Aile her şeyden önemlidir. Eğer yapabileceğim bir şey varsa, istemekten çekinme."

Arkasından bakakalmıştım. Buraya gelecek kadar güçlü olduğu için ondan nefret ediyordum.

17

Ceza

Samuel'in ertesi gün akşamüstüne doğru hışımla çalışma odama daldı. Onun böylesine öfkelenebileceği hiç aklıma gelmezdi. Gözünü kan bürümüştü adeta. Kapıyı menteşelerinden sökercesine açıp, öyle sert kapadı ki, duvarlar sallanır gibi olmuştu. Ağzımı açtığım an, parmağını yüzüme doğru uzattı.

"Sakın," dedi. "Ben lafımı bitirene dek konuşmayım deme."

Hışımla aşağı yukarı turlamaya başlamıştı. Sonunda derin bir soluk alıp ellerini masaya koyarak bana doğru eğildi. "Kız kardeşin sana Nelson Childs'ın çocuğuna hamile olduğunu söyledi ve sen de bunun üzerine Nelson'la görüşüp o çocuğu ikimizinmiş gibi büyüteceğimizi söyledin, öyle mi? Konunun özeti kısaca bu mu?"

"Pek sayılmaz. Ama şimdilik öyle diyelim."

"Şimdilik öyle mi diyelim? Durumu bana ne zaman anlatmayı düşünüyordun? Kendi evimde olup bitenlerden ne zaman haberim olacaktı acaba? Ne zaman..."

"Lütfen, Samuel. Yeter!"

Gözleri çakmak çakmak, dudakları bembeyazdı. Yüzüne bakmaya çekindim.

"Yeter mi? Yeter diyorsun ha? Baban gibi bir işadamı olmadığımı, senin daha iyi bir yönetici olduğunu biliyorum, ama yine de senin kocan ve çocuklarının babasıyım. Senden tek isteğim, bana biraz daha saygı duyman, Olivia!" Susup cevabımı bekledi.

"Haklısın," dedim kısa bir suskunluğun ardından. "Kesinlikle haklısın." Gözleri hayretle irileşti. Her zamanki gibi, dediklerine itiraz edeceğimi sanıyordu. "Sana durumu daha önce açıklamalıydım. Bu konuda hatalıyım. Ama Belinda'ya öyle kızmıştım ki, bir an önce harekete geçmek istedim."

"Her zaman öyle yaparsın," dedi.

"Ben buyum işte. Kusursuz değilim, Samuel."

"Pekâlâ." Geri adım atmıştı. "Böyle konuşman büyük bir olay, Olivia." Bana şöyle bir bakıp, masamın karşısındaki koltuğa oturdu. "Ne elde etmek istiyorsun? Neden Belinda'nın bebeği doğurmasını ve çocuğun yanımızda büyümesini istiyorsun?"

"O Belinda'nın çocuğu, bizim de yeğenimiz, öyle değil mi? Çocuklar fazla yiyecekler gibi etrafa dağıtılmaz."

"Ama bekâr bir kadının evli bir erkekten çocuk doğurması ve bizim bu çocuğu Jacob ve Chester'la birlikte büyütmemiz... işleri iyice karıştırmaktan başka bir işe yaramaz, Olivia. Enine boyuna düşünmediğin ortada."

"Beni çocuğu evlatlık vermeye ikna etmen ve böylece vicdanının rahat etmesi için o mu gönderdi? Evet? O mu gönderdi?"

"Seni mantıklı davranmaya ikna etmemi o istedi, evet."

"Anlamıştım zaten."

"Kararın yüzünden çok huzursuz olmuş."

"Ah, lütfen. Huzursuz olmuşmuş! Erkekler sebep oldukları acıları neden uzaktan seyretmekle yetinirler?" Biraz düşündüm. "Sen onun yerinde olsan, aynısını mı yapardın, Samuel? Sen de ona gidip, karısını senin için ikna etmesini mi rica ederdin?"

"Ne saçma bir soru. Ben evlilik dışı maceralara girmem."

"Elbette girmezsin. Sen bunu yapmayacak kadar zekisin, Samuel. Buna eminim. Sen de benim gibi ailenin kutsallığına inandığını söylemez misin her zaman? Bize bu inancı aşıladığı için babama hak vermiyor musun?"

"Evet, ama... peki Belinda'nın düşüncesi ne?"

"Belinda?" Güldüm. "Bütün kötülüklerin yok olmasını ister hep. Tıpkı anneme benziyor. Ama bu kez onun dediği olmayacak."

"Yani sen izin vermeyeceksin."

"Sorumluluklarımızın yükünü taşımalıyız. Belinda'nın hatalarının ucu bize dokunuyor. O çocuğu evden uzaklaştırmamızı sen de istemezsin, Samuel. Sen gaddar bir adam değilsin. Seninle evlenmemin en önemli nedeni de bu. Benim daima en iyi kararları aldığımı söylersin, değil mi?"

Bakıştık. Gözlerimde öyle içten bir bakış vardı ki, dediklerim karşısında ikna olmuş, içine sinmişti. Egosu da pohpohlanmış olmalıydı.

"Eh, sanırım haklısın. Altından kalkarız nasıl olsa. Dediğin gibi, sorun para değil. O çocuk ailemizin kanını taşıyor. Yapmamız gerekenin bu olduğuna gerçekten inanıyor musun, Olivia?"

"Başka türlü olamazdı, Samuel. Sorunu sana hemen açmamakla hata ettim, ama önce kendi kafamda bir plan yapmak istemiştim. Bugün her şeyi anlatacaktım."

Başını olumlu anlamda salladı. "Peki öyleyse. Yine de, Belinda'ya üzülüyorum. Kendi hayatını mahvetti."

"Başka birinin yardımıyla," diye hatırlattım.

Kaşlarını kaldırdı. "Doğru." Ayağa kalktı. "Her ailenin sırları vardır. Bu ilk defa bize olan bir şey değil."

"Haklısın."

"Yapacağım bir şey var mı?"

"Nelson Childs'a bana elçiler göndermekten vazgeçip sorumluluklarını kabul etmesini ve senin yarın kadar erkek olmasını söyle, Samuel."

Gülümsedi. "Bundan hoşlanacağını hiç sanmam." Kapıda durdu. "Belinda'yla nasıl başa çıkacağız? Yani..."

"Bu konuyu bana bırak, Samuel. Zaten bu aşamadan sonrası sadece kadınları ilgilendiriyor."

"Evet, evet. Sanırım haklısın." Biraz düşündü. "Sana bağırdığım için özür dilerim."

"Önemli değil. Seni gayet iyi anlıyorum. Ben de konuyu sana daha önce açmalıydım."

Tekrar gülümsedi. "Bu öğlen yemeğe çıkalım mı, Olivia? Uzun zamandır yapmamıştık."

Biraz düşündüm. "Peki, Samuel. Çıkalım."

Ağzı kulaklarında, odadan çıktı. Ben ise raftaki antika saatin tik-taklarını dinleyerek düşüncelere dalmıştım. Samuel'e böyle davranmam acımasızlık mıydı?

Nelson'ın bana yollacağı son kişi Belinda'ydı, ama bu çabalarının içinde en boş olanıydı. Belinda'nın sözümden çıkmamasını anlayamazdı. Benim ona annesinden daha çok annelik yaptığımı bilmiyordu çünkü.

Ertesi gün akşama doğru beklediğim şey gerçekleşti. Nelson, Belinda'yı telefonla arayıp, dediklerini yaptığı takdirde her şeyi halledeceğini söylemişti. Belinda yanıma geldiğinde, müzik dinleyerek kitap okuyordum.

"Doğum yapacağım iyi bir hastane ve bebeği vereceğimiz uygun bir aile bildiğini söyledi. Böylesi daha iyi değil mi, Olivia? Ben bebek büyütemem ve bu sorumluluğu seninle Samuel'in üstüne yıkamam. Sizin zaten iki çocuğunuz var."

"Böylesi daha iyi değil. Bu konuyu konuşmuştuk. Tek kelime daha duymak istemiyorum."

"Ama ben bebek sahibi olmak istemiyorum, Olivia. Ben..."

Yerimden öyle hışımla fırladım ki, karşımda korkuyla sindi. "Bebek sahibi olmak istemiyorsun ha? Bebek..."

"Olivia, lütfen."

"Yıllar önceki, çığlıklarınla paramparça ettiğin, babanın bir anda yıllarca yaşlandığı o geceyi hatırlatayım sana. Seni yarın eski eve götürüp, bebeğin gömülü olduğu yeri göstereyim mi?

"Yeter!"

Acımasızca üstüne gittim. "Bu olayın babamın akıl sağlığını nasıl bozup çıldırttığını, geceleri kulaklarında yankılanan bebek ağlamalarını, kendisinin de nasıl ağladığını hiç anlattım mı sana?"

"Yeter! Lütfen."

"Bu bebeği doğuracaksın, Belinda. Ve çocuk bu evde büyüyecek. Artık toğrağa gömerek ya da başka bir aileye vererek bebekleri başımızdan atmayacağız." Dişlerimi gıcırdattım. "Bir daha onunla konuşmayacaksın anladın mı? Seni arayacak olursa, telefonu kapayacaksın ya da benimle konuşmasını söyleyeceksin. Duyuyor musun beni?"

"Evet, Olivia, evet."

"Odana çık. Dinlenmeye ihtiyacın var."

"Karnım belli olmaya başladı, Olivia. Belli etmeyecek kıyafetler gerekli. Dışarı çıktığımda insanlar er geç anlayacaklar."

"Bu konuyu merak etme. Yakında dışarı da çıkmayacaksın zaten."

"Ne?"

"Sen odana kapanacaksın, biz de herkese senin tatile gittiğini söyleyeceğiz. Doğum yapana dek evden çıkmayacaksın, Belinda. Bu yüzden endişelenme."

"Odaya kapanacağım!" Şok olmuştu.

"Dediğimi yap ve odana çık," dedim.

"Ama..."

"Kaç kadın, kız kardeşinin gayrimeşru çocuğunu büyütmeye gönüllü olur, Belinda? Söyle, kaç kadın? Çocuğun benim oğullarımla birlikte aynı imkânlardan yararlanacak. Ne zaman bana minnet duyup, sana yardım etmemi sağlayacaksın? Ne zaman?" diye bağırdım.

"Peki, Olivia. Peki." Sesi cılızdı. "Ne yapacağım?"

"Odana çık."

Günleri haftalar izliyordu. Belinda için hazırladığım planı yürürlüğe koymuştum. İtaatsizlik ihtimalini göz önüne alarak, odasındaki telefonu kestirmiştim. Boş kafalı arkadaşları aradığında, Belinda'nın akrabalarımızı ziyarete gittiğini, birkaç ay dönmeyeceğini söylüyordum. Zamanla aramaz olmuşlar, hayatımız biraz olsun düzene girmişti.

Bu arada, Samuel onun iyi vakit geçirmesi için hediyeler, gazeteler, dergiler, plaklar getiriyordu. Belinda dokuzuncu ayının ortalarına geldiğinde, gününün çoğunu yatakta geçirir olmuştu. Artık giyinmiyordu. Saçları da iyice uzamıştı. Sürekli yiyor, tükenmeyen iştahı yüzünden Effie'yi deli ediyordu.

"Sağlığı için hiç iyi değil, Bayan Logan," dedi Effie. "Çok şişmanladı. Thelma da aynı fikirde."

"Diyeti konusunda gerekirse senden fikrini alırım, Effie. Şimdilik ona istediklerini ver."

Belinda içi pamuk dolu pelüş oyuncaklara benziyordu gerçekten. Yüzü yusyuvarlak olmuş, karnı iyice büyümüştü. Kolları da balon gibiydi. Hamileliği güzelliğini yiyip bitiren bir hastalık gibiydi. Kendine bakmayı da bırakmıştı. Arkadaşları ve erkek hayranlarıyla görüşmediği için makyaj yapmıyordu. Tam anlamıyla pislik içindeydi. Ben zorlamasam, günlerce banyo yapmayacaktı. Küçük tuvaletini lazımlığa yapıyor, saatler sonra ben ya da Effie temizliyorduk.

Sonunda karar alarak, Thelma'nın çocukları o odaya götürmesini yasakladım. "Geceleri kâbus görmelerini istemiyorum."

Thelma, Belinda'nın durumuna ve hamileliğini bu koşullar altında geçirmesini istememize çok üzülüyordu. Başkalarının işine burnunu sokan bir kadın değildi, ama bir gece çalışma odama gelip endişelerini dile getirdi.

"Endişeni anlıyorum, Thelma. Ama şimdilik böyle olmak zorunda."

"Ama neden, Bayan Logan?"

İşimi bırakıp arkama yaslandım. "Aslında bu seni ilgilendirmez, ama sen de artık ailemizden biri olduğuna göre, söyleyeyim." İsim vermeden, onun şehrin önemli kişilerinden birinin çocuğuna hamile olduğunu ve Belinda'yı olduğu kadar çocuğu da korumak istediğimizi anlatıp, Thelma'dan anlayış ve yardım beklediğimi açıkladım. Bu kadarıyla tatmin olmuştu.

"Çocuklarla daha fazla ilgilenmeni istiyorum, Thelma. Ben zamanımın çoğunu Belinda'ya ayırmak zorundayım."

"Tabii, Bayan Logan. Her zaman yanınızdayım." Ona teşekkür ettim.

Belinda için her gün bir öncekinden zordu artık. Doğumun iyice yaklaştığını anlamıştı. "Doktor ne zaman gelecek, Olivia? Bugüne kadar hiç gelmedi."

"Doktor çağırmayacağız, Belinda. Bunu sana söylemiştim. Bir ebe ayarladım. Böylece gizliliği güvence altına almış olacağız."

"Neden gizli olmak zorunda?"

"Hamileliğini kimse bilmiyor. Bu durumu elimizden geldiğince sürdürmek istiyoruz. Senin adını korumaya çalışıyorum sadece."

"Adımı mı? Adı mı?" Çılgınca bir kahkaha atarak sanki etrafında eskiden olduğu gibi erkek hayranları varmış gibi duvara bakarak konuşuyordu. "Duydunuz mu? Adımı korumaya çalışıyormuş!" Art arda kahkahalar attı. Her seferinde aksırıp tıksırıyordu.

"Yeter, Belinda."

"Adımı düşünüyormuş." Tiz bir kahkaha daha attı.

Yumruklarımı sıkarak yatağa yaklaştım. "Bu saçmalığa hemen son ver!"

Kahkahaları en sonunda hafifleyince, hıçkırıp iç çekerek gözlerini kapadı. Kendinden geçmiş gibiydi. Bekledim. Gözlerini tekrar açarak, sanki her şey güllük gülistanlıkmış gibi gülümsedi.

"Effie'ye çilekli dondurma istediğimi söyle lütfen. Yo, fındık parçalı, çikolata soslu ve kremalı olsun."

"İyi."

"Bugün çok sancılandım, Olivia. Çok canım yandı."

"Pislik içindeki domuzlar gibi yattığın için bu gayet normal. Doğum sancılarını sen de iyi bilirsin. O zaman harekete geçeriz."

"Doğum sancıları başladı. Doktor çağırmalısın. Adımın lekelenmesi umurumda bile değil."

"Yarın seni görmesi için ebeyi çağırırım," diyerek Effie'ye dondurma yapmasını söylemek üzere aşağı indim.

Ebe kadın, çoğunlukla yoksullara hizmet veren, ama gizlilik gerektiren durumlarda zenginlere de giden bir Brava'ydı. Adı Isabella'ydı ve yetmişinde gösterse de, elli dört, elli beş yaşlarındaydı. Kırlaşmış saçları omuzlarına kadar inmekteydi ve yüzü kırışıklarla doluydu. Belinda onu ilk gördüğü an korkuya kapılmıştı. Sonra, kadının bir büyücü olduğunu iddia etti. "Beni lanetledi!"

"Saçmalama."

Ama Belinda ebenin muayenesinden sonra daha da çıldırmış gibiydi. İsabella doğuma en fazla bir hafta kaldığını söyledi. Fakat tahmininde yanılacaktı.

Belinda'nın ertesi gün fena halde doğum sancıları tutmuştu. Effie şirkete telefon ederek beni eve çağırmak zorunda kaldı. Hemen Isabella'ya haber saldım, ama Hyannis'in kuzeyinde başka bir doğuma gitmişti. Belinda yatağında saatlerce çığlık çığlığa kıvranıp durdu. Effie ve ben onu rahatlatmak için elimizden geleni yapsak da, hiçbiri işe yaramamıştı.

Effie, "Onu hastaneye götürmelisiniz, Bayan Logan," dedi sonunda.

"Ebe neredeyse burada olur."

Samuel de eve dönmüştü. Son derece ciddi bir ifadeyle oda kapısının önünde bekliyordu. "Bu şekilde davranmakta hata ediyoruz, Olivia. Onu hastaneye götürelim."

"Endişelenecek bir şey yok," dedim. "Evde ilk doğum yapan o değil."

"Artık evde kimse doğum yapmıyor, Olivia."

"Git de ebe Hyannis'den dönmüş mü, bak."

Samuel tereddüt etti. Sıkıca elimi tutan Belinda'nın çığlıklarının ardı arkası kesilmiyor, bir şeyler yapmam için yalvarıyordu.

"Yapacağım bir şey yok, Belinda. Bebek doğmaya hazırlanıyor sadece."

"İlk seferinde böyle değildi!" Bileğimi kavrayarak beni yatağa doğru çekti. Böylesine güçlü olabileceği hiç aklıma gelmezdi. "Yaptığım şey için cezalandırılıyorum. O cadı bana büyü yaptı. Yardım et bana!"

"Yeter, Belinda. Biraz büyü artık." Elini zorla bileğimden ittim, ama bu sefer de elbiseme yapışmıştı. Parmaklarını koparırcasına eteğimden ayırmak zorunda kaldım. "Aptal gibi davranmayı bırak artık. Sana su ve soğuk havlu getireceğim."

"Beni yalnız bırakma! Geçen seferki gibi yalnız kalmak istemiyorum. Çok korkuyorum."

"Saçmalama." Odadan çıkıp, acı dolu çığlıklarını duymamak için kapıyı kapadım. Hangisini daha çok istediğime karar veremiyordum: Nelson'ın bebeğinin sağlıklı doğmasını mı, yoksa Belinda'nın ilk bebeği gibi ölmesini mi?

Ellerimi yüzüme kapayıp başımı iki yana salladım. Babamın son sözleri kulaklarımda çınlıyordu. Belinda'ya göz kulak ol. Belinda'yı koru.

"Belinda, Belinda, Belinda!" diye haykırdım yüreğimin derinliklerinde. "Ya ben ne olacağım, baba? Ya benim hayallerim ve acılarım ne olacak?"

Derin bir solukla kendimi topladıktan sonra aşağı indim. Samuel telaşla evden çıkıyordu. "Isabella dönmüş," dedi. "Onu almaya gidiyorum."

"Güzel."

Belinda'nın yanına dönmekte acele etmedim. Onu yarım saat boyunca çığlıkları ve acılarıyla baş başa bırakmıştım. Duvara bir şey fırlattığını, bir gürültü olduğunu duydum ve odasına gittim.

Kapıyı açtığımda, doğum başlamıştı. Belinda'nın gözleri yuvalarından fırlayacak gibiydi. "Neden beni yalnız bıraktın? Yardım et bana!"

Hayatımda ilk kez, felç olmuş gibi yerimden kımıldayamadan, karşımdaki manzaraya bakakalmıştım. Bebeğin kafasını görebiliyordum! Belinda çığlıklar atarak, vahşi bir hayvan gibi, bebeği rahminden söküp atmak istercesine elini bacaklarının arasına götürdü.

Merdivende telaşlı ayak sesleri duydum. Thelma peşinde Effie'yle birlikte yukarı çıkıyordu. "Neler oluyor, Bayan Logan?"

Başımla Belinda'yı gösterdim.

Thelma, "Tanrım, bebek doğuyor!" diye bağırarak yatağın yanına koştu.

Belinda'nın bebeğini doğurtan ebe değil, Thelma olmuştu.

Bir kız.

Kaderin garip oyunu kendini göstermiş, Samuel'ın özlemle istediği kız evladı Belinda doğurmuştu.

Belinda doğumdan sonra bebeğine en ufak bir ilgi göstermemiş, ona isim bile önermemişti. Sonunda ona isim veren, hep bir kız evlat isteyen Samuel oldu. Bebeğe, Samuel'in annesinin ismi olan Haille konulmuştu.

Haille'in doğduğu gece, çalışma odamdan Nelson'ın evini aradım. Telefonu hizmetçileri açmıştı. Nelson telefona geldiğinde sesi hafif çıkıyordu.

"Bir kızın oldu," dedim. "Ona Samuel'in annesinin adını verdik: Haille."

"Bebek iyi mi?"

"Gördüğümüz kadarıyla, evet."

"Ya Belinda?"

"O pek iyi değil. Bir daha da iyi olacağını sanmam, Nelson."

"Bir şeye ihtiyacın var mı?" Sesi gergin ve isteksiz çıkıyordu.

"Şu an için yok. Bebeği görmek istersen, yarın gece onda gel."

"Büyük bir hata yapıyorsun, Olivia," dedi bezgin bir sesle. "Bu konuda görüş bildirmeye hakkın yok."

"Peki," dedi. "Yarın dediğin saatte orada olacağım."

Oldu da. Bugünden sonra her dediğimi yapmak zorundaydı. Haille ona karşı kullanacağım en büyük silahımdı. O evimde olduğu sürece, Nelson adeta kölem olacaktı. Gücün tadı hiç bu kadar güzel gelmemişti bana. Aşk olmasa da, şimdilik yeterliydi.

Doğumdan sonra Belinda'nın beyninin karanlık labirentlerinde korkunç bir şeyler olduğunu anlamam uzun sürmedi. Aşırı derecede içine kapanmıştı. O gece bebeği her görüşünde şaşırmış gibi davrandı. Hamileliğini ve doğumla ilgili bütün anıları kafasından silinmişti sanki. Günler sonra yataktan kalkıp odada dolaşmaya başladığında bile, komadan çıkmış gibiydi. Yüzünde bomboş, tuhaf bir bakışla, en olmadık şeylere gülüyor, Jacob'la aynı yaştaymış gibi davranıyordu. Hatta, sık sık Jacob'ın odasına gidip onun oyuncaklarıyla oynuyordu. Akşamları eve döndüğümde onu zorla yıkanmaya yolluyordum. Effie'ye ona rejim uygulamasını söylemiştim, ama Belinda gizli saklı yemekten vazgeçmiyor, çocukların bisküvileriyle tatlılarını bile çalıyordu.

Haille'den bucak bucak kaçmaktaydı. Kendi çocuğu onu dehşete düşürüyordu sanki. Bebeğin tekrar rahmine girmesinden ve onu tekrar doğurmaktan korkar gibiydi.

Bazen onunla konuştuğumda, lafımın ortasında gözyaşlarına boğuluyordu. Neden ağladığını sorduğumda, başını iki yana sallayıp, "Bilmiyorum," diye inliyordu. "Elimde değil!"

Çaresiz bir öfkeyle odasından çıkıyordum. Onun davranışları ve en önemlisi bu konuda bir şey yapamayışım beni korkutuyordu.

Nelson bebeği ilk ziyarete gelişinde Belinda'yı görmedi. Oda kapısı kapalıydı ve Belinda uyuyordu. Nelson'ı kapıda karşılayıp, doğruca bebeğin odasına götürdüm. Yatak odamızda kitap okuyan Samuel de yanımıza gelmişti. İki adam pek konuşmadan el sıkıştılar. Thelma bebeğin odasında olmadığı için, üçümüz yalnızdık.

Nelson eğilip beşiğe bakarken, Samuel, "Çok güzel bir bebek, değil mi?" diye sordu.

"Evet," dedi Nelson.

"Büyüyünce çok güzel bir kız olacağına eminim, Olivia."

"Göreceğiz, Samuel."

"Çok sağlıklı bir bebek." Nelson'ın sesi şaşkınlıktan boğuklaşmıştı.

"Evlilik dışı ilişkiden doğan bebekler de sağlıklı olabilirler."

Nelson suratını buruşturarak, Samuel'e ve bana baktı. "Sizi bundan vazgeçmeniz için ikna edemez miyim? Onun için iyi bir aile bulabiliriz."

Haille'e bakarak, "Hayır," dedim sertçe. "O artık bir Gordon. Belki babasının kim olduğunu bilmese de, ailesinin bu yarısını bilerek büyüyecek."

Samuel, "Olivia bir kez karar verdi mi, asla dönmez," dedi gülümseyerek.

Nelson'ın bakışları bana çevrildi. "Biliyorum." Sonra tekrar bebeğe baktı. "Paraya ihtiyacınız var mı?"

"Senden bir şey istediğimde haber veririm," dedim.

Başını öbür yana çevirdi.

Samuel, "Bir içkiye ne dersin, Nelson?" diye önerdi kolunu arkadaşının omzuna atarak.

"Tabii, iyi olur." Nelson bana kaçamak bir bakış fırlattıktan sonra Samuel'le birlikte odadan çıktı.

Bakışlarım uyumakta olan bebeğe kaydı yeniden. Çok güzel bir bebekti. Nelson'a itiraf etmesem de, onun çok çirkin ve hatta Belinda'nın bebeği olduğu için sakat doğmasını dilemiştim. Duygularım karmakarışıktı. Benliğimin bir yarısı bu duygular içindeyken, diğer yarısı onun kusursuz bir bebek oluşuna seviniyordu. Nelson'ın gözü önünde insanları büyüleyecek ve bu sırada o bana gözlerinde büyük bir acıyla bakacaktı. Yine de çok tatlı bir intikamdı.

Bundan sonraki aylarda, Belinda kendine çeki düzen vermiş, saçını ve makyajını yapmaya yeniden başlamıştı. Fakat şimdi makyajını çok aşırı yaptığı için palyaçoya benziyordu. Ne desem faydası yoktu. Bana bakıp gülümsedikten sonra, yine bildiğini okuyordu.

Bu duruma dayanamayacaktım artık. Samuel'e onu bir süre uzağa yollamayı düşündüğümü söyledim.

"Bir tatil onu normale döndürür belki. Gerçi hiçbir zaman normal olmadı ya."

Samuel ona bir tatil planı yapmaya koyulmuştu. Charleston'daki akrabalarımıza gidebilirdi mesela. Yıllar önce onları ziyaret etmişti.

Yine eskisi gibi zamanımın çoğunu şirketteki işler almaktaydı. Evde geçirdiğim saatler azaldığı için, Belinda'yı düşünecek zamanım olmuyordu. Bir gün Effie arayıp onun evden çıktığını haber verdi.

"Onu birisi mi götürdü?" diye sordum.

"Hayır, Bayan Logan."

"Nereye gittiğini söyledi mi peki?" Arabasının anahtarlarını saklamadığım için kızdım kendime.

Effie, "Evet," dedi kısa bir tereddütten sonra.

"Evet?"

"Eve gittiğini söyledi, Bayan Logan."

"Eve mi? Arabasına binmesine neden izin verdin?"

"Arabasına binmedi, Bayan Logan. Yürüyordu."

"Yürüyor muydu? Peki, sağ ol, Effie." Durumu Samuel'e haber verdim.

Belinda'yı bir saat sonra, anayolda yürürken bulduk. Yanından geçen arabaları ne görüyor, ne de aldırış ediyordu. Samuel arabayı önüne park edince, telaşla indim.

"Belinda! Nereye gittiğini, ne yaptığını sanıyorsun?"

"Ah, merhaba, Olivia. Ben..." Nerede olduğunu yeni fark ediyormuş gibi etrafına bakındı. "Bir yere gidiyordum." Güldü. "Ama nereye gittiğimi unuttum. Saçma geliyor, ama böyle güzel bir havada eve kapanmak yazık olurdu."

"Arabaya bin, Belinda." Kapıyı açtım. "Haydi, bin."

"Hep birlikte gezmeye mi gidiyoruz?" Arabaya bindi.

"Evet," dedim. "Hepimiz çıldırmaya doğru gidiyoruz."

Bu lafımı komik bulmuştu. Eve gidince, onu doğruca odasına götürdüm.

Aşağı indiğimde, Samuel, "Tatile gidecek durumda değil," dedi. "Önce onu iyileştirmek için elimizden geleni yapmalıyız."

"Şimdi bunun için zamanım yok, Samuel. Kendi başına iyileşmek zorunda ve bunu bir an önce yapmalı."

Samuel zırvalamışım gibi başını iki yana salladı.

Akşam yemeğinden sonra Belinda'nın odasına çıktım. Tuvalet masasının aynasında kendini hülyalı gözlerle seyrederek saçını fırçalıyordu. Eski zarif yüzünü düşünüyordu mutlaka.

"Belinda, seninle konuşmak istiyorum. Bana bak ve kulağını aç lütfen."

Yavaşça bana doğru döndü. "Seni her zaman dinlerim, Olivia."

"Evet, ama dediklerimi duyuyor musun?"

Kıkır kıkır güldü. "Seni dinliyorsam, duyuyorum demektir, öyle değil mi?"

"Artık aklını başına toplamalısın. Çılgın bir kadın gibi davranmanı istemiyorum. Doğru dürüst giyinip, normal makyaj yapmalı ve artık kendi geleceğini düşünmelisin. İnsanlara yük olmana daha fazla izin veremeyiz, değil mi?"

"Evet."

"Güzel."

Tekrar aynaya dönerek saçlarını fırçalamaya devam etti. "Aslında, biraz moralim bozuk. Bugün beni kimse aramadı, Olivia."

"Telefonun kesikti, unuttun mu?"

"Ya, öyle mi? Tekrar bağlatabilir misin? Telefon bekliyorum da."

Saçlarını fırçalamayı bırakıp, dudaklarına ruj sürmeye başladı.

"Bu çok saçma," dedim. "Buna bir son vermenin zamanı geldi artık."

Odama gidip Nelson'ı aradım. "Nelson, yapmanı istediğim bir şey var."

"Nedir?"

"Yarın on birde ofisime gel."

"Benim de randevularım var, Olivia. Müşterilerimi böyle baştan savamam."

"Haklısın," dedim yumuşayarak. "Ne zaman uğrayabilirsin?"

"İkiyle üç arası boşum."

"Güzel." Telefonu kapayıp bir an düşündüm. Babama verdiğim söze ihanet etmiyor, aksine yerine getiriyordum. Vicdanım rahattı. Bebek odasının önünde durdum. Thelma, Haille'i kucağında sallayarak uyutuyordu. "Çok güzel bir çocuk, Bayan Logan."

"Biliyorum."

"Belinda iyileşecek. Buna eminim. Ne kadar güzel bir kızı olduğunu görünce iyileşecek."

"Göreceğiz."

Samuel'in yanına gidip, planımı anlattım. Çok endişelenerek beni caydırmaya çalıştı, ama kararımı vermiştim.

Nelson ertesi gün iki buçukta ofisimdeydi. Samuel iş arkadaşlarıyla çıktığı öğle yemeğinden henüz dönmediği için ikimiz yalnızdık.

"Bundan sonra hep böyle mi olacak, Olivia? Her çağırışında emrine amade mi olacağım?" Gözleri çakmak çakmaktı.

"Seni çağırdım, çünkü yardımına ihtiyacım var, Nelson."

Bu sözlerim üzerine, yüzündeki acı alaycılık yerini derin bir endişeye bırakmıştı. "Anlıyorum. Sorun nedir?"

"Sorun Belinda. Ruh sağlığı bir türlü düzelmiyor. Yaşadığı şokun bu dereceye vardığını hiç tahmin edemedik." Masanın etrafını dolaşıp kenarına yaslandım. Bakışlarıyla beni takip ediyordu.

"Hiç anlamıyorum, Olivia."

"Doğumdan sonra duygusal sorunlar yaşadığını söylemiştim, hatırlıyor musun?"

"Evet, ama çoğu kadın böyle..."

"Lohusaların sorunlarından söz etmemiz anlamsız. Belinda'nınki çok daha ciddi bir rahatsızlık, Nelson. O... her şeyden öte, bir yük haline geldi."

"Seni uyarmıştım, Olivia. Bebeği evde tutmanın..."

"Ben bebekten söz etmiyorum, Nelson. Çalışmalarımdan, işimden, sosyal yükümlülüklerimden söz ediyorum. Sorun bebek değil, Belinda."

"Sana iyi bir doktor tavsiye etmemi mi istiyorsun?"

"Daha fazlasını istiyorum," dedim. "Artık bir yargıçsın. Ruhsal gözetim altına alınması için bir belge imzalayacaksın. Belinda'nın akıl hastanesine yatırılması gerekiyor."

"Ne? Şaka mı ediyorsun? Akıl hastanesi mi?"

"Kapsamlı bir ruhsal tedaviye ihtiyacı var. Başından beri vardı zaten. Son olay her şeye tuz biber ekti. Babamla annem kendilerine bile itiraf etmemişlerdi, ama Belinda oldum olası sağlıklı bir kişiliğe sahip değildi. Artık iyice delirdi."

"Ama onu henüz bir ruh doktoruna muayene bile ettirmedin, Olivia."

"Bana akıl vermeni değil, işlerin kolayca halledilmesi için yardımını istiyorum. Yakınlarda bir klinik var. Orada rahat edecektir. Ama tedavi için sıraya giren bir sürü hasta var. Politik nüfuzunu kullanarak, onun gelecek hafta kliniğe yatırılmasını sağlamanı istiyorum."

"Gelecek hafta mı?"

"Yapılması gerekeni yapıp, bana sonucu bildir lütfen," dedim.

"Bunu yapmayacağım."

Gülümsedim. "Yapmayacak mısın? Sorumluluklarından kaçıyor musun yani?"

"Hiçbir şeyden kaçmıyorum, fakat..."

"Belinda'nın neden böyle olduğunu, onu bu hale kimin düşürdüğünü iyi biliyorsun. Kız kardeşimi hamile bırakıp, gayrimeşru bir çocuk doğurmasına sebep olmakla kalmadın, ruhsal bir rahatsızlığa da yol açtın. Kararımdan vazgeçip, gerçeği herkese duyurabilirim. Başkalarının zaaflarının yarattığı açıkları kapamaktan usandım artık."

Masama oturup evraklara baktım.

"Olivia, bu kararından emin misin?" diye sordu yumuşak bir sesle.

"Bizim ve onun için en doğrusu bu. Doğru olanı yapmak zordur, Nelson, ama bunu her seferinde mutlaka yapmışımdır."

"Her seferinde mi?"

"Evet." Gözlerine baktım. "Bunu benim için yapacak mısın?"

"Kliniğe yatmak ona daha fazla zarar verebilir, Olivia."

"Zaten yeterince zarar görmedi mi?" diye sordum imalı bir ifadeyle.

Gözlerime daha fazla bakamayarak başını salladı. "Peki. Dediğini yapacağım."

“Belinda ve herkes için en iyisi böyle. Bunu sen de anlayacaksın.”

Ayağa kalkıp, hafif bir gülümsemeyle bana baktı.

“Neden gülüyorsun?” diye sordum.

“Düşünüyordum da, okulda sana ne ad takmışlardı? Bayan Soğuk mu?”

“Evet, Belinda da Bayan Sıcak’tı. Şimdi hangimiz daha iyi durumdayız dersin?”

“Bu soruya kendin cevap vermelisin,” diyerek çıkıp gitti.

SON SÖZ

Şaşkın bir halde Belinda'nın odasının önünde durdum. Heyecanla konuşup gülüyordu. Ziyaretçisi olmadığından ve telefonunu bağlatmadığımdan emindim. Tekrar güldü. Kapıyı açıp içeri girdim. Ahizeyi omzuyla kafası arasına sıkıştırmış, bir yandan da tırnaklarına oje sürüyordu.

"Belinda?"

Gözlerini bana çevirdi. "Kusura bakma, Arnold. Ablam geldi. Kapamak zorundayım. Beni yarın ara, olur mu? Bekliyorum," diye şakıyarak ahizeyi yerine koydu.

"Ne yapıyorsun?" Kalp atışlarım hızlanmıştı.

"Arkadaşlarımla konuşuyordum. Biliyorum, biliyorum. Telefonda çok gevezelik ettiğimin farkındayım. Lütfen babama gidip beni şikâyet etme. Bu renk nasıl, Olivia?" Ellerini gösterdi. Sağ elinin tırnaklarını koyu kırmızıya, sol elinin tırnaklarını ise pembeye boyamıştı. "Ayak tırnaklarıma da aynı rengi süreceğim. Quin'in bir türlü aklı almadı gitti. Kızlar neden ayak tırnaklarına oje sürermiş? Kimsenin gördüğü yok ki, diyor. Ama doğru değil. Yalın ayak yürüdüğüm ya da sandalet giydiğim zamanlarda... Ah, pardon," dedi birden. "Üzgünüm."

"Ne..."

Ahizeyi tekrar kulağına götürdü. "Alo? Şimdi konuşamam, Louise. Bir saat sonra arayabilir misin? Teşekkürler." Ahizeyi yerine koydu. "Evet, ne var, Olivia?"

"Bugün gideceğini hatırlatmaya geldim."

Gözlerini kırpıştırıp gülümsedi. "Yo, unutmadım, ama pek toplanamadım, Olivia. Beni azarlamaya başlama lütfen. Benim hatam değildi. Tatile çıkacağımı duyan herkes telefon ediyor. Hepsi hasetlerinden çatlıyorlar."

"Araba geldi, Belinda. Eşyalarını merak etme. Arkandan yollarım."

"Sahi yapar mısın? Çok teşekkür ederim. Senin bu kadar akıllı ve güvenilir olman, Tanrı'nın bir lütfu, Olivia. Senin gibi kardeşini koruyan bir ablayı kim kıskanmaz? Evet..." Etrafına bakınıp ayağa kalktı. "Sanırım ceket giyeceğim. Açık mavi ceketimi giymeye karar verdim. Rahat ve elde kolay taşındığı için seyahate çok uygun." Gardrobun kapısını açtı.

Ceketini giyip aynanın karşısına geçerek saçlarını kabarttı. Bunu yapmasını o güne kadar kim bilir kaç kez seyretmiştim?

Görünümünden hoşnut kalarak gülümsedi. "Şoförümü daha fazla bekletemeyiz, öyle değil mi? Artık hazırım."

Ben önde, o arkada odadan çıktık. "Herkesle vedalaşamadım, Olivia. Arkadaşlarım arayacaklardır. Sana zahmet olacak, biliyorum, ama onlara nerede olduğumu söylersin, değil mi?"

"Evet, merak etme."

"Güzel." Hoplaya zıplaya merdivenden inerek, ön kapıda beni bekledi. "Bugün çok üzgün görünüyorsun, Olivia. Sen de benimle gelmek isterdin, değil mi? Neden gelmiyorsun? İşlere biraz ara versen iyi olur. İlk defa iki kız kardeş gibi, aptalca şeyler yaparak eğleniriz ne güzel."

"Ben sonra gelirim, Belinda."

"Gelirsin, değil mi? Güzel." Evden çıktı.

Hemşire arabada bekliyordu. Kapıyı açıp merakla bana baktı. Ben, "Her şey yolunda," deyince, başını sallayıp Belinda'ya döndü.

"Merhaba, Belinda. Adım Clara."

"Saçınız ne kadar güzel. Kendi rengi mi?"

Clara bana bakarak gülümsedi. "Evet, öyle."

"Ben de saç rengimi değiştirmeyi düşünüyorum." Belinda limuzine bindi.

Clara, "Her şey ayarlandı, Bayan Logan," dedi bana. "Bizi merak etmeyin."

"Teşekkür ederim. Yarın uğrayacağım. Eğer herhangi bir sorun olursa..."

"Olmayacak." Clara da limuzine bindi.

"Ah, Olivia?"

Başımı eğip Belinda'ya baktım. "Evet?"

"Neredeyse unutuyordum. Masamda Adam Franklin'e yazdığım bir mektup var. En sonunda yazabildim. Bana sürekli yazıp hediyeler yolluyor. O mektubu yollar mısın lütfen?"

"Tabii, Belinda."

"Sağ ol." Clara'ya baktı. "Bir şeyin yapılmasını istiyorsan, Olivia'ya söylemelisin."

"Yakında görüşürüz, Belinda."

Gülümsedi. Limuzinin kapısını kapadım. Gözden kaybolduktan sonra içeri girdim.

Thelma, Haille'e mamasını yediriyor, Chester, Jacob'ın peşinden koşarak evi dolaşıyordu. Trencilik oynuyorlardı.

Chester, "Ben vagonum, Jacob da lokomotif, anne," dedi yanımdan geçerlerken.

"Dikkatli ol, Jacob."

Jacob o hiç değişmeyen ciddi yüz ifadesiyle baktı bana. Gözleri bu uyarıma hiç gerek olmadığını anlatıyordu. Koridorun köşesini dönerek gözden kayboldular.

Yukarı çıkıp Belinda'nın odasına baktım. Masanın üzerinde mektup falan yoktu. O mektubu en az üç, dört yıl önce yazmış olmalıydı. Bir süre eşyalarına baktım. Birden kendini çok yorgun hissetmiştim. O gün kendime izin vermem iyi olmuştu. Kliniğe gidip gerekli düzenlemeleri yapmakla geçen son birkaç gün çok yorucuydu.

Odada değişiklik yapmayacaktım. Belinda'nın ara sıra klinikten çıkıp bizde kalacağından emindim. Kapıyı kapatıp aşağı indim. Bahçeye çıkıp uzun zamandır yapmadığım bir şeyi yapacak: Rahatlayacaktım.

O gün hava açıktı ve okyanustan serin bir meltem esiyordu. Gökyüzünde bembeyaz bulutlar vardı. Martılar uçuşmaktaydı. Ufuk çizgisine yakın noktada bir petrol tankeri yol alıyor, bizimkine çok benzeyen bir yelkenli Cape'e yaklaşıyordu. Okyanus çok güzel, lacivert bir renge bürünmüştü.

Uzun uzun okyanusu seyrettim. Öylesine dalmıştım ki, Samuel'in evden çıkıp yanıma geldiğini fark edemedim. "Evet?" Kameriyenin merdiveninde durmuş, bana bakıyordu.

"Evet ne?"

"Nasıl gitti?"

"Gayet iyi," dedim. "Tıpkı planlandığı gibi."

"Arayıp Belinda'nın durumunu sordun mu?"

"Henüz aramadım. Zamana ihtiyaçları var. Rahatsız etmemeliyiz."

"Onu ne zaman ziyaret edeceksin?"

"Samuel, daha bugün gitti. Doktorların onu tedavi etmeleri için zamana ihtiyaç var, değil mi?"

"Sadece... onun için üzülüyorum."

"Sevdiklerin için en iyisini yapmak istiyorsan, duygularını kontrol altına almalısın," dedim.

Ani bir ilgiyle bana baktı. "Hayret. Senin Belinda'yı sevdiğini bilmezdim."

"Elbette onu seviyorum. O benim kardeşim değil mi?"

Başını sallayarak okyanusa baktı. "Nelson arayıp, neler olduğunu sordu."

"Ne kadar büyük bir incelik."

"Gerçekten çok pişman, Olivia."

"Yüreğimi sızlattın," diye yüzümü buruşturunca, Samuel güldü.

"Nelson sana Cape'in Demir Leydisi adını takmış."

"Onun bana ne dediği umurumda değil, Samuel."

"Öyle olsun. Duş alıp, akşam yemeği için hazırlanacağım."

"Ben de birazdan geliyorum."

"Haille... Biliyor musun, bana bakarken gülümsüyor! Büyüyünce herkesin aklını başından alacak."

"Bundan hiç kuşkum yok."

Samuel içeri girdi. Rüzgârın şiddeti artmıştı. Çocukların gülüşmeleri geliyordu kulağıma. Gelecek günler ve yıllarda bu çimlerin üzerinde oyunlar oynayarak, üç kardeş gibi büyüyeceklerdi.

"Doğru olanı yaptım," dedim kendi kendime. "Bundan eminim." Babam da hayatta olsaydı, aynı şekilde düşünecekti. Konuşmak istemese de, annemin de beni onaylayacağını biliyordum.

Günün birinde Nelson da beni anlayarak minnettar olacaktı. Hatta belki de benden uzak durmayı bırakıp severdi de. Bundan kuşkum yoktu.

Peki bu hüznümün nedeni neydi öyleyse? Eğer gerçekten haklıysam, neden mutlu değildim?

Başarılı ve çok güçlü bir işkadınıydım. İki oğlum vardı ve Nelson'ın kızı da yanımda büyüyecekti. Her şey istediğim gibi olmamış mıydı?

Geleceği görüp bundan iyice emin olabilseydim keşke. Ama bu imkânsızdı. Gerçek hayatta mucizelere yer yoktu.

Küçükken bir gün bir deniz kabuğu bulmuş, babamın öğrettiği gibi kulağıma yaklaştırmış ve okyanusun sesini duymuştum.

"Koskoca okyanus bir deniz kabuğuna nasıl sığar, baba?"

"Okyanus deniz kabuğunun içinde değil. Deniz kabuğu, dalgaların sesini tutar ve gece olunca da bu ses deniz kabuğundan çıkarak okyanusa döner."

Gülmüştüm. "Çok saçma, baba."

"Hayır, Olivia. Gerçek bu. Duyduğun uğultu, yüz yıl önceki uğultu. O kabuk okyanusun sesini hapsetmiş. Dikkatle dinlersen, martıların çığlıklarını bile duyabilirsin."

Deniz kabuğunu kuşkuyla kulağıma götürmüştüm ve martıların da seslerini duyar gibi olunca gözlerim hayretle irileşmişti.

"Büyüye inanmalısın, Olivia. Buna inanmaya hepimizin ihtiyacı var."

Babamla el ele tutuşarak kumsalda yürümeye başlamıştık. Karanlık bastığında, deniz kabuğunu kumlara düşürüp kaybetmiştim.

Ve şimdi tüm hayatım onu aramakla geçecekti...